太阳王路易十四

— Comme c'est long, la guerre...
— ...Oh! ... bien moins long qu'un essayage.

(Dessin de Icart.)

"战争拖了那么久……"

《妇人画报》

"老黄，让我介绍吧，这位就是陈小姐"

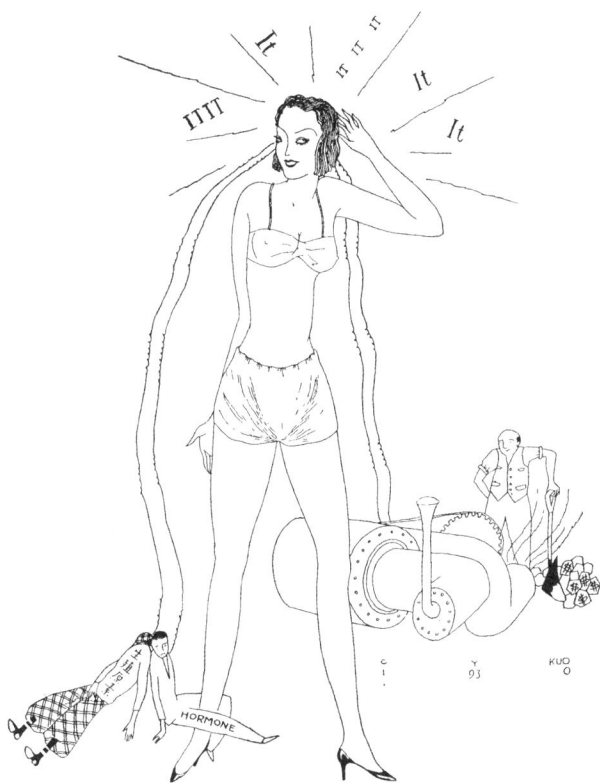

Nonsensical(无内容)的头脑细胞，
Grotesque(怪异夺目)的上身，
Erotique(肉感)的下身——
原动力是金钱与 Hormone(生殖原素)，
It(热)是她的生活武器。

现代女性的模型

电影《小男孩》中的 Marie Bell (1936)

浪荡子美学与跨文化现代性

一九三零年代上海东京及巴黎的浪荡子、漫游者与译者

彭小妍 著

九州出版社
JIUZHOUPRESS 全国百佳图书出版单位

图书在版编目（CIP）数据

浪荡子美学与跨文化现代性：一九三零年代上海、东京及巴黎的浪荡子、漫游者与译者 / 彭小妍著. -- 北京：九州出版社，2023.7
ISBN 978-7-5225-1880-0

Ⅰ．①浪… Ⅱ．①彭… Ⅲ．①新感觉派－文学美学－文学评论－世界－现代 Ⅳ．①I106

中国国家版本馆CIP数据核字(2023)第101595号

著作权合同登记号：01-2023-5323

浪荡子美学与跨文化现代性：一九三零年代上海、东京及巴黎的浪荡子、漫游者与译者

作　　者	彭小妍　著	
责任编辑	段琪瑜	
出版发行	九州出版社	
地　　址	北京市西城区阜外大街甲 35 号（100037）	
发行电话	(010)68992190/3/5/6	
网　　址	www.jiuzhoupress.com	
印　　刷	鑫艺佳利（天津）印刷有限公司	
开　　本	880 毫米×1230 毫米　32 开	
印　　张	11.25	
字　　数	260 千字	
版　　次	2024 年 6 月第 1 版	
印　　次	2024 年 6 月第 1 次印刷	
书　　号	ISBN 978-7-5225-1880-0	
定　　价	68.00 元	

To Nathan, 父亲的长曾孙

《跨越丛书》总序

刘东

　　着手创办这套新的丛书，是为了到"跨文化"的背景下，来提示下述三重思绪的主旨，——而数十年间，它们一直是我念兹在兹、挂在嘴边的话题，无论是当年在北大的比较文学所，还是如今在浙大的中西书院。

　　第一重就是所谓的**"混杂性"**。不夸张地说，凡是注重于比较思维的人，或者凡是盯紧了文化跨越的人，都会本能地抗拒——至少是犹豫或有所保留——有关"本真"或"正宗"的夸张。因为在实际上，地球上绝大多数的现有文化，全都经过了传播、叠加与杂交。——也正是出于这样的心念，我才会在以往的著述中写道："什么才是这种'比较文学'的犀利方法呢？如果简单和形象一点地回答，那就是能像分析化学家那样，让目力得以钻进现有的物体之中，甚至能看穿组成它的分子式，以致当一粒石子在别人眼中，还只表现为力学上的坚硬固体时，却能在你的解析中被一眼看穿，而呈现为'碳酸＋钙'之类的文化化合物。"（刘东：《悲剧的文化解析·自序》）

　　特别需要提示的是，尤其是到了这个"后殖民"时代，我们才既恍然大悟、又追悔莫及地发现，在近代西方的、爆炸性的全球性扩张中，所有非西方世界所受到的空前重压，也就在由此造成的文化化合层上，浓重地造成了文化压迫和碾轧，而且这样的压迫还往往是我们不闻其臭的、基本失语的。——比如，在动情地唱着"黑眼睛黑头发黄皮肤，永永远远是龙的传人"的时候，或者在动情地唱着"让海潮伴我来保佑你，请别忘记我永远不变黄色的脸"的时候，在我们中间已很少有人还能够想到，"正如奇迈可（Michael Keevak）向我们揭示的，其实在迟至18世纪中期之前，欧洲人对于'东亚人'的肤色描述，还多是白皙、略暗的白色、橄榄色等，换言之更同自己的肤色相近；而当时被他们归为'黄皮肤'的，倒是在19世纪被归为'白人'的印度人。"而进一步说，"中国肤色的这种'由白变黄'，也就正好在欧洲人那里，对应着18世纪流行的'中国热'，以及又在19世纪流行的'中国冷'。——说得更透彻些，如果白色意味着圣洁、高贵与聪慧，而黑色意味着邪恶、低贱与愚昧，那么，介于白与黑之间的这种'黄色'，也就正好介乎两个极点之间……"（刘东：《〈大海航译丛〉总序》）

第二重则是所谓的**"生产性"**。无论如何，虽说单只从历史的"短时段"来看，文化的对撞难免要带来血与火，带来难以喘息的碾轧与压迫，可一旦放眼于历史的"长时段"来看，又未必不能带来文化的互渗与杂交，并且就基于这样杂交而寻求向上的跃升。早在任教于北大比较文学所时，我就不断告诫要在方法上"退一步，进两步"，而这也就意味着，不妨把我们的工作比作文化上的化学家，既要通过"分析"来暴露和祛除外来的覆盖，又要通过"化合"去丰富和加强固有的文化。——在这个意义上，如果冯友兰曾经提出过"照着讲"和"接着讲"，而且明显在侧重于后一种讲法，那么，我则有针对性地又提出了"从接着讲到对着讲",也同样把重心落到了后一种讲法上:"它不仅不再把精神围闭于某一特定的统绪,甚至也并不担保仅靠两种或多种传统间的对话与激发,就一定能够帮助摆脱深重的文明危机;它唯一可以承诺的是,文化间性至少会带来更多的头脑松动和思想选项,使得我们有可能挣脱缠绕已久的文化宿命论,从而有可能进行并不事先预设文化本位与文化归属的建构。"(刘东:《从接着讲到对着讲》)

说到根子上,也只有借助于这样的"生产性",或者借助于这种交互性的"对着讲",我们才真正可能去拯救自家的传统,而不是人为竖起一道刚性的篱笆,把这种传统给"保护"成了世界文明的"化外之物",或者给"保护"成了只能被圈养起来的大熊猫。——事实上,对于此间的这番道理,我也早在别处给出了论述:"正是在这种具有'自反性'的'对着讲'中,我们在把自己的国学带入那个'大空间'的同时,也应当头脑清醒地意识到,自己身后的传统无论多么厚重和伟大,都绝不是什么僵硬的、刀枪不入的死物;恰恰相反,它会在我们同世界进行持续对话的同时,不断借助于这种对话的'反作用力',而同整个国际文化展开良性的互动,从而不断地谋求自身的递进,也日益地走向开放与自由。如果宏观地展望,实际上全世界各个民族的'国学',都在百川归海地加入这场'重铸金身'的运动,而我们的传统当然也不能自外于它。"(刘东:《国学如何走向开放与自由》)

第三重又是所谓的"**或然性**"。也就是说,即使在文化的碰撞与交汇中,确实可能出现某种"生产性",但我们仍不可盲从任何前定的目的论,仍不能秉持任何浅薄的乐观论。毕竟,并不是所有的文明间的叠加,全都属于具有前途的文化融合,那也完全可能杂交出一个怪胎,只因基因的排斥而无法传宗接代,只能够逐渐式微地无疾而终。在这个意义上，所谓"文化间性"也只是开放的、和不确定的；而且，这种或然性的历史结构，或者开放性的可能世界，也就正好敞开向了我们的深层思索，留给了我们的文化选择。——而此中的成败利钝，又正如我在以往议论过的："如果我们已从比较哲学的角度看到，宋明理学乃是作为中土主导价值的儒学，同当年的西学、即印度佛学之间的交流产物，那么，我们也就可以再从比较哲学的角度想到，要是为此吃尽了千辛万苦的玄奘当年，走到的那个西天竟不是印度、而是更远处的希腊，则此后作为文化间性的发展，也就会显出完全不同的景象，甚至超出了后人的理解和想象。"（刘东：《天边有一块乌云：儒学与存在主义》）

当然在另一方面，既然还没有停止自己的运思，还没有放弃自己的努力，那么，至少在当下的这个历史瞬间，我们也同样没有理由说，人类就彻底丧失了自己的前途，而历史也就此彻底沦为了黑洞。如果我们，既能从心情上回到那个"轴心时代"，又能基于那"四大圣哲"的价值立场，去展开新一轮的、充满了激情的"文明对话"，那么，就足以从跨文化的角度发现，真正能结出丰硕成果的对话，决不会发生在孔子与释迦牟尼，或者孔子与摩西之间，而只会发生在孔子与苏格拉底之间。——这也正是我晚近正在不断呼吁的、一种真正可以普适于人类的"文化生产性"："也就恰是在这一场剧烈冲突的背后，甚至，正是因为有了如此激烈的化合反应，反而应当求同存异地、'更上层楼'地看到，其实在这两大世界性文明之间，倒是罕见地共享着一连串的文化要素，包括多元、人间、现世、经商、感性、审美、乐观、怀疑、有限、中庸、理性、争鸣、论理、伦理、学术、讲学等。也正是鉴于这两者间的'亲和性'，自己晚近以来才越来越倾向于认定，我们正孜孜以求的'中国文化的现代形态'，绝不会只是存在于本土的文化潜能中，而更加宽广地存在于文明与文明之间，特别是'中国与希腊'这两者的'文化间性'中。"（刘东：《悲剧的文化解析·自序》）

但愿收进了这个系列中的著作，无论其具体的问题和立场如何，都能激发出对于上述要点的持续关注，使得大家即使在剧烈的文明冲突中，也不敢稍忘自己所肩负的、唯此为大的历史责任！

2023 年 11 月 17 日
于浙江大学中西书院

缘起

　　本书起始于 2004 至 2007 年的"国科会"研究计划，使笔者得以陆续前往巴黎、东京及美国做研究。2007 年的傅尔布莱特奖助金，资助笔者前往哈佛大学半年，哈燕社图书馆及怀德纳图书馆丰富的日文及法文藏书，是本书研究不可或缺的资源。

　　本书的缘起，事实上早于 2004 年之前。若非"文建会"1997年至 2001 年所资助的《杨逵全集》计划，逼得笔者不得不从头学习日文，本书不可能完成。由于掌握了日文，笔者才可能联结中国—日本—欧洲的三角关系；日文的学习，成为笔者二十年研究生涯中一个重要的转折点。若非"中研院"专注的学术环境，不可能允许笔者在繁忙公务中学习一种全新的语文，而在夜以继日的研究工作中，笔者也始终自认为是不断学习的学生。

　　本书的构思、写作及完成，必须感谢许多师长朋友。美国方面，韩南（Patrick Hanan）、王德威、刘禾、史书美、阮斐娜、Emily Apter、白露（Tani Barlow）、陈小眉、颜海平、韩伊薇（Larissa Heinrich）、白安卓（Andrea Bachner）等教授，或曾阅读过本书的部分或全书，或曾在研讨会上聆听过笔者发表本书的构想。他们多年来不吝花费时间精力，持续提供批评及建议，笔者铭感五内。中国香港方面，感谢李欧梵及梁秉钧教授对本书的鼓励及关心。李教授的《上海摩登》，刘禾的翻译现代性及跨语际实践概念，史书美的现代主义研究，均给予笔者无限启发。本书基本上是延续他们的努力，同时尝试更进一步探讨某些关键议题。尤其感谢 Andrea 就理论架构与笔者讨论再三，本书才有今天的面貌。法国方面，感谢何碧玉（Isabelle Rabut）及安皮诺（Angel Pino）教授的新感觉派研究，及他们多年来的支持。英国方面，感谢沈安德（James St. André）在混种性及跨文化方面的洞见。日本方面，感谢稻贺繁美、铃木贞美教授对本书第四章的建议。中国大陆方面，王中忱、董炳月、王成、王志松教授邀请笔者参与东亚人文讲座，同时仔细阅读本书各章中文版的初稿。在台湾，感谢吴佩珍教授仔细阅读本书各章，并提供意见。

　　本书的理论架构得力于台北"中研院"文哲所文哲理论平台研究群的同仁何乏笔（Fabian Heubel）、杨小滨、黄冠闵及陈相因。文哲所同仁廖肇亨组织的东亚研究系列座谈，更令笔者获益良多。英文版及中文版的校对工作烦琐无比，感谢我多年来的助理朋友们：许仁豪、Olivier Bialais、彭盈真、黄意伦、党可菁、王尹均、李怡贤。笔者十分珍惜与他们共同学习及成长的机会。感谢好友胡茱莉（Julie Hu），多年来兴趣盎然地阅读本书英文版各章初稿。最后要感谢生物人类学家王道还，与他的朝夕相处，无论在个人修养及学术上都是一个学习成长的过程。犹记得 2005年秋，从书房远眺窗外绿荫盎然的紫竹湖，我喃喃自语：这篇小说，为什么对昆虫这么着迷？昆虫那么重要吗？他正匆匆经过房门，头也不回地丢下一句话：查查鲁迅的昆虫记文章。从此本书的研究展开了联结文学与科学之旅。

　　本书英文版于 2010 年由 Routledge 出版，收入台北"中研院"东亚研究系列中，感谢两位匿名审查人的批评及建议。本书共分五章，在英文版出书前，其中四章初稿曾以中文或英文单篇发表，后经数次大幅修改，才于英文版定稿。在翻译为中文版的过程中，为了中文的语境，必要时也作了某种程度的改写或增补。第一章部分初稿首刊于 Ping-Hui Liao and David Wang（eds）: *History, Culture, and Memory,* New York: Columbia University Press（2006）。第二章部分初稿首刊为《浪荡子美学与越界：新感觉派作品中的性别、语言与漫游》，《"中研院"中国文哲研究集刊》第 28 期（2006 年 3 月）。第四章英文初稿首刊为 "A Traveling Text: Souvenirs entomologiques, Japanese Anarchism, and Shanghai Neo-Sensationism." *NTU Studies in Language and Literature*, no. 17（June 2007）；中文初稿首刊为《一个旅行的文本:〈昆虫记〉与上海新感觉派》，《东亚人文》第一辑，北京三联书店（2008 年 10 月）。第五章初稿首刊为《一个旅行的疾病:"心的疾病"、科学术语与新感觉派》，《中国文哲研究集刊》34 期（2009 年 3 月）。

本书所收录图像来源如下：

（1）Hyacinthe Rigaud 作：太阳王路易十四画像，十八世纪油画，289.6×159.1cm。感谢 The J. Paul Getty Museum。

（2）田中比左良作：モガ子とモボ郎。感谢田中るりこ。

（3）张文元、郭建英、上半鱼漫画。感谢上海市文学艺术家权益维护中心。

（4）黑色维纳斯乔瑟芬·贝克。感谢 AKG-Images London。

（5）西周手迹：感谢佐藤达哉。

本书的外文引文，除非另外注明译者，均由笔者译成中文。

自序：跨文化现代性

本书视新感觉派文风为一种跨越欧亚旅行的文类或风格，探讨其源自法国、进而移置日本、最后进入中国的历程。日人推崇保罗·莫朗（Paul Morand）为此流派的宗师，但他从未自称为新感觉派。研究 1930 年代上海新感觉派作家与其日、法同行间的渊源，笔者关注的议题远超越传统的影响或平行研究，更远非新感觉派书写中的"异国情调"（exoticism）；现代日本及中国文学中，异国情调俯拾皆是。相对的，笔者尝试在跨欧亚脉络中，探讨人物、文类、观念、语汇及文本流动的链结关系，亦即探究它们从西方的"原点"（points of origin）旅行至日本及中国的过程，并在此过程中如何产生蜕变，同时改变了接受方的文化。因此，本书各章节讲述的，是人物、文类、观念、语汇及文本旅行的故事。旅行的发生，绝非"强势文化的单向宰制"（one-way imposition of the dominant culture），而是"双向的施与受"（two-way give and take），如同拉丁美洲的跨文化（transculturation）概念所示。①

以新感觉派文风为起点，笔者提出"跨文化现代性"（transcultural modernity）的概念，来重新思索现代性的本质。笔

---

① 见 Silvia Spitta, *Between Two Waters: Narratives of Transculturation in Latin America,* Houston, TX: Rice University Press, 1995, pp.3-4. 书中详尽讨论拉丁美洲"跨文化进程"（双向的施与受，transculturation）如何从"同化"（单向的宰制，acculturation）的概念演变而来，请见 pp.1-28.

者认为，现代性仅可能发生于"跨文化场域"（the transcultural site）中——所谓跨文化，并非仅跨越语际及国界，还包括种种二元对立的瓦解，例如过去／现代、精英／通俗、国家／区域、男性／女性、文学／非文学、圈内／圈外①。"跨文化"的概念也许更具有包容性。简言之，跨文化现代性的概念，既挑战语言界限，也挑战学科分际。就笔者的理念而言，现代性并非指涉历史上任何特定时期。无论古今中外，任何人只要以突破传统、追求创新为己任，都在从事跨文化实践；他们是现代性的推手。文化创造者时时处于现代性的门槛，生活、行动于文化前沿，在持续的越界行为中汲取灵感。跨文化场域是文化接触、重叠的所在，是艺术家、文学家、译者、思想家等，寻求表述模式来抒发创造能量的场所。本书主旨是探究跨文化场域中创造性转化的可能性，主要是讨论语言、文学及文化的创造力，而非外来文化的影响、模仿、同化。笔者感兴趣的是，创造性转化过程中语言的流动及蜕变，而非固定及僵化——固定僵化是语言文化灭亡的前兆。

　　跨文化场域正是文化翻译的场所。在全球化及多元族裔的当代社会，就某种层次而言，每人每天都在从事文化翻译。无论我们是否意识到，我们的日常生活中可见或不可见的"外来"事物充斥，使我们不得不时时进行文化翻译：从古典词汇到科学话语，从翻译文本到外来语汇，从外语到方言，从专业术语到俚语。虽说如此，本书的研究主体是以文化翻译为志业的人。他们是现代主义者，自视为领导时代新气象的人物，透过文化翻译，在跨文化场域中施展创造性转化。

---

　　① "跨语际实践"为刘禾发展出来的概念，请见 Lydia Liu, *Translingual Practice: Literature, National Culture, and Translated Modernity—China, 1900-1937*, Stanford, Calif.: Stanford University Press, 1995.

比较文化研究者常以"接触地带"（the contact zone）或"翻译地带"（the translation zone）的概念，来探索文化的接触；两者皆难免"交战地带"（the war zone）的意味。[①] 借由跨文化场域一词，笔者希望消解其中的军事意味。我感兴趣的是不同文化如何彼此联结及相互转化，而非它们之间的冲突或"撞击"（clash）[②]。除此之外，与其探索文化接触地带所铭刻的文化记忆，[③] 本书着重的是身为文化翻译者的知识分子，如何在跨文化场域中引领潮流。如果以舞台为譬喻，他们是跨文化场域中具有自觉的演员，而非剧中的角色——角色的身体可比拟为跨文化场域本身[④]。对于自身所处的跨文化网络的运作逻辑，剧中角色可能浑然不觉；相对的，演员虽与角色共同经历跨文化的过程，却对自身的表演有高度自

---

① Mary Louise Pratt, *Imperial Eyes: Travel writing and Transculturation,* London and New York: Routledge, 2000, pp.4-11, First published in 1992; Emily Aptor, The Translation Zone: A New Comparative Literature, Princeton: Princeton University Press, 2006). Pratt 的"接触地带"（contact zone）强调"殖民前沿"（colonial frontier）的概念——原本因地理区隔及历史差异而相互隔绝的不同国民，因殖民而产生关联、冲突。此概念与 Emily Apter 的"翻译地带"（translation zone）概念异曲同工。

② Lydia Liu, *The Clash of Empires: The Invention of China in Modern World Making,* Cambridge, Mass.: Harvard University Press, 2004. 史书美亦把中西关系看成是冲突的模式。

③ Mary Louise Pratt, *Imperial Eyes: Travel writing and Transculturation,* pp.4-11.

④ Diana Taylor, *The Archive and the Repertoire: Performing Cultural Memory in the Americas,* Durham, NC and London: Duke University Press, 2003, pp.79-86. Taylor 以混种女人（mestiza）的身体作为跨文化场域的隐喻。她说："Intermediary（女主角名字）把自己的身体当成接受、储存、传播知识的容器，这些知识或来自档案（我知道文本、页数及典故），或来自代代相传的身体记忆（我祖母、母亲和朋友的记忆）。"（pp.81-82）

觉。当然，演员并非总是能完全掌控自己所扮演的角色，而且往往深陷其中不能自拔。如同剧中角色一般，他们对从其身心流进流出的信息也可能只是半知半觉。茱蒂斯·巴特勒（Judith Butler）所谓的"心理过剩"（psychic excess）——心理能量总是超越意识主体的范畴（the psychic that exceeds the domain of the conscious subject）——当然可以帮助我们进一步将这个问题复杂化。① 然而笔者要强调的是，文化翻译者不仅是被动的角色；他们是在跨文化场域中行动的艺术家，透过个人的能动性来转化分水岭两边的文化元素。

　　或有人认为，在跨文化关系上东西方并不平等，因而难免因中心／边缘位阶而忧心忡忡。② 也有论者指出，在面对体制时，个人能动性（personal agency）及自由选择（free choice）是不可能的 ③。但是对后结构主义学者，诸如福柯（Michel Foucault）、霍米·巴巴（Homi Bhabha）及茱蒂斯·巴特勒等而言，个人能动性总是在各种体制错综复杂的权力关系中运作；在不均等的位阶上，个人能动性才有发挥的可能性。权力关系并非单纯的宰制与顺从。

---

　　① 　Judith Butler, "Imitation and Gender Insubordination," in Aiana Fuss, ed., *Inside/Out: Lesbian Theories, Gay Theories,* New York: Routledge, 1990, pp.13-31.

　　② 　Shu-mei Shih, *The Lure of the Modern: Writing Modernism in Semicolonial China, 1917-1937,* Berkeley: University of California Press, 2001, pp.3-5. 史书美提议讨论非西方现代主义作品时，应比较其与西方现代主义的"异同"。她说："强调同构型时，我们感受到一种跨国及去疆域的现代主义，提供了大都会文化政治的可能性，即使当中不得不掩盖了中心／边缘的基本权力位阶概念。然而，将文化宰制的问题带进同构型的思考时，非西方现代主义便成为焦虑与偏执的领域。此种看待非西方现代主义的模式，均承认与西方之间必然的冲突。我们也必须透过这种必然性看待中国的现代主义。"她进一步主张："因此，揭发现代主义中的欧洲中心迷思以及文化冲突的二元模式，是讨论中国现代主义中的核心任务。"

　　③ 　请见本书第四及第五章。

福柯在谈论权力关系时，从未倡议"平等"。相对的，他主张以个人的自由实践来测试体制的界限，借此开拓创造性转化的空间。平等是理想。无论我们如何致力追求保障平等的制度，任何规范性的常规均无法确保公平社会的一切必要细节；法律只能提供规则。不论常规为何，总是有空间来挑战界限并进一步协商。人总是在限制下行动，但绝非仅是服从常规，也会打破常规。[①] 透过自由实践，我们得以重组权力关系。谚语有云：有了平等便没有自由。[②] 所有关于未来社会的想象都指出，齐头化的平等最后终会导致绝对的钳制。

另一点要强调的是，在翻译时，语言能力不仅重要，更是关键所在，原因是语言代表了译者及其翻译的文本所传承的文化传统。在本书中，笔者指出翻译活动是种种外来及本地体制权力协商的过程；在近现代日本及中国（甚至持续至今），译者必须作为桥梁，联结外来的达尔文主义、无政府主义、心理学等，以及

---

① Diana Taylor, *The Archive and the Repertoire: Performing Cultural Memory in the Americas,* p.7. Taylor 说："一般被称为'戏剧学'专家的人类学者，例如 Turner, Milton Singer，Erving Goffman 及 Clifford Geertz 等人，开始把个人描写成是他们自身戏剧中的能动者（agents）。他们认为常规不只被套用，还被挑战。要建立文化能动性的说法，行动模式（enactment）的分析是关键。人不只适应制度，而且形塑改变它。我们如何讨论选择、时机及自我展演等要素，除非是分析个人与群体面对这些问题时如何行动？"

② Alexis de Tocqueville, *De la démocratie en Amerique,* Paris: Librarie Philosophique, 1990, an annotated and revised edition, 2 volumes. 原著的两册分别于 1835 和 1840 年出版。本书是对美国民主体制的批判。对 Tocqueville 而言，平等与自由是彼此矛盾的。他认为对平等盲目的信仰，导致美国的"民主的独裁"。Joseph Epstein 指出 Tocqueville 体悟到，民主体制下的现代社会，首要的议题是"平等与自由间永恒的竞争"。见 Joseph Epstein, *Alexis de Tocqueville: Democracy's guide,* New York: HarperCollins/Atlas Books, 2006, p.119.

本地的古典及白话传统、古典医学概念、儒家思想、佛教语汇等。在翻译过程中，译者创造的新语汇如最终成为本地的日常或学术语言，意味他们在挑战外来及本地体制的局限时，其个人选择及能动性带来了创造性转化。底线是，要拥有自由，必须清楚局限何在。

为了说明何谓跨文化现代性，本书凸显跨文化场域上的三种人物形象：浪荡子（the dandy）、漫游者（the flâneur）及文化翻译者（the cultural translator）。浪荡子／漫游者及文化翻译者，是跨文化场域中的现代性推手；相对的，在形形色色思潮信息交汇的跨文化场域中，漫游男女（如新感觉派小说中的角色）充其量只是随波逐流、鹦鹉学舌。就某种意义来说，我们都是生命的过客。在时间洪流里，多数大众累积记忆，未经思考就人云亦云；唯独少数精英能运用创造力来改造、创新记忆。他们的表现是跨文化现代性的精髓：对自己在分水岭或门槛上（on the threshold）的工作具有高度自觉，总是不断测试界限，尝试逾越。在历史的进程中，他们的创造转化环环相扣、连绵不绝，以致外来元素融入我们的日常现实中，不可或缺，其异质性几乎难以察觉。本书尝试探讨外来元素如何蜕变为本土成分，更进一步显示持续不坠的跨文化实践（主要是旅行及翻译，但不仅止于此），如何将来自不同文化的个人及概念联系起来。

本书的导言铺陈全书的理论架构，以浪荡子美学为跨文化现代性的核心概念，进而区分身为艺术家的浪荡子／漫游者，以及不以艺术为职志的城市漫游者。第一章讨论上海新感觉派作家刘呐鸥，将他定义为浪荡子／漫游者及文化翻译者。第二章透过浪荡子美学的概念，探讨梳理上海及日本新感觉派作家间的关联，及其与法国第一浪荡子保罗·莫朗的渊源。第三章聚焦于横光利一的小说《上海》，分析他与他所创造的小说中角色的差异：他作为一个高度自觉的艺术家，实践跨文化现代性；而小说里的漫游男女，不过载浮载沉、随波逐流而已。第四章探讨译者如何实践跨文化现代性，以及他们在文化联系中所扮演的关键角色。以一篇将人类爱情与昆虫行为模拟的上海新感觉派小说为起点，联结提倡法布尔（Fabre）的鲁迅及翻译法布尔的日本无政府主义者，并探讨法布尔的自然神学与达尔文主义的争论。第五章以另一篇上海新感觉派故事起始，展现神经衰弱症（neurasthenia）如何透过译者的引介进入中国及日本，成为一种现代疾病。结论阐释本书主要目标之一：跨文化现代性的实践如何将异文化联系起来。相对于目前后殖民文化研究盛行的对抗式取径，本书的核心概念是"相互依存"。

目　录

导言

浪荡子美学：
跨文化现代性的真髓

前言：路易十四，浪荡子的完美典型

为说明何谓浪荡子，姑且先谈洛杉矶的保罗盖提博物馆（Paul Getty Museum）所收藏的一幅油画：1701 年法国画家亚森特·里戈（Hyacinthe Rigaud）的路易十四画像。2007 年笔者正担任傅尔布莱特访问学者，在美国哈佛大学进行研究。三月间，受邀至加州大学的三个分校演讲。在戴维思和伯克利分校之后，前往此行的最后一站：加州大学洛杉矶分校。参观邻近该校的博物馆并非预计的活动，却是此次西岸之行收获最丰富的经验。肖像中的路易十四完美展现了我心目中的浪荡子形象。多年来笔者反复思索，为了本书的整体理论架构，再三推敲浪荡子美学的概念。千言万语却不如一幅画！

肖像中，人称太阳王的路易十四貂袍加身，头顶假发，手握令牌，身系宝剑：典型的皇家尊荣造型，一派王者风范。但却有一处相当惹眼：貂袍斜披左肩向后垂坠，特意敞露出短蓬裙，看似裸露的双腿裹着紧身袜，膝盖下方饰有米黄色针织束带，足蹬米黄高跟鞋，鞋背上方饰有风车结扣。高跟鞋的后跟及风车结扣均为艳红色。米黄加艳红的高跟鞋衬在淡灰、苍白的腿下，与暗蓝衬白斑点的貂袍呈现强烈反差。更引人注目的，是路易十四俏生生的芭蕾舞站姿：左足虚点前方，与实踏的右足呈 90 度角，左肩及左侧边偏向前方，斜睨观者。姿态之撩人，有如伸展台上搔首弄姿的模特儿。简直是完美的双性一身，男体女相。这不是浪荡子／艺术家在创造及定义何谓女性吗？正彻底体现了我心目中的浪荡子真髓。太阳王曾有一句经典名言："我就是国家。"在此肖像中，他似乎在宣称"我即流行"，更是宣告"我就是女人"。

（图 0–1）

肖像的展示说明中，有一点颇耐人寻味。由于此巨幅肖像
（约 2.9 米 × 1.6 米）悬挂离地约 1.2 米高，首先映入观者眼帘的，
是看似裸露的双腿及高跟鞋。然而说明中只强调路易十四的王者
风范及豪迈姿态，却丝毫未提及他刻意展现的雌雄同体特质，令
人讶异。[①] 他裸露的双腿与高跟鞋何其鲜明，即便是孩童也不可
能不注意到。事实上，正当我纳闷之时，一个孩子擦身而过，正
在嬉笑品评那双艳红色高跟鞋。为何说明中刻意遗漏这雄风里的
女相？

翌日返回哈佛后，笔者立即展读史学家彼得·伯克（Peter
Burke）的《建构路易十四》（*The Fabrication of Louis XIV*），探讨
他对太阳王的公众形象的研究。没想到此书收录的第一个图像，
竟是同幅肖像的黑白摹本。然而同样令人惊异的是，柏克虽然
反复阐释此图，却也对图中的雌雄同体特质，只字未提。他对此
图描述如下：此图呈现国王"年高而尊荣不减"（the dignified old
age）[②]，并成功显现"仪式与随性间的平衡"（a certain equilibrium
between formality and informality），因为"他手持的令牌顶端朝下，
有如他平常在公共场合所撑的一支拐杖般；姿态虽是精心设计，

[①]　此画的展示说明如下："里戈是太阳王路易十四最喜爱的宫廷画家。路
易一向热衷于透过庄严肖像来展现权力及地位，非常喜欢这个构图，因此委任里
戈的工作坊一连画了好几幅。这是 1701 年构图的第三版画作，画中国王姿态优
雅，表情高傲，他的缎料貂皮皇袍显得奢华无比，完整衬托出皇家尊荣。"

[②]　Peter Burke, *The Fabrication of Louis XIV,* New Haven and London: Yale
University Press, 1992, p.16.

图 0-1　太阳王路易十四

却显得随性"①。伯克提及，某历史学家曾指出："国王优雅的小腿及芭蕾站姿，令人缅怀他过去跳舞的岁月。"② 于《再现的危机》一章中，我期待伯克对此幅画作会有不同的说法，但此处他仅说道："假发及高跟鞋使路易显得更宏伟。"其后又提到同幅画作时，他的说明与我的想法总算勉强呼应："路易身着皇袍，但开敞的貂袍下，摩登服饰鲜明可见。"③

　　我认为皇袍下显现的不只是"摩登服饰"（modern clothes）而已，虽然它的确是某种"摩登服饰"。就十七世纪的流行而言，短蓬裙及紧身袜是男人的时尚，高跟鞋更是不分性别，在男女间都大行其道④。众所皆知，路易十四热衷各种时尚。单就皮鞋而言，他前所未有地指派来自波尔多的鞋匠尼古拉斯·莱塔热（Nicolas Lestage），作为他的御用"制鞋师"，并将他晋升至贵族之列。据称路易十四还延请画师替制鞋师造像，并展示于他的画廊之中，

<hr />

①　Peter Burke, *The Fabrication of Louis XIV*, p.184. 此处所谓的"仪式"，意指西班牙皇家肖像中典型"僵化的西班牙仪态"；所谓随性，意指"区尊降贵姿态，见于十七世纪的其他国王，尤其是丹麦的克里斯丁四世（Christian IV）以及瑞典的古斯塔夫·阿迪夫（Gustav Adolf）；他们性喜微服出行，与民闲话于市"。

②　*Ibid.*, p.33.

③　*Ibid.*, p.192.

④　Joan DeJean, *The Essence of Style: How the French Invented High Fashion, Fine Food, Chic Cafés, Style, Sophistication, and Glamour*, New York: Free Press, 2005, pp.83-103. DeJean 指出，男女的鞋款一直到十七世纪前都几乎无分轩轾，女鞋由于常被长裙覆盖，反而不如男鞋花哨。

以"尼古拉斯·莱塔热大师，时代的奇迹"为标题。[1] 然而我所关注的不是流行时尚本身，而是跨性别扮演在当时法国舞台上的普遍现象。[2] 当时服饰对于性别的规范，或许不像今天一样的泾渭分明。里戈的路易十四肖像中雌雄同体的形象，也许当时的观者司空见惯，不至于大惊小怪。

虽然今天我们以自由为傲，但我们对性别划分的定义可能更为僵化，对性别表演的规范更趋断然。我们的时代要求个人遵从更严格的衣着符码，以服饰规范、定义个人的性别立场，来区分异性恋与同性恋的身份认同。也许比较起来，反倒是今天的我们较缺乏弹性，无法容忍模糊性别界限的服饰风格，因而出现了所谓的易装癖、性倒错的说法。在路易的时代，男人足蹬高跟鞋或脸敷白粉，并非宣示他们是同性恋，别人也不见得如此认定；他们不过是追求时尚而已。从另一方面来说，这正是为何我会认为，肖像中的路易十四正大方揶揄地展现着雄体中的女相，引以为傲：

----

[1]　英文关于 Lestage 的故事，请见 DeJean, pp.86–90。DeJean 并未提到 1669 年的一本诗集，该诗集对 Lestage 的成就大肆赞扬。Nicolas Lestage, *Poésies nouvelles sur le sujet des bottes sans couture présentées au Roy par le sieur Nicolas Lestage, maître Cordonnier de Sa Majesté*.（《新诗集：纪念国王陛下的制鞋师尼可拉斯·列斯塔吉献给国王的无缝马靴》；Bordeaux: Editeur Bordeaux, 1669.）从 Lestage 将诗集献给罗克洛尔公爵（Duke of Roquelaure）来看，这本诗集可能是制鞋师自己委托别人收集编撰而成。献词中有一段提及国王的画廊里展示了他的画像，标题为"他是时代的奇迹"。法文关于此事件，请见 Paul Lacroix, *Alphonse Duchesne, and Ferdinand Seré, Histoire des cordonniers et de artisans dont la profession se rattache à la cordonnerie*（《鞋业史话：制鞋师及制鞋业的艺匠》；Paris: Librairies Historique, Archéologique et Scientifique de Seré, 1852）。作者暗示这幅画像及标题可能是制鞋师自己虚构的。

[2]　Julia Prest, *Theatre Under Louis XIV: Cross-Casting and the Performance of Gender in Drama, Ballet and Opera*, New York: Palgrave MacMillan, 2006.

他这样的举止，不至于被贴上同性恋的标签。^①为何今天只要男人展现其"女性"或是"阴柔"的一面，便被认为是"不像男人"或"娘娘腔"？我们是否可以假定：每个男人里面都有一个女人？反之亦然？

古人的智慧颇值得玩味。柏拉图的《会饮篇》（*Symposium*）从第一百八十九小节开始，阿里斯托芬（Aristophanes）声称，远古的过去不是两性的世界，而是三性：男人，女人，以及雌雄同体。柏拉图的对话录对同性恋与异性恋倾向的描述栩栩如生，这些段落当然富含象征意义。据说上天把所有的男女及雌雄同体均劈成两半，在他们失去了半个自己之后，每个剩下的一半便寻寻觅觅，找寻契合自己的另一半。^②这个文学譬喻我们都耳熟能详，但是此处我想用一个夸张的说法，进一步延伸雌雄同体的概念：男中有女，女中有男。路易的肖像正是人类性象模棱两可的最佳图示，这种男体女相（或女体男相）的概念，正是本书所阐释的浪荡子美学最重要的面向之一。人无论生物性别属男或属女，都可能向往或拥有异性特质。曾几何时我们的社会变得无法接受雌雄同体的展演，使得性别区分走向僵化？

肖像中的路易，不只展现了人的雌雄同体天性，更展现了艺术家／浪荡子的重要特质之一：创造并定义女性特质，如同二十

---

① 同性恋在路易的皇宫中司空见惯，虽然由于来自教会的压力，他必须立法禁止。路易的父亲（Louis XIII）、叔父（César de Vendôme）、弟弟（Philippe d'Orléons）、一个儿子（Comte de Vermandois），及诸多顶尖将领（Duke de Luxembourg, Duke de Vendôme, Charles Louis Hector de Villars）都是知名的同志；碍于压力，他们或多或少都隐藏了性倾向。请见 Louis Crompton, *Homosexuality & Civilization*, Cambridge, Mass.: Harvard University Press, 2003, pp.339-360.

② Plato, The Symposium , trans. *Christopher Gill and Desmond Lee,* New York: Penguin, 1999, pp.26-31.

世纪初期的梅兰芳等京剧乾旦，在舞台上创造出永垂不朽的女性形象一样。[①] 因循十六世纪以来的宫廷芭蕾传统，路易十四与他的男侍臣经常以男扮女装进行演出。虽然男扮女装的传统仍在，路易的宫廷芭蕾表演已开始容纳越来越多的女性侍臣及女性专业演员[②]。此现象与路易统治期间女性的解放并驾齐驱；女性此时享有史无前例的社会生活自由及求学机会。[③] 我们甚至可以说，在女性解放这个词汇尚未出现之前，路易便已经开风气之先了。

路易也不遗余力地将芭蕾舞专业化成为一种艺术形式。在1661年登基之后，他便立即成立皇家舞蹈学院，并签定"国王专利书"，赋予该学院训练专业舞者的专利，并责成其提升芭蕾舞的艺术境界。路易当时年仅二十三，在国家多事之秋理应专心于国政，却热衷于"各种艺术的中央化，将其掌控于个人之下"。其后，雕刻与文学院（1663）、科学院（1666）、歌剧学院（1669）、建筑学院（1671）纷纷接连成立。[④] 当路易的政治及军事版图扩充至奥地利、德国、英国、荷兰、法国、西班牙诸国之时，他的文化影响力也日渐横行欧洲。

---

① Joshua Goldstein, *Drama Kings: Players and Publics in the Re-creation of Peiking Opera, 1870-1937,* Berkeley: University of California Press, 2007.

② *Ibid.*, pp.77-101.

③ 如众所周知，路易的宫廷及当时的沙龙文化，提供了女人社会空间，使她们享有行动自由，几乎可与男人比拟；相对的，同时代的西班牙及意大利女人在社交生活上仍旧与男人隔离。在路易执政的时期，国家才介入教会所主导的普及教育，立法规定女子同男子一样，有接受宗教教育及基本教育的权力。请见 Roger Duchêne, *Être femme au temps de Louis XIV,* Being Woman at the Time of Louis XIV; Paris: Perrin, 2004.

④ Maureen Needham, "Louis XIV and the Académie Royale de Danse, 1661: A Commentary and Translation," Dance Chronicle 20.2 (1997): 173-190.

　　路易十四是笔者心目中的浪荡子典型：一个以展现女性特质为傲的统治者，以艺术的完美为生命的职志；他的影响力更跨越国家疆界、无远弗届。以之为典范，我认为典型的浪荡子包含了下列三个要件：（1）以异性为自我的投射；（2）致力于艺术的追求及自我的创造；（3）持续不坠的跨文化实践。

　　话说回来，每一位在跨文化场域中致力于创造自我、追求完美的人，无论男女，在骨子里不都具有浪荡子的本色？

浪荡子／漫游者及跨文化现代性

　　笔者对浪荡子／漫游者的看法，来自波德莱尔（Charles Baudelaire, 1821—1867），大正时期的日本翻译他为"ボウドレル"。在中国及日本现代文学作品中，不计其数的欧洲思想家及文学家如影随形、深入个别作家的潜意识中；波德莱尔是其中之一。[1] 本书第一章所探讨的上海新感觉派旗手刘呐鸥，亦深受他的影响。关于波德莱尔在中国及日本的传播研究，目前已为数不少。[2] 笔者的重点是波德莱尔作品《现代生活的画家》如何将浪

---

　　① 日本翻译法国文学先驱之一是诗人堀口大学，他的选集《月下的一群》（『月下の一群』, 1925），包括六十六个法国现代诗人的三百四十篇诗作。根据此版本的前言，他十年来所译诗作一半以上都是法文诗，收录于此选集中。收录的法文诗人包括 Charles Baudelaire, Paul Verlaine, Guillaume Apollinaire, Stéphane Malarmé 等。请见堀口大学「序」（1925）、『堀口大学全集』第 2 卷、小沢书店、1981 年、頁 7。

　　② 请见例如 Yiu-man Ma 马耀民, "Baudelaire in China", Ph. D. dissertation, National Taiwan University, 1997；渋沢孝輔『詩の根源た求めて一ボード、レール・ランボー・萩原朔太郎その他』思潮社、1970 年。关于徐志摩翻译的波德莱尔作品 "Le charogne"（《死尸》），请见 Haun Saussey, "Death and Translation," *Representations* 94.1 (Spring 2006): 112-130.

荡子定义为现代主义者。此书曾启发众多西方思想家及文学评家[1]，其中最重要的是本雅明及福柯。他们两位观点上的差异，对本书的研究而言，十分重要。

本雅明的波德莱尔研究写作于1930年代，以漫游者为核心概念。对他而言，波德莱尔及《现代生活的画家》中的画家康斯坦丁·居伊（Constantin Guys）两人，均具有漫游者的特质。在他的马克思主义思考模式的诠释下，漫游者不仅对商品及女人有无可救药的恋物癖，而且甚至本身有如娼妓，是待价而沽的商品。根据本雅明的说法，漫游者在街道及拱廊商场四处晃荡，

> 于群众中浑然忘我，因此他的状态有如商品。虽然他对自身的特殊状态浑然不觉，却丝毫不减此状态对他的影响；这种状态幸福地渗透他的身心，就像是麻醉药般弥补了他的羞耻感。漫游者沉迷于这种陶醉感（intoxication）中，有如商

---

[1]　见 Rhonda K. Garelick, *Rising Star: Dandyism, Gender, and Performance in the Fin de Siècle,* Princeton, N. J.: Princeton University Press, 1998. Garelick 讨论了四篇关于浪荡子主义的重要作品：Balzac's "Traité de la vie élégante" ("Treatise on the Elegant Life"; 1830), Barbeyd'Aurevilly's "Du Dandysme et de George Brummell" (On Dandyism and George Brummell; 1843), Baudelaire's *The Painter of Modern Life* (1863), and Jean Lorrain's *Une Femme par jour* (*A Woman during Daytime;* 1890). Garelick 的浪荡子美学定义，重心是浪荡子对美学及对社会复制的渴求（原创作品如何开创出复制的风气）；我的定义强调浪荡子对于身处前沿的高度自觉，以及他随时准备以跨文化实践进行蜕变。巴尔扎克把人划分为三种，并把浪荡子归类于"游手好闲者"。笔者认为，浪荡子看似优哉游哉、无所事事，却应归类为"从事思考"以及"从事工作"的人。

品沉浸于一波波顾客中的陶醉感。[①]

本雅明进一步指出,身为漫游者的现代艺术家,将文学生产商品化,尽管他对文学作品的资本主义化过程毫无知觉。他说:"漫游者是涉足市场的知识分子,表面上四处观看,事实上是在寻找买主。"[②]

我们要特别注意本雅明所使用的词汇——"于群众中浑然忘我"(abandoned in the crowd)、"对自身的特殊状态浑然不觉"(unaware of this special situation)、"漫游者陶醉于其中"(the intoxication to which the flâneur surrenders)——在在均强调漫游者在现代资本主义世界中,对自身的商品化毫无所觉。他也把漫游者模拟为侦探,但是同样地强调他的被动性:他化身为"心不甘情不愿的侦探"(turned into an unwilling detective),对他而言,隐姓埋名的侦探姿态"使他的闲散合理化"(legitimates his idleness);但是在表面懒散的背后,他其实"是一个精明的观察家,眼睛不会放过任何一个无赖汉(miscreant)"。[③]本雅明说的是,这位"心不甘情不愿"的侦探有如"面相学家"般,巨细靡遗地观察研究社会底层的"无赖汉",以夸张滑稽的方式将他们描绘出来。拿破仑三世时代的巴黎,暴徒肆虐。本雅明将其中一个

---

① Walter Benjamin, "The Paris of the Second Empire in Baudelaire," in *The Writer of Modern Life: Essays on Charles Baudelaire,* ed. Michael W. Jennings, Cambridge, MA.: Harvard University Press, 2006, p.85. 此选辑收录了所有本雅明研究波德莱尔的文章,编者在本雅明的原注后附上他自己的批注。此文写于1938年,本雅明生前从未出版。引文的英文翻译为 Harry Zohn 所译。

② *Ibid.,* p.40.

③ *Ibid.,* p.72.

群体譬喻为波希米亚人（bohème），成员都是随历史变迁巨浪漂荡的知识分子，个个俨然专业或非专业的阴谋家，每天幻想如何推翻政权。① 他说道："在此历史过渡期间，虽然他们［知识分子］还是有赞助人，但是也已经开始熟悉市场法则了。他们成了波希米亚人。"② 此外，本雅明定义的漫游者，与拾荒者（ragpicker）有气息相通之处：

> 当然，拾荒者不能算是波希米亚人。但是从文人到专业的阴谋家，每个隶属于波希米亚群体的人，都体认到自己与拾荒者类似之处。每个人或多或少都与社会对立，也都面对岌岌可危的未来。③

本雅明透过波希米亚人及拾荒者的形象，指出波德莱尔与"反社会分子气息相通"（sides with the asocial）④；漫游者面临的是无产阶级革命的曙光。本雅明暗示，漫游者正身处现代文明史变迁的门槛，却浑然不觉：当旧的赞助体系还在运作之时，他体验了资本主义的冲击；他置身于中产专权时代与无产阶级革命时代的交界。⑤

本雅明并不区分现代主义者及漫游者。对他而言，现代主义者／漫游者是群众的一部分，他们身经历史变革却毫无意识。他

---

① *Ibid.*, p.10.

② *Ibid.*, p.40.

③ *Ibid.*, p.54.

④ *Ibid.*, p.41.

⑤ *Ibid.*, p.89. 本雅明说："就我们所处理的范围而言，此阶级（意指中产阶级）正开始没落，终有一天他们当中有许多人会意识到自己的劳务的商品化本质。"

说："波德莱尔艺术涵养深厚，面对时代巨变却相对地缺乏应变策略。"[1] 相对地，福柯对波德莱尔心态的诠释则大相径庭，他明显区分两种漫游者：一是波德莱尔式的现代主义者／漫游者，一是在群众中随波逐流的泛泛之辈。对他而言，现代主义者是有意识的行动家，既代表时代，又超越时代。由此观之，福柯的浪荡子美学是对本雅明漫游者理论的批判和修正。下文将详述之。

首先从 1983 年福柯在法兰西学院的演讲《何谓启蒙》（Qu'est-ce que les lumières）开始。在此演讲中，他阐释 1784 年康德的同名文章（Was ist Aufklärung）[2]，并援引波德莱尔《现代生活的画家》中名闻遐迩的浪荡子理论，来定义浪荡子美学及现代

---

[1]　Walter Benjamin, "The Paris of the Second Empire in Baudelaire," in *The Writer of Modern Life: Essays on Charles Baudelaire,* ed. Michael W. Jennings, Cambridge, MA.: Harvard University Press, 2006, p.139.

[2]　康德的《何谓启蒙》（"Was ist Aufklärung?"）一文刊登于 1784 年 12 月的《柏林月刊》（*Berlinischen Monatsschrift*）。福柯在法兰西学院讲座中反复阐释此文。除了《何谓启蒙》一文之外，亦可见 Michel Foucault, "Leçon du 5 Janvier 1983"（1983 年 1 月 5 日演讲），in *Le gouvernement de soi et des autres: Cours au Collège de France, 1982-1983,* ed. Frédéric Gros (*The Government of Self and Others: Courses at Collège de France, 1982-1983;* Paris: Le Seuil, 2008), pp.3-39. 在此演说的第一个小时里，福柯指出，康德这篇文章是哲学史上，首度有哲学家提出有关其所处时代的关键问题：何谓当下？或，今天有什么正在发生？（la question de l'actualité, c'est la question de : qu'est-ce qui se passe aujourd'hui?）这也是《何谓启蒙》的核心问题。在 1 月 5 日演讲的第二个小时，福柯指出康德的文章阐明了公私领域的二分：人在公领域享有极致的言论自由（如公开批评国家的赋税制度），在私领域则遵从体制（例如依法缴税）；他指出，康德认为公私领域的二分正是启蒙的精神所在，所谓启蒙也就是人从幼稚状态（l'état de minorité）进入成人状态（majeurs）的时刻。感谢何乏笔提供这篇讲稿，让笔者得以在此文尚未出版前便使用此文。此演说的精简版是《何谓启蒙》一文，请见 "Qu'est-ce que les lumières?" (L'Art du dire vrai), in *Magazine Littéraire* 207 (May 1984): 34-39. 较短的版本收于 *Dits et écrits,* 1976-1988 (Paris: Gallimard, 2001), vol. 2, pp.1498-1507.

性。以下引文中，请注意福柯如何对照两种漫游者，一是身处于时代流变中却毫不自知，一则在历史变迁时刻充分自觉地面对自己的任务：

> 　　身为现代主义者，不是接受自己在时间流逝中随波逐流，而是把自己看成是必须苦心经营的对象：这也就是波德莱尔时代所称的浪荡子美学。①
>
> 　　（Être moderne, ce n'est pas s'accepter soi-même tel qu'on est dans le flux de moments qui passent ; c'est se prendre comme objet d'une élaboration complexe et dure : ce que Baudelaire appelle, selon le vocabulaire de l'époque, le « dandysme ».) ②

　　福柯此处是说，对波德莱尔而言，身为浪荡子或现代主义者，需要一种"修道性的自我苦心经营"（élaboration ascétique de soi; an ascetic elaboration of the self）；浪荡子美学实为现代性的精髓。③福柯透过阅读康德，发展出这个概念。从康德的文章中，他发现现代性不只是个人与当下的一种关系模式，更是在面对当下时，个人应当与自己建立的一种关系模式。

　　在福柯的诠释中，康德认为现代性与时代无关；现代性不

---

① Michel Foucault, "What Is Enlightenment?," trans. Catherine Porter, in *The Foucault Reader,* ed. Paul Rabinow, New York: Pantheon Books, 1984, pp.32-50. 引文见页 41.

② Michel Foucault, "Qu'est-ce que les lumières?," in *Dits et écrits,* 1976-1988, vol. 2, pp.1381- 1397. This is originally a lecture at Collège de France around 1983. This quote is on p.1389.

③ Foucault, "Qu'est-ce que les lumières?," p.1390; Porter, "What Is Enlightenment," p.42.

限于某个时代，亦非"某个时代的特征"，更非"意识到时间的不连续：与传统断裂，在时间流逝过程中的一种新奇感及晕眩感 [vertigo, 法文为 vertige]"① (请注意，"晕眩感"一字与本雅明所用的"陶醉感 [intoxication] 相通，即德文的 Rausch②"。相对的，福柯认为现代性是一种态度 (attitude)，或是一种风骨 (ethos)。现代性是：

> 与当下现实连接的模式，是某些人的自觉性选择，更是一种思考及感觉的方式，也是一种行事及行为的方式，凸显了个人的归属。现代性本身就是一种任务 [une tâche; a task]。③

简而言之，这种风骨是现代主义者自觉性的选择 (un choix volontaire)，使他自己与当下现实 (actualité) 产生联结。诸如"自觉性的选择""自我的苦心经营" (the elaboration of the self) 及"自我技艺" (technologies of the self) 等表述方式，是二十世纪七八十年代福柯的法兰西学院讲座所反复演绎的概念，也是理解他的权力关系理论的关键。

人要如何与当下现实产生联结呢？福柯以波德莱尔《现代生活的画家》中的艺术家康士坦丁·居伊为例，来阐明其论点。在

---

① Foucault, "Qu'est-ce que les lumières?," p.1388; Porter, "What Is Enlightenment," p.39.

② Walter Benjamin, "Das Paris des Second Empire bei Baudelaire," in *Gesammelte Schriften,* eds. Rolf Tiedemann and Hermann Schweppenhäuser, *Collected Works;* Frankfurt am Main: Suhrkamp, 1980, vol.1, p.558.

③ Foucault, "Qu'est-ce que les lumières?," p.1387; Porter, "What Is Enlightenment," p.39.

福柯心目中，对于康士坦丁·居伊这种现代主义者而言，要与当下现实产生联结时，面临了三个任务：（1）现代性是当下的谐拟英雄化（cette ironique héroïsation du present）①；（2）现代主义者透过现实与自由实践之间的艰难游戏（jeu difficile entre la vérité du réel et l'exercice de la liberté）来转化现实世界（il le transfigure）②；（3）现代性迫使艺术家面对自我经营的课题（elle [modernity] l'astreint à la tâche de s'élaborer lui-même）③。对福柯而言，这些任务不可能在社会中或政治实体中完成。能完成这些任务的唯一领域是艺术："它们只能产生于一个另类场域中，也就是波德莱尔所谓的艺术。"（Ils ne peuvent se produire que dans un lieu autre que Baudelaire appelle l'art）④

根据福柯的说法，现代主义者波德莱尔不是个单纯的漫游者，他不仅是"捕捉住稍纵即逝、处处惊奇的当下"，也不仅是"满足于睁眼观看，储藏记忆"。⑤反之，现代主义者

　　总是孜孜矻矻寻寻觅觅；比起单纯的漫游者，他有一个更崇高的目的……他寻觅的是一种特质，姑且称之为"现代性"。他一心一意在流行中寻找历史的诗意。

　　（Il cherche ce quelque chose qu'on nous permettra d'appeler la modernité. Il s'agit pour lui de dégager de la mode ce qu'elle

---

①　Foucault, "Qu'est-ce que les lumières?," p.1390.

②　*Ibid.*, p.1389.

③　*Ibid.*, p.1390.

④　Porter, "Qu'est-ce que les lumières?," p.42.

⑤　Foucault, "Qu'est-ce que les lumières?," p.1588; Porter, "What Is Enlightenment," p.40.

peut contenir de poétique dans l'historique. ）①

福柯认为现代主义者的要务是从流行中提炼出诗意，也就是将流行转化为诗。这便是他所谓的"当下的谐拟英雄化"：当下的创造性转化。

此处值得注意的是，福柯所谓的英雄化是"谐拟"的，因为"现代性的态度不把当下视为神圣，也无意让它永垂不朽"。②他认为现代主义者以谐拟的态度面对当下，转化当下，而非仅仅捕捉那稍纵即逝的片刻："康士坦丁·居伊不是单纯的漫游者，当全世界沉睡时，他开始工作，并且改造了世界。"③然而，转化当下并非否定当下。对福柯而言，现代主义者赋予当下高度的价值，他被一种"迫切的饥渴感"所驱使，时时刻刻想象当下并转化之：波德莱尔式的现代性是一种演练；艺术家一方面对现实（le réel）高度关注，一方面从事自由实践，既尊重又挑战现实。在福柯的系统中，如同法国结构主义，现实往往是想象，或虚构的对立面。对福柯而言，现实也影射既有秩序或威权（institutional power）。我们身为知识行动的主体，总是在现实的局限下作为。一个艺术家如何可能同时既尊重又挑战现实？根据福柯的说法，透过自由实践，人可察觉限制所在，并得知可僭越的程度。他用"界限态度"（une attitude limite, or "a limit attitute"）一词，来进一步阐释他所谓的"现代性的态度"：

---

① Foucault, "Qu'est-ce que les lumières?," p.1388-1389; Porter, "What Is Enlightenment," p.40.

② Porter, "What Is Enlightenment," p.40.

③ *Ibid.*, p.41.

　　这种哲学的风骨，可视为一种界限态度……我们必须超越内／外之分，我们必须时时处于尖端……简而言之，重点在于将批判理论中必要的限制性，转化为一种可能进行逾越的批判实践。①

　　因此对福柯而言，现代性的态度不是把自我的立场预设在既存秩序之内或之外，而是同时在内又在外：现代主义者总是处身于尖端，不断测试体制权力的界限，借此寻找逾越的可能。对他来说，这是一场游戏，是自由实践与现实秩序之间的游戏。在面对体制权力时，唯有透过自由实践，个人能动性（agency）才有可能发挥。

　　综上所述，本雅明定义下的漫游者，受商品化所摆布，与群众合流，对自己处于现代史分水岭的处境，毫无所知；反之，福柯心目中的浪荡子／现代主义者，虽被限制所束缚，但却迫不及待地追寻自由；② 他自知身处于尖端，随时准备逾越界限。福柯视现代性为一种风骨（ethos），视现代主义者为具有高度自觉的行动家，一心一意从事自我创造，企图改变现状。因此在探究现代性态度时，福柯将之视为一种伦理学及哲学的命题：这是我们对自我的一种本体论批判，透过"历史实践测试越界的可能性"，是"身为自由个体的我们，对自我所从事的自发性工作"（travail de

---

　　① Foucault, "Qu'est-ce que les lumières?," p.1393; Porter, "What Is Enlightenment," p.45, with modificaitons.

　　② 演讲最后，福柯总结："此关键任务牵涉到对启蒙的信心；我始终认为，此任务就是 挑战自我的种种限制；这是考验耐力的任务，终将实现我们对自由的渴求。"（le travail sur nos limites, c'est-à-dire un labeur patient qui donne forme à l'impatience de la liberté.）请见 Porter, p.50; Foucault, p.1397.

nous-même sur nous-même en tant qu'êtres libres）[1]。再者，这种历史批判的态度，必须是一种实验性态度[2]。简而言之，对福柯而言，现代性态度是我们自发性的选择：是面对时代时，我们的思想、文字及行动针对体制限制所作的测试；目的是超越其局限，以寻求创造性转化。试问：如果在面对权力体制时，毫无个人自由及个人能动性，革命及创造如何可能？

此即贯穿本书的主题：文化翻译者发挥个人能动性在跨文化场域中进行干预，以寻求创造性转化。第一、二章将联结浪荡子美学概念及上海新感觉派作家，并详细阐释此概念。

浪荡子、摩登女郎及摩登青年

为了解浪荡子美学的概念，让我们先观察新感觉派文学中的性别三角关系：浪荡子、摩登女郎及摩登青年。在详细阐述之前，首先稍事说明新感觉派的缘起。

如本书《序》所述，本书以上海新感觉派为起点，发展跨文化现代性的概念。新感觉派兴盛于 1920 年代末至 1930 年代末，成员是一小群开始崭露头角的作家，包括刘呐鸥、穆时英、施蛰存、郭建英、叶灵凤、黑婴等人。[3]事实上，早期他们从未以新

---

　[1]　Foucault, "Qu'est-ce que les lumières?," p.1394; Porter, "What Is Enlightenment," p.47.

　[2]　Foucault, "Qu'est-ce que les lumières?," p.1393.

　[3]　Donald Keene 以 neosensationalism 称呼日本的新感觉派，并不恰当。今天的用法，sensationalism 多半与媒体哗众取宠的现象相连。"新感觉"指的是新的感官知觉，详见本书第二章。史书美在 *The Lure of the Modern: Writing Modernism in Semicolonial China, 1917-1937* 一书中，使用 new sensationism 一词。Isabelle Rabut and Angel Pino 于 *Le fox-trot in Shanghai, et autres nouvelles chinoises* (*The Fox-Trot in Shanghai, and Other Chinese Stories;* Paris: Albin Michel, 1996) 一书中，则使用 Neo-Sensationnisme 一词。

感觉派自称。新感觉派的说法，是当代评论家对他们的贬抑之词，影射他们蓄意模仿日本新感觉派作家，包括诺贝尔奖得主川端康成。日本新感觉派作家经常为文著述，为自己的新感觉派立场及纲领辩护。相对的，上海这群作家却从未对外宣称自己成立了什么派别。施蛰存晚年时甚至否认自己是所谓的"新感觉派作家"。但第一章将指出，至少到了1934年，漫画家郭建英就已经称呼自己的团体为新感觉派。

　　日本新感觉派崛起于1923年东京大地震之后，持续至1930年代初。即使这个流派在日本及中国都为时不久，其文学实践均充分展现了跨欧亚文化交流的持续不坠。跨文化现象绝非新感觉派作家的专利，当时中日两国的作家，不分派别，都在进行某种跨文化实践。此处暂不赘言，仅就新感觉派作家进行讨论。对我而言，新感觉派最重要的特征是浪荡子、摩登女郎及摩登青年的性别三角关系。在对此进一步说明前，首先说明"新感觉"一词。

　　这个词汇立刻会让人联想到浪漫主义的"感性"（sensibility）一词。但是"新感觉"与"感性"有本质上的差异。简而言之，浪漫主义强调的是诗人的主体性，以及他们如何将外在现实转化为超验的经验；而新感觉一词则强调作家的半客体立场，他们吸纳外在刺激，透过自身感受及语言的筛选再现出来，而不企求超验的表述。五官感受的和谐融合（synesthesia），在浪漫主义中象征的是灵魂的超验。反之，新感觉派作家对所谓灵魂毫不关心。浪漫主义崇尚自然追求超验经验，新感觉派作家则寻求新的表述模式——姑且称之为新感觉模式——借此汲取大都会瞬息万变世界所带来的新感官刺激，特色是肤浅的商业化及现代科技带来的速度。

　　目前关于中、日新感觉派的研究，多半聚焦于故事中的摩登女郎形象，例如史书美 2001 年出版的《现代的诱惑：书写半殖民地中国的现代主义，1917—1937》(*The Lure of the Modern: Writing Modernism in Semicolonial China, 1917—1937*)[①]，或米丽娅姆·西尔弗伯格（Miriam Silverberg）于 2006 年出版的《肉感、怪异、无内容：日本现代通俗文化》(*Erotic Grotesque Nonsense: The Mass Culture of Japanese Modern Times*)。此书把日本的摩登女郎视为"大众媒体的产物"[②]，其实中国摩登女郎亦如是。相对的，我想从另一个角度来切入讨论——我认为，近年来已成为跨文化研究及跨国研究核心议题的摩登女郎，根本是浪荡子的凝视所创造出来的产物。中、日新感觉派作家都深受保罗·莫朗（Paul Morand）影响，与他一样，在某个程度上都是自命风流的浪荡子，无论生活、书写，均以浪荡子风格自许。若非从浪荡子美学的角度探讨摩登女郎，就无法理解：摩登女郎作为现代性所建构出来的产物，如何同时既体现又批判了现代性的追求。如果借用福柯的话语，摩登女郎身为"现代"的化身，正象征浪荡子对"现代"嘲讽揶揄的态度。换言之，摩登女郎体现了浪荡子"对当下的英雄化"。

　　在此，有必要先厘清摩登女郎与其先行者——新女性——之间的差异。新女性的出现早了一二十年，但两者当然曾经同时共

---

①　近年摩登女郎的研究进入跨国视野，请见『東アジアにおける植民地の近代とモダンガール 2005 年度研究報告』御茶水女子大学。报告中研究的国家包括日本、中国、韩国、南非等，而摩登女郎的形象与国际物质文化的流动联结起来。计划成果为论文集 Alys Eve Weinbaum et al., eds, *The Modern Girl Around the World: Consumption, Modernity, and Globalization,* Durham: Duke University Press, 2008.

②　Miriam Silverberg, *Erotic Groteque Nonsense: the Mass Culture of Japanese Modern Times*, Berkeley: University of California Press, 2006, p.51.

存，也具有类似的特征。法国十九世纪末的新女性，由于家庭财富的穷尽或虚耗，必须"独立于家庭之外生活及工作"，体现的是全球的共同现象。[①] 日本青鞜社的女作家是新女性的著名代表，她们作风前卫，过着放荡不羁的波希米亚式生活。[②] 在中国，新女性可能是北京、上海、东京甚至巴黎之类的大都会中，追求启蒙及自由恋爱的中产阶级妇女，靠着写作或打工，自力更生完成大学教育。因此她们是知识分子，享有某种程度的经济自主及性爱自由。例如白薇及庐隐，在男性主导的上海及北京的五四文坛中崭露头角，我们都耳熟能详。[③] 在中国新女性形象中，最令人印象深刻的是 1934 年的电影《新女性》中的颓废女作家，与进步的左派女工形成对比。新女性与摩登女郎虽皆因离经叛道、精神颓废而饱受批判，但新女性追求自主及知识的努力，多少还赢得赞许；相对的，摩登女郎则因荒唐无知、放浪形骸（日本人说是"毫无贞操观念"[貞操観念がない]），而被毫不留情地批评。在法国，她也是受人耻笑的对象。1916 年路易·伊卡尔

---

① Mary Louise Roberts, *Civilization without Sexes: Reconstructing Gender in Postwar France, 1917-1927,* Chicago & London: The University of Chicago Press, 1994, p.11. Roberts 把摩登女郎看成一次世界大战的产物，她探索"道德与性别的创伤在战争期间如何被混淆"（p.215）. Jina Kim 在论文的引言中，区分韩国的摩登女郎与新女性形象。

② 吴佩珍「一九一〇年代の日本におけるレズビアニズム：〈青鞜〉同人を中心に」，『稿本近代文学』第 26 集（2001 年 12 月）、頁 51—65; Dina Lowy, *The Japanese "New Woman": Images of Gender and Modernity*, New Brunswisk, N. J.: Rutgers University Press, 2007.

③ Peng Hsiao-yen, "The New Woman: May Fourth Women's Struggle for Self-Liberation," *Bulletin of Chinese Literature and Philosophy, Academia Sinica* 6 (March 1995): 259-337; Sarah E. Stevens, "Figuring Modernity: The New Woman and the Modern Girl in Republican China," *NWSA Journal 15.3* (Fall 2003): 82-103.

（Louis Icart, 1888—1950）在战时杂志《刺刀尖端》（A coups de Baïonnette）上发表的一幅漫画，充分表达了这种社会观感。（图0–2）在这幅漫画中，一名摩登女郎正在一家高级服饰店中试穿新衣，她的男伴身着军装，在更衣室角落里等候。女郎在镜子里反复端详自己，漫不经心地说："战争拖了那么久……"军官边打哈欠边说道："但绝对不像你试装那么久……"。[1]（图0–2）即使战争连年、众生苦难，摩登女郎依旧不改其奢侈颓废，此主题已成跨国研究焦点。无论身在何处—— la femme moderne 所在地法国，モダン・ガール所在地在日本，摩登女郎所在的中国——摩登女郎都代表"肉感、怪异、无内容"（エロ・グロ・ナンセンス，或 érotique grotesque nonsense）。这个套语充满法文、英文和日文的联想，于1930年代传入上海后，不仅是摩登女郎，连觊觎她的浪荡子也成为笑柄。第二章分析一幅上海的漫画时，将详述之。

　　如同新女性，二十世纪二三十年代的摩登女郎不只是男性凝视下的产物，也是历史上真实的人物。真实的摩登女郎与被建构出来的摩登女郎形象之间的相互影响及重叠，是个值得探究的题目。然而本书中，我所关心的是作为文化建构的摩登女郎形象。有别于目前英、法及日文摩登女郎研究，本书从浪荡子美学——创造了摩登女郎文化形象的心态——的概念来解读她的形象。对我而言，浪荡子美学是跨文化现代性的精髓。

　　在笔者的浪荡子美学概念中，浪荡子的定义，首先必须靠他与摩登女郎的关系来界定。浪荡子与摩登女郎是一体的两面；她是浪荡子的自我投射——浪荡子对摩登女郎的迷恋，是自恋的展

---

[1]　Louis Icart, "Dessin de Icart", *A coups de Baïonnete* 4.40 (6 April 1916): 252.

— Comme c'est long, la guerre...
— ...Oh! ... bien moins long qu'un essayage.

(Dessin de Icart.)

— 252 —

图 0-2 "战争拖了那么久……"

现。更有甚者，摩登女郎是浪荡子存在的合法理由：摩登女郎是他维持浪荡子形象的必要条件。但摩登女郎是低他一等的她我。身为品位及风雅的把关者，浪荡子以教导摩登女郎的行为举止及穿着品位为己任。他一方面执迷于她的风华容貌，一方面不信任她的智力及贞操，透露出根深蒂固的女性嫌恶症（misogyny）。有趣的是浪荡子的自我矛盾；他一方面鄙视摩登女郎智性低下、水性杨花，同时却对她的魅力毫无招架之力，彻底臣服在其美色之下。我们或许可说，他半自愿地容忍她的无知、善变及无理，这其中当然有被虐情结。事实上，这是浪荡子与摩登女郎的相互折磨。

我们大可以说，对浪荡子而言，摩登女郎充其量不过是个脸蛋和身体。如果浪荡子把摩登女郎当成人体模型，他自己就是设计师。或者，更精确地说，他是人体模型与设计师的合而为一。他时时创新自我，但摩登女郎却无法自我创造。然而当保罗·莫朗遇见香奈儿（Coco Chanel）时，立即认可她是身为设计师、懂得如何自我创新的摩登女郎，视她为女性浪荡子。他以香奈儿为完美的她我，并在他的书中赋予她叙事者的声音，让她述说自己的故事。第二章对此将有充分讨论。

本书中显示浪荡子对摩登女郎爱恨交织的词汇——"女性嫌恶症"——实际上出自一个上海新感觉派故事，其中摩登女郎与摩登青年幽默地以此词汇彼此嘲弄。第五章将详细讨论。摩登青年足堪比美摩登女郎，是浪荡子低等的他我。在日本他出现于大正末年昭和初期，一派浪荡子作风，被称作モダン·ボイ（modern boy）或モボ（mobo），是与モガ（moga）、亦即 モダン·ガール（modern girl）相对应的人物。文化批评家及记者新居格，首先创造了摩登青年（モボ）、摩登女郎（モガ）、马克思青年（マルク

ス・ボイ）及恩格斯女郎（エングルス・ガール）等新词汇。[①] 如果要一窥当时摩登女郎与摩登青年成双成对的形象，可看田中比左良 1929 年所发表的四十八格连环漫画《摩登姑娘与摩登少爷》（「モガ子とモボ郎」）。第十九格中，摩登女郎与摩登青年皆一身西式衣着、打扮入时，却无奈地看着一名乡下女孩，脸上表情极端挫折。女孩头系印花方巾，身上背着婴儿，小小年纪，却显然早已投身劳动市场。她唱歌似的，揶揄嘲讽两人的无所事事、一无是处："摩登女郎算是人的话，连电线杆都会开花！"女孩脚边蹲着一只青蛙，"呱呱"呼应着："摩登女郎！蠢蛋！摩登青年！蠢蛋！"[②]（图 0–3）整整四十八格漫画都在描绘摩登女郎对流行时尚的热切追求；她喜爱海水浴甚于传统的温泉；她忸怩作态，存心折磨摩登青年，总是挑战他参与网球及溜冰之类的时兴现代运动。

摩登女郎的研究已成为跨国、跨学科的显学，相对的，中、日摩登青年的研究，却仍乏人问津。如同摩登女郎，他也是商业广告的宠儿，如帽子、香烟、美发、服饰等广告；人们对他多是

---

　　① 大宅壮一「百パーセント・モガ」、『大宅壮一全集』第 2 卷、蒼洋社、1980 年、頁 10—17："A 夫人是日本第一位摩登女郎，也就是摩登女郎的原型。至少应该说，我的朋友 N 君发明了摩登女郎这个词汇来形容她"。此处所说的 N 君是新居格。请见鈴木貞美编『モダン都市文学 II モダンガールの誘惑』平凡社、1989 年、頁 397："'我的友人 N 君'指的是新居格。"请见嘉治隆一「新居格と岡上守道—独創的文化記者ゴスモポリタン記者」、朝日新聞社编『折り折りの人』第 2 卷、朝日新聞社、1967。根据这篇文章，新居格发明了摩登女郎（モガ）、摩登青年（モボ）、马克思青年（マルクス・ボイ）、恩格斯青年（エングルス・ボイ）等新词汇。

　　② 田中比左良「モカ子とモボ郎」(1929)、『田中比左良画集』講談社、1978 年、頁 129—144。

语带贬义。摩登男女皆被贬为颓废的象征，都是"肉感、怪异、无内容"的体现。我们可以说，摩登青年是浪荡子低一等的同性他我。

图 0-3 摩登姑娘与摩登少爷

　　每个摩登男女身上都有浪荡子的影子，反之亦然。在年纪上，浪荡子与摩登男女有差异：摩登男女相对年轻，大约从十来岁到三十出头岁；浪荡子却没有年龄的限制。然而，两者之间最大的差异不在年纪，而在于浪荡子的艺术执着。摩登男女的职业经常是舞女、售货员、记者，甚至是律师——当然，还可能身兼情妇或牛郎；而艺术是浪荡子主要的，甚至是唯一的工作。他表面上看似无所事事，实际上是从事创意工作。与摩登男女一样，浪荡子钟爱时尚衣着及品位生活，但却致力于美学实践。浪荡子美学除了意味时尚生活品位，更是一种美学宣言，第一、二章将详述之。第一章以刘呐鸥作为典型的浪荡子。他生于殖民时期的台湾，在日本受教育，以上海新感觉派的领袖奠定文名。他的 1927 年日记及其他作品，充分显示出他的浪荡子本色；他的浪荡子美学就是一种美学实践。第二章以浪荡子美学的概念，联结保罗·莫朗及其中、日追随者。本书中摩登女郎与摩登青年反复出现，与浪荡子／文化翻译者形成对比。

浪荡子美学的深层理论意义尚待开展，第一、二章将详尽讨论。就本书所谓跨文化现代性的角度而言，浪荡子是一个自觉自发的行动家，他身处跨文化场域，在艺术、语言及文化领域从事创造转化；他是带领潮流的人物。反之，摩登男女就是跨文化场域本身，他们随波逐流，对潮流的历史意义毫无所知。浪荡子扮演着文化翻译者的角色，转化了跨文化场域中流入流出的形形色色讯息；摩登男女则像容器一般，接收了外来的讯息，又原封不动地输出讯息。上述讨论的田中比左良的连环漫画，可充分说明摩登女郎这种特质。

漫画的第一格里，摩登女郎正在读报，嘴里复诵着："什么……你瞧瞧……日本式轻薄透明的衣物都严禁……东京都警务局规定……赞成！"在第二格中，她对街上身着轻薄罗衫的女子说道："穿这种罗衫真是可耻，别再穿了。这是日本女性之耻！"被指控的传统妇女大为震惊，反问："那你自己身上穿的薄衫呢？"在第三格中，身着香奈儿式雪纺连衣裙、敞露双膝的摩登女郎，回应了一连串以"的"为后缀的形容词，来区分两人衣着的差异："我的是审美的、艺术的、独创的、文化的、发挥处女美的。无论如何，就是不同。你的是轻佻的、颓废的。"[1]（图0-4）

此处摩登女郎的举止，表现出她是典型的知识接收者／传递

---

[1]　田中比左良「モカ子とモボ郎」(1929)、『田中比左良画集』講談社、1978 年、頁129。

者。首先，她从报章杂志上汲取信息，然后遵守东京都警务局禁止传统服饰的命令，开始自动自发在大街上替警察管教路人。其次，她身穿最流行的巴黎服饰，发上却插着小小的日本国旗；这种不协调的搭配，其实展现的是明治时期爱国主义的教条："脱亚入欧"，想象日本强大西化后、可以与欧洲帝国主义国家平起平坐（详细讨论请见第三章）。其三，她的语言里使用大量的"的"字，反映了明治时期欧化的日本语言。根据《明治大正昭和世相史》所述：

> 明治十年 [1877] 后，哲学家开始使用"积极的""旁系的""抽象的"之类词汇，因而导致其他新造词汇的使用，都是在复合词后面加上"的"字：例如"文学的""野蛮的""妇女的"。在明治二十二 [1889] 年左右，这种用法开始普及。①

---

① 加藤秀俊等『明治·大正·昭和世相史』社会思想社、1967 年、页 107。

羅物征伐の巻

「なに……いかがわしき羅物厳禁……警
視庁……だ……大賛成！」

「そういう羅物の着方はみっともないからお
止しなさい、日本女子の恥です」
「あなただって羅物？」

「あたしのは審美的で芸術的で独創的で文化
的で処女美発揮的で、的は的でもの的が違う。
あなたの的は挑発的で頹廃的です」

图 0-4　摩登姑娘与摩登少爷

　　无论在语言上或意识形态上，摩登男女只是鹦鹉学舌般地复制信息；相对的，语言的创新正是新感觉派书写的特征之一。笔者以"混语书写"（随意混用不同语系的词汇）的概念，来讨论新感觉派语言中的跨文化混种现象。对笔者而言，混语书写正是跨文化现代性的精神所在，因为它凸显了文化翻译者折冲周旋于外来／本土、国家／地方、古典／白话、精英／通俗的语言符码之间。透过混语书写的分析，我们可看出翻译者在不同的权力体制间进行创造性转化；在引介新概念的同时，也创造了新的表达模式。

　　第三章聚焦于横光利一小说里的摩登男女形象。他们被革命及帝国主义战争的浪潮席卷到上海，但却丝毫不知自身的经历有何重大历史意义。他们是福柯定义下的城市漫游男女，是群体大众的一部分，沉迷于时间洪流中的"晕眩感"。反之，浪荡子／作家／文化翻译者在小说及漫画中创造了摩登男女的形象，以冷嘲热讽的态度面对自己的时代，以全新的表达模式完成了创造性转化。第四章、第五章均由摩登男女起首，他们挪用专业术语及科学用语时，故意扭曲嘲弄，凸显了作家蓄意嘲讽时人对"现代"的趋之若鹜。新感觉派作家创造可笑的摩登男女形象，并借此自嘲，对自己身为跨文化场域中的现代性推手有高度自觉。这两章主要讨论文本的旅行及文化翻译者在跨文化场域中与这些文本的邂逅，分析他们进行创造转化的能动性。相对于文化翻译者，摩登男女充其量只是复诵从小说及媒体上所学来的信息。

　　为了说明浪荡子／文化翻译者的自我嘲讽及自我意识，笔者从 1936 年《时代漫画》上的一幅连环漫画入手:《未来的上海风光的狂测》。漫画总共十二格，描绘一群雄赳赳气昂昂的摩登女郎，几近全裸，一派大都会未来领袖的姿态。第一格描绘的未来世界中，丁字裤是唯一允许的衣着。摩登女郎在路上巡逻，查缉穿着外裤的男人，因为外裤是"封建的余孽"。①（图 0-5）所有工作都被女性占了，包括拉人力车在内；男人则失业，赋闲在家。雇用美男子当服务生轰动一时，一女多夫也成为时尚，因此而造成性病的泛滥流传，结果是"性病医院多于香烟店"。如第七格显示，男性杂志成为畅销书，色情书刊更是当街贩卖，包括《性史》，是传奇人物"性博士"张竞生编撰的，为一本蔼理斯式的个人性经验个案研究。②（图 0-6）这个由摩登女郎主导的未来社会，显然是蓄意揶揄张竞生 1925 年的《美的人生观》及《美的社会组织法》中所想象的女性中心社会。

在他想象的未来世界中，女人以其性权力进行统治，以审美直觉转化社会种种，包括服装改革、鼓吹清凉衣着，还推行前卫的全裸海浴。③上海浪荡子想象出来的荒谬未来世界中，女人宰制一切，男人成了不折不扣的性奴隶。这无疑是浪荡子的自嘲，讽刺自己对摩登女郎无可救药的迷恋，受制于她的性魅力而不可自拔。

其次，如第八格所示，摩登女郎时兴的休闲娱乐是带乌龟与

---

　　①　张文元：《未来的上海风光的狂测》，收入沈建中编《时代漫画 1934—1937》下册，上海社会科学院出版社，2004 年，页 404—407。原发表于《时代漫画》杂志 30 号（1936 年 9 月 20 日）。

　　②　同前注，页 406。

　　③　Peng Hsiao-yen, "Sex Histories: Zhang Jingsheng's Sexual Revolution," in *Critical Studies: Feminism/Femininity in Chinese Literature*, eds. Peng-hsiang Chen & Whitney Crothers Dilley, Amsterdam: Editions Rodopi B.V., 2002, pp.159-177；彭小妍：《性启蒙与自我的解放："性博士"张竞生与五四的色欲小说》，收入《超越写实》，联经出版公司，1994，页 117—137。

蛇在街上散步。[①]（图 0-7）在中文脉络里，乌龟有戴绿帽子的意涵，妻子与人私通的男人被称作龟公。蛇是传统祸水红颜的象征，此处可指涉牛郎，也就是未来女性中心社会中的祸水美男。对本书而言，更有趣的是乌龟与漫游者的关联。如熟悉本雅明《波德莱尔笔下的第二帝国》一文，立即会联想到本雅明这段话：

> 他［漫游者］生性游手好闲，以此姿态抗议现代劳务分工的专业化。对孜孜矻矻劳碌终日的人，他当然也嗤之以鼻。
>
> 1840 年左右，一度流行在拱廊商场里带乌龟散步。漫游者喜欢让乌龟替他们设定散步的速度。如果让他们随心所欲的话，时代进步的速度也不得不跟随他们的步伐而调整。[②]

图 0-5 未来的上海风光的狂测（其一）

---

① 张文元：《未来的上海风光的狂测》，页 406。

② Walter Benjamin, *The Writer of Modern Life: Essays on Charles Baudelaire*, p.84.

图 0-6 未来的上海风光的狂测（其二）

图 0-7 未来的上海风光的狂测（其三）

　　对本雅明而言，拱廊商场里遛乌龟表面上似乎显示浪荡子的百无聊赖，以及他梦游终日对逝去时光的乡愁，[①] 但事实上却象征了波德莱尔式漫游者面对工业化的姿态，也就是对工业化、现代化分工、勤勉及进步的抗拒。但是此处上海浪荡子的未来上海狂想曲，却转化了本雅明的漫游者原型，将漫游青年变成了漫游女郎。未来上海世界中的摩登女郎，脚下遛的不仅是乌龟，还有浪荡子和摩登青年，更包括浪荡子祖师爷波德莱尔——他们一个个都心甘情愿地拜倒在她魅力之下。上海浪荡子的戏仿，一方面将欧洲现代主义带进中国，一方面对摩登女郎、浪荡子的原型（即波德莱尔）及自己都大肆嘲弄一番。这一切无他，端赖他的创造性转化。

----

　　① Walter Benjamin, *The Arcades Project,* 4th ed. trans. Howard Eiland and Kevin McLaughlin, Cambridge, Mass.: Harvard University Press, 2003, p.106. 本雅明说道："圆拱廊空间里的生命无声流动，如同梦境一般。漫游是这个梦境的韵律。1839 年，乌龟热横扫巴黎。我们可以想象，比起林荫大道，优雅的人们更容易在圆拱廊里模仿乌龟的步伐。"

第一章

浪荡子、旅人、女性鉴赏家： 台湾人刘呐鸥

永恒的旅人：跨文化实践

1927 年 5 月 5 日，刘呐鸥（1905—1940）在家乡台南送别了启程返回东京求学的弟弟，在日记中以法文写下："Bon Voyage! O! frère!（祝一路顺风！噢！兄弟）①。"虽然他一心渴望返回上海，但是由于祖母的丧事，他必须留在台南。受波德莱尔诗句 "Hypocrite lecteur, mon semblable, mon frère!"（伪善的读者，我的同类，我的兄弟！）② 的启发，刘的远航诗兴听来像是跨文化呓语，语言及情感均难免矫揉造作。刘的日记年份记载大正十六年，由东京新潮社出版。事实上大正天皇只在位十五年，他于 1926 年 12 月 25 日崩殂，事出突然，显然连出版社都来不及改正出版年份。刘呐鸥很有可能于那年末返回东京时，购得此日记，也可能是在上海居留时购得。

刘呐鸥出身地主家庭，十二岁时丧父。他与母亲长久以来相处不甚融洽。对他而言，母亲代表"封建制度"的余孽。值得庆幸的是，如同当时台湾大部分的富裕人家，母亲供他和弟妹到当

---

① 刘呐鸥的孙子在台南家中衣柜发现他的 1927 年日记，于 1990 年代中期交付给笔者。此日记的日文部分译为中文，并加上注释后，于 2001 年出版，共两册。关于刘呐鸥的家世和教育背景，请见拙作《浪迹天涯：刘呐鸥一九二七年日记》，《中国文哲研究所集刊》第 12 期（1998 年 3 月），页 1—40，收入《海上说情欲：从张资平到刘呐鸥》，台北"中研院"，2001 年，页 105—144。

② Charles Baudelaire, "Au lecteur"（给读者）, in Oeuvers completes, Complete Works; Paris: Gallimard, 1990, vol.1, pp.5-6. 在波德莱尔的《恶之花》中，航海象征精神的自由、心灵的提升，与平庸的世界成对比，由《给读者》这首诗即可见。亦请见 "l'homme et la mer"（航海之人）, in Oeivers completes, vol. 1, p.18. 此诗赞颂人与海为相互斗争的永恒斗士，以 "O lutteurs eternels, o frères implacables!"（喔！永恒的斗士，喔！难以和解的兄弟！）作结。

地大陆和台日求学。年仅二十二的刘呐鸥早已云游四海，时时在大陆和台日穿梭游历。他日记里拗口的白话中文，混杂了英文、法文、日文、德文及中文等词汇。人如其文，他本人事实上是个不折不扣的"世界人"——这是 1940 年他因不明因素被谋害后，一名友人给他的封号。[1]此称谓充分点出刘呐鸥身为跨文化文人，为了追求艺术的自由完美，跨越了国家、语言及文化的界限。

　　事实上，刘呐鸥的日常生活处处受限。他出生于 1905 年的台湾，因国籍为日本，在台湾受教育的机会有限，于是他 1920 年从台南的长荣中学转学至东京青山学院的中学部。[2]1923 年他继续于青山学院的高等学部深造，并于 1926 年 3 月以优异成绩取得英国文学学位。[3]1926 年他进入上海震旦大学的法文班就读，成为戴望舒的同学。次年，施蛰存与杜衡也进入该学程就读[4]。刘呐鸥在 1927 年 1 月的日记中记载：这批日后成为新感觉派作家的青年才俊，当年梦想共同创立一本名为《近代心》的期刊，结合图画及轻松小品，借此沟通精英与通俗品位间的鸿沟。[5]这个梦想要等到 1934 年 1 月，漫画家也是新感觉派同人郭建英在刘呐鸥一伙人支持下，就任《妇人画报》主编后，才得以实现。这

---

① 黄天佐（随初）：《我所认识的刘呐鸥先生》，《华文大阪每日》第 5 卷第 9 期（1940 年 11 月），页 69。本章稍后将讨论刘呐鸥的暗杀。

② 请见秦贤次：《张我军及其同时代的北京台湾留学生》，收入彭小妍编《漂泊与乡土——张我军逝世四十周年纪念论文集》，台北"文建会"，1996 年，页 57—81。

③ 参见《留京卒业生送别会》，《台湾民报》第 99 号（1926 年 4 月 4 日），页 8。

④ 施蛰存：《震旦二年》，收入陈子善编《施蛰存七十年文选》，上海文艺出版社，1996 年，页 289—290。

⑤ 请见 1 月 18 日及 19 日两天的日记。

方面本书第二章将进一步论及。

日殖时期的台湾，感怀离散漂泊、寄情文艺抵抗认同危机的，非仅刘呐鸥一人。此类知识分子为数众多，例如杨逵（1902—1955），1924 至 1927 年间于日本留学，日后成为台湾无产阶级作家的前锋；张我军（1902—1955）是台湾白话文学运动的领袖之一，他在 1921 至 1946 年间在北京断断续续地就读中国文学，教授日文；张深切（1904—1965）于 1917 至 1921 年间在日本留学，1923 至 1924 年间于上海就读，日后成为作家、剧作家、电影剧作家，以及电影工作者，活跃于中日之间。

刘呐鸥曾任职南京国民政府经营的中央电影摄影厂，担任电影编导委员会的主任。[①] 在此任上，他于 1937 年制作了一部反日电影《密电码》。他也为左翼电影公司拍摄了好几部电影，例如 1936 年他为明星公司拍摄了《永远的微笑》，由当时的巨星胡蝶担纲演出；同年为艺华影片公司，他编剧并执导《初恋》。1937 年，他为日本东宝映画出资的光明影业公司改编了赛珍珠（Pearl Bucks）的小说《母亲》（Mother），拍成电影《大地的女儿》。在抗日战争期间，日本人的"兴亚院文化部"于 1939 年成立"中华电影公司"，他受聘为经理。[②] 涉足于诡谲多变的半殖民政治风云中，刘呐鸥实应如履薄冰。

1940 年 9 月 3 日，刘呐鸥被一不知名枪手暗杀。出事前他正与友人在餐厅用餐，枪手埋伏于楼梯口，待宾客散尽，刘下楼预备回家时，枪手疾步而出，朝他连开三枪[③]，暗杀原因至今仍是文

---

① 《福州路昨日血案／刘呐鸥被击死》，《申报》（1940 年 9 月 4 日），页 9。

② 黄天佐：《我所认识的刘呐鸥先生》。"兴亚院"是日本于 1938 年 12 月 16 日成立的情报机构，用来管理并控制其迅速扩张的殖民地日常行政及企业发展。

③ 黄天佐：《我所认识的刘呐鸥先生》。

学史的谜团。案发当时十余人的聚会，是为了庆祝他继新感觉派作家及电影工作者穆时英之后，继任"国民新闻社社长"。事发之后，刘呐鸥马上由友人驱车送至邻近的仁济医院，但在抵达医院不久后便与世长辞了。

　　就在两个多月前，于6月28日，穆时英在"国民新闻社"社长任上被人枪杀，也是在送往仁济医院途中毙命。[①] 没有人知道这两起谋杀是否有所关联，又是否为同一机构所为。有谣言传说，刘呐鸥是被日本的秘密机构所谋杀，因日本政府认为他替国民党担任双重间谍的工作。另一方面，却有人认为是国民政府的秘密单位所策划，因为他与日本人合作。[②] 施蛰存甚至认为是杜月笙所为，因为刘呐鸥欠下大笔赌债。[③] 不管谋杀原因为何，刘呐鸥的死亡指出了一个事实：半殖民地上海人命的脆弱不堪。由于没有一个单一政府可以彻底执法，任何国籍之人，其人身安全均无完全保障。刘呐鸥的跨文化实践及暧昧的身份认同，无异雪上加霜。

　　面对多重身份认同，刘呐鸥最后选择自命为现代主义者，此身份正符合他浪荡子的性格及生活方式。如同众多的当代中国作家，刘呐鸥以几篇乏善可陈的短篇普罗小说，展开文学事业。1929年他自资创立一家书店，成为当时左翼知识分子聚会的场

---

　　① 　同前注。关于穆时英及刘呐鸥暗杀新闻的报道，请见1940年6月29日至9月底的《国民新闻》。亦可见《福州路昨晚血案／穆时英遭枪杀》，《申报》（1940年6月29日），页9。史书美认为刘呐鸥死于1939年，这是从严家炎沿袭而来的错误。请见严家炎：《中国现代小说流派史》，人民文学出版社，1989年，页131—141；Shu-mei Shih, *The Lure of the Modern: Writing Modernism in Semicolonial China, 1917-1937*, p.276.

　　② 　参见严家炎：《中国现代小说流派史》，页131—141。

　　③ 　1998年10月与施蛰存先生访谈过程中，由他所透露。

所，直至国民政府强行关闭为止。① 由于厌倦于普罗文学的内容重于形式，他旋即转向现代主义。② 当时《文艺新闻》的主编楼适夷，曾批判刘及其小团体的现代主义小说。他于 1931 年分析施蛰存的作品时，说道："比较涉猎了些日本文学的我，在这儿很清晰地窥见了新感觉主义文学的面影。"③ 事实上，刘及其同伙从未以新感觉派自称。1934 年 4 月，《妇人画报》的主编郭建英首度承认这个标签，并在《编辑余谈》中写道："黑婴先生是现代中国新感觉派小说家中之新人。"④

刘呐鸥的现代主义美学，是透过一连串复杂的文化内化过程（acculturation）而形成，这是"文化间转介挪用的过程，其特色为各民族的特质与成分持续跨越流动，结果产生新型的混合模式"⑤。就拉丁美洲文化融合的脉络来说，"文化内化过程"强调的是"强势文化的单向强制接受"。相对的，古巴人类学家费尔南多·奥尔蒂斯（Fernando Ortiz, 1881—1969）创造了"跨文化"（transculturation）一词，说明文化间的动态其实是"双向的施与受"⑥。虽然表面上第三世界的作家及艺术家似乎只是模仿强势文

---

① 黄天佐：《我所认识的刘呐鸥先生》。

② 同前注。

③ 楼适夷：《作品与作家：施蛰存的新感觉主义——读了〈在巴黎大戏院〉与〈魔道〉之后》，《文艺新闻》第 33 号（1931 年 10 月 26 日），页 4。楼是当时《文艺新闻》的主编。

④ 郭建英：《编辑余谈》，《妇人画报》第 17 期（1934 年 4 月），页 32。

⑤ 笔者此处引用 *Webster's Third International Dictionary* 中 acculturation 的定义。

⑥ 参见 Silvia Spitta, *Between Two Waters: Narratives of Transculturation in Latin America,* Houston, TX: Rice University Press, 1995, pp.3-4. 关于拉丁美洲 transculturation 及 acculturation 定义的详细讨论，请见同书的 1—28 页。

化，这种"双向的施与受"基本上是一个创造转化的过程。刘呐鸥一方面必须仿效并忠于通行国际的现代主义美学，但其作品中呈现的现代主义特质及元素，却必然与其原生文化传统及个人历史结合。伪装成福建人的刘呐鸥，以波德莱尔为师，以日本的新感觉派为楷模，但内心深处仍是不折不扣的台湾人，即便历经了一定的转化。刘呐鸥的现代主义美学中的"新型的混合模式"绝非仅只是波德莱尔或日本新感觉派的仿造。漂泊离散的生命经历让刘呐鸥内化了这些国际趋势，就某种程度而言，他也从岛民狭窄的视野中解放出来。他的生命及作品展现了跨文化的精髓。

我们即使谴责殖民政策的不公不义及放逐（无论自发或被迫）的失落感，也不应忽略殖民主义带来的现代化——现代化不仅有利于殖民者，也同样有利于被殖民者。漂泊离散经验，更可能带来自由解放。问题在于，对刘呐鸥这样的作家而言，如果具有普世（universal）价值的文学典律可能开创个人的自我解放，他们如何面对自己作品中的特殊性（the particular）？伊格尔顿（Terry Eagleton）曾讨论爱尔兰作家的类似问题。他指出，这种矛盾并非无法解决，不必担心"特殊性（particularity）被普世理性（universal Reason）压抑，具体的爱尔兰人被世界公民的概念勾销，或被颂扬为独特不可化约的生命，以至于无法接纳任何外来的启蒙理性"①。的确，即使遵从普世的美学典律，每个艺术家的作品都印记了个人的情绪、感性、冲动，以及地方、区域、国族的特殊性。

---

① 参见 Terry Eagleton, "Nationalism: Irony and Commitment," in *Nationalism, Colonialism and Literature, ed. Seamus Deane,* Minneapolis: University of Minnesota Press, 1990, pp.23-42.

典型浪荡子及女性嫌恶症

刘呐鸥的现代主义在他的浪荡子美学中表现得淋漓尽致。在笔者的概念中，浪荡子美学不仅是一种文学模式，也是一种生活风格。就生活风格而言，浪荡子有钱有闲，十分重视仪容及服饰的细节。从刘呐鸥 1927 年日记可看出，他对衣着有独特的品位。依据他的习惯，总是到特定的店家去裁制不同风格的衣服，例如 4 月 5 日记"在王庆昌做了一套春服，两套夏天的白服"；又例如 12 月 8 日"去王顺昌做套 Tuxedo [大礼服]"；12 月 12 日"去王顺昌试衣"。① 在 1930 年代中期的上海,他自制了一部影片,以英文命名为 *The Man who has the Camera*（《手持摄影机的人》）。影片中他身着白色西服及礼帽,在不同场合反复出现,这显然是他最喜爱的服饰。② 除此之外,他热衷于跳舞,并以"舞王"的名号纵横舞厅。他与友人经常切磋舞技,甚至研究舞蹈手册,以精进舞艺。在 2 月 3 日,他写道："回到他家中,教他 Foxtrot [狐步舞]。"③ 此处"他"指的是刘呐鸥的台南同乡好友林澄水,当时在上海工作。刘呐鸥 7 月的阅读书单中,有两本舞蹈手册,皆

① 参见刘呐鸥：《刘呐鸥全集·日记集》上册，彭小妍、黄英哲编译，页 232；《日记集》下册，页 762、770。

② 电影有另一个英文名称 The Man with a Hat（戴帽子的人）。从电影中刘呐鸥孩子的年记推论，可推测电影拍摄于 1930 年代中期。在 1934 年左右，刘呐鸥举家迁居上海，包括妻子、两个儿子和女儿。1936 年另一个女儿、1938 年另一个儿子于上海出生。刘呐鸥纪录片的标题，显然是响应 1929 年上映的俄国纪录片 Living Russia, or the Man with a Camera。原片名为 Cheloveks kino-apparatom。详细讨论请见本章稍后。

③ 参见刘呐鸥：《刘呐鸥全集·日记集》上册，彭小妍、黄英哲编译，页 102。

是法文书名：*Apprenons à danser*（《让我们来跳舞》）及 *Danses modernes*（《现代舞蹈》）。8 月的阅读书单又有另一本舞蹈手册：*Dancing Do's and Don'ts*（《舞蹈窍门与禁忌》）[①]。值得注意的是，浪荡子的表现必经反复演练，才能臻至完美。

表面上，刘呐鸥的浪荡子美学不过是生活风格及品位的呈现，是上海都会的富裕阶级——即民主中国的新兴贵族阶层——才能享受的品位。但是对浪荡子而言，追求完美的境界，不仅是生活风格或品位，而是一种态度，是自我创造的动力。他日记中记录的舞蹈手册告诉我们，刘呐鸥并不满足于自己的舞艺优良；他总是钻研舞艺的完美，不遗余力。为了说明刘呐鸥自我创造的强烈欲望，此处应提到他的欧洲心灵导师——波德莱尔。刘呐鸥是 1930 年代典型的上海浪荡子，然而我们却不该忘记，浪荡子的系谱可上溯至十九世纪下半叶，直至巴黎的波德莱尔或伦敦的王尔德（Oscar Wild）。波德莱尔不仅是著名的浪荡子，更写了一篇专论，将浪荡子定义为一个族类。浪荡子这个族类，跨越了国家及时间的界限。

如果我们仔细阅读波德莱尔《现代生活的画家》（*The Painter of Modern Life*）中，《现代性》（*La Modernité*）及《浪荡子》（*Le Dandy*）二文的某些段落，可明显看出，福柯对现代性的诠释（如本书导言所述），多半来自波德莱尔；而福柯《性史》的核心概念——"修道性的自我苦心经营"（ascetic elaboration of the self）——意义也就更加清晰了。

在《浪荡子》一文中，浪荡子被定义为"有钱有闲的人"

[①] 刘呐鸥 1927 年的日记，每个月后都附有阅读书单。参见刘呐鸥：《刘呐鸥全集·日记集》下册，彭小妍、黄英哲编译，页 486、553。

（L'homme rich, oisif），其唯一要务为"优雅"（l'élégance），自幼即养尊处优，惯于他人的服从。他总是"容貌出众"，热衷"出类拔萃"（distinction）。除此之外，浪荡子美学是一种"不成文体制"（une institution vague），意指此道并无金科玉律。根据波德莱尔，浪荡子美学是在"律法之外"（en dehors des lois）的体制，但自律严谨，所有此道中人，即使个性火浪独立自主，均严格服从。对熟悉此不成文法的此道中人而言，最大的动力是"成为独一无二的热望"（le besoin ardant de se faire une originalité）。[①]

除了将浪荡子美学视为"体制"，波德莱尔还指出，浪荡子美学近乎"精神主义及坚忍克己"（spiritualisme et ... stoicisme）。在他心目中，浪荡子的奢华品位及优雅的物质生活，充其量只象征浪荡子精神的"贵族优越感"（supériorité aristocratique de son esprit）。波德莱尔认为浪荡子美学是一种宗教，以优雅及原创性为教义，其教义比任何宗教都要严格。他认为浪荡子美学多半出现于过渡时期——贵族体制摇摇欲坠、民主体制尚未完全成立的交接时期——目的是"打造新的贵族阶级"（le project de fonder une espece d'aristocratie）。因此，浪荡子美学以优雅及原创为其不成文法则，以品位出众为阶级标杆，不屑与平庸琐碎为伍（对波德莱尔而言，琐碎是万劫不复的屈辱）。此处可以轻易看出，布尔迪厄（Bourdieu）的品位区格概念，与波德莱尔类似。

除此之外，浪荡子美学对女人也有独特看法，从《现代生活的画家》中的《女人》（La femme）一文便可见。浪荡子有如刘呐鸥，既爱女人的肉体，又患有无可救药的女性嫌恶症。他认为只

---

① Charles Baudelaire, "Le Peintre de la vie modern", in *Oeuvres completes*, 1863, vol. 2, p.710.

有男性才有智性思考及表现的能力，而女性则只能纵情色欲，利用男人来满足其性需求，毫无智性发展的可能。讽刺的是，像刘呐鸥这样的浪荡子，整日流连舞厅妓院，总是与各式各样的女子发展性关系。波德莱尔如此定义："有关浪荡子美学，如果我谈到爱，这是因为恋爱是游手好闲的人的天职，但浪荡子却并不特别以爱情为目的。"（Si je parle de l'amour à propos du dandysme, c'est que l'amour est l'occupation naturelle des oisifs. Mais le dandy ne vise pas à l'amour comme but special）①

　　从刘呐鸥 1927 年的日记可见，在他心目中，女人既迷人又具毁灭性的"致命女性"（femme fatale）形象，是根深蒂固的。例如，日记中他把妻子视为吸取其精血的吸血鬼。他妻子比他年长一岁，是他的表姐，两人的母亲是亲姐妹。1922 年结婚时，刘呐鸥年仅十七。结婚头几年刘呐鸥一直不满意，因为这种媒妁婚姻对他而言是封建余孽，更因两人在个性及教育程度上无法匹配。如同当年有钱人家的女儿，他的妻子是请老师在家授课的。两人相处不快的事实，可从刘呐鸥日记中妻子很少出现而看出端倪。当年 1 月，刘呐鸥结束了上海震旦大学的法文课程，正过着游手好闲的浪荡子生活，整日寻花问柳，无所事事。妻子首先出现在 1 月 17 日的日记中，刘呐鸥抱怨她的日文信写得太糟，不知所云。2 月 1 日，他提到写了几封信，分别给母亲、祖母、妻子及朋友。4 月 17 日，他自上海返回台南家中，奔祖母的丧，但却迟至 5 月 18 日才提到妻子；这是她第三次出现在他的日记中。

　　在当天及次日的日记中，他逐渐把她看成是女性，甚至是"致命女性"的代表。5 月 18 日，他写道：

———————————

　　① 同前注。

　　啊！结婚真是地狱的关门。我不知道女人竟然得笨呆到
这个地步……女人是傻呆的废物……啊，我竟被她强奸，不
知满足的人兽，妖精似的吸血鬼，那些东西除纵放性欲以外
那知什么……[1][笔者删减]

次日又写道：

　　女人，无论哪种的，都可以说是性欲的权化。她们的生
活或者存在，完全是为性欲的满足……的时候，她们所感觉
的快感比男人的是多么大呵！她们的思想、行为、举止的重
心是"性"。所以她们除"性"以外完全没有智识，不喜欢
学识东西，并且没有能力去学，你看女人不是大都呆子傻子吗！[2]

　　熟悉波德莱尔的人，都读过《恶之花》中的《吸血鬼》（Le
vampire）一诗，说话者因自己"被诅咒的奴隶状态"（esclavage
maudit）而饱受折磨；他仰女人鼻息，被捆绑在她的床上，犹如
"罪人身上捆绑的锁炼（链）"，又如"肉蛆之于腐尸"。最后他诅
咒她，称她为"吸血鬼"。[3]我们将上述刘呐鸥的引文，比较波德
莱尔在《巴黎的忧郁》（Spleen et ideal）第五首诗中的致命女性形
象，便可见其相似之处：

---

[1]　参见刘呐鸥：《刘呐鸥全集·日记集》上册，彭小妍、黄英哲编译，5 月
18 日，页 322。

[2]　同前注，5 月 19 日，页 324。

[3]　Charles Baudelaire, "Le Vampire," in *Oeuvres completes,* vol. 1, p.33.

> 唉，女人！像蜡烛般惨白，
> 淫荡啃蚀你们又抚育你们；少女呀，
> 从母体的邪恶继承了
> 生殖的一切丑陋！
>
> （Et vous, femmes, helas! Pâles comme des cierges,
> Que ronge et que nourrit la débauche, et vous, vierges,
> Du vice maternel traînant l'hérédité
> Et toutes les hideurs de la fécondité! ）①

　　在刘呐鸥心目中，女人没有真正的感觉或爱，只一味追求性爱，而她的性欲往往导致男人的毁灭。就浪荡子的语汇而言，男人是智性的象征也是精神的导师，而女人则是性象征及纯肉体的动物。对他来说，女人只有两种功能，都与肉体相连：性爱及生孩子。他透过波德莱尔的诗句称呼妻子为"吸血鬼"，但是若仔细阅读，不难发现风流成性的他，传染了梅毒给妻子，造成她流产。5 月 11 日，他发现自己可能感染了"毒疹"。5 月 17 日，他做了血清检查，证明毒疹就是梅毒。次日他抱怨梅毒又犯了。5 月 20 日刘呐鸥"坐脚踏车去桥头庆祥注射。母亲问病因，我说不知道，恐怕是由上海的浴间"传染的。接着又说："她（素贞）却自己说，真 é 前次生的孩子，医生说都是疮毒死的。""疮毒"（そうどく）在日文就是梅毒的意思。刘呐鸥还说，素贞因为自己的"妇人病" [此为日文词汇；素贞不通中文]，已经自愿作了两次血清检查。刘呐鸥的反应，表现出典型的男性沙文主义："这

---

① 　Baudelaire, "verse 5, Spleen et ideal," in Oeuvres completes, vol. 1, p.12.

样看起来，我倒不知道毒由何而入的了。"①梅毒是造成波德莱尔之死的致命疾患，我们的上海浪荡子也无法幸免。

尽管浪荡子的女性嫌恶症根深蒂固，他对女性外貌及身影的观察却也不遗余力；对他而言，女人的表象具有比身体更深层的意义。从刘呐鸥的日记看来，作为一个漫游者，他终日在大街小巷游荡，穿梭咖啡厅、舞厅，流连忘返，寻觅符合其品位的美女。如同波德莱尔的诗《给一位过路的女子》（*À une passante*）中所描写的女性，这些女子与他在声色场所萍水相逢、素昧平生，但均具备同一特质：她们是欲望的化身，挑起观察者蠢蠢欲动的情欲。优哉游哉地在路上或妓院中静静地鉴赏女性，他其实是在从事"漫游白描艺术"（flânerie）——即白描颊象的艺术，专事捕捉出色的脸部特征，呈现出来的，只不过是"新类型人物的成分"；这是本雅明对波德莱尔艺术成就所下的脚注。②让刘呐鸥及其小团体迷恋不已的"新类型人物"，就是摩登女郎。

他鉴赏摩登女郎这种新类型人物时，毫不关心她的思想或感情，因为对浪荡子而言，女人是没有感觉及思考能力的动物。相对的，他关心的是她外在的形象，包括使她更形娇媚迷人的华服美饰——这正是现代性的精髓所在，或用福柯的话来说，是"当下的谐拟英雄化"③。10月24日，刘呐鸥在日记中记载他在路上看见的两名女子。一个坐在路过的马车上，说起话来，眼神似乎

①　参见刘呐鸥：《刘呐鸥全集·日记集》上册，彭小妍、黄英哲编译，页308—327。

②　Walter Benjamin, *The Arcades Project,* 4th ed. trans. Howard Eiland and Kevin McLanghlin, Cambridge, Mass.: Harvard University Press, 2003, pp.21-22.

③　Michel Foucault, "What is Enlightenment?," in *The Foucault Reader,* trans. Catherine Porter, ed. Paul Rainbow, New York: Pantheon Books, 1984, p.40.

充满"挑逗"（日记中插入英文 gesture）。痴痴看着她，他不禁浑然忘我。另一个乘着汽车而过，表情狐媚动人。街上的众多女性形象对他而言，是波德莱尔在《给一位过路的女子》中所描述的"稍纵即逝的美人"（fugitive beauté）样本（日记中插入法文 fugitif）。[1] 熟悉波德莱尔的人，马上便会想起这些诗句："稍纵即逝的美人，／你的目光一瞥突然使我复活，／难道我从此只能会你于来世？"（Fugitive beauté/Dont le regard m'a fait soudainement renaître,/Ne te verrai-je plus que dans l'éternité?）[2]

从事漫游白描艺术的刘呐鸥，不仅是一个漫游者；他是漫游艺术家，以现代性为要务。法文字 la modernité（现代）是波德莱尔美学的标志，在刘呐鸥的日记中出现了两次，都和妓女有关。有一次在妓院中，他在等待一名年轻妓女时，叹道："可是，饿着的心啊——，吃不下的澄碧的眼睛，modernité [日记中的法文] 的脸子！啊！"[3] 11 月 27 日，他再度以 modernité 一字来形容一名陌生妓女的眼睛："也是为了她眼里的 modernité 挑的。"[4] 在浪荡子的凝视下，妓院中无足轻重的女孩转瞬间摇身一变，成为现代性的象征。如同福柯所诠释的波德莱尔式浪荡子，刘呐鸥"拥有比漫游者更崇高的目的"。漫游者是"游手好闲，四处晃荡的

---

[1]　参见刘呐鸥：《刘呐鸥全集·日记集》下册，彭小妍、黄英哲编译，页664—665。此处法文字 fugitive 拼成 fugatif，显然是笔误。

[2]　英文翻译参考 Charles Baudelaire, "To a Passer-by," in *The Flowers of Evil*, trans. William Aggeler, p.311. 此处为说明 Fugitive beauté 的原意，译为"稍纵即逝的美人"。郭宏安译为"美人已去"，音律上较佳，第二章起首将完全引用郭译。参考郭宏安译：《恶之花》，漓江出版社，1992，页 130。

[3]　参见刘呐鸥：《刘呐鸥全集·日记集》下册，彭小妍、黄英哲编译，11月 17 日，页 716—717。

[4]　同前注，11 月 27 日，页 736—737。

观察家……满足于睁大双眼，处处留心，建立记忆的储藏室"。相对的，浪荡子如刘呐鸥，"寻觅的是我们姑且称为'现代性'的特质"（looking for that quality which [is called] "modernity"）。①

如果比较福柯的诠释，以及波德莱尔在《现代性》一文中对现代主义者所下的定义，会发现福柯几乎逐字逐句地引用波德莱尔。波德莱尔将现代主义者比拟为一个孤独的旅人：

> 这个孤独的旅人天性想象力丰富，总是在人海沙漠中踽踽独行。他的目的崇高，不仅仅是一个单纯的漫游者，寻求的是普世的价值，不只是当下稍纵即逝的乐趣。他所寻觅的东西，姑且让我们称之为现代性。
>
> （[C]e solitaire doué d'une imagination active, toujours voyageant à travers le grand désert d'hommes, a un but plus élevé que celui d'un pur flâneur, un but plus gégéral, autre que le plaisir fugitif de la circonstance. Il cherche ce quelque chose qu'on nous permettra d'appeler la modernité.）②

在一般劳动大众的眼中，漫游者懒散晃荡、不事生产，但事实上他的职志是漫游白描艺术。他行走天涯，四处闲晃，纪录所见所闻——他的闲散就是他的劳动。③他不只是漫游者或是观察

---

① Michel Foucault, "What is Enlightenment?," p.40.

② Charles Baudelaire, *The Painter of Modern Life,* pp.683-724. 引文出自第 694 页。

③ 参见 Walter Benjamin, Charles Baudelaire, *A Lyric Poet in the Era of High Capitalism,* trans. Harry Zohn, London: Biddles Lts., Guildford and King's Lynn, 1989, pp.11-66.

家，而是艺术家。透过想象力，他将所邂逅的形体，转化成精神的及永恒的。瞬间稍纵即逝的逸乐因此被转化为现代性——"当下的谐拟英雄化"。吸引他的不是现实生活中的女人，而是他想象中的女人，从浪荡子眼中看见的女人——他看见的其实是他自己的灵魂，他的低等的她我（inferior other self）。因此对浪荡子而言，女人的复杂形象令人既着迷又痛苦。波德莱尔在《现代生活的画家》里的《女人》一文中清楚地阐述："她是让人崇拜的偶像，或许愚蠢，但是却艳光四射，令人目眩神迷；她的眼神中止了意志和命运。"（C'est une espèce d'idol, stupide peut-être, mais éblouissante, enchanteresse, qui tient les destinées et les volontés suspendues à ses regards）① 很明显地，刘呐鸥从波德莱尔的浪荡子美学承袭了对女性的崇拜及女性嫌恶症。摩登女郎令人惶惶不安，因为浪荡子色眯眯地注视她时，她总是大胆地回眸凝视；男人只不过是她的"玩伴"（gigolo）而已。本章稍后及后面各章将进一步讨论。

新感觉派文风及摩登女郎

只要仔细完整地分析刘呐鸥 1927 年一则日记内容，便可理解，浪荡子美学如何以漫游白描艺术转化女人的形象。在引用此则日记时，笔者将指出刘呐鸥"混语书写"（the macaronic）的特质，以斜体及括号来注明他的新白话文如何混用外文及古典文言。这也许不利于阅读的流畅，但是可以清楚说明笔者的论点。

从 9 月 28 日至 12 月 3 日，刘呐鸥从上海前往北京参访。十一月十日，他去听京戏名伶金友琴唱戏。他在日记开始时写道：

---

① Charles Baudelaire, *The Painter of Modern Life,* pp.713-714.

早上把 G. [Apollinaire] 的 Introd. [导论] 看完，下午去市场明星剧园听全友琴的戏。……唱还不错，声音那就真好极了。人家说北京女人很会说话，但我想不见得吧！会说不会那完全是教育的关系，他们或者把女人的饶舌当作会说话。但北京女人的话却人人愿意听的，因为她们的声音真好了。在缺自然美 [しぜんび] 的胡地里，女人的声音真是男人唯一的慰乐 [いらく] 了。说是燕语莺啼 [古典中文] 未免太俗，但是对的。从前在诗中读过这两句时，都以为一种美丽的形容形 [けいようけい]，却不知道它是实感 [じっかん]。[①]（笔者有所删除）

引文中括号的部分，是笔者强调的混语书写风格。混语书写是上海新感觉派文风的特质，自由混合外文词汇、古典中文及白话中文。Introd. 和 G. Apollinaire 在日记中即以法文原文呈现。而古典中文"燕语莺啼"是用来形容女性音调悦耳的成语。以括号加注日文发音的词语，是现代日文的汉字词汇，在刘呐鸥的书写中出现频率之高，令人惊奇。其中有一些词汇，例如"自然"，在现代中文中已经很普及了，以中文为母语的人甚至可能不会意识到，这些词汇竟来自日本。有些是刘呐鸥个人借用的日文汉字，看起来像是别扭的中文，当然也不至于流行。这些转借词的尝试，不论成功与否，都显示二十世纪初期，白话文在实验阶段的不稳定，及其无限创新的可能。除此之外，如下述分析显示，虽然新

[①]　参见刘呐鸥：《刘呐鸥全集·日记集》下册，彭小妍、黄英哲编译，页702。Apollinaire 被拼错成 Anapollinaire.

白话文运动标榜摒弃传统中文，在新感觉派的混语书写实践中，传统中文还是如影随形。

不论有意或无意地被存留在他们的混语书写中，传统是无法任意抹灭的复杂问题。史书美在《现代的诱惑》（*The Lure of the Modern*）一书中曾指出"五四时期全盘西化的意识形态"；事实上，尽管这些作家认同并内化了这种意识形态，他们自幼浸淫其中的传统中文训练却难免时时刻刻自然流露，难以阻绝。①

透过混语书写，刘呐鸥在上述引文呈现的，是新感觉派将女人视为集体名词的倾向，与他专事描绘类型人物的漫游白描艺术若合符节。他看的虽然是一个特定女性艺人（金友琴）的表演，却把她看成是"北京女人"这个集体名词的代表。换句话说，金友琴在他想象中不是一个具有特定思想、情绪、个人历史的有主体性的女人，而是北京女人的样板。他对北京女人的声音、躯体的联想，透露出他对整体女性的偏见：（1）北京女人会说话的讲法不见得对，因为会说话是智性，必须要受过良好教育才会说话。北京女人既然没有受过什么教育，不能说是会说话，只能说是饶舌；（2）北京女人虽然饶舌，声音却美，因此人人爱听——应该说是每个男人都爱听，因为这样美好的声音，主要是"慰乐"男人用的；（3）北京女人的声音使他顿悟"莺语燕啼"这个美丽的形容词的"实感"，这句话明褒实贬——任何升华的美感遇到北

---

① Shu-mei Shih, The *Lure of the Modern: Writing Modernism in Semicolonial China, 1917- 1937*, p.370. "对于新感觉派作家而言，既无扬弃传统的热烈召唤，也无适度复兴传统的想法。我们大可辩称，除了施蛰存现代主义时期之后的作品外，传统向来就不构成问题，他们无须对传统采取任何立场：他们只关心资本主义现代性的现实……事实上，我们目睹的是五四以来内化了全盘西化思想的人的身心状态。"

京女人就变成"实际"的感受；换句话来说，北京女人（或所有女人）在他心目中，是无法与升华的美感做联想的。刘呐鸥在描述金友琴这个女性艺人的时候，她的艺术造诣完全不在他的考虑之列；金友琴被化约为北京女人的代表。

然而，应该注意的是，事实上将这个个别女人转化为北京女人样板的，是他浪荡子式的眼光；他关心的是类型人物，而非真实的女人。在下列引文中，我们会发现，在浪荡子的凝视下，她充其量只是性的象征：她的声音及身体只为了满足男性色欲而存在；她的衣着只不过衬托出她的诱人魅力。从开始时描写她的声音，刘呐鸥接着对她的身体品头论足：

> 声虽好，身体，从现代人［げんだいじん］的眼光看起来却不能说是漂亮。那腰以下太短少了，可是纤细可爱，真北方特有的大男［おおとこ］的掌上舞［古典中文］的。这样delicate［纤弱］的女人跟大男睡觉。对啦，他们是喜欢看她酸痒难当［传统白话］，做出若垂死的愁容，啊好cruel［残酷］！唱时，那嘴真好看极了，唇、齿、舌的三调和［ちょうわ］，像过熟［かじゆく］的柘榴裂开了一样。布白衣是露不出曲线［きよくせん］来的，大红袜却还有点erotic［色欲］素。①

在此则日记的后半部，我们继续见到混语书写繁复的运作。在此段中，delicate、cruel 及 erotic 三字以英文出现。加注日文发

---

① 参见刘呐鸥：《刘呐鸥全集·日记集》下册，彭小妍、黄英哲编译，页702。

音的是日文汉字词汇。如同先前所引段落，此处传统典故也俯拾皆是。刘呐鸥指出，从他这种"现代人"的眼光来看，长腿才是现代美的标准，因此金友琴的身体是有缺陷的。但此处暗示的是，从传统眼光来看，她却具有古典美。其次，以古典词汇"掌上舞"一词，刘呐鸥将她比拟为汉代美女赵飞燕。赵以身躯纤细、舞艺出众而知名。据说成帝耽溺于她的美色而休妻，立她为后，还容忍她在宫中淫乱无度。结果汉室因她而灭亡，是一个倾国倾城祸水红颜的典型故事。在刘呐鸥浪荡子式的凝视下，北京女人作为"致命女性"的系谱，当然可上溯至古典时期。接着，"酸痒难当，做出若垂死的愁容"，是传统色情文学中典型的公式化描写。虽然不同文本的用字遣词可能略有差异，但基本概念一致：男人喜欢看到女人装出被辣手摧残的模样。唱戏时唇齿舌的调和"像过熟的柘（石）榴裂开了一样"，当然有传统春宫的色情影射。在刘呐鸥的混语书写中，"传统"与"现代"的确并置，并非相互排斥。叙事者对自己身为"现代人"具有高度自觉，以倡导新的美学标准为己任，但却又情不自禁地以传统套语来描述美女。在刘呐鸥的时代，传统及现代的界限，并非如想象般壁垒分明。

在叙事者色眯眯的凝视下，这位北京女艺人的衣饰唯一的功能，是显露其"色欲"特质。如同刘呐鸥日记一贯的笔调，这则日记聚焦在女人的身形外貌上，所显露的不是女人的真正特质，而是浪荡子的心态。刘呐鸥对女人的偏见在他的浪荡子美学中表露无遗，他作品中的摩登女郎形象皆出自此心态。上海新感觉派作家大抵上皆有此特质，穆时英短篇小说《Craven "A"》便是一例，其中女性的五官及身体，皆透过男性叙事者的凝视而转化成一个观光景点，专供男人短暂一游。

穆时英是刘呐鸥的友人及追随者。当时他素有"中国的横光利一"之称，以浪荡子行径及新感觉派文风闻名。生于富裕的上海人家，穆在光华大学就读西洋文学。年仅十八，他就以一篇普罗小说崭露头角。小说题为《咱们的世界》，1930 年 2 月发表于施蛰存主编的《新文艺》。虽然施认为小说"在 Ideologie [意识形态] 上固然是欠正确"，却对穆的艺术技巧赞誉有加，认为足令前辈作家自叹不如。① 穆是狐步舞的能手，他"头发烫过，一身烫得平平整整的西装，颇有现代艺术家的风格"，1934 年甚至娶了一个舞女。据说"Craven 'A'"是他最喜爱的香烟品牌。② 故事中的女主角，抽着他最爱的香烟，分明就是浪荡子的她我（his female other）化身。有关浪荡子如何将摩登女郎视为低等的她我，第二章将有进一步详论。

《Craven "A"》中，男性叙事者以"乡村地图"的隐喻，来描写他所凝视的摩登女郎。他语言中的地理学术语不胜枚举。她独自坐着，在舞厅中吸着"Craven 'A'"。她的眼睛在他看来是"两个湖泊"，有时结冰，有时沸腾。她的嘴是"火山"，吐着"Craven 'A'"的烟雾和气味。火山中乳白色熔岩（牙齿）及中间的火焰（舌头）清楚可见。叙事者说："这一带的民族还是很原始的，每年把男子当牺牲举行着火山祭。对于旅行者，这国家也不是怎么安全的地方。"接着他描写黑白格子相间的"薄云"之下的风景，很显然是影射她半透明的上衣。"两座孪生的小山（乳房）倔强

---

① 穆时英生平请见李今：《穆时英年谱简编》，《中国现代文学研究丛刊》，2005 年第 6 期，页 237—268。李今修订了史书美有关穆时英生平的某些错误，例如史误认为穆时英出生于浙江、专攻中国文学等。请见 Shu-mei Shih, *The Lure of the Modern: Writing Modernism in Semicolonial China, 1917-1937*, p.307.

② Shu-mei Shih, *The Lure of the Modern: Writing Modernism in Semicolonial China, 1917- 1937,* pp.305-306.

地在平原上对峙着"，而"紫色的峰"（乳头）似乎"要冒出到云外来"。

地图的下半部被女人前面的桌子挡住，被比拟为"南方"的风景，比"北方"的风景更迷人。叙事者想象桌子底下的"两条海堤"（腿）如何汇集成"三角形的冲积平原"；那里有个"重要的港口"，"大汽船入港时的雄姿"激起了"船头上的浪花"。当叙事者从友人口中得知女人的姓名时，他说：

> 我知道许多她的故事的；差不多我的朋友全曾到这国家去旅行过的，因为交通便利，差不多全只一两天便走遍了全国，……老练的还是了当地一去就从那港口登了岸，……有的勾留了一两天，有的勾留了一礼拜，回来后便向我夸道着这国家的风景的明媚。大家都把那地方当一个短期旅行的佳地。① [笔者删减]

这篇小说的语言也是混语书写的最佳例证，展现作者如何大胆混用各种层次的语言，测试新白话文的界限，创造语言的可能性。小说的标题是英文 Craven "A"。许多词汇是外文词汇的直接音译，例如：舞厅中的"爵士 [jazz] 乐"；女孩"巴黎 [Paris] 风"的脸蛋；她"维也勒 [velvet] 绒似的"灰色眼睛。此处"风"的用法，是借用自日文，意指外貌、风俗、倾向，或是风格。"似的"是传统白话用法，加在名词后面，即可作复合形容词使用。这些语尾词可以和任何名词结合，创造出无限的新词。直接从日文汉

---

① 穆时英 :《Craven "A"》，收入乐齐编《中国新感觉派圣手：穆时英小说全集》，页 205—220。原出版于《公墓》，上海现代书局，1933 年。

字借来的词汇也不计其数，包括有关现代知识的术语，例如：国家、民族、悲观、秩序、国防。大多汉字词汇与科学及科技相关，例如：气候、雨量、冰点、沸点、熔岩、火山、黏土层、三角形的冲积平原、港口、汽船。要一一列举几乎不可能。

小说中的摩登女郎不仅被描述成一个行为放浪的女子，而且还任性善变。用来描写她的额头及眼睛的词汇（平原及两面湖），刻意凸显她的个性阴晴不定："这儿的居民有着双重的民族性：典型的北方人的悲观性和南方人的明朗味；气候不定，有时在冰点以下，有时超越沸点；有猛烈的季节风，雨量极少。""雨量极少"指的是她不流泪的眼睛，暗示她对男人的残酷无情。新感觉派对科技及科学的着迷，在此处与他对摩登女郎的迷恋巧妙地结合起来。透过混语书写，幽默及讽刺意味流露无遗。

在《Craven "A"》中，透过新感觉派独特的文风及语言，摩登女郎对男性的态度昭然若揭：她把男人当成玩伴（gigolo）。这个法文字在故事中出现了四次，例如，叙事者对女郎说"我爱你"时，她反问："你也想做我的 Gigolo 吗？"[1] 此处反映的是大都会上海的摩登男女关系，没有真情挚爱，只是游戏。主要是一夜情，对男女而言都是纯粹享乐。郭建英的《一九三三年的感触》包括三幅漫画，其中《爱之方式》鼓吹俄国革命派女作家柯弄泰（Kollontai, 1872—1953）所描写的性爱模式：

> 柯弄泰所著的《三代之爱》中有一个叫做"盖尼亚"的女人，她屡次同她母亲的情夫发生了肉体关系，她的理由是这样：她虽然热爱着母亲，而没有母亲之爱是不能生存的，

---

① 同前注，页211。

可是同时她要求着一个男子的爱抚。她同这个男子，即异父发生了关系是只不过偶然的型态。她所以相信着这件事实绝不致损害她母亲任何的东西。[1]

根据郭的说法，现代爱情中不该有感伤、忧愁，以及悲剧。他进一步提到现代的美国男女如何实验 week-end-love（郭的英文），并说这"是一种灵与肉之贸易""好像购丝袜或吃冰淇淋那般轻易与无拘束"。[2]

换言之，在新感觉派小说中，心理压力或道德谴责不是问题所在，与前辈作家创造社成员如郁达夫及张资平等的情欲小说大异其趣。[3]例如，郁达夫小说《迷羊》的男主角，因任性善变的女演员离他而去，饱受其苦，最后在精神疗养院抑郁而终。张资平小说中的新女性，虽然追求性解放，却不断抱怨，感慨在一个仍被"封建"道德束缚的社会，性爱是不可能真正自由的。相对的，新感觉派则描写无拘无束的性爱主题，充满游戏意味，"明亮而轻快"（郭建英《爱之方式》），仿佛随着叙事者如摄影机般的浪荡子眼光而轻佻舞动。在这些故事中，男人绝不会因摩登女郎而伤神，更不会为她一掬同情泪。透过作家的漫游白描艺术，摩登女郎的描写表面而类型化，难怪对读者及叙事者而言，她的

---

[1] 郭建英：《一九三三年的感触：爱之方式》，收入陈子善编《摩登上海》，广西师范大学出版社，2001，页 44。原收于《建英漫画集》，上海良友读书公司，1934，此书收录郭建英 1931 至 1934 年的漫画作品。

[2] 同前注。

[3] Heiner Frühauf 研究创造社成员于 1919 年及 1920 年早期在东京求学的时代，他说创造社成员沉迷于"法国象征主义的异国气氛、咖啡厅的氛围及末世纪的颓废"。参见 Heiner Frühauf, "Urban Exoticism and its Sino-Japanese Scenery, 1910-1923," in *Asian and African Studies* 6.2 (1997): 126-169.

思想及内心总是一团谜。郭的《一九三三年的感触》中另一幅漫画，题为《机械的魅力》（图 1–1）。在叙事者的浪荡子眼光下，一个女人被转化成一个没有心智的生物。漫画的中间偏左，男子裸露的上半身正枕着左臂斜躺，头发下垂遮住前倾的脸部，仅以后脑示人。他的头及躯干朝下，默默凝视着一名仰脸沉睡的女子。两人皆赤身裸体。男人仅在图边显露小半身，相对的，女人的躯体横陈，从图的左下方跨越至右上方，双脚甚至超越图的范围。女人巨大、颀长的身体占据图中心，是整幅图的焦点，使得男人狭小的上半身显得微不足道。但仔细观察，静默合眼且看似微笑的女人，显然是个机器人，因为她上臂、手肘、双手、双膝及颈部的连接点，清晰可见。貌似罗丹沉思者的男人，似乎因女人的讪笑表情而胆怯、受苦，即使她正沉睡着。图的说明文字清楚地表露了浪荡子对女人的态度：

他是沉溺于机械 [きかい] 女体 [じょたい] 之魅力 [みりょく] 的一个男子。

那金属性 [きんぞくせい] 特有的异样的感触 [かんしょく] 和它冰冷而灰白的光耀抓住着他现在的情绪 [じょうしょ]。

只因它是无生 [ぶせい] 的物体 [ぶったい]，他从这里能感到它无厌之性欲 [せいよく]。

这里，因为无生物 [ぶせいぶつ] 的缘故，才能发现它 Grotesque 而奇异的娇态、傲慢与屈从 [くつじゅう]。

有时，在密闭了的幽暗的房室里，他陶醉 [とうすい] 于它新颖的感触 [かんしょく]。它的物质感 [ぶしつかん]，在感觉 [かんかく] 上能诱领他到诗的世界 [せかい] 里。有

时，他陶醉于它不知疲乏的性欲中。这里，没有人类 [じん
るい] 之怨恨、悲愤和嫉妒。

　　这里也没有人类特具的心理 [しんり] 与情感上的一切
病态 [びょうたい] 和丑恶。这里才有亮快而无拘束 [くう
そく] 之爱，这里才有1933年尖端的 [せんたんてき] 感触！[①]

　　此处呈现的混语书写，又是新白话文随意杂糅了英文及日文
汉字。郭建英的新白话中所掺杂的大量日文汉字，很可能被忽略，
因为它们已经是标准的中文词汇。其中有些词汇与感官及感觉相
关：魅力、感触、性欲、屈从、陶醉、感觉、感触等；有些与科
学相关：机械、女体、金属、无生物、物质感、世界、人类、心
理、病态、尖端的。有关中日现代知识分子对科学的念兹在兹，
以及他们如何透过翻译西方文本来描述感觉及学习为五官命名，
将于第四章及第五章中讨论。

　　有关这幅漫画，笔者要强调的是浪荡子的凝视如何将摩登女
郎的躯体转化成无生命的机械，没有任何感觉及心理反应。此幅
漫画完美地捕捉到浪荡子面对女性的复杂情结：一方面崇拜她的
身体，一方面害怕她揶揄的眼光——唯有她紧闭双眼之时，他才
能轻松直视她的容貌。在他迷恋机械女体的背后，隐藏的是男人
对活生生的摩登女郎的难言恐惧，因为她的任性善变往往让他生
不如死。变成机器的她便失去了人的能动性（agency），对男人也
没有威胁了；她此刻唯一的功能是无止尽的性欲，足以满足他。
或者我们该说，她的性欲是为了因应他的需求而源源不绝——他

---

　　① 郭建英：《一九三三年的感触：机械之魅力》，收入陈子善编《摩登上
海》，广西师范大学出版社，2001，页42。

应是掌控权力的一方。浪荡子如此将女子物化成性机器，事实上正展现了他自身的心态：他害怕活生生的女人掌控他——他既鄙视她的低俗，却又无可救药地受制于她。只有当她变成机器，他才能完全掌握双方关系。这幅漫画透露出浪荡子对女体的崇拜及女性嫌恶症，也同时揭露了浪荡子耽溺于人工及物质——自然是丑陋、稍纵即逝、令人畏惧的；而人工及物质则美丽而永恒。因此，"它的物质感，在感觉上能诱领他到诗的世界"，也就是到达崇高升华的境界。"机械"一词指向科学现代性，赋予摩登女郎非人性的光辉，超越了日常的平庸。

引用波德莱尔可以帮助我们的理解。他在《化妆颂》（"Éloge du maquillage"）中陈述，浪荡子是相信人工胜于自然的族类："自然什么都不能教我们，几乎一点都不能……自然除了教导犯罪之外，乏善可陈……相对的，美德是一种人工"（... la nature n'enseigne rien, ou presque rien ... la nature ne peut conseiller que le crime ... La vertu, au contraire, est artificielle ... ）[1]。因此，浪荡子强烈依赖物质。流行时尚是物质的集大成，当然增添了女性美。然而时尚本身绝非目的；它代表一种理想，企图超越、转化自然；自然是粗糙、庸俗及卑劣的集合。对波德莱尔而言，时尚是"自然的升华变形"（une déformation sublime de la nature）。

如是观之，新感觉派的文风与写实主义相去甚远。创造社成员的写实小说经常诉诸心理叙事的技巧，使得人物的心理状态

---

① 参见 Charles Baudelaire, "Éloge du maquillage," in *The Painter of Modern Life,* pp.714-718.

昭然若揭[1]；相对的，新感觉派小说中的人物总是没有心理深度。我们读到人物的表情、行为模式及语言，但是他们的心理状态总是讳莫如深。结果他们几乎成为故事中不知姓名的"行为者"（actant）；即使有姓名，他们也可以任意互换。即使把一个故事

---

[1] 关于 psycho-narration 的理论，参见 Dorrit Cohn, *Transparent Minds: Narrative Modes for Presenting Consciousness in Fiction,* New Jersey: Princeton University Press, 1983.

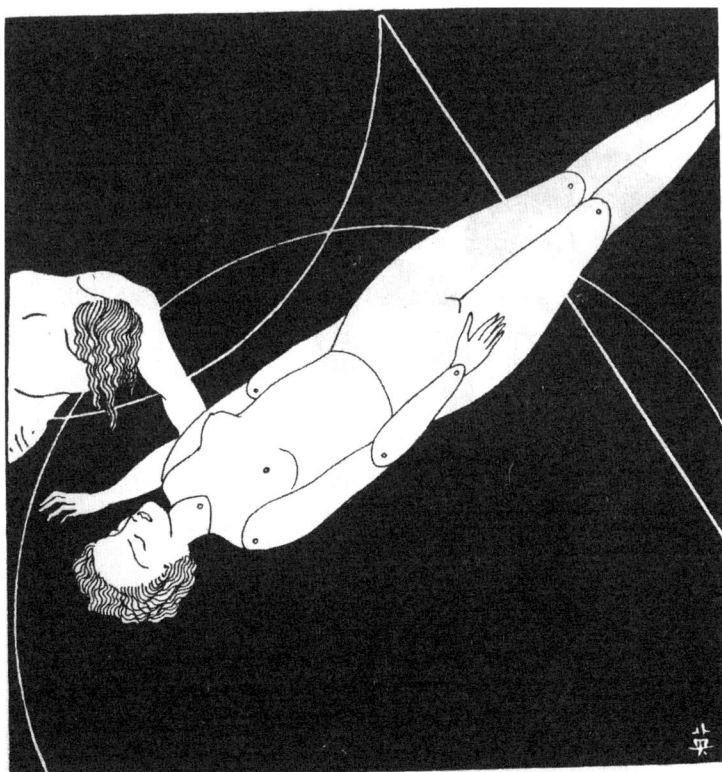

图 1-1 一九三三年的感触：机械的魅力

的角色换到另一个故事中，也毫无差别，因为他们只有一种共同的特质：勾引人的魅力。因此在浪荡子美学中，摩登女郎不是有血有肉的真实女人，而是具有象征功能、超越真实女人的集合名词。从另一个角度来看，这些没有姓名的角色不过是芸芸大众，正是当时左翼普罗文学的主题。主要的差异是，新感觉派小说中的人物是享受都会生活的中产阶级，而普罗文学经常将低下阶层的人描写为社会不公不义的受害者，或是将中产阶级视为攻击的对象。

　　以外观为主要描写元素，流行时尚及物质奢华成为新感觉派故事的关注焦点，一点都不令人意外。此外，不应只考虑流行时尚本身；想象时尚时，应将展示时尚、活化时尚的女性并入考虑①。新感觉派小说中的摩登女郎正是展示流行时尚的人体模特儿，使得时尚更光鲜亮丽。她们经常身着改良式旗袍，或 1930 年代蔚为流行的西服。时尚在这些小说中绝非仅止于时尚而已，而是社会阶级的象征。穆时英 1930 年的小说《手指》中的莽汉，便经常觊觎摩登女郎，大肆清点她们的流行服饰："今儿闹洋货，明儿闹国货；旗袍儿也有长的短的，什么软缎的，乔其缎的，美西缎的，印花绸的，……什么时装会呀，展览会呀，……丝袜子，高跟缎鞋，茶舞服，饭舞服，结婚服，……长服，短服。"② 时尚是摩登女郎不可或缺的要素，让她更亮丽迷人，也是她的阶级特殊性的标志，使莽汉嫉恨交加。此处的阶级划分，不但隐含了高／低、中产／普罗品位的差别，还有土洋之分。国族主义及殖民

---

　　① 参见 Charles Baudelaire, "Éloge du maquillage," in *The Painter of Modern Life*, p.716.

　　② 穆时英:《手指》，收入乐齐编《中国新感觉派圣手：穆时英小说全集》，页 30—33。原出版于《青年界》第 1 卷第 3 期（1931 年）。

主义的冲突也在此处起作用。

就上述讨论，新感觉派文风可归纳出三个特征：（1）浪荡子叙事者无可救药的男性沙文主义及女性嫌恶症；（2）摩登女郎在浪荡子的漫游白描艺术描摹下，转化成现代主义的人工造物；（3）混语书写凸显了跨文化实践的混种性。既然女人只不过是一个象征或概念，新感觉派作家对她的内心情感毫无兴趣，更遑论其思想。这在刘呐鸥1927年日记中表露无遗。他每日的阅读都忠实记录下来，包括文学及非文学类。所有读物都是男性作家作品，女性作家则付之阙如。这真是令人难以想象。从十九世纪起，不论中外，女性作家皆为数不少。以刘呐鸥广博的文学涵养来说，他不可能不知道她们的存在。唯一的解释是他对女性作家的作品毫无兴趣。在12月2日，他与戴望舒共访北京，在日记中提及戴前去访问女作家丁玲："戴老去看二十号的女人和她的 amant [情人]？胡也频。"对刘呐鸥而言，丁玲甚至没有名字。当然当时丁玲尚未成名，但是她的情人胡也频亦默默无闻（胡在1931年被国民党处决）。刘呐鸥对丁玲的兴趣仅止于此而已：她是个女人，住在二十号，有一个情人。要不是他提到丁玲情人的名字，我们根本无从知道这个"女人"是谁。

浪荡子美学及海派

浪荡子美学作为一种品位，也反映在刘呐鸥对朋友及交友圈的品位中。刘呐鸥现存的日记写于1927年，该年也是国民政府开始北伐及清党之时。1920及30年代，大批骚人墨客迁居上海，或是为了避开北方的动乱，或是为了寻找机会。1920年代早期，大量出版社从北京迁移到上海，上海逐渐成为中国新的文化中心。

知名文人纷纷南来，鲁迅于 1927 年 9 月抵达；沈从文于 1928 年初迁入。他们在十里洋场聚合，为了生计而奔波。教书及写作是他们谋生的主要方式，而写作开始成为专业。

　　刘呐鸥于 1926 年来到上海，过着浪荡子的浮华生活。他与鲁迅及沈从文之类的文人鲜少往来，或者应该说他不屑与之交往。他与来自台湾的朋友保持密切来往，有些经常在他的上海公寓借住数日，与他抵足而眠。这些访客包括台南长老教会学校的同学，还有著名的台湾白话文运动推手黄朝琴。黄曾于东京早稻田大学及美国伊利诺伊州立大学留学，于 1923 年发表文章鼓吹白话文运动，提倡学习"中国的国语"。[①] 当时他到上海是为求职，顺利于 1928 年起任职国民政府外交部侨务局。自 1927 年 9 月起，他便勤于与刘呐鸥通电话，聚首时不外闲谈、上馆子、逛舞厅、打麻将。12 月 21 日，刘呐鸥搬迁到黄家隔壁，与黄朝琴夫妇做了邻居。

　　访客中还有来自青山学院的同学大胁。他当时居住于上海，经常在刘呐鸥的公寓中过夜。刘呐鸥的弟弟在四月来访，也在他公寓中住了一个月。此外，刘呐鸥与震旦大学的同学也都交往甚密。刘呐鸥创办的书店，他们是工作团队，下班后总是结伴上舞厅、逛窑子，一起对女人品头论足。在舞厅中刘呐鸥跳起探戈时，总是成为全场焦点。大家会停下舞步，让开空间，让他一人表演。他在工作娱乐之余教震旦这些同学日文。甚至十月与戴望舒同往北京旅游之时，日文课仍继续。[②] 北京之行有另外目的：他们在中法大学上法国老师授课的法国文学概要（Précis de la littérature

---

　　① 黄朝琴：《汉文改革论》，《台湾》1923 年 1 月号，页 25—31；2 月号，页 21—27。

　　② 参见刘呐鸥：《刘呐鸥全集·日记集》9 至 12 月的部分。

française）以及法国诗（ La poêsie française），还有冯沅君的中国文
学史及冯尹默的诗词。[①] 刘呐鸥的小团体因共同的兴趣及品位而
结合。从他们选修的课程看来，可知他们自我修养的课题中，中
国古典文学及法国文学都是他们的优先选项。

　　在上海诸多文学流派领袖中，刘呐鸥的小团体选择和知名的
现代主义诗人邵洵美（1906—1968）交往。邵也是出身富贵之家，
与刘呐鸥一样是当时声名赫赫的浪荡子。邵在上海的住所，据说
用大理石打造得像皇宫一样，颇具传奇性。邵家成为文人雅士聚
集的文艺沙龙，经常饮食飨宴、谈诗论艺。[②] 其中常客除了刘呐
鸥的小团体以外，包括诗人徐志摩、作家曾可今及张若谷、画家
徐悲鸿等。[③] 相对的，鲁迅同刘呐鸥的小团体一向不相往来，即
便双方之间本来大有机会可以交往。1920 年代刘呐鸥实验普罗文
学时，他与戴望舒、施蛰存共同创办的刊物《无轨列车》经常刊
登冯雪峰的文章。冯属于鲁迅的交友圈，但是刘呐鸥的小团体与
鲁迅从未有直接的接触。施蛰存曾因书店事务写信给鲁迅，但却
认为他是个 "narrow-minded（心眼狭小）的人"[④]。事实上，当时
施与鲁迅的住所仅隔两条弄堂，但是他们却从未往来，或者根本
无意谋面；由于彼此生活方式大相径庭，也就逐渐发展出截然不

---

　　① 参见刘呐鸥:《刘呐鸥全集·日记集》下册，彭小妍、黄英哲编译，页
628。

　　② Heiner Fruhauf, "Urban Exoticism in Modern and Contemporary Chinese
Literature"; Leo Lee, Shanghai Modern, Cambridge, Mass.: Harvard University Press,
1999, pp.241-250.虽然李欧梵并未使用浪荡子美学一词，他称邵洵美为 "浮夸耀
眼的文学浪荡子"，英俊潇洒，公然与美国情妇同居，"对自己的希腊鼻子颇感自
豪"，开着 "加长的棕色纳许名车"。

　　③ 《文坛消息》,《新时代》第 1 卷第 1 期（1931 年 8 月），页 7。.

　　④ 1998 年 10 月，施蛰存在访谈中所表达的意见。

同的文学理念。[①]

1930 年代海派论争爆发时，鲁迅及沈从文虽素未谋面，两人对海派的攻击炮火猛烈，如出一辙。从他们使用的语言来看，其中争端除了文学理念之外，还包括个人品位。今天的文学评家把双方视为泾渭分明的两个流派。[②] 事实上，在论争发生的年代，根本没有所谓京派海派两个文学流派；此二文学流派的形成，完全是后世评家的发明。如果用英文翻译，所谓"京派""海派"应该翻译成"Beijing types"及"Shanghai types"，意指文坛中的这两种类型人物，而非"Beijing Schools"及"Shanghai Schools"两种文学流派。当年京派海派争论的焦点主要在于：上海文学的通俗品位以及商业化，相对于北方"严肃的"五四文学传统。沈从文当时避难上海，虽或多或少必须与通俗文学品位妥协，但内心却仍奉五四文学传统为圭臬。[③] 在一篇 1934 年的文章中，沈从文称礼拜六派作家为"海派"，认为其追随者如郁达夫、张资平等创造社作家及穆时英等新感觉派作家，为"新海派"。沈说张资平和礼拜六派作家一样，是"低俗品位"或"通俗品位"的大师。他说道："张资平作品，最相宜的去处，是一面看《良友》上

---

① 彭小妍：《海上说情欲：从张资平到刘呐鸥》，页 145—188。

② 例如史书美、严家炎及张英进等。笔者同意为了研究方便，不得不将作家分类为流派，但是一般认为海派重实验、京派重传统的分类标准，并不能让人信服。我们必须理解，被贴上"海派"标签的作家，从未完全摒弃中国传统，如同本书讨论的新感觉 派混语书写所显示；而所谓"京派"作家历来也不乏形式的实验，例如鲁迅的《狂人日记》实验独白体、沈从文的《阿丽思中国游记》（1928）谐拟游记及童话、老舍的《猫城记》（1936）谐拟科幻作品等。这方面请参考彭小妍：《超越写实》，联经出版社，1993，页 141—180。

③ 彭小妍：《海上说情欲：从张资平到刘呐鸥》，页 95—103。

女校皇后一面谈论电影接吻方法那种大学生的书桌上。"① 关于穆时英，他则评论道："作品近于传奇（作品以都市男女为主题，可说是上海传奇）适宜于写画报上作品，写装饰杂志作品，写妇女、电影、游戏刊物作品。'都市'成就了作者，同时也就限制了作者。"② 我们立刻会联想到《良友》或是《妇人画报》，刘呐鸥及其友人经常在上面发表文章。

沈从文对海派的嘲讽和鄙视，跃然纸上。相对的，鲁迅对敌对双方，则颇多微词。他对双方的批判，事实上是与地域相连的刻板印象："'京派'是官的帮闲，'海派'则是商的帮忙而已。"③ 显然鲁迅从未自视为"京派"，虽然后来的学者总是把他列为京派作家。

沈从文针对创造社及新感觉派作家进行攻击，嘲笑他们投大众品位所好，事实上是不公平的。当年经常投稿至《良友》的，包括大量的"严肃"作家，例如茅盾、老舍、郑伯奇、丰子恺、鲁彦、巴金、张天翼，甚至包括白话文运动领袖胡适，以及当时中研院院长蔡元培。1931 年 12 月胡适以文言文翻译了都德（Alphonse Daudet）的《柏林之围》（"The Siege of Berlin"），发表在《良友》上。1932 年 9 月，蔡替《良友》背书，赞美该刊"以

---

① 沈从文（甲辰）:《郁达夫、张资平及其影响》,《新月》第 3 卷第 1 期（1930 年 3 月），页 1—8。

② 沈从文:《论穆时英》（1934），《沈从文文集》第 11 卷，香港三联书店，1982—1983，页 203—205。

③ Yingjin Zhang, *The City in Modern Chinese Literature and Film: Configurations of Space, Time & Gender,* Stanford, Calif.: Stanford University Press, pp.23-24；鲁迅（栾廷石）:《京派与海派》,《申报》（1934 年 2 月 3 日），页 17。有关海派论争、"京派作家"的崛起，以及"海派作家"的重新定义，请见 Yingjin Zhang, pp.21-27.

图画之力,介绍我国的国情风俗于海内外"①。要知,《良友》的销售量在1933年左右大约是四万册。②这种销售量,在内战外患交迫的兵荒马乱时期,任何在上海鬻文营生的学者文人,都难轻易抗拒。沈从文虽鄙视新感觉派的都会品位,却也独具慧眼,讽刺他们对"摩登女郎"顶礼膜拜;事实上新感觉派作品对摩登女郎的迷恋,的确不下于此。她代表了富裕社会的精神,充满对商品美学、欧美日本风、通俗娱乐,以及中产阶级低俗品位的膜拜。这些正是《良友》及《妇人画报》所宣扬的通俗品位,是女大学生、应召女郎、舞女,以及士绅富贾之妻妾女儿的品位。事实上,摩登女郎不仅在新感觉派的小说中、也在当代左翼作品中出现,例如茅盾的《子夜》(1933)中,女主角徐曼丽化身为实时行乐(carpe diem)的时代精神,追求肉体的欢愉直到故事结束,尽管内战及金融危机正将民众生活摧毁殆尽。

在这类故事中,摩登女郎作为类型人物,成为普罗大众公敌;她们的存在凸显了无产阶级革命的必要。1935年的左翼电影《新女性》,由知名女星阮玲玉扮演一个颓废女作家,在故事结尾自杀而终。电影中众多勤劳的女工总是在背景出现,衬托出女性知识分子追求感官逸乐、自取灭亡的颓废及衰败。电影上映后不久,阮玲玉便自杀身亡,③似乎证实了艺术的末世启示,以及艺术与人生的密不可分。

---

① 胡适译:《柏林之围》(1914),《良友》第64期(1931年12月),页10。蔡元培:《题良友摄影图》第69期(1932年9月),内页图。

② 《良友》,第73期(1933年1月)内页广告。

③ Katherine Huiling Chou, "Representing 'New Woman': Actresses& the Xin Nuxing Movement in Chinese Spoken Drama & Films, 1918-1949", New York: New York University Ph.D. dissertation, 1996, pp.132-133.

1920 年代末、1930 年代初，刘呐鸥从普罗文学转向至现代主义，他的小团体与左翼作家的冲突，最终在"硬性软性电影"论争中爆发。1933 年，刘呐鸥伙同台湾友人黄嘉谟等，共同创办了《现代电影》（英文名称为 *Modern Screen*）杂志。创刊号的宣言中，黄宣告，由于外国电影大量输入中国市场，编者希望中国人可以"创作代表中国色彩的影片"，好让中国电影可以外销至世界各地，与外国电影竞争。[①] 同一期的一篇文章指出，中国工业，尤其是电影工业，正面临破产危机，因为"外资的侵入，帝国主义的文化的侵略……这正是说明半殖民地民族资本的破产"[②]。1933 及 1934 年，中国普遍提倡爱用国货，以抵制欧美产品，并防止农业人口的继续流失，避免农村的耗损。

除了呼应爱用国货运动之外，黄清楚地指出《现代电影》不受任何意识形态或宣传口号影响，暗示当时被意识形态控制的革命文学及民族文学。他指出电影不仅是一种娱乐；它是"一种现代最高级的娱乐品"。在该期刊的第二期，刘呐鸥进一步声明电影的娱乐功能。他说电影的功能

> 等于是逃避现实的催眠药。……如果从现在的影片除掉了催眠药性的感伤主义，非理智性，时髦性，智识阶级的趣味性，浪漫和幻想等，这现代人的宠物可不是要变成了一个

---

① 黄嘉谟：《〈现代电影〉与中国电影界——本刊的成立与今后的责任、预备给予读者的几点贡献》，《现代电影》创刊号，（1933 年 3 月 1 日），页 1。
② 沈西苓：《一九三二年中国电影界的总结账与一九三二年的新期望》，《现代电影》创刊号（1933 年 3 月 1 日），页 7—9。

大戈壁吗？[①]

刘呐鸥认为电影的成功与否不在于内容，在于素材被处理改编成电影的手法。换言之，电影的形式及艺术的自主，才是重点。[②] 从第五期开始，他着手写了一连串关于电影技术的文章，例如《电影节奏论》（1933）及 1934 年的《开麦拉的机构——位置角度机能论》（1934）[③]，阐释电影的形式及技巧至上的观点。值得我们注意的是他 1932 年在《电影周报》上发表的《影片艺术论》。

文中，他分析俄国导演普道甫金（Vsevolod Pudovkine, 1893—1953）及维尔托夫（Dziga Vertov, 1896—1954）发展出的蒙太奇（montage）及电影眼（ciné-oeuil）技巧。由于文中插入许多法文翻译的专有名词，可以推论刘呐鸥透过法文认识这些俄国电影及导演。一般经常将普道甫金及艾森斯坦（Sergi Eisenstein, 1898—1948）做对比。艾森斯坦以蒙太奇技巧赞美群众的"不朽英雄性"（monumental heroics），普道甫金则喜欢描写"群众运动历史洪流中的个人"[④]。在文中，刘呐鸥区别了"影戏的"（cinématographique）和"照相的"（photographique）。他认为，漫无目的的照相机所撷取的影像是照相的，它们是"死的"且"无目的的"；相对的，蒙太奇的技巧将殊异的影像有计划性地并列排比、整合成为一个

---

①　刘呐鸥："Ecranesque"（《关于电影》；刘自己的法文标题），《现代电影》第 2 期（1993 年 4 月 1 日），页 1。

②　刘呐鸥：《论取材》，《现代电影》第 4 期（1993 年 7 月 1 日），页 2—3。

③　刘呐鸥：《电影节奏简论》，《现代电影》第 6 期（1933 年 12 月 1 日），页 1—2。《开麦拉机构——位置角度机能论》，《现代电影》第 7 期（1934 年 6 月 1 日），页 1—5。

④　参见 David Bordwell, *The Cinema of Eisenstein,* Cambridge, Mass.: Harvard University Press, 1993, p.10.

整体，才有影戏的"生命和价值"。在他心目中，蒙太奇"'创造'出一种新的与现实的时间和空间毫无关系的影戏时间和空间"①。使用这些技巧，他进而分析普多夫金的两部电影《圣彼得堡的末日》（1927）及《母亲》（1926）、图尔贾斯基（Victor Tourjansky）的《不明的歌者》（*Le Chanteur inconnu*, 1931），以及两部当代中国电影《啼笑姻缘》（1932，胡蝶主演）及《一夜豪华》（1932，阮玲玉主演）。刘呐鸥大为赞赏《不明的歌者》，认为是"自声片产生以来的声片中最好的一片"：

　　导演［图尔贾斯基］在这新的声片里却能相反地利用沉默的画面去强调了音乐的效果。描写着"不明的歌者"底富有魅力的肉声由播音台播出，渡过云山，一直穿入欧洲大陆各国，各家庭，直至到思春的女儿和相爱的男女的胸膛里去的一段，实在是好的织接［蒙太奇］，很能够帮助音乐给观众以美媚沉醉的 Rhythm 的概念。②

　　相对的，刘呐鸥批评《啼笑姻缘》是劣等的作品，认为导演在月下吹笛一幕中未使用蒙太奇技巧，以至于观众感受不到"视觉的享受"。他指出导演不能原谅的错误：在这个长镜头中，男人与女人在户外面对月亮，但是他们的影子却在跟前。刘呐鸥评

---

①　刘呐鸥：《影片艺术论》（1932），收入康来新、许秦蓁编《刘呐鸥全集·电影集》，台南县文化局，2001，页 256—280。此选集中，外文词汇及名字经常拼错，例如 cinématographique 被拼成 cinegraphique；ciné-oeuil 被拼成 cin'e-oeil 等，此处无须一一列举。原文刊于《电影周报》，第 2、3、6—10、15 期（1932 年 7 月 1 日—10 月 8 日）。

②　同前注，页 264。

论说："人家是拿非实在的东西来创造（戏的）实在，这导演却把现实都弄成非实在。"[1] 所谓"戏的实在"（kino-pravda）或"电影真实"的概念，是维尔托夫所创的，法文翻译为 cinéma vérité。此概念后来影响及好几代电影人。[2] 由此概念衍生出"电影眼"的技巧——在银幕上透过"随机摄影"（shooting life-unawares；趁影中人不注意时摄影）的方式，呈现"生命原貌"（Life-As-It-Is）的一种技巧。[3] 在"电影眼"的部分，刘呐鸥讨论维尔托夫在 1929 年拍摄的纪录片《俄国生活，或手持摄影机的人》（*Living Russia, or the Man with a Movie Camera*）。他说："Vertov 是『Kinoglaz』（即影戏眼）一群的首领，和构成主义派的头目纱步（Esther Shub）夫人站在同一在线。"[4] 围绕着维尔托夫的一群艺术家被称为 kinoks，相对于传统的虚构影片，他们的理想是提倡普罗新闻纪录片或者"未经编排的电影"。维尔托夫及其妻斯维洛姬（Elizabeth Svilova）、其弟考夫曼（Mikhail Kaufman）组成了三人评委（the Council of Three），负责审核合作社的制片政策。[5] 1924 年维尔托夫和他的小团体制作了一系列的新闻纪录片，标题为 Kinoglaz，记录苏俄农村中被动员为"小尖兵"的孩子们，如何推动人民健康和工人教育。关于孩子们的部分称为"年轻的列宁主义者"，特别令人动容，完美结合了意识形态及电影美学。

---

①　同前注，页 264—265。

②　Richard M. Barsam, Nonfiction Film: A Critical History, Bloomington and Indianapolis: Indiana University Press, 1992 [1987], p.68.

③　Vlada Petric, Constructivism in Film: "The Man with the Movie Camera," A Cinematic Analysis, Cambridge: Cambridge University Press, 1987, p.4.

④　刘呐鸥：《影片艺术论》，页 267。

⑤　Vlada Petric, *Constructivism in Film: "The Man with the Movie Camera,"* A Cinematic Analysis, pp.1-3.

孩子们愉悦地在大街小巷贴大字报，发送传单宣扬"向合作社购物"，拒买私家货，建立自己的训练营，等等。在他们"为工人国家而战"的努力当中，我们看见他们大步进入市场，盘查食物的价格，提供为消费者免费理发，替锡制器皿打光，帮寡妇收割作物。在"时光倒转"的两幕中，他幽默地呈现了市场中的食物和面包制造生产的过程。例如，在贩卖的肉制品，回溯至屠宰场中被剥了皮的牛，接着牛的内脏被塞回胃中，皮被贴回去，牛又回复活生生的样态，走回牧场中。整个时光倒转过程，展现了剪接技巧如何戏弄我们对时间的认知。这个系列的标志，是被摄影机镜头框住的一个巨大的眼睛，成为《手持摄影机的人》中反复出现的母题。维尔托夫的小团体的基本教条是"没有剧本、没有演员、在摄影棚外"，此教条出现于 Kino-Eye 系列的所有影片中，包括《手持摄影机的人》。

纱步夫人原本替梅耶省德（Meyerhold）及马雅可夫斯基（Mayakovsky）的构成主义剧场（constructive theatre）工作，在 1922 年成为组合影片（compilation film）的创作者，亦即把为其他目的而制作的影片，拼贴剪接成非虚构影片。她与维尔托夫是紧密的工作伙伴。据巴尔萨穆（Richard Barsam）指出，纱步相信"影像的本体真实性"，因此她的非虚构影片观点与维尔托夫比较接近，与艾森斯坦的"历史的戏剧性重演"[1] 相去甚远。刘呐鸥把维尔托夫及纱步相连，显然对维尔托夫电影理论及构成派运动间的关联，颇为熟悉。他对维尔托夫电影眼技巧的分析，切中重点：

他完全代表着一个机械主义者，所以他的论理多半倾向

---

[1]　Richard M. Barsam, *Nonfiction Film: A Critical History*, p.76.

于这方面。照他的意见"影戏眼"是具有快速度性，显微镜性和其他一切科学的特性和能力的一个比人们的肉眼更完全的眼的。它有一种形而上的性能，能够钻入壳里透视一切微隐。一切现象均得被它解体、分析、解释，而重新组成一个与主题有关系的作品，所以要表现一个"人生"并用不到表演者，只用一只开麦拉把"人生"的断片用适当的方法拉来便够了。①

由此可见，刘呐鸥十分清楚维尔托夫电影眼技巧的目的：比肉眼更优越的摄影机镜头，可以创造"电影真实"，比肉眼可见的现实更为"真实"的现实。上述引文也显示他对此技巧基本概念的理解：非表演性的电影，透过蒙太奇的创作而非职业演员的表演，把生活中随机捕捉到的片段呈现出来。他肯定电影眼技巧的"快速度性，显微镜性，和其他一切科学的特性和能力"，显然了解维尔托夫和构成派一样，都对机器充满了迷恋。他指出维尔托夫的《手持摄影机的人》以这些概念为创作原则时，使用的是影片的法文标题 *L'homme à l'appareil de prises de vues*。他认为电影有两个主要元素：都市中群众的生活，以及带着摄影机走入群众、掌控如何再现群众生活的摄影师。值得注意的是，刘呐鸥将维尔托夫介绍给中国读者时，对他也有所批评。他虽然赞美他精湛的电影技巧，但是批评他过度推崇机器，甚至怀疑他那种没有演员的电影（film san acteurs）未来是否能长存。②

先前提过刘呐鸥于 1930 年代中期制作的纪录片，英文标题

---

①　刘呐鸥：《影片艺术论》，页 267。

②　同前注，页 269。

是 *The Man Who Has the Camera*（也有日文名称：『カメラを持つ男』），显然是向维尔托夫致敬。许多评家指出，维尔托夫纪录片除了纪录俄国生活之外，特色是电影的自我指射（self-reflexivity）。它既记录了群众的生活，也凸显电影制作的技术。电影中摄影师反复出现：为了取得最精彩的镜头，他在群众间漫步、爬上高塔、乘着高速而行的汽车，甚至躺在地上取镜等。也看见女性剪接师正进行电影胶卷的剪接，电影在电影院中放映等画面。[①] 除此之外，整部电影是蒙太奇技巧的展览，炫人耳目。相对的，刘呐鸥的纪录片没有电影自我指射的特质，也没维尔托夫影片中特殊的蒙太奇技巧[②]。两者间的差异值得思考。

刘呐鸥所拍的纪录片，1997 年由台湾电影数据库复原馆藏，片长 31 分钟，包含五部分：人间、游行、奉天、广州及东京。除了庙会游街的段落之外，影片主要是关于刘呐鸥私人生活及旅行的家庭录像，当然无法与维尔托夫记录俄国生活全景的规模比拟。在"人间"中，我们看见刘呐鸥的弟弟、母亲、妻子和孩子。群众是维尔托夫影片中主要的形象，也在刘呐鸥的影片中短暂出现。在"广东"中，群众蜂拥至观光景点的画面，与维尔托夫影片中于大街小巷川流不息的群众大相径庭。刘呐鸥影片中游艇上的女人，显然为了影片而摆弄姿态，绝非随机拍下的。唯一近似于"非演出性"原则的，是庙会游行那一幕，展现了形形色色台

---

① Richard M. Barsam, *Nonfiction Film: A Critical History,* p.73; Vlada Petric, *Constructivism in Film: "The Man with the Movie Camera," A Cinematic Analysis*, pp.82-84. Barsam 用 self-reflexivity 一词，Petric 用 self-referentiality 一词。

② 郭诗咏比较刘呐鸥的家庭影片及 Vertov 的《手持摄影机的人》。郭诗咏：《持摄影机的人：试论刘呐鸥的纪录片》，《文学世纪》第 2 卷第 7 期（2002 年 7 月），页 26—32。

湾庙会民俗，包括踩高跷、舞狮、西游记人物如猪八戒及孙悟空，还有七爷八爷等。影片中游行的队伍，出现穿和服跳舞的人，显示影片应该是在日殖时期的台湾、南京或是伪满洲国所拍的。

　　电影自发明之始便是一种昂贵的工业，需要复杂科技及庞大的人力物力。刘呐鸥的影片是家庭摄影机所拍的，和维尔托夫《手持摄影机的人》的专业制作，当然不可同日而语。维尔托夫在不同的电影机构中奋斗，只为争取拍片的基金，如同后来刘呐鸥辗转各制片厂一样。由于与艾森斯坦以及其他同事的争议，维尔托夫于 1927 年被迫离开 Sovkino，即 1924 年成立、专事补助电影制作的苏联中央制片机构。接着他受邀任职于 VUFKU（All-Ukranian Photo-Cinema Administration），即乌克兰在基辅的片场，制作了《手持摄影机的人》。[①] 就刘呐鸥的情况而言，由于母亲提供他充足的物质资源，他在上海接连自资创办了两家书店，出版书籍及杂志。从 1930 年代早期起，他甚至开始在上海投资房地产。在举家从台湾迁居至上海后，他自资营建了横跨整个区段的房屋，除了自家居住以外，还拨出两个单位给戴望舒与穆时英借住，其余的屋舍皆出租给日本人。此外，他还在商业区买了一整个区块的房子[②]。拍摄电影所需的经费远远超过经营书店和出版，转眼间即可耗尽他投资的房地产。这也解释了，他为何必须任职于不同政治势力控制的制片厂；只要那里有经费，那里就有工作。但如前所述，他为了电影事业不得不与不同政治势力周旋时，不慎跨越了安全界限，危及自身生命。如要确保个人自由，应知界限何在。

---

① Richard M. Barsam, *Nonfiction Film: A Critical History*, pp.71-72。
② 彭小妍：《海上说情欲：从张资平到刘呐鸥》，页 121、176—177。

由于他外语能力流畅，特别是法语，刘呐鸥熟知俄国前卫派的电影理论，成为当时中国重要的电影理论家。他强烈的电影美学观，最终导致他的小团体与左翼影人产生争论，实不足为怪。左翼影人虽然从俄国习得电影的政治宣传功能，却在美学理论上大为落后。[1] 从这点来说，刘呐鸥在当代的电影从业者中，可算是相当独特。引发与左翼争论的文章是黄嘉谟 1933 年 12 月的《硬性影片与软性影片》。文章中，他抱怨左翼的"革命电影"使得电影的"胶卷被被浆成影片"，以至于无意义的口号及教条主义把原先蜂拥至戏院的观众都吓跑了。他强调电影的娱乐功能，认为"电影是给眼睛吃的冰淇淋，是给心灵坐的沙发椅"[2]。

刘呐鸥及其小团体的电影理论受到左翼作家唐纳的严厉抨击。从 1934 年 6 月 19 至 27 日，唐在《晨报》刊登一系列文章，反驳他们重形式甚于内容的观点。6 月 19 日的《清算软性电影论——软性论者的趣味主义》一文中，唐纳论称："艺术不只表现情感，同时也表现思想，'艺术是一个人在包围着的现实世界的影响下，把他经验了的感情与思想，再唤起于内部，给这些以一定的形象的表现时产生出来的。'"相对于刘呐鸥同伙的娱乐至上理论，唐纳强调艺术的社会功能及教化价值。唐纳认为，由于刘呐鸥及其小团体"不懂内容与形式的统一"，他们便批评左翼群体"内容偏重"，才会坚持作品的形式比内容更重要。[3]

---

[1]　关于二十世纪中国电影理论文选，请见丁亚平编《1897—2001 百年中国电影理论文选》，北京文化艺术出版社，2002，两册。

[2]　黄嘉谟：《硬性影片和软性影片》，《现代电影》第 6 期（1933 年 12 月），页 3。

[3]　唐纳：《清算软性电影论——软性论者的趣味主义》，《晨报》（1934 年 6 月 19 日），页 10。

　　刘呐鸥及其小团体强调的是：艺术自主的现代主义立场、浪荡子美学主导的文学实践，以及娱乐至上论，在在与左翼文学的政治化美学截然对立。在此情况下，类似的争论自然不可避免。

台湾人在上海、东京

　　现代主义似乎是对大都会生活的礼赞，也是对资本主义的反讽拥抱，而现代主义的浪荡子则属不知人间疾苦的优渥阶级。虽然刘呐鸥的美学主张鄙视中产阶级的庸俗品位，浪荡子当然是中产阶级文化及资本主义扩张的产品。浪荡子可以被视为中产阶级文化、资本主义，以及殖民主义结合下的结果。1920 年代以文学为志业的台湾青年不乏国际上的先例可模仿。刘呐鸥在文学创作上及生活品位上实践波德莱尔的浪荡子美学，在上海从事写作及电影工作时，身陷危机。他虽尽力追求现代主义的普世美学价值，国族界限的律法最后还是限制了他。

　　对他同代的台湾人而言，写作的语言是一个重要议题。在上海生活及写作的刘呐鸥，则高度关切自己的台湾人出身及中文能力的不足。在 1927 年的日记中，我们看到他十分自觉自己的母语不是中文，为了改善中文而做出种种努力。例如一月三日记载"晚上练习国音会话"[①]；1 月 5 日阅读日文翻译的俄国小说家库普林（Alexandre Kuprin, 1873—1938）的作品《魔窟》（*Yama: The Pit*），认为"作者的讲故事的能力确实大的，……我很觉得自己讲故事的能力小，也许是福建话的单语少，每每不能够想出适当

---

　　①　参见刘呐鸥：《刘呐鸥全集·日记集》上册，彭小妍、黄英哲编译，页34。

的话来表现心里所想的。"① 刘呐鸥虽对自己的闽南语背景有高度自觉，在日记中却不自觉地经常使用闽南语的词汇，如四月六日"开往江宁的车里，都是兵满满"。这里使用闽南语"兵满满"，而非普通话的"满载军人"。②7月14日"这张电竟瞬唤醒了我五、六年的迷梦"，此处用闽南语"迷梦"，而非普通话"梦幻"；③12月9日写道："下午同小黄去看奥迪安。考友的坏片"，此处用闽南语"考友"，而非国语的"他妈的"。④ 在刘呐鸥的混语书写实践中，闽南语是不可避免的元素之一。

1月20日记录，他决定向一个天津人租屋，用法文描述房东是一个 un bon chinois（善良的中国人）。刘呐鸥的语言自由组合各种语言，何时使用何语言没有一定的规则。但是当他生病时，倾向于使用日文，有时整日的日记都以日文书写。例如，1月10日起首为"头は痛む、鼻はつまる、胸は苦しい、又いやな风邪だ"（头痛、鼻塞、胸口苦闷，又是恼人的感冒），直至整篇日记结束都是日文。⑤

在他游历东京时，也以日文记录。8月1日至3日的纪录完全以日文书写。8月1日他去东京一家餐馆吃饭，似乎不甚满意。

---

① 参见刘呐鸥：《刘呐鸥全集·日记集》上册，彭小妍、黄英哲编译，页38。

② 参见刘呐鸥：《刘呐鸥全集·日记集》上册，彭小妍、黄英哲编译，页234。

③ 参见刘呐鸥：《刘呐鸥全集·日记集》下册，彭小妍、黄英哲编译，页450。

④ 参见刘呐鸥：《刘呐鸥全集·日记集》下册，彭小妍、黄英哲编译，页764。

⑤ 参见刘呐鸥：《刘呐鸥全集·日记集》上册，彭小妍、黄英哲编译，页48。

他写道："面白くもない伝統的な低級味さ、只涼しかった。"（没意思的传统低俗口味，只是清爽而已）8月2日记载东京警察临检娱乐区："銀ぶらをした。昨夜の大検挙で縮んだものかモボ、モガの影が暁の星の様つだった。始めて Mon Ami へ入った。ボーイがポアンチを知らない。"① （去逛银座。或许是昨晚的大临检，大家都缩起来了，摩登青年、摩登女郎的身影犹如晨星般稀疏。第一次走进 Mon Ami [朋友咖啡厅]，男侍对水果调酒一无所知）。8月3日他反省自己的游手好闲，顺便批评东京落后的现代生活："よくもあんな無智なモボ、モガを相手にして遊んだものだ。これも淋しいから [だ] ろう。あ、上海のワルツが恋しい。"（终日和那群无知的摩登青年、摩登女郎泡在一起。或许是因为寂寞吧！啊……上海的华尔兹令人留恋！）

很明显，刘呐鸥喜欢上海胜于东京，因为上海除了无知的摩登青年及摩登女郎，还有他的文学伙伴吧。半殖民地上海的租界，处处可感受到外国人的入侵。从 1927 年日记可看出，英军、日军设立路障，盘查身份，使得上海市民生活不便。2 月 19 日他写道："杭州失守，孙军退到松江！""南军已到上海"及"上海总罢业起来了"；3 月 21 日"阿瑞里边便衣队和外国兵起了冲突"；3 月 27 日"租界内也交通断绝"；4 月 3 日"在西藏路被嗅英兵搜身躯"；4 月 9 日"狄思威路通过时，被日本水兵查了好几次"；等等。②

在多国兵燹和战争威胁的动乱之间，呐鸥还是可以一派悠闲

① 参见刘呐鸥：《刘呐鸥全集·日记集》下册，彭小妍、黄英哲编译，页490、492、494。

② 参见刘呐鸥：《刘呐鸥全集·日记集》上册，彭小妍、黄英哲编译，3 月21 日，4 月 3 日，4 月 6 日，4 月 9 日，页 198，228，234，240。

地在 1927 年的上海维持他的浪荡子生活（有时他整晚都听见枪声）。他对自己糜烂颓废的生活相当自觉，经常自我批判，但往往又堕入自我耽溺的生活。例如，在 2 月 5 日记载：

> 这几礼拜，都是白相，一点工夫也不用，钱费了再借，现在在上海的我所知道的朋友差不多都有负他们的 [债]，健康又渐渐不好，差不多每天睡一天，学问吗？已经是雾里的仙乡，明天也有约，后天也有，啊呀！

"白相"是上海方言，意指无所事事的颓废生活。如同他日记所记录，刘呐鸥的母亲经常寄钱供他花用，通常金额庞大，但是显然他常入不敷出。1927 年的上海，就他这种社会阶级而言，及时行乐似乎是普遍心态。日记中咖啡厅、舞厅和电影院的名字充斥。所提及的电影院包括 Odean（奥迪安）、Carlton、中央大戏院、阿波罗（阿波罗）、大西洋、上海大戏院。他看过的电影包括 *Variété*（1925），由 Emil Jannings 和 Lya de Putti 主演（5 月 28 日）；*The French Doll*（1923），由 Mae Murray 主演（9 月 21 日）；*The Law of the Lawless*（1923），由 Dorothy Dalton 主演（9 月 23 日）；卓别林（Charlie Chaplin）1918 年的电影 *Shoulder Arms*（9 月 23 日）；Paris（1926），由 Joan Crawford 及 Charles Ray 主演（9 月 25 日）；等等。他特别喜欢女星 Lya de Putti，认为她拥有魔女（まじょ；狐媚的女子）一般的眉毛、眼睛、脸部特征、身形、腰身和脚。他听京剧、昆曲和观赏民间娱乐，亦喜好足球和篮球之类的运动。他去过的咖啡店及舞厅无数：Bluebird（ブリューバード或简写为 B.B.）、桃山、狮王咖啡店（ライオン・カフェー）、Golden Star、Madame Café、Park Pavillion、三民宫、Nora、Eastern、Lodge、

Eden Café、黑猫（クロネコ）, The Little Cherub、Del Monte，林林总总，不可胜数。但是他并非不事生产。他经常光顾的书店有内山书店、中华书店、商务印书馆、光华书店。从日记中可见，除了寻欢作乐，读书、文学评论是他的要务。

　　每个月底他的日记都有读书清单，由此可知他的日常阅读书目包含日文、法文、英文、古典及白话中文的作品，展现彻底的跨文化实践，其中当然包括保罗·莫朗及日本新感觉派作品。在 12 月书单中，他批评日本小说《皮肤》，说道："只可看style [风格]，内容是 nonsense [无聊]。"[1] 此批评虽简短，却相当中肯。上海及日本新感觉派小说大多着重形式的实验。除了形式之外，其内容多半乏善可陈——多半是浪荡子凝视摩登女郎的故事。"nonsense"一词与日文"エロ・グロ・ナンセンス"（ero-guro-nansensu）的相互对应，本书导言已谈及，下一章讨论郭建英 1934 年漫画时，将详细分析。这个词汇不仅指涉战前日本摩登女郎的颓废生活，也可适用于 1930 年代上海。[2] 第二章将详细分析保罗·莫朗及其与日本、中国新感觉派作家间的关联，此处不赘，仅指出刘呐鸥 10 月 23 日的简短评论："晚上把モーラン [莫朗] 诗集念完，难字多，粗而不滑，虽然现代色很浓，可是并不深，只多了几个新感觉的字。"[3]

---

　　[1]　参见刘呐鸥:《刘呐鸥全集·日记集》下册，彭小妍、黄英哲编译，页 744。

　　[2]　关于此日文词汇的意涵，请见 Miriam Silverberg, *Erotic Grotesque Nonsense: The Mass Culture of Japanese Modern Times,* Berkeley: University of California Press, 2006。

　　[3]　参见刘呐鸥:《刘呐鸥全集·日记集》下册，彭小妍、黄英哲编译，页 662。

刘呐鸥对当代日本文学的兴趣当然不仅止于新感觉派。1927年前3个月的阅读清单包括堀口大学的诗集《月下的一群》，菊池的《藤十郎的恋》，谷崎润一郎的《近代情痴集》，佐藤春夫的《恶魔的玩具》，伊藤介春的诗集《眼与眼》等。还有从同年的日文杂志《妇人公论》《新潮》及《中央公论》等选出来的书籍或文章。刘呐鸥与日本文学圈的潮流显然同步。其余几个月的阅读清单就不再赘言。

刘呐鸥对古典中文的兴趣也很广泛。他的阅读清单中包括：《乐府古辞考》《全唐诗》《大宋宣和遗事》《浮生六记》等。有趣的是刘呐鸥对当代中国文学及作家的批评。他遍读所有流派，但显然偏好创造社的作品。关于郁达夫的小说《过去》，他在5月9日写道："写两个中国的新女子，表现虽有涩处，文却有润湿，他是饶富有诗人质的小说家。"他在5月10日评论张资平的小说："是写实家，描写心理的精细的地方有是有，可是多太杀风景，日本文的影响很大。"他喜欢张资平的小说《苔莉》，苔莉身为人妾，却和丈夫的表弟相恋，两人因社会压力而自杀。5月15日，他在日记写道："中国的社会——尤其是中国人的性欲写得很畅快，虽是处处露表现不稳巧的地方。这人的缺点是表现手段的不至和，日本文的影响的过多，除了这两层，却是个好的作家。"相对的，刘呐鸥对文学研究会的评价极低。他认为该会的机关杂志《小说月报》，根本不足为道。他在7月1日的日记中评论："《小说月报》二号来，坏得很，中国文人差不多要绝种了。……比较起来还创作月刊里头的东西好得多。"

虽然刘呐鸥对美国电影的喜好不亚于欧洲电影，但是他却极端嫌恶美国的文学品位。他的日记中完全没有记载美国文学作品。5月1日他对一本美国人编辑的《一九二六年法国最好短篇小说》

进行评论：

> "米人和文艺"这个题目从前有好几个人论过，现在没
> 有人否定米国也有文艺，但在我看起来米国人完全不懂文艺。
> 这本书的撰者是今年住在巴黎的新闻记者，编这种也曾编过
> 好几次，但看他所谓的 the Best［最好］的东西，却并不觉得
> 有甚好处，我信一九二六年中法国的可以称 the Best 的小说
> 必定不是这样的东西——米国二字，看着也不快。[①]

他所评选的选集是由波士顿的 Small, Maryland & Co. 在 1924
到 1927 间选印的一系列法国短篇小说集。[②] 对法国事务迷恋的刘
呐鸥似乎也继承了法国人对美国的蔑视。他有时透过法文翻译阅
读英文作品，例如 John Cleland 的 Mémoirs de Fanny Hill, femme
de plaisir（名妓芳妮西尔回忆录；1748—1749）。

阅读、放荡、漫游及鉴赏女性，是刘呐鸥上海生活的大要。
他日记中记载的人物，无论知名或不知名，涵盖众多国籍：菲律
宾、丹麦、法国、印度、日本、英国、美国、德国等。风尘女子
的姓名遍布他的日记：百合子（ユリ子），一枝，千代子，喜美
子（キミ子），莉莉（リリ），绿霞，等等。有几则日记透露出他
对半殖民地跨文化混种性的迷恋，例如 1 月 12 日记载了他对上
海的歌颂，欣喜若狂：

---

① 参见刘呐鸥：《刘呐鸥全集·日记集》上册，彭小妍、黄英哲编译，页
288。

② Richard Eaton, The Best French Short Stories of…and the Yearbook of the
French Short Story, Boston; Small, Maynard & Co., 1924-1927.

上海啊！魔力［まりょうく］的上海！

……

你是黄金窟［おうごんくつ］哪！看这把闪光光的东西！

你是美人邦哪！红的，白的，黄的，黑的，夜光［やこう］的一极，从细腰［さいよう］的手里！

横波的一笑，是断发［だんぱつ］露膝的混种［こんしゅ］。[①]

此处"横波的一笑"是古典用语，描写摩登女郎回眸一笑的媚态。有许多日文汉字词汇：魔力、黄金窟、夜光、细腰、断发、混种等。"断发露膝"指的是她流行的短发和露出膝盖的摩登穿着。"细腰"描写她美丽的体态。"混种"一方面指这些摩登女郎外貌中西合璧，一方面指上海到处是外国租界，呈现次殖民地的色彩。我们再次见证新白话文如何混合古典中文和外来文字，是上海新感觉派混语书写的文风展现，与上海街头看见的多元各色人种呼应。相对于对大都会的礼赞，刘呐鸥日记的某些段落却显现出对外国人的嫌恶。1月19日他在电车上和西洋女人发生不快的过节，愤怒莫名，写道："眼睛和眼睛，憎恨的火，洋鬼婆们啊，站得稳吧，不然，无名火在烧的东洋男儿就要把你们冲到电车底去了。"[②]从刘呐鸥的日记中我们读到他矛盾的情绪。一方面，他对外国入侵和殖民扩张极度憎恨，另一方面，却毫无疑问地享

①　请见刘呐鸥：《刘呐鸥全集·日记集》上册，彭小妍、黄英哲编译，1月12日，页52。

②　同前注，1月19日，页66。

受大都会的气氛及舶来品的奢华。

刘呐鸥不喜欢西洋人，但也并不认同东洋。参加祖母丧礼后，他于 5 月 26 日前往东京，停留至 9 月 8 日为止。当时他的妹妹与妹夫住在东京，妹妹到火车站来接他。刘呐鸥的妹妹在日本的女子大学就读，有一次刘呐鸥拜访她时，她正在弹钢琴。[①] 其间刘呐鸥在东京的雅典娜语文学校 [アテネ] 学习法文和拉丁文，但很快地便感到烦闷，而想念起上海。6 月 6 日他抱怨语言学校的教学法无趣，对法语学习毫无帮助。在 6 月 17 日记载："这几天心都是紧闭，没有什么，只是我不好那 'Japanese way' [日本风]。" [②] 在 7 月 12 日，他收到母亲的来信，允许他前往上海，他满心欢喜，称上海是他"将来的地"。后来于 1934 年，他果真把妻子和三个孩子从台湾接到上海，另有两个孩子于此出生。[③]但是，虽性喜云游四海，刘呐鸥还是不免自问，何处是家乡？"啊！越南的山水，南国的果园，东瀛的长袖，那个是我的亲昵哪？"在 5 月 3 日的日记中他感叹，过世的祖母犹如所有世人，都只不过是旅人过客而已，最终均将被召唤入土："人生是旅行，我们都是出外的客了。""世界人"也是无家可归的人，难以抗拒离乡的冲动，终究四处漂泊。第二章将进一步详述。

身为那个特殊时代台湾人，在上海成名，也被暗杀于上海，刘呐鸥的文名要待超过半个世纪之久后，才得以在台湾学术界确立。1997 年的夏天，刘呐鸥的家属将他 1927 年日记交付给笔者时，仍然相当迟疑，不知将日记内容公诸于世是否妥当。即便解

① 参见刘呐鸥：《刘呐鸥全集·日记集》上册，彭小妍、黄英哲编译，6 月 25 日，页 402。

② 同前注，6 月 17 日，页 386。

③ 彭小妍：《海上说情欲：从张资平到刘呐鸥》，页 1—40。

严已经十年，他排行第四的二女儿，在谈起父亲被刺时仍坐立难安。惨剧发生后不久，她及兄弟姊妹随着母亲返台，从此父亲的死也成为禁忌话题。当时她不过七岁，但是稚嫩的心灵已经惊吓不已，一直持续数十年。1997 年的夏天，她依稀记得母亲的描述：1930 年代父亲在上海的文学、电影圈中曾经非常活跃。但是要等到 2001 年《刘呐鸥全集》五册出版后，她才会明白父亲的文学家地位及重要性。

混语书写与跨文化现代性

1980 年代末叶，久被埋没的新感觉派复苏，挑战五四以来位居主流的写实主义文学，[①] 刘呐鸥也从此被纳入中国现代文学的正典。刘呐鸥及其新感觉派文友写作的时代，正是中国面临再现危机之时——传统语言已无法有效表达追求自由恋爱、速度及现代科技的现代世界的意义了。

评家例如耿德华（Edward Gunn）曾指出，通俗作家如苏曼殊及徐枕亚所创作的文言散文，与大致 1900 年以降的“日化”时期及 1918 年以降的“欧化”时期并行。[②] 然而，与其机械式地划分日化时期及欧化时期，或是将新白话文从通俗作家的文言散文及传统白话文区隔出来，笔者要强调的是新感觉派的混语书写文风。

透过“混语书写”这个词汇，笔者企图指出他们的新白话文的风格创新，在于古典词汇、方言、欧日等外文的自由组合；这

---

① 严家炎:《中国现代小说流派史》，页 131—141。

② Edward Gunn, *Rewriting Chinese: Style and Innovation in Twentieth-Century Chinese Prose,* Stanford, CA.: Stanford University Press, 1991, pp.31-37 。

种混语书写特质正是跨文化现代性的最佳写照。与其划分日本及欧洲影响的时期，笔者透过混语书写的概念来展现新白话文在实验阶段，总是海纳百川且创意十足。它不仅跨越国家语言的界限，也跨越了传统与现代、国家与地方、文学及科学的界限。其跨文化／跨语言的混种性，使得新白话文充满流动性及不稳定性，特别令人着迷。

没有一个国家的语言是封闭的系统；外国元素总是源源不绝地渗透进来。在中国白话文运动致力于创造一个全新的国家语言之时，所谓"国家的"更令人质疑。从现存的各种文献可见，当时参与运动的人，无论作家或一般人，均镇日强调传统及现代的界限。然而，在高唱传统及现代之分、普遍感时忧"国"的氛围里，我们看见的是文学实践中各种有形无形界限的松动，以及各种权力机制的角力竞逐。所谓"现代"，可能是古典的创造性转化；所谓"本土"的，经常是外来元素在本土生根后形成的。所谓"国家的"，经常是各种方言所组成。已经没有所谓"纯粹"的中国语文，向来就没有。

除了混语书写的跨文化语言展演之外，新感觉派文风也跨越了精英及通俗文化的界限。评家常指出新感觉派文风受到电影技巧的影响，而新感觉派与上海通俗杂志之间的联系也不可忽略。我们比较熟悉的是他们的精英品位杂志，例如双周刊《无轨列车》（1928年9月至12月），以及双月刊《新文艺》（1929—1930）及《现代》（1932—1935）①。另一方面，我们不应忽视刘呐鸥、穆时英、施蛰存及黑婴等人经常在《良友》之类的通俗杂志上刊登文

---

① 关于上海新感觉派作家的精英期刊表列，以及详细说明，请参见 Shu-mei Shih, *The Lure of the Modern: Writing Modernism in Semicolonial China, 1917-1937*, pp.241-257。

章。更值得注意的是，从 1934 年开始，于 1933 年创刊的《妇人画报》由他们接手成为新感觉派机关刊物。透过这个刊物，他们的浪荡子美学得以完整展现，本书第二章将详论。此外，我们也将见证新感觉派文风如何从法国旅行到日本、继而进入中国。

第二章

一个旅行的次文类：
掌篇小说

图 2-1《妇人画报》

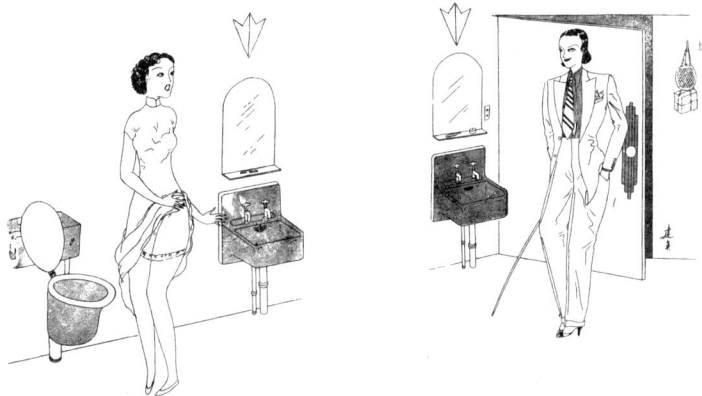

图 2-2 最时髦的男装吓死了公共厕所的姑娘

回眸一瞥的摩登女郎

在波德莱尔《给一位过路的女子》一诗中，夜间犹如电光（Un éclair）、一闪而逝的美女，将成为日后保罗·莫朗及其中、日追随者的作品中永恒的母题。诗中诉说的是浪荡子 / 漫游者与摩登女郎 / 漫游女偶然的邂逅。摩登女郎是她者的象征；浪荡子在大都会永恒的漫游中，一心渴望遇见她，只因她的一瞥目光（le regard）可使他复活（renaître）。摩登女郎大胆回眸一瞥，比起传统上矜持被动的女子更加逗人心弦。这种挑逗眼神，表白了男人只不过是她的玩伴（gigolo），如同第一章所述；摩登女郎玩弄男子的行径，不但扮演、更是颠覆了浪荡子女人玩家的角色。

介绍

"老黄、让我介绍吧，这位就是陈小姐。"

图 2-3 "老黄，让我介绍吧，这位就是陈小姐"

1934 年 10 月的《妇人画报》封面，是一位短发摩登女郎，一身男人西装、以丝巾为领带，显示当年摩登女郎的变装如何引人侧目。[①]（图 2-1）1934 年郭建英的两幅漫画也描写身着男人西装的摩登女郎。题为《最时髦的男装吓死了公共厕所的姑娘》的图中，身着男装的摩登女郎拄着拐杖，大摇大摆走进女士洗手间，吓坏了正在里面的另一位摩登女郎（图 2-2）。[②] 题为《老黄，让我介绍吧》的图中，这位就是陈小姐一位摩登女郎画家，穿着短袖衬衫，蝴蝶结下悬垂丝巾，下身是长裤，正神态自若地把她的裸体模特儿介绍给一位男士，倒是把对方吓得全身僵硬、哑口无言。（图 2-3）[③] 摩登女郎一旦举止有如男性，难免掀起性别倒错的纷扰（gender trouble）。

　　浪荡子对摩登女郎无尽的迷恋，来自他永恒的自恋情节。惶惶自苦、不由自主地追随她，他可说为她而生、也为她而死；摩登女郎有如他揽镜自照时，所窥见的她我，正如波德莱尔所说：生于镜前，也死于镜前（vivre et mourir devant le mirror）。本章将显示浪荡子对摩登女郎永恒的追逐，既因她迷人的风采而目眩神摇，又因她的低等无知而嫌恶她，第一章已经谈及。此处我们将看见浪荡子展现无比耐力及高傲姿态，谆谆诱导摩登女郎如何举止穿着——亦即如何成为他的完美她我。

　　本章继续探讨"浪荡子美学"的概念，以 1920 年代末在上海崛起的新感觉派为重心，特别着重这些作家与日本新感觉

---

　　① 　参见陈子善编《摩登上海：三十年代洋场百景》，广西师范大学出版社，2001 年，页 iii。

　　② 　郭建英：《最时髦的男装吓死了公共厕所的姑娘》，收入陈子善编《摩登上海：三十年代洋场百景》，页 132—133。

　　③ 　同前注，页 21。

派、法国现代主义作家保罗·莫朗及摩里斯·德哥派拉（Maurice Dekobra, 1885—1973）的渊源。我所谓浪荡子美学，主要包含三个层面的意义：（1）浪荡子自诩展现品位和格调（préciosité）的混语书写（the macaronic），象征跨文化现代性的混杂性；（2）浪荡子与摩登女郎——他的劣等她我——之间爱恨交织的关系；（3）浪荡子身为永恒漫游者的姿态，以及他的"漫游白描艺术"（flânerie）如何将女性类型化。本章由掌篇小说谈起，这是一个由巴黎旅行到日本的次文类，于二十世纪二三十年代为上海新感觉派所挪用。此次文类的特色是觊觎女色的男性叙事者，一派浪荡子姿态，正彰显了浪荡子美学的特质。

延续前一章的讨论，本章将仔细分析混语书写：它混合了古典词汇、方言、外文词汇、外文音译、新造词汇等，代表新感觉派书写模式的特色。对笔者而言，这种语言实验象征跨文化现代性的精髓：它创造了一个跨文化空间或接触地带，在此空间中，传统／现代、精英／通俗、本土／外来、国家／地方、文学／非文学等成分重叠互动。此即跨文化场域，亦即创造性转化可能发生的所在。上海新感觉派如何大胆从事这种语言改革的实践？他们如何使用新的媒介——包括白话文及漫画之类的视觉形象——来理解现代大都会中的两性关系，同时彻底颠覆了传统的性别表演？他们如何透过这些唾手可得的新媒介，来建构浪荡子与摩登女郎之间的共生关系？这些是本章尝试探讨的议题。

相对于掌篇小说，本章将讨论保罗·莫朗的小说《香奈儿》，以说明笔者所思考的浪荡子／摩登女郎的共生关系。有别于一般由男性叙事者所描写的摩登女郎，身为设计师的摩登女郎香奈儿是自己故事的叙事者。我们将看见，莫朗在创造香奈儿这个角色时，事实上是在构筑他的完美她我，亦即在构筑一位女浪荡子。

由法国旅行到日本及中国的次文类

本书用意之一，是显示在研究中国现代文学时，不能不注意欧洲思想及概念传入中国的过程中，日本作为中介者的角色。掌篇小说这个次文类的欧亚旅行过程尤其如此，毋庸置疑。

1934年1月漫画家郭建英（1907—1979）接掌上海《妇人画报》的编辑工作。该刊自1933年4月创刊以来，已经发行了9期，一直没有引起上海文坛的注意。它的名称源自日本的同名妇女刊物《妇人画报》，是1905年创刊的，发行直至战后，许多知名的日本现代主义作家，如菊池宽、片冈铁兵及川端康成等人，都经常在上面发表文章。上海的《妇人画报》及《良友》画报是姐妹刊物，同属良友公司出版发行。刚上市时，《妇人画报》看来不过是二十世纪二三十年代如雨后春笋般的众多上海妇女画报之一，专以时尚、化妆、爱情及婚姻为议题。但是郭建英入主后，开辟了一个"掌篇小说集"的新专栏，并邀请新感觉派的文友写稿，如刘呐鸥、穆时英及黑婴等，大多以具有异国情调的摩登女郎为主题。这种迷你小说，在1930年代的上海相当流行。它开创了一个中间地带，让新感觉派作家得以在精英与通俗间越界游移，展现浪荡子美学对女体的迷恋及女性嫌恶症，并将"摩登女郎"转化为现代性塑造下的物化象征。

从字面上来说，"掌"意指这类迷你小说可以在掌上书写或把玩。事实上中文"掌篇小说"一词乃直接挪用自大正时期的日文词汇，也称为"掌の小说"，1920年代起因川端康成的实验而声名大噪。① 日本大正末期，新感觉派的机关报《文艺时代》兴起一股书写迷你小说的风潮，例如中河与一、冈田三郎、武野藤介等都曾尝试过，但皆维持不久。根据川端康成 1926 年的文章《掌篇小说的流行》（『掌篇小説の流行』），"掌篇小说"一词是中河与一首创的，灵感来源就是《文艺春秋》（『文芸春秋』）上某作家所发表的"掌に書いた小説"（掌上书写的小说）。当时此文类还有两三种名称，例如，冈田三郎所称的"二十行小说"，中河与一的"十行小说"，武野藤介的"一枚小说"。由于冈田三郎所写的《conte 论》（『コント論』），一般又以译自法语"conte"的片假名"コント"（迷你故事）名之。② 若熟悉保罗·莫朗的作品，应知他所写的迷你小说即称为 contes。

　　川端对此文类的日文名称的看法，透露出他对日文翻译外来词汇的意见。他认为，直接使用假名"コント"，固然比夹杂怪里怪气的译语显得自然，但是他并不满意。原因是，使用外语词汇看起来像是专门术语，使一般人有疏离感；况且，法国的"コント"并不一定就是极短篇小说。他认为这种极短篇小说在日本有独特的发展历史，因此情愿使用日文的名称"掌の小説"。他举出日本传统叙事文体中的先例，说明这种文体是过去传统在现代的复活，例如井原西鹤的《本朝二十不孝》（『本朝二十不孝』）

---

① 　日文汉字"掌"亦可读作"tanagokoro"，意指"手心"。Donald Keene 以"tanagokoro no shōsetsu"的罗马拼音来指称"掌の小説"。请见 Donald Keene, *Dawn to the West: Japanese Literature of the Modern Era,* New York: Henry Holt and Company, 1984, p.800。日本 2001 年新潮社出版的川端康成《掌篇小说》集，以"tenohira no shōsetsu"为其读音。

② 　川端康成「掌篇小説の流行」（1926）、『川端康成全集』第 30 卷、新潮社、1982 年、頁 230—234。

（戏仿中国的《二十四孝》，1686）及《枕草纸》（十一世纪）。①

川端康成本人的掌篇小说则称为"掌の小说"。他从 1920 年代开始实验此文类，而且似乎有意借之锻炼书写技巧，持续不坠，在四十年间总共创作了 127 篇。他的掌篇小说大多创作于 1923 年到 1930 年之间的新感觉派时期。其中三十五篇收录在 1926 年《感情装饰》（『感情装饰』）②一书中。第一本《掌篇小说》（『掌の小说』）选辑于 1971 年由新潮社出版，1989 年再版时，收录了 111 篇。究竟是什么样的美学特色，让川端康成投入这个文类的创作，长达四十年之久？ 2001 年版的"解说"中，吉村贞司说道：

> 所谓"掌篇小说"（掌の小说），是指可以在掌上书写或是把玩的迷你故事。故事虽短，但内容一点也不简单。它绝非长篇小说剩余材料所写成。如同俳句，虽是诗体中最短之形式，但绝非长诗或短歌残余所作的劣等作品。一首绝佳的俳句可以比美长诗，内容之丰富可以容纳大千世界；一篇"掌篇小说"亦可达到同样境界。"掌篇小说"内容丰富、人物心理幽微复杂且洞悉人性，绝不亚于一般的长篇。就因其体制短小，它更具有言简意赅、直指人心和去芜存菁等特质。③

如此处引文所示，掌篇小说经常被模拟为俳句，点出了其实

---

① 川端康成「掌篇小説の流行」（1926）、『川端康成全集』第 30 巻、新潮社、1982 年、頁 230—234。
② 川端康成『感情装飾』金星堂、1926 年。
③ 吉村貞司「解説」、川端康成『掌の小説』新潮社、2001 年、頁 553—559。

验性质和诗意风格。川端康成 1927 年的《论掌篇小说》(『掌篇小说に就て』),即曾说明,掌篇小说作为极短篇小说,就像俳句作为极短篇的诗歌一样。他阐释掌篇小说作为文学形式的四种优越性:(1)掌篇小说合乎日本传统和日本人的独特国民性,如幽默、讽刺、率直的现实批判精神;(2)现代生活中人们的感觉日益尖锐、细腻及片段化,掌篇小说正是这些感觉的火花;(3)和长篇小说比较,掌篇小说的写作较不费时间和劳力,稿纸的费用较低(也就是说,更合乎经济效应),所需的专门技巧也较少,因此是一般市井小民也能享受的创作形式;(4)比起长篇小说,短篇小说是艺术的精粹,掌篇小说当然更是最精炼的艺术。他的结论为:正如即兴的诗歌,掌篇小说可以即刻捕捉那"一瞬间敏锐的心灵与纯情"(鋭い心の一閃めき、束の間の純情)[1]。

川端康成于 1938 年出版的《川端康成选集》第一卷的《后记》(「あとがき」)中说道:

> 在我过去所有的创作中,我最想念也最珍爱的,莫过于"掌篇小说"。甚至时至今日,我还是愿意把"掌篇小说"当成礼物赠予他人。这本集子里的多数作品都创作于 1920 年代。很多文人在年轻时从事诗的创作,但是我不写诗,我创作"掌篇小说"。即使有些作品是勉力而为,其中不少是真情流露之作。虽然现在我会迟疑是否称之为《我的标本室》(『僕の標本室』),我确信年少时的诗意仍栩栩如生。[2]

---

① 　川端康成「掌篇小説に就て」(1927)、『川端康成全集』第 32 卷、新潮社、1982 年、頁 543—547。

② 　川端康成「あとがき」『川端康成選集』第 1 卷、改造社、1938 年、頁 405—406。

《我的标本室》(『僕の標本室』)是川端康成第二本掌篇小说选辑的书名，出版于1930年，总共收录了47篇迷你小说。在1948年全集出版时，川端改口批评自己："现在我觉得那些'掌篇小说'中呈现的自我，实在令人厌恶。……那些作品是我写作生涯中错误的一步。"① 即使如此，他并未否认对此文类曾投注过极大的创作精力。此文类是他新感觉派时期创作精神的完美展现，况且"掌篇小说"中诸多的场景和母题，在川端的许多长篇中，经常有更完整的表现。川端康成在1972年自杀前，最后出版的作品是篇名叫《雪国抄》(「雪国抄」)的迷你小说，以1935年的小说《雪国》(『雪国』)为底本。② 由此可见他对掌篇小说此一文类的偏好及执着。值得一提的是，这篇迷你小说刊登于《每日星期天》(『サンデー毎日』)时，排版方式宛如一首诗。

川端康成以言简意赅的掌篇小说来描写日本的传统乡间景色。其中有些具有自传性质，像是《拾骨》(「骨拾い」)和《向阳》(「日向」)，是对刚去世不久的祖父的记忆；有许多关于居住乡间的女孩，例如《处女的祈祷》(「処女の祈り」)和《发》(「髪」)；还有些是关于伊豆半岛上迷人的艺妓，像是《戒指》(「指輪」)和《舞女巡演的风俗》(「踊り子旅風俗」)。这些小说擅长在瞬间捕捉少女（多半是十五岁以下的处女）令人心眩神迷的能量，书中的男性角色往往因此能量，在顷刻间顿悟日常琐事背后的深刻道理。在《向阳》中，叙事者在海边旅馆邂逅了初恋

---

① 川端康成「あとがき」『川端康成選集』第1卷、改造社、1938年、頁403。

② 川端康成「雪国抄」、『サンデー毎日』1972年8月13日、頁50—59。

情人。他下意识地盯着她看，使得她很难为情。女孩羞涩难当，以和服袖口掩面，他才恍然明白，心想，何时养成了这种盯人看的习惯？他坠入回忆中探索：会是童年时在老家养成的吗？还是失掉老家后，在友人家避难时养成的？为了避开和女孩尴尬的眼神接触，他移开眼神，看着沉浸在秋阳中的海滩。刹那间，朝着金阳开展而去的海滩唤醒了沉睡的记忆。他想起，在父母双双过世后，他搬到乡下和祖父同住，在那十年间养成了这个习惯。那时，祖父几乎每五分钟就像自动人偶一样，将头面向南方，朝向太阳，但却从不转向北方。这个盲眼老人对阳光的敏锐度让他感到十分惊讶，因此常常坐在他面前直瞪着他，心里好奇地想，他会有把头转向北方的时候吗？就是这个原因吧！这灵光乍现（epiphany）的一刻，使他感受到女孩更亲近。她脸上一阵绯红，为了吸引他的注意，嗲声嗲气地说了些话，逗得他心满意足地笑了。①

众所皆知，川端康成终其一生迷恋年轻女子。他甚至在杂志的专访中宣称，他宁愿纳一个无知的年轻女孩为妾（愈少文化熏陶愈好），也不愿娶妻。② 人人都知道秀子和他同居多年，但后来终于成为他的妻子；秀子就是这种类型的女孩。他的掌篇小说中的女孩多半是迷人但无知的类型。她们是日本乡间的传统女孩，

---

① 川端康成「日向」，『掌の小說』新潮社、2001 年、頁 24-26。小说的英文翻译见 "A Sunny Place," in Lane Dunlop and J. Martin Holman, trans., *Palm-of-the-Hand Stories,* San Francisco: North Point Press, 1988, pp.3-4。笔者认为英文篇名最好翻译为 "Toward the Sun"，因为原文的篇名意指方向感；小说中的盲人跟随阳光的移动，每五分钟转动一次头部的方向。

② 川端康成「私の生活：希望」（1930）、『川端康成全集』第 33 卷、新潮社、1982 年、頁 58。

或留短发（断发），或梳着艺妓的发型。无知如她们，却是挑动男性情绪及行为的触媒，激发男性角色对现实的本能捕捉。

相对之下，上海新感觉派掌篇小说中的摩登女郎，虽然同样无知，却表现出完全不同的样态。这些女孩同样供男人耳目之娱，但却不具精神提升的功能。她们在故事中的主要功能是反映男性叙事者的浪荡子心态。她们是大都会的同义词，身着改良式的旗袍或洋服，生活洋化，是物质文明的象征符号，毫无任何智性表现的可能。然而事实上，是男性的浪荡子式凝视，只看见她们的身体和服饰，无法超越外表。这些浪荡子叙事者，在觊觎淫窥女色时，流露的反而是他们自己的心态，反映出他们特殊的生活模式及上海半殖民地国际都会文化人的姿态。自我反讽是这类故事的重要成分；叙事者一方面嘲弄自己浪荡子的立场，一方面嘲弄他所觊觎的摩登女郎，下文将详述之。

浪荡子美学作为天命事业

史炎的《航线上的音乐》中的叙事者，正是上海《妇人画报》的"掌篇小说"专栏中典型的浪荡子。由于故事场景是在江上航行的游艇，他又身着白色西服，可知他是个有钱有闲的人士。在游艇上一个愉快的早晨，为了打发时间，叙事者自船首漫步至船尾，一一打量甲板上的女子。第一个引起他注目的是个十二三岁的乡下女孩。女孩意识到他的凝视，把目光停留在他的白衬衫上。不久女孩再也无法承受他的放肆痴望，惊慌地回过头去。第二个引起他注意的是个十五六岁姑娘，她发现自己被盯上，开始和身边的中年妇女调笑起来，后来红着脸避开他的凝视。第三个被看上的女孩是个十八九岁的。叙事者描述她的方式如下：

　　　　脸部是扩大镜中的鸡卵型，心脏形的小型樱口，林檎
　　之色的新鲜的面颊，一双水色之光的 Feverish 的清白的眼
　　睛，春之柳之腰支，凡亚铃型的背形，长型藕腿，丰满的肌
　　体，……仪态是具有玛利亚的纯洁性。
　　　　我的目光在旅程的终点浏览着了。①

　　值得注意的，除了叙事者对女孩美色的觊觎，还有他的独特
的混语书写风格。这段引文中，有外文的音译，例如"凡亚铃"
（violin）、"玛利亚"（Maria）；有现代日文翻译科技物品的汉字
词汇，例如"扩大镜"（かくだいきょう）。"林檎"（りんご）是
从唐宋时期古典中文转借的日文汉字，意思是苹果。此外，也
有许多在中文叙事中任意穿插的英文词汇。上引文"一双水色之
光的 Feverish 的清白的眼睛"一句中，Feverish 在原文中即是英
文。故事稍前，第一个女孩羞赧离去后，他说道："我的目光成
了 artful 的单轨线。"此处 artful 也是英文。同样的，第二个女孩
移开眼神时，他又说："然而我是个安静的梦游者，用着 Spiritual
的精神行着我的专利事业（指观察女人）。"这里，Spiritual 也是
英文。而在女孩和中年妇女调情时，他以英文评论道："A loving
caress。"（柔情的爱抚）当他意识到第三个女孩终于对他的眼神
有所回应时，他开始吹口哨，同时感受到他的口哨旋律与女孩
眼波传出的乐声交响起来，"交互地开始着辨味颤栗的 Kiss 味"
（Kiss 为英文）。
　　引文中也包含古典中文词汇。传统赞美美女的脸蛋时，常用

───────────
　　①　史炎:《航线上的音乐》,《妇人画报》第 21 期（1934 年 9 月），页 7—8。

"鹅蛋脸"，意指椭圆形的脸蛋，是美女的第一要件。但是引文中的"鸡卵型"则扭曲可笑，显示出叙事者一方面努力尝试与传统区分，一方面却无法完全摆脱传统的掌控。"长型藕腿"则是另一个滑稽的例子：在传统白话中，常用"嫩藕"来形容女人从长袖中裸露出来的臂膀，指其肤如凝脂，例如"两只胳膊，嫩如花下的莲藕"。[①] 但是引文中竟然用"长型藕腿"来形容女孩修长的双腿，不免引人发笑。又如古典中文有"柳腰"之说，形容女子腰肢纤细婀娜多姿。没想到古典中文的短短二字成语，在引文中加上了"春"字和两个"之"字，"腰"字改成"腰支（肢）"，竟摇身一变，"翻译"成了六个字的"新词"——"春之柳之腰支（肢）"，读来既别扭又累赘。此处我们看到作者蓄意测试古典中文与白话文的极限，在两者相遇的跨文化场域，可以产生无限创意——我们的确可按照这个例子，把古典中文的"柳腰""翻译"成无数词汇。这类别扭的实验，显示作者正陷入传统与创新之间的拉锯战，难以自拔。我们如何能明确划分旧之所终、新之所始？

毋庸置疑，这种混语书写呈现出二十世纪三十年代上海已颇为兴盛的混种文化。自 1842 年鸦片战争起，外国租借区已纷纷在上海成立。在这个半殖民的国际都会里，异国语言文化与本土语言和生活方式的交融，已经司空见惯。1930 年代上海新感觉派小说的混语书写风格，无疑是这类混种新文化及语言蜕变的标志，在甫成立的白话中文中，随意杂糅了不同体系的书写模式，呈现出一种特异的情调。1917 年胡适在北京推行白话文运动，进而推展至全中国；三十年代距离当时并不久远。胡适倡议扬弃古典中文的陈言套语，流风所及，新文学作家无不努力寻求新鲜的典故

---

① （清）西周生：《醒世姻缘》，联经出版社，1986，第 28 章，页 370。

及表达方式。然而，胡适本人的新诗实验乏善可陈，新感觉派的混语书写也同样尴尬幼稚。虽然如此，却反映出一整代新文学作家正努力挣扎，尝试将新白话锤炼为一种新的文学语言。

上述引文还有一个重要成分，值得细细分析：科技与西方音乐意象的运用。文中形容女孩的脸，像是透过"扩大镜"看见的鸡卵石形状，是一种彻底反传统的比喻。虽然看似荒谬，但与扩大镜的科技想象组合起来，却巧妙地成为一个现代版的形上巧喻（metaphysical conceit），结合了美与科学。此外，文中以音译的新词汇"凡亚铃"（小提琴）来形容女孩的背，乍看是个奇怪的比喻，但再仔细思考，小提琴的比喻应该和文中稍后的音乐意象相关。事实上，"女人像小提琴"是由一位法国现代主义作家的说法翻译而来，在三十年代是一个新潮的表达方式。这种说法，把女人定义成是一个等待知音乐师的乐器。稍后将详加说明。

我们再看《航线上的音乐》中的另一段引文。在文中有许多如同下列引文的段落，乍读起来唐突不协调，但多读几次后，也饶富兴味：

> 岸边是一列线的图案花式的石岸，沿岸有着电线，电线上的雀子，却像是乐谱与音符。我向着姑娘，狂流般地输送着无线电，虽是那么少量回信，可是那么深味的。我开始了幻想的序幕。[1]

这里的"无线电"可以指电报或是收音机广播。但是既然在文中无线电指的是叙事者眼中发送出来的无声讯息，说它是电报，

---

[1]　史炎：《航线上的音乐》，《妇人画报》第 21 期（1934 年 9 月），页 8。

应该符合逻辑。至此，我们可以综合出作者惯用的几个书写模式。他除了是混语风格的实践者，也喜欢使用两组特定的意象和新语汇，多半源自日文汉字词汇：一是与现代科技相关的，例如汽船、放大镜、电线及无线电；二是与西方音乐相关的，如小提琴、序幕、乐谱、音符、交响乐。这些都是传统叙事罕见的。虽然两组意象和语汇乍看之下大相径庭，组合起来却让叙事别有诗意。故事标题《航线上的音乐》，可以意指"游艇航线上的音乐"，或是"眼神航线上的音乐"。我想大胆地说，作者是蓄意创造一种风格形式，虽然从今天的角度看来，他的语言大多佶屈聱牙。但在不足两页的有限版面中，他创造了一种都会风情的散文诗，见证了现代科技的进步，也是浪荡子品评女人的"专利事业"的飨宴。

"专利"此词汇在叙事中出现了两次。第一次是在叙事者震慑于第一个女孩的纯真美时所说。他说："我想负起专利之责来了。于是痴望起来，看个究竟。"这个新词汇第一次出现时，粗心的读者或许无法读出弦外之音，但第二次出现时，再大而化之的读者都无法忽略。叙事者试图引起第二个女孩的注意时，说道："然而我是个安静的梦游者，用着 Spiritual 的精神行着我的专利事业。""专利事业"是保护知识产权的现代概念，此处使用这个词汇，当然难免有引喻失义之嫌，但也正是这种挪用手法所泄露的夸大和仿讽，反映出在叙事者／浪荡子的心目中，品评女人是他的合法特权，而浪荡子美学正是他的天命事业。

如何成为摩登女郎？

到目前为止，有关上海新感觉派的研究大多以摩登女郎为中心，但我想强调的是，这种现代女性形象事实上是小说中浪荡子风的男性凝视所塑造的。我认为新感觉派作家是一群自命风流的浪荡子。对他们而言，浪荡子美学不仅是生活准则，也是书写风格的原则。新感觉派的混语书写风格，凸显了他们跨文化实践的精英本质。然而，他们同时拥抱大众媒体及通俗文化，轻易跨越游移于精英与通俗的界限间。在《妇人画报》中，新感觉派作家一方面化身为浪荡子，自命为高尚品位的代言人；一方面以跨越语言、跨越国际及跨越文化的标志，渗透入通俗文化的场域。他视摩登女郎为低等的她我（alter ego），使出浑身解数来教导她如何成为他的理想她我。他自诩是品位和格调（préciosité）的捍卫者，以教育理想女性为己任，教条式地罗列各式各样女性的衣着和行为准则，写下长篇大论，收入"中国女性美礼赞"① 特辑中。

"中国女性美礼赞"特辑于 1934 年 4 月出版，是由于法国现代主义作家及记者莫理斯·德哥派拉（Maurice Dekobra）的刺激而作的专辑。德哥派拉在 1927 年以《热带的海妖》（ *La sirène des tropiques* ）以及《卧铺列车的圣母》（ *La madone des sleepings* ）二书，展开文学生涯。他的爱情故事及游记在 1920 年代末至 1930 年代的法国及北非广受欢迎，著作被翻译成七十五种语言，销售量高达九千多万本。令人诧异的是，他却被后世遗忘了。在他 2002 年的传记中，作者菲利浦·科拉（Philippe Collas）把他列入浪荡子作家的行列，和保罗·莫朗及费滋杰罗（Scott-Fitzgerald）② 并驾齐驱。德哥派拉酷爱旅行，因为身为记者，他在柏林与伦敦两地工作了一段时间。他也是第一个拜访尼泊尔的西方人士。

---

① 《中国女性美礼赞》，《妇人画报》第 17 期（1934 年 4 月），页 9—29。

② Philippe Collas, Maurice Dekobra: gentleman entre deux mondes, Paris: Séguier, 2002.

1933 年 11 月，为了写一个以东方女人为轴心的爱情故事，他启程到远东旅行了数个月。抵达中国后，他以东方主义式的想象，大肆评论中国女性美，使得中国女性大为光火。之后他到日本，最后在返回法国之前，顺道再访上海。在上海，他大叹"中国男性不懂恋爱艺术"，又羞辱了中国的男性。

　　然而，中国男性的愤怒持续不久。1934 年 3 月的《妇人画报》登了一篇默然的文章，指点中国男性与女性应当耐心聆听德哥派拉的意见：

> 德哥派拉真讨厌，说起话来令人气然。但是，耐着性儿读这位西洋恋爱论专家的言论吧。他说的话也许是隔靴搔痒，也许太没有涵养，也许以巴黎式好莱坞的恋爱尺度来衡量东方的恋爱艺术。可是，蜜丝，女士，夫人，小姐，密斯忒少爷，先生们啊，如果你们要生气，请你们暂时耐着性儿，看完他的话再生气吧。[1]

　　这位"西洋恋爱专家"的言论，究竟散发出什么样的智慧火花，最后竟然折服了我们的上海浪荡子呢？首先，德哥派拉说，中国男人必须改进他们的礼仪。他们不晓得在亲吻女人之前，要先脱下帽子，这是向异性求爱时的基本礼貌。再者，因为中国男人对恋爱艺术一窍不通，而导致中国社会的婚姻问题。须知，日本女人在日常生活里不断地鞠躬、俯跪，展现她们是男人的奴隶，而中国女人却像鞑靼人、蒙古人一样充满斗志，难以驾驭，总是

---

[1]　默然：《中国男人不懂恋爱艺术》，《妇人画报》第 16 期（1934 年 3 月），页 9—13。

要求平等。在宴席上或是交际场合中，她们言语便捷，辩论起来时丝毫不给男人留余地。如果把她们激怒了，那可吃不了兜着走。她们是人形的豹，随时可以跳起来扼住你的喉咙。第三，中国女人不驯服，都是中国男人的错，因为他们缺乏想象力，不懂恋爱的艺术，不愿为女人多费工夫。他们不想了解他们的异性伴侣，也不想研究她们的厌恶或爱好、感受力与善变。第四，中国男人必须知道，女人又如一支放在桌上的凡亚铃（violin），等着知音的人来调音弹奏。重要的问题不是凡亚铃的好坏，而是有没有一个艺术家可以拿它奏出真正的音乐来。乐器是否有反应，端看弹奏者的技巧与才能。第五，中国男人厌倦他们的妻子时，会娶才智不如原配的妾，又让她们同住在一个屋顶下，因此导致源源不绝的家庭问题。中国男人理应和西洋男人学习偷情。西洋男人偷偷摸摸到情妇那里寻找不一样的刺激，但是总会回到家里对妻子献殷勤说好话。这是"最高等的虚伪"，中国男人在这方面的艺术还有待加强。①

　　我们的上海浪荡子不但认同这位巴黎浪荡子的意见，认为中国男人在爱情艺术上的确有缺失，甚至还模仿这位大师对中国女性的品位。在《外人目中之中国女性美》一文中，默然进一步整理了这位巴黎浪荡子对中国女人的看法。对德哥派拉而言，标准的中国美人必须具备"一对杏仁形的斜眼，一对淡红色的贝壳形耳朵，'老虎'嘴，鹰嘴形的鼻，'汤匙形'的下颔，'半月形'的前额，'瓜子形'的脸孔；肩部，大腿，小腿，稍为丰满而有曲线，身长五尺二寸。她的美是神秘的，迷人的。"这些都是对东方美的刻板看法。默然清楚意识到中国美女相对于西方美女的

---

　　① 同前注。

缺点。如同德哥派拉，他一派美容导师的姿态，进一步教导中国妇女使用眼影来让眼睛的轮廓看起来更鲜明；他认为这是她们应该向西方妇女学习的化妆术。他说：

> 中国女人在美容上又有一种缺点。她还没有充分注意眼睑（或曰眼皮）的着色；她该在眼睑上染一点蓝色，以增加她的美丽。如果她的眼睛是细小的，这尤其能使眼睛看来较大。①

不光是脸蛋，体型的美观也是要务。德哥派拉声称平坦的胸部已是过去式了，在二十世纪，突出而丰满的胸部不但是健康的标准，也是美的要素。他呼吁中国女性放弃束胸的陋习，让她们的肩膀和臀部发展迷人的曲线。②

我们的上海浪荡子几乎成为德哥派拉观点的传声筒，对中国女人容貌的"中国性"，也念兹在兹。在《中国女性的稚拙美》中，胡考说：中国传统女性"樱桃似的嘴唇带着玫瑰色，细长的眼子架在柳叶似的眉脚下"，已是明日黄花，该被时代掩埋。反之，现代摩登女性该是长着"大的眼珠衬着不均恒（衡）的眼白（俗乎白眼），长的眉毛划出了调和线条，薄的嘴唇白上弯个三十度，棕的肤色，带着南国的海沙情调，黑的秀发染着黄色"。这样的中国女性脸庞，完全变了样，显然是西方化妆术及审美观的影响。③

---

① 默然：《外人目中之中国女性美》，《妇人画报》第17期（1934年4月），页10—12。

② 同前注。

③ 胡考：《中国女性的稚拙美》，《妇人画报》第17期（1934年4月），页10。

　　尤有甚者，中国妇女也该模仿西方妇女，学习改进她们的脸部表情。香港诗人鸥外鸥以《妇人画报》上发表的掌篇小说而知名（详见第四章）。他警告中国妇女不要板着一张"poker-face"（扑克脸，原文为英文），并建议妇女从外国电影女明星的表演中，学习鲜明的脸部表情。对他而言，中国妇女学习西方女演员是一种"进化"的过程，也就是朝向一个更文明、更现代化的状态：

> 　　以努力于表情的努力去挽救自己的不立体的甚且不情绪的面是有相当收效之处的。外来电映的繁兴于我邦的何处的大都会之故：我邦的仕女的平面的脸已稍见有情绪的面目出来了。这是可喜的事……她们从迫近版（大写）的电映的女面上学得，甚伶俐地改造了自己的不得天惠之面为有情绪美的面也。今日的我邦女儿之面相的美，是进化的了。亦可戏言之谓已日渐外倾了的，而最贴切言之则为 Hollywoodism 的 Screen-face（电映颜）了吧。……我邦的女儿的面上已超国粹的增加进哭笑二相之外的诸种相了呢：会颦面，蹙眉，悒悒不欢，讶异，吓惊，轻薄人，傲慢人以至憧然的地之状态等等了呢。说我邦的都会女面是超国家的国际的美起来之话不是无端的话。①

　　此段引文所透露的仿讽及挪揄十分微妙，而浪荡子对摩登女郎的谆谆教导，昭然若揭。然而，鸥外鸥一面盛赞摩登女性的"超国家的国际的美"，一方面依然坚持她的"中国性"。对他

---

　　① 　鸥外鸥：《中华儿女美之个别审判》，《妇人画报》第 17 期（1934 年 4 月），页 12—15。

而言，黑发黑眼是得天独厚的自然美，把头发染成金色的人是不爱惜天惠。但他同意中国女人应当画眉，让它看起来像西方女人的一样长。但他又说，和日本女人的"武士眉"（意指宽而短且没眉梢）比起来，中国女人实在是幸运多了。他还强烈建议中国女人应当穿旗袍，好让乳房、柳腰和丰臀的曲线毕露。对德哥派拉的意见，他表示同感："若干年前我们的女体是榷榷实没有乳房的。把乳房长期拘囚了的。但近顷我们的乳房生长起来倍发起来。大赦释放出狱了。……辅佐了我邦女体的乳房的美出来的旗袍，这款女服是立了不朽的功业了。"[1] 由此看来，我们的浪荡子一方面赞颂跨国文化的多元混种性，一方面又高度意识到国家及国民性的差异。这种矛盾的张力，造就了浪荡子美学复杂的面向。

浪荡子美学与女性嫌恶症是密不可分的。在《中国女性的稚拙美》一文中，作者说道，中国的摩登女性，应以一种独特的声调，"咬着不正确的字，表现了幼童时代的天真。呀！这理想中的美人，真是'塞尚奴'[Cézanne] 的绘画。真是现时代狂热着的稚拙美，真是吾心中的中国美人儿！"浪荡子一方面十分迷恋女性的外在美，但另一面却极度怀疑女性智能不足又水性杨花，显现出一种根深蒂固的女性嫌恶症。"女性嫌恶症"一词，在1933年穆时英的小说中曾用来嘲笑一个迷恋摩登女郎的摩登青年，第五章将详述之。以下将分析，对浪荡子而言，摩登女郎的水性杨花是无可救药的，而新感觉派书写也不断嘲弄她的智能低下。

摩登女郎的商品化

无独有偶，东京的新感觉派作家横光利一也经常描写浪荡子

---

[1]　同前注。

与摩登女郎的共生关系。1927 年他在新感觉派的机关报《文艺时代》发表小说《七楼的运动》(「七階の運動」)，迄今少有批评家讨论。刘呐鸥曾翻译这篇小说，收入 1928 年的《色情文化》，由他经营的书店出版，是一本日本普罗文学及新感觉派作品的翻译集。

　　故事男主角久慈是一家百货公司的小开。他天生是个浪荡子及女人玩家，使得百货公司的售货女郎为了争相讨好他而大吃飞醋。他的日常工作——或专利——是上上下下百货公司的楼梯，监管贩卖琳琅满目商品的售货女郎。故事的第一段将每一个女郎对应一种商品，凸显了商品崇拜及摩登女郎迷恋的模拟：

　　　　今天是昨天的连续。电梯继续着牠的吐泻。飞入巧格力糖中的女人。潜进袜子中的女人。立襟女服和提袋。从阳伞的围墙中露出脸子来的是能子。化妆匣中的怀中镜。同肥皂的土墙相连的帽子柱。围绕手杖林的鹅绒枕头。竞子从早晨就在香水山中放荡了。人波一重重地流向钱袋和刀子的里面去。罐头的溪谷和靴子的断崖。礼凤和花边登上花怀。①

　　　　今日は昨日の続きである。エレベーターは吐瀉を続けた。チヨコレートの中へ飛び込む女。靴下の中へ潜つた女。ロープモンタントにオペラパック。パラソルの垣の中から顔を出したのは能子である。コンパクトの中の懐中鏡。石鹸の土手に続いた帽子の柱。ステッキの林をとり巻いた羽

① 　[日]横光利一：《七楼的运动》，刘呐鸥译，收入《色情文化》，上海第一线书店，1928，页 37—53。

根枕、香水の山の中で競子は朝から放蕩した。人波は財布
とナイフの中を奥へ奥へと流れて行く。缶詰の谷と靴の崖。
リボンとレースが花の中へ登ってゐる。①

横光利一的语言特色是句子简短、词语相称，颇类似保罗·莫
朗的语言实验，本章稍后将详述之。比起明治、大正时期，甚至
昭和时期及今天的日文，横光利一的语言所表现的反传统令人惊
异。他无疑是在测试日文的限度；日文惯用文法复杂、复句繁复
的句子，名词前往往有冗长的修饰语，大量使用的语助词对解读
文意有关键作用。他及新感觉派同仁的文学语言实验，显示出大
正时期作家受到外国文字影响，大胆颠覆传统的限制。

此处笔者拟仔细分析刘呐鸥的中文翻译。他的翻译使中文陌
生化，读来感受新鲜，然而却必须费力读好几遍，才能读懂。由
于许多日文汉字与中文字意义相通，即使互换使用也不会伤文
意，所以他翻译时可以尽量保留原文的汉字词汇，例如：吐泻
（としゃ）、怀中镜（かいちゅうきょう）、帽子（ぼうし）、香
水（こうすい）、放荡（ほうとう）等。相对的，将外国词汇音
译的日文片假名，是翻译成中文时的一大难题。此时刘呐鸥也仰
赖中文的音译，表现出他在创造新词汇方面的才气，如リボン
（ribbon；缎带）译成"礼凤"，文采益然。可惜，除非比对横光
的原文，无法看得懂。这种自由的翻译，多少保留了原文的发
音，同时又谐拟原意，即使难以读懂。有时无论日文或中文的音
译，均完全无法表达原文的意思，如シクラメン・オー・デ・コ

---

　　①　横光利一「七階の運動」（1927）、『定本横光利一全集』第 2 卷、河出
書房、1981 年、頁 447—459。

ロン（Cyclamen eau de cologne；西客拉曼古龙香水）变成"西客拉曼·奥迪可郎"。①

　　汉字及片假名翻成中文多少能传达原意，但是日文的性别指标，翻译成中文时可能完全无法会意。例如，竞子对久慈说道："あなた、いいわ。"（亲爱的，你好）如果懂日语，立刻知道这是一个女人对情人或丈夫说话。在日语中"あなた"是女人对所爱之人的专属称呼，否则会显得轻蔑、没礼貌，甚至有意冒犯。此外，只有女性才会在句末用"わ"这个语助词。这么简单的一句话，刘呐鸥的翻译笨拙又令人困惑，根本弄不清到底是谁在跟谁说话："好，你这个人！"在中文里，"你这个人"可以表达说话者的娇嗔、惊奇，甚至是对对方的不悦；说话者可以是男人或女人，对方可以是所爱之人、男性或女性朋友，或陌生人。假如只读中文翻译，完全无法判断此处对话双方的性别及关系，虽然小说起首的这个场景只牵涉到三个人物：竞子、她的情人久慈，以及妒火中烧想将久慈据为己有的能子。

　　属于外国语文本身内在结构的独特部分，可能无法翻译，例如句型及性别指标。跨文化翻译中，比较容易传递的是内容或故事。刘呐鸥的译文清楚无误地传递了原文中摩登女郎的商品化主题，尤其是浪荡子／女性玩家久慈心目中所建构的摩登女郎形象，如同前述引文所显示。

　　叙事者称呼他为百货公司老板的"浪荡子儿子"或"花花公子儿子"，说道："久慈每天周旋在柜台间，不是为了讨生活。这位百货公司老板的浪荡子儿子，为的是要创造永恒的女性"（永遠の女性を創るがためだ）。所谓"永恒的女性"，并非指某一特

---

① 横光利一：《七楼的运动》，刘呐鸥译，页38。

定的女人，而是众多女性身体各部分的组合："对他而言，永恒的女性是各形各色的部分组合后，创造出来的。"这个组合，包括竞子的躯干、能子的头部，还有"在七楼的毛巾、桌子当中活动的肩膀、手足"。这些微不足道的部分，属于容子、鸟子、丹子、桃子、郁子等。例如，二楼的郁子是永恒的女性的"右脚"。① 久慈是个无可救药的浪荡子，心心念念收集各个售货女郎最让他迷恋的躯体部分，来创造他心目中的永恒的女性——没有女人是完美的；唯有将各个女人最好的部位组合起来，才能创造一个完美的女性。

更有其之者，久慈这位浪荡子／女性玩家为了达到目的，每次视察各部门的售货女郎时，都慷慨地散发十元钞票给她们；这样的举动凸显了摩登女郎的商品化意象。除了能子以外，所有女郎都乐意接受金钱。久慈打算拿钱给能子时，她总是伶牙俐齿地嘲笑他，所以钱在她身上从来不奏效——久慈还没能把她弄上床。在他心目中，她是永恒的女性的头部，就因为有别于其他售货女郎，她算是个有脑筋的女人。叙事者明白地显示，这是久慈和所有售货女郎玩耍的游戏，但是能子竟然能打败他："对他而言，能子是个强悍的对手。唯有在面对这个永恒的女性的头部时，他的十元钞票从来不奏效。因此他的心理学知识，至此完全崩溃了。"② 她似乎能洞悉他的念头，逗弄他："你像是部机器，专门测试人们对金钱反应到什么程度。"③ 她是个聪明的摩登女郎，知道如何表现得与众不同，才会对他更具有吸引力。但是叙事者告诉我们，虽然到目前为止她仍然能阻挡他的诱惑，在内心深处她却愿意跟

---

① 　横光利一『七階の運動』，页449。

② 　同前注，页452。

③ 　同前注，页453。

随他到任何地方。

故事结束时，她真的跟他去了旅馆。两情缱绻，过程顺利，但是她不该犯一个致命的错误：提议结婚。久慈沉默不语，不做回应，于是她独自离开旅馆。久慈曾经当面批评她是唯一逆反百货公司法则的人（百貨店の法則から逆に進行してゐて）①。所谓"百货公司法则"简单明了：以金钱交换摩登女郎的性服务——性服务就是商品。要求金钱以外的任何报酬，是违反商品原则的。第二天久慈又走上百货公司的七层电梯，继续视察售货女郎时，叙事者说道："每到休息时间，久慈就一步步地爬上七楼，为了看那失去了头的'永恒的女性'的手足。"（頭のとれた永遠の女性）② 故事至此结束。

久慈最后这句话含义模棱两可。可能意指：能子一旦答应和久慈上床，就失去了她的头；她不再是有头脑的摩登女郎。或者：既然她想要结婚，她就违反了百货公司的商品原则，应该永远排除在性交易的金钱游戏之外。无疑的，叙事者是指出，对久慈这位浪荡子／女人玩家而言，永恒的女性不需要脑袋——她需要的只是躯体和手足。

浪荡子美学与女性嫌恶症

1930 年代的中日文学及通俗杂志，对摩登女郎的负面描写俯拾皆是，摩登女郎无脑是跨越中日文学文化的普遍说法。1936 年《时代漫画》的一幅十二格漫画，题为《无灵魂的肉体》，充分表达了这种心态。

---

① 同前注，页 452。
② 同前注，页 459。

第一格漫画中，一名中年男子一身西装、背心，打着领带，头戴帽子，正专注地凝视橱窗中穿着贴身旗袍的人体模特儿。他一副绅士模样，圆滚滚的肚皮，正是个典型的多金老色鬼。第二格中，他突然偷了人体模特儿，把它扛在肩上跑了。第三格中，他来到一个秘密所在，里面有一个大箱子。他脱了西装上衣和背心，开始测量人体模特儿的高度。第四格中，他站在一个小凳子上，开始用锯子锯着人体模特儿的脖子。第五格中，人体模特儿的头已经锯下，搁在一旁地上。他又测量人体模特儿的高度。第六格中他开始从膝盖稍上方，锯着人体模特儿的双足。第七格中，人体模特儿的双足已经锯下，搁在一旁。他开始测量箱子的宽度。到了第八格，他开始锯人体模特儿的手臂。第九格中，他终于可以把人体模特儿的躯干放入箱子中。第十格中，箱子已经盖上，人体模特儿在内。他把人体模特儿的头及手足埋在地下。第十一格中，一名警察在黑夜中来到，亮着手电筒，发现了这个神秘的箱子。最后一格中，打开的箱子在右上方，一张当作祭坛的桌子上，供奉着人体模特儿有如维纳斯的躯干。警察虔诚地双手合十，跪在地上，膜拜着人体模特儿的躯体。[1]（图2-4）

这幅漫画的含义跃然纸上：男人崇拜的是摩登女郎的躯体；她的头及手脚毫无价值，因为她不思考，不用双手劳动，也不必用脚行走——只要有钱，可以雇女佣做家事，汽车可以载着她到处跑。换句话说，男人崇拜她不是为了她的思想及勤劳节俭；男人要的只是她的躯体和性爱。

---

[1]　上半鱼：《无灵魂的肉体》，收入沈建中编《时代漫画，1934—1937》，上海社会科学院出版社，2004，下册，页400。原出版于《时代漫画》第29期（1936年8月20日）。

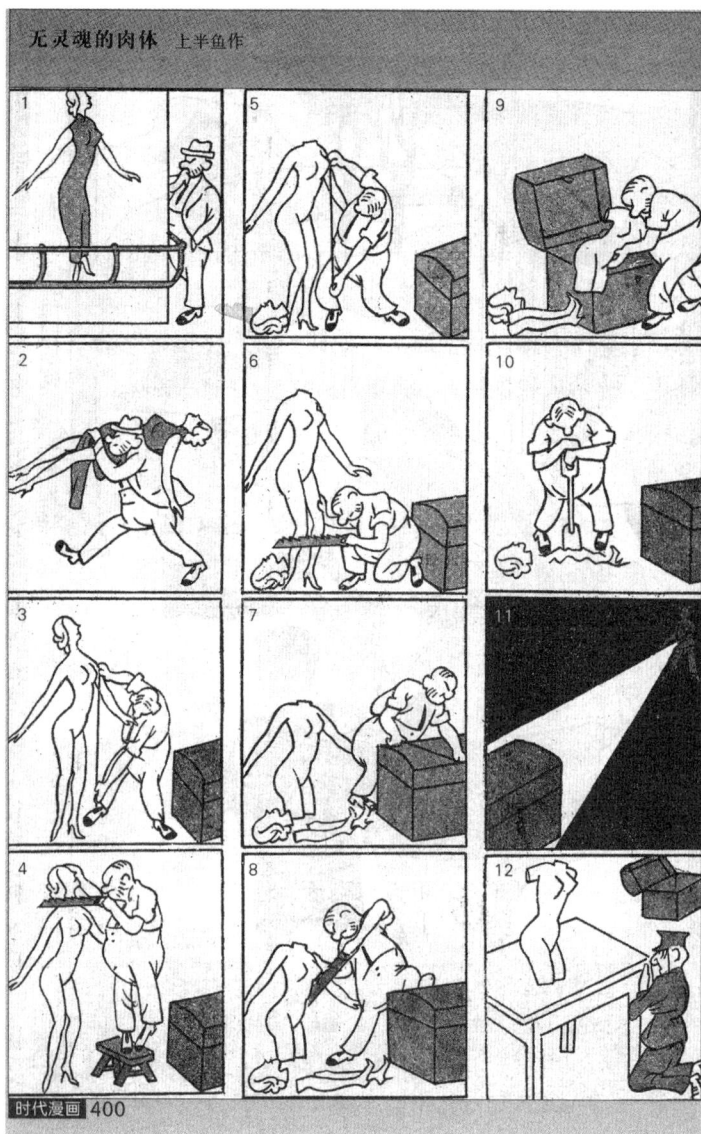

图 2-4 无灵魂的肉体

郭建英 1934 年 6 月的《建英漫画集》中有两幅漫画，可以作为有趣的对照。有一幅名叫《现代女性的模型》（1930），画面中央站立一名短发现代女性，身上仅着胸罩、小内裤和一双高跟鞋，修长裸露的双腿，呈倒 V 字形分叉而立。她左手搔首弄姿，满脸笑意狐媚。她的脑后面接了两条电线，发出"It"（原文为英文）热波。电线的一端接到图右下方的一台发电机，由一个男人操控。这个男人渺小的形象，把图中的女人衬托得像个巨人般。男人正把一个个钱袋（由 $ 符号象征）塞进发电机，作为能源，让发电机运转。电线的另一端导向图的左下方，接近女人右脚踝之处，连接到两个男性人偶的身上，一个的身上写着"生殖元素"，另一个则用英文写着"Hormone"。写着"Hormone"的人偶，双脚夹缠着女人的右脚踝。[①]（图 2–5）

另外，在图的左下角，就在两个人偶的下方，有一首五行打油诗，为这幅画的内容作脚注：

> Nonsensical（无内容）的头脑细胞，
> Grotesque（怪异夺目）的上身，
> Erotique（肉感）的下身——
> 原动力是金钱与 Hormone（生殖元素），
> It（热）是她的生活武器。[②]

诗中的五个外文字，原为英文或法文。五个括号内的中文是用来解释外文的意思。这首打油诗充分演绎了 1930 年代的日文

---

① 郭建英：《现代女性的模型》（1934），陈子善：《摩登上海：三十年代洋场百景》，广西师范大学出版社，2001，页 1。原收入《建英漫画集》，上海良友图书公司，1934 年。

② 同前注。

现代女性的模型

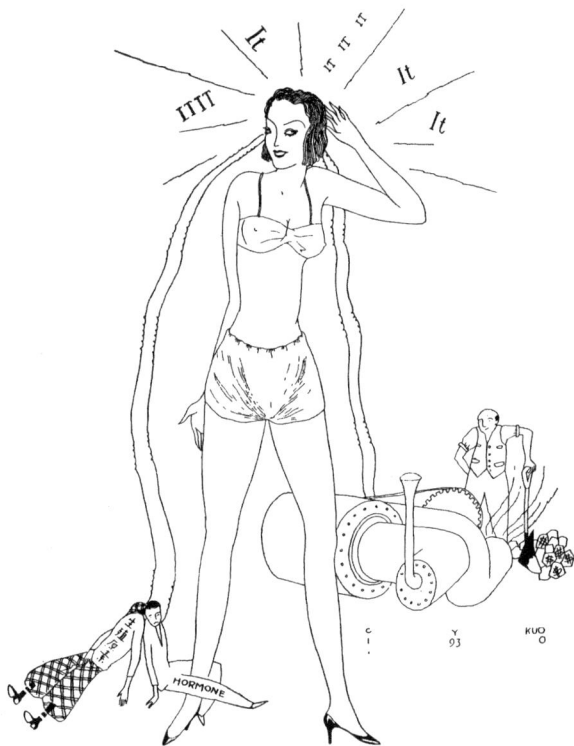

Nonsensical(无内容)的头脑细胞，
Grotesque(怪异夺目)的上身、
Erotique(肉感)的下身——
原动力是金钱与Hormone(生殖原素)，
It(热)是她的生活武器。

图 2-5 现代女性的模型

流行词汇エロ·グロ·ナンセンス（ero guro nansensu 肉感、怪异、无内容），嘲讽摩登女郎所代表的色欲横流、愚蠢可笑的通俗文化。[①]这幅图像所表达的，远非任何文字所能及，传递的讯息清晰无比：现代女性的脑袋，除了性爱（It，即"热"），空空如也；她乐于展现她性感的身躯，而让她的性感身躯发出性能力的，是男人的金钱和荷尔蒙。

另外一幅漫画题目是《现代女子脑部细胞的一切》，可说和上一幅画相辅相成。（图 2-6）画中是一个女子赤裸的上半身，她背后的头形光晕看起来像是她的侧影，里头有各种文字及图像，说明了她脑部的内容。这些文字及图像包括一瓶酒、盛满酒的高脚杯、一把萨克斯风、一支烟、钱袋和扑克牌。文字包括 HORMONE，EROTICISM 和大光明（上海电影院的名字）。[②]对照页上的插图有一排排的文字：

电影 ——鸡尾酒——"爵士"音乐 —Garbo, Deitrieh [Dietrich] ——旗袍料子——冰淇淋—— Saxphone —— 胭脂——大光明——接吻——拥抱——"华尔兹"舞——密司脱——介绍—— Rendezvous（蜜会）——好莱坞——开房间—— Eroticism ——恋爱学——不结婚主义——御夫术——揩油政策——汽车——Revue ——不着袜主义——跑狗——陶醉——刺激—— Nonsense 主义—— A.B.C ——跳舞场——"异性热力"——速力——无伤感主义—— Hormone, Hormone, Hormone（生殖元素）——钱，钱，钱，钱，钱！[③]

① Miriam Silverberg, *Erotic Grotesque Nonsense: The Mass Culture of Japanese Modern Times*.

② 陈子善：《摩登上海：三十年代洋场百景》，页 60。

③ 同前注，页 61。

图 2-6 现代女子脑部细胞的一切

在这两幅漫画中，作者强化了现代女性对娱乐事业的喜好，例如电影院、舞厅等。她唯一的职志是寻求逸乐、追逐金钱及猎取男人。她热爱美酒、爵士乐、速度和刺激。为了强化她性感尤物 的象征，漫画还把她和好莱坞性感女星，像是葛丽泰·嘉宝（Greta Garbo, 1905—1990）以及玛琳·黛德丽（Marlene Dietrich, 1901—1992）做联结。玛琳·黛德丽在《蓝天使》（*The Blue Angel*，1930）一剧中的致命女神（femme fatale）形象，实令人印象深刻。更具有指涉性的是克拉拉·鲍（Clara Bow，1906—1965）的"魅力女郎"（The It Girl）形象。1927 年她在一部名为 *It* 的默片中担纲演出，一炮而红，成为电影所传达的崭新社会价值观的代言人：性爱就是享乐。在影片中，"It"意指女主角的性魅力：一种不知何以名之的力量；片中的售货女郎魅力四射，吸引了许多有钱有闲的花花公子拜倒在她石榴裙下。

这两幅漫画与文字说明，赤裸裸地展现了浪荡子的女性嫌恶症。对浪荡子而言，摩登女郎就是令人神魂颠倒的淘金女郎，既时时找蜜糖老爹当冤大头，又无知可悲。事实上，她外表光鲜亮丽，追求现代娱乐不遗余力，正反映了浪荡子自己的偏好；然而她智力低下、无力创新自我，充其量只是浪荡子的低等她我。

对浪荡子而言，摩登女郎有的只是迷人的脸蛋和身体，无论打扮举止都需要他的指导。如果说他是服装设计师和创造者，摩登女郎就是服装模特儿，只能穿他设计的时装。或者我们可以进一步说，浪荡子同时兼具模特儿和设计师的角色；他创造自我，然而美丽无知的摩登女郎却是无法自我创造的，因此只是他的低等她我。这正是德哥派拉传授给上海浪荡子的两性关系秘籍：女人是一把等待知音乐师的小提琴。

但是当摩登女郎变身为服装设计师香奈儿时，自视傲人、不可一世的浪荡子保罗·莫朗，也不得不惊为天人，将她视为完美的她我——香奈儿堪称女浪荡子。莫朗近六十年写作生涯的最后一部书，是 1976 年的《香奈儿的态度》（*L'allure de Chanel*），足使香奈儿永垂不朽。下节将详述之。

浪荡子与女浪荡子的邂逅：莫朗与香奈儿

> 十九世纪服饰风格的终结天使
>
> L'ange exterminateur d'un style dix-neuvième siècle [1]
>
> ——保罗·莫朗：《香奈儿的态度》

在《香奈儿的态度》的序言中，莫朗叙述 1921 年的除夕，他成为香奈儿的服装店派对常客之一的经过。当时香奈儿在诺曼底的多维尔（Deauville）经营一家服装店，就在康邦街（rue Combon）上。朵维乐是国际知名的度假胜地，也是优雅生活品位

---

[1]　Paul Morand, "Préface," *L'allure de Chanel,* Paris: Hermann, 1999 [1976], p.8.

的象征。当时派对中名流云集，许多是才气洋溢、初露头角的文艺界青年，包括外交家贝特洛（Philippe Berthelot）、舞蹈家茄昂多（Élisabeth Jouhandeau）、画家毕加索（Pablo Picasso）、诗人兼小说家科克托（Jean Cocteau）、小说家哈第盖（Raymond Radiguet）、诗人勒韦迪（Pierre Reverdy）等。那时香奈儿尚未开展在巴黎服装界的事业，所有宾客包括莫朗在内，无法想象有一天她竟然会成为"十九世纪服饰风格的终结天使"——这种说法，充分透露出香奈儿在他心目中是如何积极好强、充满战斗力。对莫朗而言，她正站在流行服饰新纪元的分水岭上：她终结了旧时代的优雅沙龙风格，引领了二十世纪"走入街头"的现代流行服饰。

笔者提起莫朗与香奈儿的关联，所关注的并非历史人物香奈儿，而是《香奈儿的态度》中所塑造的故事人物。服饰企业历来是男性设计师的天下，香奈儿是第一位足以与他们分庭抗礼的女性；她的创新具有划时代意义，启发了许多人为她写传或做研究。众多相关作品中，莫朗的小说代表浪荡子对女浪荡子的观点，对本书主题而言，尤其贴切。有别于他一般有关摩登女郎的短篇或迷你小说，《香奈儿的态度》是部长篇小说。最有意思的是，女主角香奈儿是自己故事的叙事者。摩登女郎香奈儿因何值得一部长篇小说的篇幅，为何又能拥有她自己的声音？我的解读是：透过自传体，莫朗掩饰了自己的浪荡子立场，让香奈儿——他的完美她我——来替他发声。

莫朗的小说中，一般总是从浪荡子／摩登青年的眼光来审视摩登女郎；摩登女郎只是浪荡子凝视及欲望的对象，没有任何个人历史或心理深度。然而，在《香奈儿的态度》中，女主角不仅拥有自己的声音，甚至拥有复杂的个性，与他笔下的其他摩登女郎大相径庭。对摩登女郎，莫朗一向是高人一等的浪荡子姿态；在他心目中，香奈儿无疑也是摩登女郎之一。同时他却也处处强调，她优越过人，是一般摩登女郎难以企及的。

首先，有关香奈儿一系列的情史。[①] 这方面，莫朗把她描写为典型的摩登女郎，多情善变，随意更换性伴侣。例如，故事中她一生的第一个情人是 M. B.，是她十六岁时在一家茶馆中邂逅的。第二天他邀请她与他共享优游人生，她不假思索，立即随他而去。不久后，她遇见英俊潇洒的英国企业家卡佩尔（Boy Capel），便立刻和新情人搭火车前往巴黎。

在莫朗的笔下，又如典型的摩登女郎，她安于接受男人供养。卡佩尔情愿在家中与她独处，她便夜夜盛装打扮取悦于他，从不要求外出。莫朗的小说中让她宣称："有如后宫佳丽，我安于深居简出。"（j'ai un côté femme de harem qui s'accommodait fort bien de cette reclusion）[②] 他的情人也对她宠爱有加，钻石之类的礼物不断。一度因为她的要求，每半小时就送她一束鲜花，连续了两天，直至她觉得无聊。这种细节，目的是深化她任性善变的摩登女郎形象。[③] 另一位情人西敏寺公爵（the Duke of Westminster），她的要求只说了一半，就连声不迭地答应。但是她最终还是离他而去，因为终日玩乐、享受财富实在单调乏味，让她无聊得受不了。[④] 她拒绝嫁给他时，说道："我不爱你。和一个不爱你的女人睡觉，不是毫无乐趣吗？"真是十足的无情妖女。她告诉读者："所有男人

---

① 　香奈儿的情人包括富有的军官、英国工业家、生意合伙人及第二次世界大战的纳粹官员。莫朗从未在书中提过她的纳粹情人，或许由于这是敏感事件；他自己也曾被控于战争期间与德国勾结。事实上，书中仅小心暗示战争与巴黎被占领的情形，例如，"我看见身穿制服的美国军官走进我的时装店"（"je verrai entrer dans ma boutique des officiers américains en uniforme," p.204）。全书以她在战后离开巴黎，前往瑞士作结。

② 　Paul Morand, *L'allure de Chanel,* p.64.

③ 　*Ibid.*, pp.63-64.

④ 　*Ibid.*, p.194.

只要听到这句残酷的话，总是立刻变得逆来顺受。"（Les hommes avec qui j'ai été brutale sont tout de suite devenus très gentils）[1]

　　然而，有别于一般摩登女郎，莫朗笔下的香奈儿剥削男人，不只是为了一时的贪玩；她愿意和男人交往，主要因为他们在许多方面不但足为她的导师，还能以财富为她买来独立。例如在莫朗笔下，香奈儿父母去世后照顾她的是几位耿直严肃的姑姑；M. B. 提供的机会，让她得以脱离姑姑们的刻板束缚。根据莫朗，她的第二位情人卡佩尔，则提供她开一家女帽服饰店的千载难逢机会。但是此处莫朗设计了一个场景，强调她的无知：由于她不知商业世界如何运作，她银行每次兑现她的支票时，她总以为自己用的是女帽店赚来的钱。然而卡佩尔告诉她，由于他替她担保，银行才肯付钱给她，事实上她是欠银行债的；此时，香奈儿的自尊和傲气受伤了。她说道："骄傲是好事，但是从那天起，我无知的青年时代结束了。"（L'orgueil est une bonne chose, mais ce jour-là, c'en fut fini de ma jeunesse inconsciente）[2] 从那天起一直到她去世为止，她操劳得像个工作狂，并在一年之内就还清了所有的债务。

　　她告诉读者，对她而言工作就是金钱，而金钱就是自由："我必须买到我的自由，无论付出什么代价。"（il me fallait acheter ma liberté, la payer n'importe quel prix）[3] 换句话说，男人为她买到她需要的自由，让她能追求理想，但是她的成功是工作的结果，而非运气。她在故事中说道："我成功的秘诀是狂热地工作。"[4] 整部小说强调她的傲气，有趣的是，最后她将自己的傲气比拟为路易十四不可一世的高傲："我一开始就说了，我这人傲气过人……

---

[1]　*Ibid.*

[2]　*Ibid.*, p.49.

[3]　*Ibid.*, p.47.

[4]　*Ibid.*, p.49.

真正的骄傲是路易十四的高傲，或是英国式的骄傲。"（Ainsi que je l'ai dit au début, je suis tout orgueil ... le vrai orgueil ... c'est l'orgueil de Louis XIV, ou celui de la nature anglaise）[1] 我们应该清楚，是莫朗让她自比为路易十四——法国文化史上最声名显赫的浪荡子。

因此在莫朗笔下，香奈儿与一般摩登女郎无异，任性善变、傲气逼人，既是虐待狂也是受虐狂，充满毁灭性，是复仇女神奈美西斯的化身（Chanel, c'était Némésis）。[2] 简而言之，是个无情妖女（belle dame sans mercy），莫朗在小说的序言中已经说明了：

> 那是香奈儿的阴暗面，她的自虐自苦，虐待人的快感，惩罚的冲动，高傲、严厉、嘲讽、毁灭狂、冷热无常的极端性格，谩骂的天才，掠夺家；无情妖女……
>
> （C'est là le côté ombre de Chanel, sa souffrance, son goût de faire mal, son besoin de châtier, sa fierté, sa rigueur, ses sarcasmes, sa rage destructive, l'absolu d'un caractère soufflant le chaud et le froid, son génie invectif, saccageur; cette Belle dame sans mercy ... ）[3]

---

[1]　*Ibid.*, p.200. 故事此刻，香奈儿因被控于第二次世界大战时与德国人勾结，正准备离开巴黎，前往瑞士。此处亦暗示她预备东山再起，一切重新来过。在真实人生中，香奈儿当时正与德国外交官汉斯·冈瑟·冯·丁克拉格（Hans Gunther von Dincklage）交往。后来的传记作者发现，香奈儿与丁克拉格的十二年恋情，源于丁克拉格协助救出她的外甥 André Palasse；1940 年他曾遭到德国人囚禁。香奈儿当时快六十岁了。参见 Henry Gidel, Coco Chanel, Paris: Flammarion, 2000, pp.350-370。根据 Gidel 所述，1943 年 11 月，香奈儿甚至曾试图促成德国军方与丘吉尔协商，希望能早日结束战争。她与丘吉尔素有私交，但当时丘吉尔有病在身，因此她没能在马德里与他会面，任务终究是失败了（pp.358-364）。

[2]　*Ibid.*

[3]　*Ibid.*, p.10.

　　然而，即使她也难免他笔下所有摩登女郎的负面性格，在他心目中，她并非寻常无知的摩登女郎。相对的，他尊她为创造者——这是浪荡子不可或缺的质量。在他的描述中，香奈儿是服装设计的革命家，以普罗旺斯的南方品位，嘲弄上层阶级的虚荣：她为百万富婆创造了俭朴风的假象（同时她们使用着黄金打造的餐具），将沙龙贵妇变身为女仆（transformant les altesses en femmes de ménage），以针织布料调和丝绸的华丽，等等。她喜欢用寻常宝石取代珍贵珠宝，独创出一种"出色俭朴风"（paupérisme rageur）①。莫朗的序言中使用了一连串矛盾修饰词来赞美香奈儿的创意，正是本书浪荡子美学定义的最佳写照：跨越上层与下层、精英与通俗的界限。香奈儿这位摩登女郎，既有艺术创意又擅长于跨文化实践，正是莫朗心目中的女浪荡子。

　　莫朗笔下的香奈儿，是个立志在巴黎上流社会闯荡未来的孤儿，终于以普罗旺斯姑母们的"清教徒品位"（puritanisme）征服了花都。今天我们已经知道，在真实生活中她母亲亡故后，她事实上在一个修道院中住了七年，学习缝纫技巧，然后才与 M. B. 结伴离开。②莫朗的错误，可能是因为信息不详；香奈儿本人谈

---

　　① *Ibid.*
　　② 莫朗在书中提到，香奈儿出生于多姆山省（Puy-de-Dôme），母亲在她六岁时过世，留下三名幼女。香奈儿被父亲送到姑姑家，两个姐妹被送进修道院。这个版本的童年回忆于 1947 年，由香奈儿口述，Louise de Vilmorin 增补至之前未完成的回忆录。据莫朗所述，香奈儿的姑妈们在她的"清教徒式品位"养成过程中扮演了关键角色，因此日后她才能以此特殊品位征服巴黎时尚界。然而，如今我们知道，香奈儿事实上出生于曼恩－卢瓦尔省（Maine-et-Loire），一个名叫索穆尔（Saumur）的小城。母亲是在她十二岁时过世的，而且她有五个兄弟姐妹。她在欧巴津（Obazine）天主教修道院的孤儿院待了七年，在那里学会了缝纫。后来香奈儿的各种传记，虽然在她生平事迹上提供了正确的信息，但仍大多依循莫朗对香奈儿的个性刻画。参见 Henry Gidel, *Coco Chanel*, Paris: Flammarion, 2000; Louise de Vilmorin, *Mémoire de Coco, le promeneur*, Memoirs of Coco, the flâneur; Paris: Gallimard, 1999.

起童年，就给了好几种不同的版本。无论如何，香奈儿的俭朴单纯来自严肃姑母的家教、她以清教徒之姿征服巴黎的形象，的确塑造得完美无缺。这样的情节，与莫朗的分析搭配得天衣无缝：香奈儿如何以特殊品位改革了沙龙品位的繁复累赘。

最吸引人的，是香奈儿分析自己的服饰品位——浪荡子的要务之一——时，浪荡子莫朗事实上隐身在她身后。在《康邦街》（"La rue Cambon"）与《流行：稍纵即逝的创意》（"De la mode ou Une trouvaille est faite pour être perdue"）两小节中，这种镜像效应最为显著。在前者中，香奈儿叙述她先在多维尔、继而在巴黎崭露头角的故事时，我们可以感觉到浪荡子莫朗正化身为叙事者香奈儿。故事中凝视着众多妇女，巨细靡遗地思考她们因何丑陋、应如何改进她们的容貌的，既是香奈儿的眼光，更是莫朗的眼光。这种浪荡子式的高高在上眼光，充满暧昧，在下列引文中暴露无遗：

> 由于她们［妇女们］吃得太多，所以身材肥胖；由于她们身材肥胖又不愿意显得肥胖，所以她们拼命挤压自己。紧身马甲把肥肉挤到胸部，把它藏在衣服下。我发明了针织衫，解放了身体；我放弃了腰身（直到 1930 年代我才重新拾起腰身），创造了全新的躯体线条。为了配合这种新的曲线，加上战争的缘故，我所有的顾客都变瘦了，"瘦得像香奈儿一样"。妇女们来我店里买的是苗条的身躯。
>
> （Comme elles [les femmes] mangeaient trop, elles étaient fortes, et comme elles étaient fortes et ne voulaient pas l'être, elles se comprimaient. Le corset faisait remonter la graisse dans la poitrine, la cachait sous les robes. En inventant le jersey, je

libérai le corps, j'abandonnai la taille (que je ne repris qu'en 1930), je figurai une silhouette neuve; pour s'y conformer, la guerre aidant, toutes mes clients devinrent maigres, "maigre comme Coco". Les femmes venaient chez moi acheter de la minceur.) [1]

　　此处，香奈儿作为浪荡子的高高在上姿态，昭然若揭：嫌恶女人愚蠢无比、缺乏自律，让自己长得肥胖奇丑；嘲笑紧身马甲如何把肥油往上挤，使得硕大的胸部风行一时。这种描述毫不容情，使肥女人显得丑陋难堪。在香奈儿背后的浪荡子可能才是"无情妖男"（le Beau monsieur sans mercy）——难道不是浪荡子莫朗把自己的心态投射在香奈儿身上，却称呼她为"无情妖女"？在《流行：稍纵即逝的创意》中，难道不是患有女性嫌恶症的浪荡子，透过香奈儿的口说出："女人就像孩子；她们的功能就是飞速地厌倦、打破、毁坏旧的东西？"[2]

　　在《康邦街》及《流行：稍纵即逝的创意》中，莫朗提到香奈儿的创意把女人的身体从紧身马甲中解放出来时，明显地把她塑造为女浪荡子，对自身居于流行前沿的立场，具有高度自觉。她对读者说道："流行的革命应该是有意识的，改变则缓慢而难以察觉。"（Les révolutions de la mode doivent être conscientes, les changements graduels et imperceptibles ）[3] 像"我解放了身体""我放弃了腰身""我创造了全新的躯体线条"这样的句子，一方面透

---

① Paul Morand, *L'allure de Chanel*, p.54.
② *Ibid.*, p.176.
③ *Ibid.*, p.183.

露了女浪荡子的高傲，一方面使读者怀疑，恐怕是浪荡子／沙文主义者莫朗在做价值判断，在赞许他的女性分身香奈儿吧？

莫朗不断强调香奈儿的浪荡子天赋，使她能够创造自我、复制自我——无论她为自己创造了什么自我形象，都会立刻流行开来，像传染病一样，邀请了无数人模仿。香奈儿是苗条的，每个女人都想变苗条。香奈儿剪了短发，每个女人都照做。故事中特别强调她著名的"小男孩"（la garçonne）发型，在 1920 年代大为风行。（图 2–7、2–8）然而，在真实生活中，究竟谁是这种发型的创始者，尚有待商榷。这个词汇，原意是男性化的女孩，由于 1922 年维克多·马格利特（Victor Margueritte）的小说 *La garçonne* 而家喻户晓。此书于 1925 年被禁，原因是书中描写的男性化的女孩，违抗宗教及道德教条。[①] 另外一位可能首创这种发型的名流，是美国黑人艺人约瑟芬·贝克（Josephine Baker, 1906—1975），她于 1925 年来到巴黎，不旋踵间征服了花都的综艺圈。[②] 当时的时尚批评家经常诧异，香奈儿的人体模特儿的发型，与贝克的发型竟如此雷同。（图 2–9）[③] 但是在莫朗的小说中，香奈儿声称，她 1917 年就剪短了头发，引领了流行。在故事中她指出，由于她的新发型，人人赞美她是个"小男孩，小天鹅"（un jeune garçon, un petit pâtre）；这种发型也立刻风行，而比拟女

[①] "Marie Bell in La garçonne (1936)," Online Posting, http://en.wikipedia.org/wiki/La Garçonne (1936 film) (accessed 15 April, 2010).

[②] 有关约瑟芬·贝克的生平及表演艺术参见 Bennetta Jules-Rosette, *Josephine Baker in Art and Life: The Icon and the Image,* Urbana and Chicago: University of Illinois Press, 2007。

[③] 参见 Edmonde Charles-Roux, *Le temps Chanel,* Paris: Éditions de La Martinière, 2004, pp.224-225。

图 2-7 电影《小男孩》中的
Marie Bell (1936)

图 2-8 法国 Vogue 杂志中穿戴一九
二六年四月香奈儿服饰的模特儿画像

人为小男孩成为一种恭维。①

《流行：稍纵即逝的创意》一节，也值得仔细研究。此处香奈儿宣称，她是原创，别人只是复制而已：原创是唯一的，但是复制可以无尽。这正点明了波德莱尔的《浪荡子》(Le dandy) 中所流露的对原创及复制的执迷。香奈儿说道："创造的源头是创意……接着概念成为形体，被千千万万认同的女人翻译、传播。"②在另一段中，她说道："一旦创造出来，一个创意就结束了，迷失在无名小卒之间。我的创意从不枯竭，看见别人实现我的创意，是我最大的快乐……对我的同行而言，被复制抄袭是了不得的大

① Edmonde Charles-Roux, *Le temps Chanel,* Paris: Éditions de La Martinière, 2004, p.171.

② *Ibid.*, p.175.

图 2-9 黑色维纳斯约瑟芬·贝克（1926）

问题，我却毫不在意。"她奚落她的竞争者，每每"在深夜与工人秘密地孜孜矻矻工作"。她嘲笑"伪造的过程"，"失踪的样本"，想偷取她的创意的"奸细"（espions），还有抢夺顾客的场面，"仿佛在争取原子弹的配方一般"。① 此处充分表露她的自信、浪荡子式的高傲、对低等才智及表现的嘲弄。她提到一个名为"时尚艺术保护会"（Protection des Arts Saisonniers）的高级俱乐部，由巴黎二十位左右时尚设计师组成，任务是防止非法复制。她质疑：为了二十个人的特权而阻碍了四万五千人的活路，这种任务是必要的吗？她自大地下了这个结论："这些小人物能做些什么呢？充其量只不过是诠释大人物罢了。"（Que peuvent-ils faire, ces petits,/sinon interpreter les grands?）②

　　本研究重视的是，《流行：稍纵即逝的创意》整节实际上是浪荡子在定义何谓时尚艺术。透过香奈儿，莫朗在宣称：时尚作为一种现代艺术形式，是遵守大众生产法则的；而事实上，生存的法则就是"流动交换"（movement et échange）。全球都唯法国的创意是从，而法国本身也受益于其他民族的创意，只是重新营造或转化再现之。③ 更有甚者，此处暗示的不仅是时尚，更是有关艺术生产过程中原创与模仿的永恒辩证。浪荡子／文人莫朗借香奈儿之口，如此分析：

　　　　这些时尚设计师自诩为艺术家，若果真如此，他们应该理解，艺术是没有专利的……东方人复制，美国人模仿，

---

①　Paul Morand, *L'allure de Chanel*, p.54.

②　*Ibid.*, p.176.

③　*Ibid.*

法国人重新创造。他们让古代数度变身：龙沙（Pierre de Ronsard, 1524—1585）的希腊，并非谢尼埃（André Chénier, 1762—1794）的希腊；贝韩（Jean Bérain, 1638—1711）的日本，并非龚顾尔（Edmond de Goncourt, 1822—1896）的日本，等等。

（Si ces couturiers sont les artistes qu'ils prétendent être, ils sauront qu'il n'y a pas de brevets en art ... Les Orientaux copient, les Américains imitent, les Francais ré-inventent. Ils ont ré-inventé plusieurs fois l'Antiquité : la Grèce de Ronsard n'est pas celle de Chénier ; le Japon de Bérain n'est pas celui des Goncourt, etc.) ①

这正是跨文化现代性的最佳写照。艺术及文学生产中，如何确认那些成分是纯法国的、德国的、美国的、日本的、中国的？一个艺术产品介绍、复制或转化到另一个国家后，如何能声称它是原创国所独有？香奈儿风格风行全球大都会；她的创意，无论在伦敦、东京、纽约、上海，都可见到无数的模仿版本。同样的，希腊罗马及基督教、中国的汉文、阿拉伯及穆斯林等传统，是全球跨越国界的共同文化资源。如果检验东西方的跨文化过程，绝非单向的传播。香奈儿，或莫朗，虽然高度意识到国家民族的区分，却充分体会到，所有国家的文化，无论法国、美国、日本或中国，都早已受到外来文化感染。

在《流行：稍纵即逝的创意》中，谚语俯首可拾，等于是香奈儿，或莫朗，在宣告她（他）的浪荡子美学理论。例如："创意是一种艺术天分，是时尚设计师（la couturière）与时代的共谋"；

① *Ibid.*, pp.176-177.

"时尚应该表达地域与时代的精神"（La mode doit exprimer le lieu, le moment）①；"时尚，有如风景，是一种心态（un état d'âme）；"时尚设计师（le couturier）才气何在？在于他预测未来的能力。比起伟大的政治家，伟大的时尚设计师更能掌握未来的精神"②。这些谚语正体现了福柯所说的"当下的谐拟英雄化"，如本书导言所述。如同福柯 1983 年 1 月 5 日的演讲所指出，现代性，或启蒙的精神，在于深刻意识到当下所发生之事，同时视当下为某种过程的载体或指标（porteur ou significatif d'un processus），而在此过程中能够扮演关键角色的人，即为现代主义者——思想家、知识分子，甚至艺术家。福柯说道：

> 他［现代主义者］应展现出：不仅他在何意义下属于此过程，而且，既然属于此过程，他究竟在此过程中扮演了什么角色——知识分子、哲学家，或思想家——他既是此过程的成分，也是演员。
>
> （Il faut qu'il [le moderniste] montre non seulement en quoi il fait partie de ce processus, mais comment, faisant partie de ce processus, il a, en tant que savant ou philosophe ou penseur, un certain rôle à jouer dans ce processus où il se trouvera donc à la fois élément et acteur.）③

---

① *Ibid.*, pp.171-172.

② *Ibid.*, p.174.

③ Michel Foucault, "Leçon du 5 Janvier 1983," in Frédéric Gros, ed., *Le gouvernement de soi et des autres: Cours au Collège de France,* 1982-1983 (*The Government of Self and Others: Courses at Collège de France, 1982-1983*; Paris: Le Seuil, 2008), p.14.

　　在莫朗的创造下，香奈儿的确是个女浪荡子，深刻体会到自己在两次世界大战的时尚工业中所扮演的角色。眼见妇女进入职场，需要更多活动的自由，她抛弃了紧身马甲，为她们创造了崭新的躯体线条。注意到她们想要外出运动，她创造了妇女的运动装。知道战争使得富有的顾客群缩减，她发明了通俗大众能负担得起的幻想饰品。莫朗让香奈儿骄傲地宣称："整个世纪的四分之一，我开创、带领了时尚。原因何在？因为我知道如何表现我的时代……因为我是第一个过这个世纪生活的人。"（J'ai crée la mode pendant un quart de siècle. Pourquoi? Parce que j'ai su exprimer mon temps... parrce que j'ai, la première, vécu de la vie du siècle）①　过着这个世纪的生活，她发明了走入街头的服装，革新了时尚服饰（haute couture）的概念——不再是少数沙龙贵妇的专利，而是通俗消费者的日常必需品。

　　《香奈儿的态度》中，莫朗充分界定了女浪荡子的本质。香奈儿这位摩登女郎／漫游女，浪漫多情，随时愿意追随所爱到天涯海角；她同时也是叱咤风云的时尚设计师，倘佯全球大都会展示她的服装。香奈儿值得用一部小说来描写，因为浪荡子莫朗透过她之口，来宣扬他的浪荡子美学。不可一世的莫朗，难道不是正在宣称：香奈儿，就是我（Chanel, c'est moi）？

由巴黎到东京到上海的新感觉派

　　对川端康成或横光利一等日本新感觉派作家而言，保罗·莫朗是他们心仪的文学导师。在日本首先指出新感觉派作为一个文

---

　　①　Michel Foucault, "Leçon du 5 Janvier 1983, p.172.

学群体的独特性的，是评论家千叶龟雄。他于 1924 年的《新感觉派的诞生》(「新感覚派の誕生」) 一文中写道：

> 法国新进作家保罗·莫朗的"新感觉派"艺术自被引进日本后，不旋踵便备受推崇。我国新感觉派的诞生不能不说多少是受到他的影响。①

事实上，莫朗从未使用新感觉派这个词汇来描述自己的作品。根据千叶的说法，当时日本已有保罗·莫朗《夜开》(*Ouvert la nuit*，1922) 的英译本，书中的序是普鲁斯特 (Marcel Proust) 作的。②首度将保罗·莫朗作品翻译为日文的，是与《明星》及《假面》等杂志交往密切的堀口大学。他所翻译的《北欧的夜》(「北欧の夜」；"La nuit nordique")，原文收录于莫朗的《温柔货》(*Tendres Stocks*，1921) 中。堀口将此文的日文翻译发表于《明星》杂志创刊号上，这是与谢野宽及与谢野晶子于 1922 年 11 月创办的刊物。③

至于日本新感觉派如何进行风格的创新，片冈铁兵 1924 年的文章《向青年读者的呼吁》(「若き読者に訴う」)，提供我们一个有趣的例子。一名新进作家的特殊文风饱受文坛前辈攻击，为

---

① 千葉亀雄「新感覚派の誕生」(1924)、伊藤整等编『日本近代文学全集』第 67 卷、講談社、1968 年、357—360。原出版于《世纪》(1924 年 11 月)。

② 普鲁斯特 (Marcel Proust) 为 1921 年 Gallimard 出版的《温柔货》写序。千叶龟雄所提及的英文版，可能混合收录了《温柔货》及《夜开》两书中的小说，并且把普鲁斯特替《温柔货》写的序一并收入。日本翻译的欧洲作家，如莫朗、普鲁斯特及乔埃思 (James Joyce) 等人的作品，多半刊登在《诗与诗论》(「詩と詩論」) 之类的前卫杂志中。

③ 堀口大学「北欧の夜」、『明星』1922 年 11 月、頁 177—188。

了捍卫风格的创新，片冈铁兵以超过四页的篇幅来解析这位作家的一个句子，仿佛鉴赏俳句一般，反复推敲：

沿線の小駅は石のやうに黙殺された。[①]
（沿线的小站像石子似的被忽视了。）

　　这个句子描述火车急驰而过，穿越数个小车站的印象。急速进行中火车过小站不停，使得小站就像是猛然丢出视线之外的石子，从枪膛里射出似的。虽然"默杀"一词是"越过""忽视"或"漠视"的意思，如果把这个词分开来读，两个汉字分别是"默"和"杀"，因此充满暴力感。片冈铁兵认为，虽然这个句子写的是物，如急驰的火车，但是透过当下情感悸动的描写，作者已经成功地把自己的生命转换成语言的活力。可以说："现实的生命力来源就是感觉。"（現実のな電源は感覚である）[②]虽然文章里不曾透露这位年轻作家的姓名，我们知道，这个句子乃出自横光利一的《头与腹部》（『頭並びに腹』）。横光后来成为新感觉学派的理论旗手，本书第三章将详细分析其理论代表作《新感觉论》。

　　并无证据显示日本的新感觉派作家会阅读法文，或曾对莫朗的作品做过全面性的研究，上海的新感觉派作家则另当别论。刘呐鸥于1920年至1926年在东京求学期间，可能就接触过保罗·莫朗的作品。如本书第一章所述，他自东京的青山学院毕业后，与后来的新感觉派友人戴望舒、施蛰存及杜衡，于1926年夏天在上海的震旦大学研习法文。后来，戴望舒甚至于1932年10月

[①]　片冈铁兵「若き読者に訴う」（1924）、伊藤聖等編『日本近代文学全集』第67卷、講談社、1968年、頁360—364。

[②]　同前注，页361。

至 1935 年 3 月期间远赴法国的里昂中法学院（l'Institut Franco-Chinois de Lyon）求学[①]。他们娴熟法文，因此可以直接阅读及翻译波德莱尔、魏尔伦（Verlaine）、瓦雷里（Valéry）、莫朗等法国作家的作品。

刘呐鸥的文学生涯始于 1928 年，这年 10 月他在自己独资创办的《无轨列车》中，翻译了本雅明·克雷弥尔（Benjamin Crémieux）的文章 "Paul Morand"[②]，中文篇名是《保尔·穆杭论》。文章讨论莫朗早期的作品，范围涵盖两本早期的诗选：《孤灯》（*Lampes à arc*，1919）以及《温度表》（*Feuilles de temperature*，1920），还有三本短篇小说选：《温柔货》《夜开》及《夜闭》（*Fermé la nuit*，1923），但特别着墨在小说的讨论上。从译文中括号插入的法文书名以及术语，我们可以推测刘呐鸥是直接从法文翻译过来的。

值得注意的是，克雷弥尔特别指出，莫朗作品的特色之一，就是浪荡子美学（dandysme）："莫朗的文风中，冷酷多于同情，多半是恶意的嘲讽或浪荡子美学。"（Il y a plus encore de cruelle lucidité que de compassion, de narquoiserie ou de dandysme dans la manière de Morand）[③] 对克雷弥尔而言，嘲讽与浪荡子美学是同义的。有趣的是，刘呐鸥的文章中，保留了法文原文 dandysme 这个字，后面特别以括号用自创的中文词汇"装饰癖"来说明这个

---

① 王文彬：《戴望舒年表》，《新文学史料》，第 106 期（2005 年 1 月），页 95—105。

② Benjamin Crémieux, *XXe Siècle,* Paris : Librairie Gallilmard, 1924, 9th edn, pp.211-221.

③ 同前注。

法文字的意思。[①] 把法文原文放在中文译文中，显示出他体会到他所用的中文词汇和原文无法完全对应（incommensurability）。此外，dandysme 这个法文字，文意暧昧而且含意丰富，刘呐鸥可能似懂非懂。由此可知，上海新感觉派对莫朗的仿效，在某种程度上是潜意识的，模仿成为一种下意识的内化行为，连模仿者本身都可能浑然不觉。

1928 年是上海新感觉派的法国和日本年。刊登《保尔·穆杭论》（"Paul Morand"）的同一期《无轨列车》中，刊登了《懒惰病》（"Vague de pareses"）及《新朋友们》（"Les amis nouveaux"）两篇译文，以及两篇翻译自莫朗《雄伟欧洲》（"L'Europe galante", 1925）一书中的两篇迷你故事（contes）。同年，刘呐鸥除了翻译日本短篇小说选《色情文化》之外，还和他的新感觉派文友一起翻译了几本法文短篇小说选辑。《法兰西短篇杰作集》第一册收录了戴望舒翻译莫朗的《六日之夜》（"La nuit des six-jours"），这是《夜开》一书中的六个短篇之一。故事主角是个名叫莱阿（Léa）的犹太女孩，性情善变，令人捉摸不定。叙事者尤金（Eugène）在巴黎的一家舞厅，色眯眯地默默瞪着莱阿三个晚上，最后在自行车大赛的第六夜，终于把她弄上床。美丽又叛逆的莱阿（Léa était toujours belle, et rebelle）[②] 有一个父不详

---

① 刘呐鸥：《保尔·穆杭论》，《无轨列车》第 4 期（1928 年 10 月 25 日），页 147—160。

② Paul Morand, "La nuit des six-jours," in *Paul Morand: Nouvelles complètes*, Paris: Éditions Gallimard, 1992, vol. 1, p.145; 戴望舒（郎芳）译：《六日之夜》，收入《法兰西短篇杰作集》，上海现代书店，1928，第 1 册，页 16。笔者看过后来的两种修订版本，篇名略有不同。参考戴望舒译：《六日竞走之夜》，收入《天女玉丽》，上海尚志书屋，1929，页 53—80；《六日竞赛之夜》，《香岛日报·综合》（1945 年 6 月 28—30 日及 7 月 2—12 日），页 2。感谢邝可怡女士提供数据。

的孩子。她的情人小马修（Petitmathieu）是自行车大赛的选手之一。莱阿与叙事者纠缠不清，几乎把小马修逼疯了，但她一点也不知羞愧。毋庸置疑，情人的嫉妒她早已习以为常；这种三人行（ménage-à-trois）的危险游戏，她显然乐此不疲。

《六日之夜》故事中的莱阿性情善变，是上海新感觉派文人所迷恋的摩登女郎典型。他们小说中的男女主角多以莱阿及尤金为范本，女子总是颠倒众生，男子则一方面觊觎女色，又一方面指责女人水性杨花。舞厅、咖啡厅及自行车大赛，都是熟悉的场景。跨国性的元素也似曾相识，有意大利、瑞士、科西嘉、荷兰及非洲来的自行车选手，巴黎来的叙事者以及犹太女孩。然而，最令人惊奇的相似之处，恐怕是语言风格的创新。《六日之夜》中有一段是这么写的：

> 落日。柘榴水。时间是像地沥青一样地平滑。纵使那苦酒的烈味，一个和平总降下来。我在"保尔特——马役麦酒店"里等待着莱阿。她雇了马车从蒙马尔特尔，穿着件水獭皮外套，向酒店前来。[①]
>
> （Coucher de soleil. Grenadine. L'heure était facile comme l'asphalte. Un apaisement tombait, malgré la brûlure des amers. J'attendais Léa à la brasserie de la Porte-Maillot. Elle descendit de Montmartre, en coupé de louage, vêtue d'un manteau de loutre, vers les apéritifs à l'eau.）[②]

---

① 戴望舒译：《六日之夜》，页 15。

② Paul Morand, "The Six-Day Night," p.144; 英文翻译请参考 Vyvyan Berestord Holland, trans. "The Six-Day Night," in *Open All Night*, New York: T. Seltzer, 1923, pp.118-129.

　　普鲁斯特在莫朗《温柔货》的前言说："保罗·莫朗的文风确实有其独到之处。"[①]上述引文中，名词形成的叠句、将时间比作柏油路的特殊譬喻，以及"一个和平总降下来"的用法，都印证了普鲁斯特的说法。本雅明·卡雷弥尔亦指出莫朗在语言、表达方式及风格上的创新。风格的创新也是中、日新感觉派共有的特点之一。值得注意的是，戴望舒 1928 年的翻译版中，犯了一个错误，把上述引文最后一句 "vers les apéritifs à l'eau"，翻译成"向酒店前来"。[②]事实上何兰（Vyvyan Berestord Holland）的英文翻译已于 1923 年出版于纽约，其中这一句翻译为 "toward the watered aperitif"，是正确的。[③]从戴望舒这个误译，我们可以确信，他是直接从法文翻译的，并未参考英文版。他 1929 年的翻译版维持原状，至 1945 年香港出版的修订版才改正错误，成为"来喝几杯淡酒"。[④]当时为了逃避中国的连年战乱，他正客寓香港。

　　戴望舒后来的翻译版除了这类修订以外，经常从事句型的实验：也就是改变中文字词的次序，而不影响原文的意义。例如，故事原文的第二句是："除了为了那她从来不缺的，但只和舞师或女伴舞着的跳舞以外，她老是独自个的。"（Elle était seule, sauf pour les danses, qu'elle ne manquait pas, mais avec les professeurs ou des copines）[⑤]在 1928 与 1929 的翻译版中，主要子句"她老是独自个

————————

　　① Marcel Proust, "Preface," in *Fancy Goods, in Paul Morand: Complete Short Stories*, pp.3-12.

　　② 戴望舒译:《六日之夜》，页 15。

　　③ Vyvyan Berestord Holland, trans. "The Six-Day Night," p.124.

　　④ 戴望舒译:《六日竞赛之夜（六）》,《香岛日报·综合》（1945 年 7 月 4 日），页 2。戴望舒于 1938 年迁居至香港，直至 1949 年。

　　⑤ Paul Morand, "La nuit des six-jours," p.137; Vyvyan Berestord Holland, trans. "The Six-Day Night," p.118.

的"置于整句的最后，但是到了 1945 年版，就置于整句的最前面，与原文的字词次序相同；为了配合这样的改动，句子的其他部分也稍作修改："她老是自个儿，除非是为了她从来也不缺一次的跳舞，但她跳舞的时候，不是和那舞师，便是和那些女伴们。"[1]同一篇故事由同一位译者翻译成三个版本，显示出戴最关心的，不仅是传递原文的意义，而是创新中文词汇及句型的可能性。亦即在翻译过程中，他对自己在跨文化场域中所扮演的角色有高度自觉：除了意识到自己是两种语言、两种文化及两个世界的中介者，他更是在测试创造一种全新语言模式的可能性。

上海及日本新感觉派作家与莫朗所共享的，除了语言风格的创新与对摩登女郎爱恨交集的迷恋之外，还有旅行的热爱，如下文所述。

我独衷于游荡……（Je n'aime que le movement）

男は女の影にすぎない[2]

（男人只不过是女人的影子）

——西脇顺三郎、《旅人かへらず》（旅人不归）

本章起首已经指出，浪荡子美学的特色之一，就是浪荡子身为永恒漫游者的姿态，以及他的"漫游白描艺术"（flânerie）与身为女性观察家的立场。第一章谈到上海新感觉派作家刘呐鸥不由自主的行旅冲动；他恒常四处游荡，目的是鉴赏女人。在他的

---

① 戴望舒译：《六日竞赛之夜（一）》,《香岛日报·综合》（1945 年 6 月 28 日），页 2。

② 西脇顺三郎『旅人がへおず』（1947）、『定本西脇顺三郎全集』第 1 卷、筑摩書房、1993 年、頁 286。

1927 年日记中，感受到他与台湾友人们，经常旅行于台湾地区、日本与中国大陆，几至不知故乡何处，不觉自问："啊！越南的山水，南国的果园，东瀛的长袖，那个是我的亲昵哪？"[1]失去家乡、流离失所，是新感觉派作品的主要母题之一。

西胁顺三郎在 1947 年的诗集《旅人不归》中，发出一个精彩的隐喻：男人是女人的影子，追随她到天涯海角；于是他注定是个"永恒的旅人"（永劫の旅人），一心寻觅"女性旅人"（女の旅人）。[2]西胁于 1926 年在家中及白十字咖啡厅中，发起了日本的超现实主义运动。[3]这个隐喻，表征了整个时代的日本文人，在两次大战期间日本与西方邂逅的关口，突然发现自己流离失所，不得不踯躅漂泊于行旅间。

川端康成《伊豆的舞女》（『伊豆の踊り子』，1926）一书中，男性叙事者是个年轻的学生，在伊豆半岛尾随当地的艺妓，跟着她们四处游走演出。他与那些迷人的女孩一样，令人好奇难解。似乎这些女孩的陪伴给予他的，不只是安慰；对他而言，目睹她们的纯真及单纯的生活喜悦，就是一种自我救赎。他模仿这些女孩，也把自己变成一个旅人；与她们的邂逅成为他心灵深处之旅。

---

[1]　刘呐鸥：《日记集》下册，页 446—447。参见彭小妍：《海上说情欲：从张资平到刘呐鸥》，页 115。

[2]　西脇順三郎『旅人がへおず』(1947)、『定本西脇順三郎全集』第 1 卷、筑摩書房、1993 年、頁 209-308。在诗集《如影之人与女人》（『幻影の人と女』）的序中，西胁顺三郎自视为一个追随女人到天涯海角的"幻影の人"（如影之人）或"永劫の旅人"（永恒的旅人）。对西胁而言，女人是自然界的中心，而生命的目的是要延续物种；男人犹如雄蕊，又如寻找雌蕊的蜜蜂。"女の旅人"这个词汇出现在第 156 篇，页 291。

[3]　Miryam Sas, *Fault Lines: Cultural Memory and Japanese Surrealism*, Stanford, Calif.: Stanford University Press, 1999, p.201.

在实践漫游白描艺术的同时，追随女人的足迹，是浪荡子不可避免的宿命与"专利"。

无目的的游荡也是川端的杰作《浅草红团》(『浅草紅団』1920—1930）的主旨。他把这部作品描述成是"一本观光客的笔记"。故事的叙事者扮演旁观者的角色，从不和被观察的人交往，只是记录下他对人们和街道的印象。1923年的东京大地震之后，他在东京街头漫游数周，目的是审视震灾后的废墟及种种令人触目惊心的画面。他说道："我想去的地方，不是欧洲或是美国，而是东方废墟般的国家。大体来说，我是个残破国家的公民……或许因为我是无家可归的孤儿，我从不厌倦这种具有悲凉意味的漫游。"①

中日新感觉派作家都深受保罗·莫朗的影响。莫朗是个有品位的人，也是风格独特的作家及女性鉴赏家。1908年起，他开始出国旅游，那年他在牛津大学学习一年。接下来几年直到他过世为止，他造访了伦敦、罗马、马德里、布达佩斯、德国、斯堪的那维亚、希腊、土耳其、里斯本、比利时、荷兰、墨西哥、古巴、美国、中东等地。由于身为外交官，他曾在伦敦、罗马、马德里及澳门居住。遍游西方各国后，1925年他启程赴远东旅行，对巴尔扎克（Honoré de Balzac, 1799—1850）的预言深信不疑："世上只有两个民族：西方与东方。"②这趟旅程包含了日本、中国、新

---

① Donald Keene, *Dawn to the West: Japanese Literature of the Modern Era*, New York: Henry Holt and Company, 1984, p.796; 川端康成『浅草紅団』、『川端康成全集』第33卷、新潮社、1982年、頁960。

② Paul Morand, "Epoques d'une vie" "Epochs of a Life", in Michel Bulteau, ed., *Paul Morand: au seul souci de voyager (Paul Morand: For the Only Sake of Travel)*, Paris: Louis Vuitton, 2001, p.8.

加坡、泰国、柬埔寨及越南。

1925 年 7 月，他来到日本横滨时，对 1923 年大地震的余悸犹存。接着他抵达"地球的中心"——北京。对他而言，中国是"一块巨石，遗世而独立"（un monolithe compact, indifférent）。到了上海，他认为"上海酒吧"是"世界上最大的酒吧"。他到处寻找近代以来中西冲突的征兆，描述道："这些苍白的中国人是喝茶的民族，却以巨毒来报复我们这些白皮肤的敌人：在这场毒品的对决中，我们供应他们鸦片，他们回报以烈酒。"在法国租借区，他看见高楼林立与壮观的空中花园，后来竟然发现："上海最大的旅馆及娼馆的老板是西班牙神父。从威海卫来的英国官员的妻子、跨国委员会的法官和俄国的难民，全都在豪华的舞池里跳舞……与西方各式各样的毒药相形之下，亚洲瘟疫又何足惊怪？"①

莫朗到中国，不只是为了满足他的东方主义幻想。他似乎是来此替自己找寻救赎，也为百年来以鸦片、船坚炮利及西方宗教侵略中国的西方人寻找救赎。7 月间到达横滨下船时，他如此描述自己的心情：

> 我并不喜欢旅行，我喜爱的是游荡……法国人真该学习如何欣然接受变化……佛陀曾说：居家如牢系，出家为解缚，唯有弃其居室，人始得明心见性。
>
> （… je n'aime pas les voyages, que je n'aime que le mouvement....Il faut enseigner au Français à accepter joyeusement le changement. . C'est un étroit assujettissement que la vie dans la maison, dit le Bouddha, un état d'impureté : la

---

① *Ibid.*, p.35.

liberté est dans l'abandon de la maison.) ①

是否未经帝国主义污染的佛陀之语，更透露着人生的智慧？自我的追寻是否必须在弃绝"家"之后，才能开展？对于莫朗及中日新感觉派作家而言，旅行不只是上路的过程，也是透过文化想象的跨国、跨文化移动。

更甚而有之者，旅行本身不是重点；道途上所汇集的失落天使，才是旅行永恒的吸引力。前述克雷弥尔讨论莫朗的文章，强调他作品中于巴黎、伦敦、罗马、芬兰、瑞士等地的歌台舞榭、水涯路边所邂逅的无数摩登女郎。对克雷弥尔而言，她们象征的是跨国都会性及颓废；他认为莫朗对这些女子的心灵毫不感兴趣，只是在故事中收集这些在全球大都会中离散飘零的天涯沦落人：

> 莫朗 [在其第一本著作《温柔货》中] 已经是新兴的收藏家，专事收藏天涯沦落人。他的跨国都会性不像基哈度（ Jean Giraudoux, 1919—2000 ）或是拉尔柏（ Valery Larbaud, 1881—1957 ），直指各种族的心灵。他寻寻觅觅的，是欧洲大都会中的零落人：这儿是流落伦敦的法国女子，那儿也许是在瑞士及巴黎漂泊的卡塔蓝女子，君士坦丁堡的俄国女子，罗马的法国女子，伦敦的阿尔美尼亚男子，也大可以是巴黎的巴黎女子或芬兰的芬兰女子。
>
> （ Déjà, le collectionneur d'épaves se fait jour chez Morand. Son cosmopolitisme ne va pas, comme celui d'un Giraudoux ou d'un Larbaud, jusqu'à l'âme des peuples. Ce qu'il recherche, c'est

---

①　Paul Morand, "Yokohama," in Bulteau ed., *Paul Morand*, p.31.

dans des capitals, les morceaux épars de l'Europe: ici c'est une Française perdue dans Londres, ailleurs, ce sera aussi bien une Catalane en Suisse et à Paris, une Russe à Constantinople, une Française a Rome, un Arménien à Londres, qu'une Parisienne à Paris ou une Finlandaise en Finlande.) [①]

如此说来，东京及上海的新感觉派作家不只是永恒的旅人，也是"天涯沦落人的收藏家"。在浅草及伊豆半岛踯躅而行、自叹无家可归的川端康成，在上海感叹家乡何处的刘呐鸥，都是不断在找寻女性旅人的"永恒旅人"。他们的漫游白描艺术彰显了新感觉书写——一个旅行的次文类——这种美学潮流的流动性及跨文化性，跨越了欧亚的国家、语言疆界。他们所要捕捉的，不是这些摩登女郎的"心灵"，而是她们的集体形象，启发了跨文化现代性的实践。这个集体形象，正是浪荡子／艺术家以混语书写所塑造出来的永恒摩登女郎。难怪在一次漫游途中，刘呐鸥痴望着一名陌生的妓女，不禁跌足叹息："可是，饿着的心啊——，吃不下的澄碧的眼睛，Modernité [现代性] 的脸子！啊！"

在新感觉派作家的漫游白描艺术中，这些飘零失散在大都会中的摩登女郎，被描写为类型人物，只有蛊惑男人的脸孔及身体，完全没有个人历史、出身背景和内在。第三章将讨论横光利一的长篇小说处女作《上海》，也是他新感觉阶段的最后一部作品。小说中描写的大都会漫游男女，都是代表某种概念的类型人物，即使其中有的似乎具有"心灵"。然而，此处所说的心灵，并非一个独立个人的心灵，而是每位摩登女郎所象征的祖国的灵魂。下文将详述。

---

① Crémieux, *XXe Siècle*, p.212.

第三章

漫游男女：

横光利一的《上海》

　　"你每晚都来这？"

　　"是啊。"

　　"你好像没有钱。"

　　"没有钱？"

　　"嗯。"

　　"我不只没钱，也没有国家。"

　　"那真太惨了。"

　　"是啊。"

——横光利一 ①

　　这段对话是横光利一的小说《上海》的开场。小说最初连载于 1928 年至 1931 年的《改造》杂志。故事中，1925 年动荡纷扰的五卅运动之际，在半殖民地的上海谋生的日本青年参木，漫无目的地晃荡到外滩。一名夜夜在此出没的俄国妓女见了他，想向他拉生意，参木用英文和她简短地交谈了这几句话。参木与这名俄国妓女可说是漫游男女，离乡背井来到上海这个现代大都会，

---

　　① 　横光利一『上海』(1928—1931)、改造文库、1932 年、頁 4。这是小说单行本的初版。笔者使用此版本并注明章节编号。后来的版本或多或少均曾修订，章节编号可能不同。英译本请参照 Dennis Washburn, Shanghai: A Novel, Ann, Arbor, Michigan: University of Michigan Press, 2001, p.3.Washburn 的英译本根据讲谈社 1991 年的文艺文库版。此一版本，如同收录于《定本横光利一全集》(『定本横光利一全集』河出書房、1981 年) 里的版本，为校订本。Washburn 将"定本"译成 originaltexts（原版，日文为"底本"）。参考 Dennis Washburn, Shanghai: A Novel, p.239。事实上，"定本"的日文发音与"底本"相同，而"定本"意指参考各种版本修订后的最终版本。笔者所使用的改造文库初版，保留了《改造》杂志中连载的战前假名用法及假名注音（在日文汉字旁标示假名以注明其发音）。在文艺文库版中，第 29 章与第 32 章位置是颠倒的。欲进一步了解小说的不同版本，请参见本章后续探讨。笔者翻译时参考 Dennis Washburn 的英译本，必要时予以修订。

既穷困也失去国家；我们知道过去十年参木从未回过日本。小说
结尾的一幕，完美地呼应了开场，叙述者分析一名叫阿杉的女孩
的心理；她本为典型的日本邻家女孩，却沦落于中国通商口岸卖
淫。小说主题之一，即为这些来自各国居住于上海的漫游青年
（以参木为代表）及漫游女郎（以阿杉为代表）的命运。故事中
他们或为革命的牺牲品、漂泊异乡，或是跟随帝国主义的侵略而
来，的确被塑造成"穷困潦倒的形象，毫无能动性（agency）。"①
相对地，在本章中我将尝试说明：创造了这些角色形象、身为文
化翻译者的横光，于语言、文化与政治机制汇集的文化场域上，
从事创造性转化的工作，实为现代性的推手。

新感觉与象征主义

《上海》是横光利一的第一部长篇小说。他充分意识到自己
创作此书时所使用的技巧，在1939年改造文库版的序言中，称
此书为"我在所谓新感觉阶段的最后创作"②。横光宣称，此作品
写于日本马克思主义最兴盛的时期；以五卅运动为契机，他想让
大众了解，在蒋介石拓展对东亚影响力的初期，旅居上海的日本
人生活情形。

---

① Cf. Seiji Lippit, *Topographies of Japanese Modernism*, New York: Columbia University Press, 2002, p.75. Lippit 分析横光利一的《苍白的大尉》(「青い大尉」)，故事中，在韩国的韩籍及中国籍瘾君子被描写成穷困潦倒，"毫无能动性"。但在《上海》中，不仅是半殖民地中国的下层阶级失去人的能动性，处于社会底层的所有各国人，包括日本人以及其他外籍人士，都了无能动性，充其量只是随殖民主义的扩张与跨文化潮流而漂泊的人物。

② 横光利一：『上海』，页1。

对二十世纪二三十年代许多东西方作家而言，[①]上海是创作的源泉。横光曾把这个现代大都会的租界描写成"世界各国共同组成的都市国家"，形成了一个"具体而微的世界"。[②]横光利一要我们注意的，不是一个普通"都市"，而是一个"都市国家"——中国境内由多国所组成的一个独立国家。如同本书第二章所指出，1925年保罗·莫朗惊叹租界中的上海俱乐部是"世界最大的酒吧"，也目睹了杂处于同一家旅馆里的西班牙传教士和俄国难民。对他而言，上海的魅力无疑在于它的国际化。有如横光，法国作家安德烈·马尔罗（André Malraux, 1901—1976）也曾以上海为背景，创作了一部小说。他于1933年出版了《人的境遇》（*La condition humaine*），主题是蒋介石1927年清算共产党的事件。

尽管横光与马尔罗的小说同样以政治运动、娼妓及居住于上海的各国人等为题材，后者所要强调的，是故事中牵连所有角色的政治操作与间谍活动。只要比较两部作品的开场，即可得知。不同于《上海》，《人的境遇》以一件再三延宕的谋杀案揭开序幕：一名共产党刺客凝视着他即将杀害、沉睡中的被害者。叙事者以长达三页半的篇幅分析他的心理后，凶手才终于以匕首刺死被害

---

① 此时期描写中国的日本作品，包括芥川龙之介的《中国游记》。他是鼓励横光于1928年造访上海的人。横光曾与穆时英有过直接接触，于1939年六月穆时英逝世后，写文章纪念他。（横光利一「穆時英氏の死」、『文学界』第7期、1940年9月、頁174—175。）有关此议题，参考本章稍后的讨论以及Shu-mei Shih, *The Lure of the Modern: Writing Modernism in Semicolonial China,* 1917-1937, pp.16-30.

② 横光利一『定本横光利一全集』第13卷、頁439。Washburn将"都市国家"译为city（都市）。参考Dennis Washburn, *Shanghai: A Novel*, p.228. 笔者认为"都市国家"的观念，将上海视为中国境内由多国组成的现代独立大都会，对横光而言有重要意义。

者。① 相对的，在《上海》中，所有谋杀及死亡均以报导结果的方式呈现；小说中我们不会目睹可怖的谋杀行动正在进行。主角参木意外被卷入革命浪潮中，主因是他对貌美的间谍、亦即中共激进分子芳秋兰感兴趣。在故事中她总是众人谈论的对象，参木也默默仰慕她，但她的心理层面却始终是模糊的，从未透露给参木或读者。如同 1939 年版的序言中横光所指出，本书最引人注意的是他在故事中经常使用的新感觉手法。《上海》及《人的境遇》有一个共同的重要元素，即"群众"的意象。如比较横光与马尔侯如何处理此意象，两位作者的写作手法差异立判。正因横光使用了新感觉叙事手法，《上海》中群众的意象多了一层象征意义，而《人类的命运》里的群众，则充其量只是单纯的"群众"而已。

《人的境遇》首次描写"黑猫"酒店时，特别凸显出群众聚集的场面。叙事者描述：

> 爵士乐已是强弩之末……戛然停止，群众散开：大厅深处是舞客，大厅侧边是舞女：裹着丝绸旗袍的中国舞女、俄国女郎与混血女郎；一张票一支舞，或一段谈话。②

这里的群众只是单纯的"群众"（la foule），在小说其他地方出现时也一样。此处有关中国、俄国女郎或混血女郎的描述，言

---

① André Malraux, *La condition humaine*《人的境遇》, Paris : Gallimard, 1933, 209th edn, pp.9-12. 英文翻译请参考 Haakon M. Chevalier, trans., *Man's Fate*, New York: The Modern Library, 1961, pp.1-3.

② Malraux, pp.32-33; Chevalier, pp.28-29. 笔者参阅 Chevalier 的翻译，必要时予以修订。

简意赅——主要指出她们的多国籍身份——完全不为"群众"的意象添加任何隐喻式氛围。此时一名亢奋过度的老人还留在空荡荡的大厅中，"不断振动着双肘像只鸭子"，也许象征舞厅里疯狂的气氛。的确，他从群众中抽离出来，与众不同，仿佛告诫世人都正"处于虚无主义的边缘"（au bord du néant）。小说中即使有象征意义，马尔侯总是清楚地点出，极少有任何暧昧空间。

相对地，横光利一的《上海》，通常把人群或群众描述成一个神秘的集合体，意义模棱两可。其中描述一群娼妓的一幕，值得仔细阅读。这一幕发生在第十章，参木走进一家茶馆，里头"女人看起来不像女人"（《上海》第十章，第65页）。正当众妓女纷纷前来勾引他时，参木打趣地在手掌上放了几块铜板，妓女群立即蜂拥而上，争相抢铜板：

> 女人们抢钱的手在他胸前彼此敲打，耳环纠结。他以膝盖撞开女人们的躯体，勉强从半空里闪闪发亮的一堆鞋中探出头来。他挣扎着，好不容易终于稳住脚步，那群女人仿佛全把头挤入同一个洞里似的，不停地在椅子脚边搔来搔去，咯咯作响。他将铜板滑落入那群女人的颈脖间，她们立刻奋起争夺，蜂腰兴起的浪涛益发汹涌。甩掉那群趴紧他不放的女人，他勉强挤向出口。突然，新的一群娼妓由柱子与桌子间冒出，向他伏击而来。他硬挺着脖子继续潜进，一面移动一面撑着肩头撞开她们。妓女群的手臂狠狠缠住他的颈项。他像条海兽般，勇猛地破浪而出。拖着妓女群巨大的压力，他汗流浃背屈身向前，泅水似地奋力冲向浪涛的破口。但好不容易挣脱后，妓女群会再度蜂拥而上，同时不断有更多加入。他以手肘向四面八方推撞，那些女人被撞得个个摇摇晃

晃，不久后又攀着其他男人的脖子离去了。①

　　在此大幅引述原文，目的是强调小说把那群妓女描写得犹如一窝海蛇般。小说中用来描写这群妓女的词句，在如此暗示：例如"全把头挤入同一个洞里"（一つの穴へ首を突つ込む）、"不停地在椅子脚边搔来搔去"（椅子の足をひつ抓いてゐた）、"咯咯作响"（ばたばたしながら）、"蜂腰兴起的浪涛益发汹涌"（蜂のやうな腰の波が一層激しく搖れ出した）。不断蜂拥上来缠绕脖子的手臂及攀附在身上的躯体，令参木无法动弹且汗如雨下，构成了一场超现实的梦魇，与《人的境遇》中的写实描述形成强烈对比。此幕中，读者是从参木的角度看着这群女人，而他的主观感受使这群妓女蜕变为蛇一般的怪物。文中不停出现隐喻，围绕着卖淫、贪婪及女人商品化的主题，象征意义浓厚。

　　横光利一反复强调，象征主义是新感觉派的主要技巧。由他对穆时英——中国新感觉派作家中，唯一与日本新感觉派有直接接触的作家——所作的评论，可见端倪。1940 年 9 月，《文学界》杂志辟一专栏，悼念穆时英于同年 6 月 28 日之死，横光发表了一篇文章。在此篇文章中，他提起穆时英曾于前一年拜访东京。②像穆时英这样的中国新感觉派作家，一心以日本新感觉派为楷模，是众所周知的。我们知道，穆时英于 1939 年 11 月拜访东京时，是跟着林柏生——亦即当时汪伪政府的"宣传部长"——所率领

---

　　① 横光利一：『上海』，页 65—66；Dennis Washburn, *Shanghai: A Novel*, p.48。

　　② 横光利一「穆時英氏の死」，『定本横光利一全集』第 14 卷、河出書房、1981 年，頁 250—251。

的外交团而去的；汪伪政府正是日本的羽翼。[①]

　　根据横光利一的文章，穆时英拜访东京时，有一晚与横光及其他几位日本文人会面。在谈话中，穆时英提到他的妹夫曾于巴黎做过保罗·瓦乐里（Paul Valéry）的学生（我们知道戴望舒曾于1932年10月至1934年春天在巴黎求学，于1936年娶了穆时英之妹，并于1940年离婚）。[②]他们也论及赛珍珠（她于1938年得到诺贝尔文学奖）。过不久，穆时英问横光："日本新感觉派现在发展如何？"对横光而言，这个问题正好提供他深刻思考"东亚现代青年"现况的机会。

　　穆时英的问题当然不好回答。横光先在文章中首先说明："我最后以类似这样的话告诉穆先生：新感觉派正在为我们国家的传统寻找新意义，尝试重新诠释传统。"其次他指出，十多年前他出道时是新感觉派作家，而到目前为止他从未违背过当年的立场。他当时之所以迟疑于回答穆时英的问题，不是因为他羞于回答，而是中国传统与日本传统间的差异，令他难以解释清楚。接着他提到，八月号的《知性》杂志发表了穆时英小说《黑牡丹》的译文。故事中的青年，在舞厅里为一名女子神魂颠倒，就为了插在她发际的一朵康乃馨，追随她离开舞厅没入黑夜。当女子被狗咬伤，倒在路旁时，他才目瞪口呆地发现，那朵他痴痴追随的康乃馨却不见了踪影。横光称赞《黑牡丹》是"一篇富含象征意义的新感觉派短篇小说"。

　　对横光利一而言，象征究竟有什么理论意涵？为此，我们必

---

　　①　有关穆时英一生纪事，请参考李今：《穆时英年谱简编》，《中国现代文学研究丛刊》第6卷（2005年），页237—268。

　　②　同前注。

须详细检阅他 1925 年发表的《新感觉论》一文。

《新感觉论》与物自体

　　如同横光利一于《新感觉论》所述，他归为新感觉派的众多思潮——包括"未来主义、立体主义、表现主义、达达主义、象征主义、构成主义以及部分的如实派"——皆可视为象征文学之一种。[①] 倘若此概念乍听之下过于含糊不清，或许详细阅读此文将有助于厘清概念。根据他的说法，透过行文的语汇、诗及韵律，我们可以了解这些"新感觉派"作品如何触发感觉。他说：

　　　　有时透过主题不同的折射角度，有时透过行句间无声的跳跃幅度，有时透过文本行进时的逆转、重复及速度等等，

---

　　① 　横光利一「新感覚論」(1925)、『定本横光利一全集』第 13 卷、頁 75—82。Washburn 翻译了这篇文章的一部分，收录于其《上海》英译本的《译者后记》(Translator's Postscript)，页 222—223。他将"构成派"译成 Structuralism（日文应为"构造派"），而将"如实派"译成 Surrealism（日文应为"超现实派"）。构成派为约于 1919 年至 1934 年之间，发生在俄国及德国的一个艺术及建筑运动，后来被社会现实主义取代。此派致力于艺术的革命或社会意图，摒弃了"纯艺术"，提倡艺术之陌生化，以摄影蒙太奇（photomontage）及大量复制的图像设计著称。此派艺术家包括塔特林（Vladimir Tatlin）、马雅可夫斯基（Vladimire Mayakovsky）、波波娃（Lyubov Popova）、斯捷潘诺娃（Vavara Stepanova）、格罗斯（George Grosz）以及哈特菲尔德（John Heartfield）。笔者截至目前为止尚未找到有关"如实派"的资料，可能意指卢米埃尔兄弟（the Lumière brothers, Auguste Marie Louis Nicholas and Louis Jean Lumières）于 1895 年所拍摄的如实电影（actuality film）。这种电影拍得比现实还逼真，对通俗文化产生立即且重大的影响。例如，在《火车进站》（Arrival of A Train in a Station）中，火车迎面急驶而来的一幕，往往使得观众恐惧尖叫。如实电影是纪录片的先驱，并被公认为电影商业化的起点。

感觉被触发的形貌可以千变万化。①

横光特别点出五官感受如何一触即发：借由"使五官接收到的意识节奏同步发生"（心象のテンポに同時性を与へる）的努力；如同立体派作家般，"在剧情发展中遗忘时间概念"（プロットの進行に時間観念を忘却させ）；或如同表现派与达达派作家般，"将意识与现象的交互作用直接投掷于一切形式的破坏当中"（一切の形式破壊に心象の交互作用を端的に投擲する）。他进一步声称：

> 凡此种种感觉表征，基本上都是象征化之后的东西[象徴化されたもの]，因而感觉派写作可视为一种象征派文学。②

横光的《新感觉论》一文，充分展现他相当熟悉西洋现代主义文学与哲学思想。③他以上述各欧洲现代派为基准，评比当代日本作家的写作技巧。例如，芥川龙之介的某些作品——如《竹林中》(「薮の中」)——由于其中充斥的"知性感觉"，均有如构成派作品一般杰出；犬养健及中川与一的作品，运用强烈的音乐性使五官感受鲜明无比，烦扰的情绪又带出微妙的心理作用，与如实派异曲同工。然而《新感觉论》的美学理论，最重要的特征莫过于与欧洲哲学之相互呼应。仔细阅读此文，我们会发现横光

---

① 横光利一「新感覚論」，頁80。

② 同前注。

③ 有关横光作品中所论及之外国作家一览表，请参考小田桐弘子『横光利一比較文学的研究』南窓社、1980年，頁7—21。

的"新感觉"概念实为对康德的"物自体"的回应。[①]"物自体"一词，乃康德 Ding an sich（thing-in-itself）概念的日文及中文标准翻译。横光在文章中诠释"新感觉"的定义时，此词汇反复出现，由以下一段引文可知：

> 我所谓的感觉，亦即新感觉的感觉表征［感觉的表征］，意指主观中直觉性的触发能动力［直感的触发物］，它摆脱了物质的外在现象［外相］，直接跃入物自体中……主观意指能从客体中感知到物自体的能动力。毋庸置疑地，认知［认识］是知性与感性的合体。在主观跃入物自体的过程中，知性与感性形成感知客体的认知能力，两者以动态的形式成为更强大的触发媒介，触动感觉。在说明新感觉的基础观念时，应将此列入考虑，这点非常重要。能使纯粹外在客体（非对应于主体的客体）激发象征力量［表象能力］的认知功能，即为感觉。[②]

翻译《新感觉论》的难处，在于如何选择贴切的词汇来表述原文中源自德文的日文哲学术语。同义词也是个问题。举例来说，日文中"表征"与"表象"可以分别意指表现及再现，也可视为同义字，意指象征。我选择将这里的"表象能力"译为"象征能

---

① 早在 1889 年，中岛力造于耶鲁大学完成他的博士论文，标题为 "Kant's Doctrine of the 'Thing-in-Itself.'" 他在英国及德国短期留学后，于次年返回日本，之后在东京帝国大学授伦理学。

② 此段的英文翻译，请参见 Washburn, *Shanghai: A Novel*, p.223. 他将"物自体"一词译为 object（物体），完全无法传递横光文本对康德的 Ding an sich（thing-in-itself）概念的呼应。此词汇中文亦翻译为"物自身"。

力"，是因为新感觉作为一种象征文学的概念，贯穿了《新感觉论》全文。一旦选择了适当的遣词用字，就可以清楚明白，这段引文影射了康德《纯粹理性批判》中的认识论：我们如何透过认识世界来认识自我。但是，在论及康德物自体理论的同时，横光同时也刻意提出修正，详如下述。

康德指出人有三个层次上的认知能力：感性、知性与理性。现象触动感性，形成经验上的直觉，知性吸收这些直觉，将它们对应本身固有的先验形式。知识究竟是否先验是个问题，亚里士多德、托马斯·阿奎那及中世纪的经院哲学家相信所有的知识是后验的，即知识仰赖经验的累积。如此产生的知识称为"判断"。然后，判断促使理性起作用，并产生合乎逻辑的知识。合乎逻辑的知识继而对应知识与生俱来的三种先验形式：自我、非自我（世界）以及超自我（神）。对康德而言，现象是我们透过五官感受到并认知的物体，而物自体是物体的本质；相对于现象，物自体是既不可知又无法定义的。现象，或是"物体的表象"，乃透过感性而感知，其本质"决定于它与感官直觉及它与感性之先验形式的联系。相对地，'物自体'则是理性所认知的对象"。① 相对于康德，此处横光暗示，在认识论著名的辩论上，他支持叔本华；并表明，虽然根据康德，人类无法了解或定义物自体，新感觉借由将主观推向感官直觉与感性的极限，极力捕捉物自体，进而"跃入"物自体中。横光认为新感觉论是合理可行的，因为他相信，主体"跃入"物自体当中（物自体に躍りこむ）时，知性与感性携手合作，我们的认知能力将会领悟到物自体的意义。

---

① 　Cf. Oscar W. Miller, *The Kantian Thing-in-Itself or the Creative Mind,* New York: Philosophical Library, 1956, p.20. 此书的评论丰富周详，探讨康德的物自体如何源自早期希腊哲学家、柏拉图与洛克，如何受到当代哲学家如叔本华等批判，之后又被后代哲学家批判转化，如博格森的《创造进化论》（*Evolution créatrice* ）。

《新感觉论》中另一段，可显示横光"新感觉"概念的另一个来源，是尼采的《查拉图斯特拉如是说》（ *Thus Spoke Zarathustra* ），而在尼采与康德对知识与认知观念的辩论中，横光是站在尼采这一边的：

> 有些作品驱使我们的主观进入较深层的知识；越是深入，越是能够丰富地触发我们的感觉。原因是，这种感觉的触发，是透过引导我们的主观穿越已知的经验知识，进入未知的认知活动。任何作品，如富含追逐深层知识的感觉，我都推崇。例如，我们可以举最平凡的作品为例，像是斯特林堡 [Strindberg] 的《地狱》[Inferno] 与《蓝色书》[A Blue Book]、芭蕉的许多作品，或是志贺直哉的一、两部作品，以及尼采的《查拉图斯特拉如是说》。①

因此对横光而言，触发新感觉的方法，正是诱使主观超越五官领悟到的经验知识，以到达深层的知识，亦即到达对物自体的认识。② 在横光心目中，尼采的《查拉图斯特拉如是说》（ 1883—1885 ）是他所谓富含"新感觉"的作品实例。尼采在此书中提出"超人"（Übermensch）的概念，也就是达到个人最大潜能、同时

---

① 横光利一「新感觉論」、頁 81。

② Lippit 认为，"犹如他们的派别名称所暗示，新感觉派作品强调的是对肉体感觉的刻画，而不是对现象的思考或知识性领悟。"但如本章讨论所示，笔者对横光新感觉论的分析，有不同的结论。参考 Seiji M. Lippit, "A Melancolic Nationalism: Yokomitsu Riichi and the Aesthetic of Cultural Mourning," in Dick Stegewerns, ed. *Nationalism and Internationalism in Imperial Japan,* London and New York: Routledge Curzon, 2003, pp.228-246.

完全掌握自我之人。尼采所谓之"权力意志",系指人类在追求克服自我及提升自我等过程中的驱动力。《查拉图斯特拉如是说》一书的中心思想为自我的克服;人在试图了解世界及自我时,应当勇于跨越经验知识的界限。身为跨文化现代主义者,横光在形塑新感觉论时,一方面引用康德的物自体概念,一方面透过创造性转化,修正了康德的理论,创造出新的意义。

在《新感觉论》的起首,横光便已指出,要想了解新感觉论,必须研究客观形式与主观之间的互涉作用。如果成功,将可导正艺术中一项重要的基本概念,而且无疑地,这将是"艺术上根本性革命之诞生报告"(芸術上に於ける根本的革命の誕生報告)①。他指出这种趋势的结果:拥有强大主观的人,将摧毁老派过时的审美观与习性,并"更加直接地飞跃入世界观中"(より端的に世界観へ飛躍せんとした)②。

我们应当注意,横光利一与康德的"对话",事实上奠基于当时的哲学思维。明治晚期至大正初期,著名的京都学派逐渐兴起于日本哲学界,此时正是日本吸收西方思想及重新评价东方哲学的时期。1911 年,京都学派领导者西田几多郎就已于《论认识论中的纯理论派主张》(「認識論における純論理派の主張について」)一文中,使用"物自体"来翻译康德的 Ding an sich。③ 他在《大千世界》(「種々の世界」,1917)一文中,批评康德的物自体理论:"物自体与我们认识中的世界存在着什么关系、有什么意涵?若两者间完全没有任何意涵或关系,物自体的说法可完全

①　横光利一「新感覚論」、頁 76。
②　同前注,頁 80。
③　西田幾多郎「認識論における純論理派の主張について」(1911)、上山春平編『西田幾多郎』中央公論社、1970 年、頁 234—251。

由康德哲学中删除。"① 西田综合了博格森（Henri Bergson）理论、文德尔班（Wilhelm Windelband）及李凯尔特（Heinrich Rickert）的新康德思想，声明物自体并非如康德所说是"知识的源头"，而是经验概念化之前的"直接经验"，如同文德尔班及拜登学派（the Biden School）所主张。根据西田的说法，所谓"直接经验"相当于博格森"纯粹持续"（pure durée）的概念，如李凯尔特所说。西田认为在直接或纯粹经验中，无法区别"主体"与"客体"，因两者为"现实"（实在）的一体两面。对西田而言，这种"直接经验"正是康德所谓之物自体，或是"绝对自由意志的世界"，由中可衍生出现象世界的种种。相对于绝对意志，亦即直接现实，现象世界在他的观念中是一个间接经验的世界。康德的物自体是不可知的概念，相对的，西田的"直接现实"为可知的。根据西田，当我们将自身意志投射于现象世界上时，这就是"生命"的本质，亦即博格森所谓的"生命冲动"（élan vital），而生命意志（德文原为 der Wille zum Leben）正是文化生命的意志（der Wille zum Kulturleben）。②

对西田而言，绝对意志串联每个人的个别直接经验，并将宇宙整合于一个创造性的意识流中。然而，这种观念似乎结合了博格森创造进化论（évolution créatrice）与新儒学的生生不息论。此外，种种的世界源于个体的概念，使人联想到佛教思想中曼荼罗（mandala）宇宙论，亦即人为整个宇宙之缩影。西田力行禅修，并精通儒学。众多哲学传统任他予取予求之下，他开创出"绝对

---

① 西田幾多郎「種々の世界」（1917）、上山春平編『西田幾多郎』中央公論社、1970 年、頁 264—273。

② 西田幾多郎「種々の世界」（1917）、上山春平編『西田幾多郎』中央公論社、1970 年、頁 272。

无的场所”理论；所谓绝对无，即存在或生命的源头。这个场所由直觉主导，其中主体性与客体性的二分法被化解了。[1]他说：“绝对意志不是反理性，而是凌驾于理性之上。”[2]

　　了解了上述的西田理论，毋庸置疑地，前述《新感觉论》段落中，“纯粹外在客体”一词——横光在后面加上括号附注“非对应于主观的客体”——指向西田“直接现实”的概念，其中主观与客观是无法区分的；“直感的触发物”一词使人联想起西田的作品《自觉中的直观与反省》（『自覚における直観と反省』，1914—1917），而此书的灵感来自博格森。[3]一字一词所富含的深层意义，远超过肉眼之所能见。像“物自体”这样一个单一的词汇，可以透露出无穷尽的跨文化连锁反应。倘若仅像沃什伯恩（Washburn）一般，将之译成“物体”，[4]这个术语背后的深层意涵——关乎康德“物自体”与西田“直接现实”的认识论辩论——将丧失殆尽，而横光身处东、西方哲学传统交汇场域的事实，也将被忽略。

　　即使这个康德术语的吸收有可能只是“表面”的挪用，即使其中的“心理过剩”（psychic excess）可能超越他自己的意识所及，横光作为跨文化现代主义者，面对当下唾手可得的种种思想潮流，

---

　　① 　关于西田几多郎“直接经验”及“虚无之场所”等哲理的讨论，请参考上西田幾多郎「絶対無の探究」、上山春平编『西田幾多郎』、頁 7—85。中文讨论请参考吴汝钧：《京都学派哲学七讲》，文津出版社，1998；黄文宏：《西田几多郎论“实在”与“经验”》，《台湾东亚文明研究学刊》第 3 卷第 2 期（2006 年 12 月），页 61—90。

　　② 　西田幾多郎「種々の世界」、頁 272。

　　③ 　参考西田幾多郎『自覚における直観と反省』（1914—1917）、上山春平编『西田幾多郎』中央公論社、1970 年、頁 276—282。

　　④ 　参考 Washburn, *Shanghai: A Novel*, p.223。

致力于创造新概念。他透过西田对康德论述的批判——牵涉到各种东、西方哲学思潮——做出了明确的选择。毋庸置疑地，置身于现代日本文哲思想中的东方／西方、现代／传统的分水岭，横光对自己所扮演的角色，有高度的自觉。对自己的跨文化实践极度敏感的横光，刻意引用康德术语"物自体"以及西田批判康德此论述的绝对意志理论，用意是展示自己革命性的新感觉论。仔细观察横光如何批判传统叙事模式，将可显示他在传统／现代的互动中所抱持的立场：他提倡以传统为出发点向前进，从事再创造，而非丢弃传统。他对平安时期女作家清少纳言——一般公认她所创作的《枕草子》与《源氏物语》地位相当——的评价，最能透露出什么是他心目中所谓仅限于"感官表现"、毫无知性介入的作品。相对地，他提倡唯有透过知性才能掌握的新感觉。

在"官能与新感觉"一段中，他表示，清少纳言作品中的感官表现，绝非他心目中的新感觉，而是静冽且鲜明的感官表现。根据他的说法，感官表现，作为最接近感性的感觉表征，属于最难与感性区别的"范畴"。此处使用的范畴等措辞，显示横光在运用哲学或科学术语（依据康德，认知能力以四组的三重判断形式运作，称之为十二范畴）。[①]

对横光而言，清少纳言的感官表现欠缺了所谓"感觉上的扬弃"。（"扬弃"[Aufheben] 是一种综论 [synthesis]，既摒弃又保留正论 [thesis] 及反论 [antithesis] ——黑格尔辩证法中之核心概念。）横光如此区分此两种范畴的差异：新感觉表现须为透过理智介入所象征的内在直觉；反之，感官表现则仅由纯粹客观所

---

① 　主要的四大范畴为分量、性质、关系与样态，而每一范畴各分为三种判断形式。

启动，是直接的认知表现，乃源于经验性的外在直觉。因此感官表现——较倾向感性又先于新感觉表现——是经由直接感受及直觉得知。这正是为何，相较于感觉表现，感官表现给人的印象更直接且更鲜明。但感官表现无法像新感觉表现一样，具有象征能力的复杂综合统一性。[1]

观察横光如何从演化的观点评价传统与现代，是相当有趣的。根据他的说法，根本不可能指望清少纳言的感官性具备"更加复杂的进化能力"，因为它"只不过是新鲜而已，毫无任何感觉提升的暗示。"清少纳言的感官性，有如文明人，因不受浑沌的象征性束缚而无法演化，相对的，新感觉"如同野蛮人般钝重"而得以进化。这当然是通俗化的进化论述，把进化与进步的概念混为一谈，如同当时欧美及亚洲流行的许多进化论述一般[2]。横光显然在哲学思维方面较驾轻就熟，遇到生物学的领域，就只不过是卖弄皮毛罢了。身为新感觉派最重要的理论家及守护者，横光也最致力于将理论付诸实践。他的第一部长篇小说《上海》，就语言实验而言，令人印象深刻。参照他的理论作品，这部小说展现出一位高度自觉的作家，在日本文学传统与欧洲现代主义美学概念的历史交汇点上，透过个人自由选择，创造出一种语言模式，目的是改变日本文学的风貌。在进行语言实验——新感觉写作中不可或缺的要素之一——的同时，这部小说在他所有新感觉派作品当中，可谓独一无二。小说中建构的众多摩登女郎形象，各有特色，这只在长篇小说中才可能做到。但比起他短篇小说中的摩

---

[1]　横光利一「新感覚論」、頁 77。

[2]　Cf. Michael Ruse, *The Evolution-Creation Struggle*, Cambridge, Mass.: Harvard University Press, 2005.

登女郎,《上海》的摩登女郎即使描写得更加细致,小说里的所有角色,无论女性或男性,都同样是扁平的类型人物,而非写实文学中我们所期待的圆满人物。在《上海》中,所有的角色或多或少都象征某些概念,由下述典型的女性及男性角色即可看出。男主角参木象征迷失的日本魂,但奇怪的是,他对故事中所有的女人都有致命的吸引力。相对于他的朋友甲谷——饱受摩登女郎折磨的典型摩登青年——参木可说是个反摩登青年;由于他不解风情,总是使女人大为气恼,使他往往身陷可笑的处境中。到最后,唯一与参木发生性关系的是阿杉,而她象征的是迷失的日本躯体。他们两人的结合,正象征了日本灵魂与躯体之合一。

从群众到漫游男女

假如参木与阿杉可视为横光利一《上海》中典型的漫游男女,他们与小说中的人群——始终没有脸孔、身份不明的群众——之间的联系及对照,是多方面而令人不安的。作为一个群体,群众庞大可怖,或象征革命的力量,或象征女人的商品化。然而,群众当中的个体,一旦孤立出来,就可能成为一名漫游男子或漫游女子,立时失去使群众转化为可怖实体的集体匿名性。身为无助的个体,他们是被遗弃的灵魂,因殖民扩张或革命所造成的社会不公及离散而贫困潦倒,独处异乡无家可归。小说中的外国人物,反映了为贸易、生活、避难、宣教、革命或其他各种理由涌入上海的外国人。他们来到上海,或许是为了逃离自己国家的革命;或许是为了把革命事业扩张到海外;又或许是随着帝国主义的侵略来寻求财富。对现实中的历史人物来说,的确也是如此。

此处,我想提出一个问题:当时进出上海及中国的流动人口,

是否导因于国民党政权的"开放统治"（open governance），一如
冯克（Frank Dikötter）在 2008 年的论著《开放的时代》（*The Age
of Openness*）① 中所主张？晚清因迫于国际不平等条约而开放边
界，而基本上是专制政权的国民政府，根本就无力有效管制边境。
唯有一个强而有力的中央政府，才能维持严格的边境控管。一个
软弱无能的中央政府，如 1949 年之前的国民政府，顶多只能维
持现状而已。

晚清时期，上海作为一个通商口岸长期被迫开放给大量流动
的欧洲人、美国人、印度人、日本人等。这种人口蜂拥而入（及
涌出）的现象，在国民政府时期一直延续着。当冯客断然漠视国
民政府的"开放"因素时——包括统治力薄弱、革命、帝国主义
等，他所谓的"开放边界"及"开放统治"等美丽幻象，只说出
故事的片面——国民政府统治下，不断流通的思想、人物及货品，
是中国或举世任何文学及历史研究者都不会忽略的史实。很显然，
冯克的立场是修正主义的；② 他企图质疑"常识"与"偏见"中认
定的事实：国民政府是一个"既软弱又腐败的中央政府"。然而，
他自己的偏见——亦即国民政府的"开放统治"有"民主统治"
倾向—— 却落入了陷阱，为了既定纲领而选择性地使用史料。他
忽视了许多事实，包括国民党特务的暗杀行动、未经审判而处决

---

① 　Frank Dikötter, *The Age of Openness: China Before Mao*, Hong Kong: Hong
Kong University Press, 2008.

② 　Cf. Elizabeth J. Perry, "Reclaiming the Chinese Revolution," *The Journal of
Asian Studies* 67.4 (November 2008): 1147-1164. Perry 指出，近年来历史研究倾向
于"把信心建立在市场及法庭等体制内，宁以'民主转型'——而非社会革命——
作为政治进步的途径……如今我们恐惧过去革命无端的暴力，把未来的希望寄托
于自由民主的改革。但是，这种谴责革命的态度是最近几年才发生的现象。"

共产党人士，以及当时中央政府主导的检查制度。如众所周知，所谓的开放边界与开放统治（或民主），绝非同义词。

在横光的小说中，边界的开放带来了漫游男女。如果我们以舞台上的角色身体来比喻跨文化场域，他们的身体便是印记了跨文化记忆的场域，[①] 他们的身体只不过是各方讯息汇聚和流进、流出的容器。相对地，在接下来的两章中讨论的文化翻译者，如同目前为止我们分析过的刘呐鸥、穆时英、横光利一等人，可以比喻为在跨文化场域中具有高度自觉的演员。我们将可见证，他们清楚意识到自己正身处门槛，随时准备去挑战相互竞逐的各种体制之极限。在各体制交汇的跨文化空间，透过汲取形形色色的信息，他们正成功地从事创造性转化，创造趋势。

---

① Diana Taylor, *The Archive and the Repertoire: Performing Cultural Memory in the Americas*, pp.79-86.

第四章

一个旅行的文本:《昆虫记》

(*Souvenirs entomologiques*)

译者的个人能动性

本章由 1934 年上海新感觉派的一篇"掌篇小说"谈起。透过这篇作品的分析，笔者试图阐释一个文学次文类跨越欧亚边境后，在中国如何被挪用来嘲讽当时的科学主义风潮及现代性迷思，呈现出与其日本及法国原型大异其趣的特色。

上海"掌篇小说"的典型叙事者，多半是一位觊觎美色的男性，第二章已详述之。本章要分析的作品是香港作家鸥外鸥（1911—1995）的《研究触角的三个人》，主题虽是新感觉派作品典型的男欢女爱情节，却以戏仿的口吻，将昆虫行为比拟为人类的求爱行为。然而，故事的意义不止于诙谐逗趣。虽然文中并未提及任何书名或人名，它影射的是法国科学家法布尔（Jean-Henrie Fabre，1823—1915）的《昆虫记》（*Souvenirs entomologiques: étude sur l'instinct et les mœurs des insectes*；1879—1907），一共十册。1920 年代，这部书因鲁迅（1881—1936）大力推介而闻名中国。鲁迅不通法文，他所阅读的是大杉荣（1885—1923）及椎名其二（1887—1962）翻译的日文版，两人皆是日本大正时期的无政府主义者。

本章尝试探讨的相关问题如下：为何法布尔的作品会吸引无政府主义者？他们选择翻译法布尔，是否因为他似乎与无政府主义的纲领若合符节？鲁迅借用法布尔作品来评论中国的国民性时，是否理解科学对无政府主义者的特殊意涵？鸥外鸥在揶揄鲁迅一类的知识分子时，是否了解法布尔作品的复杂意义，是否知悉当时他与达尔文关于演化论甚嚣尘上的辩论？本章探讨二十世纪二三十年代年代文本及思潮跨越欧亚旅行的脉络，尝试理解文本与思潮在旅行过程中，有何变与不变? 哪些价值获得确立? 又有哪些被扬弃? 更重要的，无论是否有任何"误解"或"误译"，在传播的过程中，原本毫不相干的个人及概念，由于《昆虫记》这一个旅行的文本而发生联系。鸥外鸥对当时中国昆虫崇拜现象的嘲弄，可能并不表示他对这一连串欧亚联系的关键有全盘掌握，但是充分显示:他身为文化翻译者及跨文化现代主义者，生动捕捉到通俗记忆如何反映此现象，而将之转化为文学作品，成为这一连串整体事件的环节之一。如同本雅明在《译者的任务》(The Task of a Translator)中所说，意义是不断流动的，直至达到"纯语言"(pure language)的境界;文本在跨越语言藩篱后，在新的语言文化中获得新生(afterlife)。[①] 然而，本雅明执迷于纯语言的玄学概念，却并未充分说明，文本的意义跨越语言后，为何会转化? 许多后结构主义翻译理论家承袭了本雅明强调的语言"不可翻译"(untranslatability)或"不可共量"(incommensurability)概念，从知识论的角度来探讨这个问题。知识的传播无法超越文化的限制和传统;"接受文化"本身的需求和限制，使得"外来文本"的意义不得不产生变化。在探讨二十世纪初《昆虫记》在欧亚的旅行时，笔者想探讨的问题是:为何某些文本会受青睐，在某一个特定的历史时刻，有机会进入新的语言及文化? 译者，或有意识的知识传播者，为了借外来概念来改革本国文化传统，可能选择某些特定文本。但这些外来知识一旦进入新的语言与新的文化，可能因译者或传播者本身的文化纲领(cultural agenda)而

---

① Walter Benjamin, "The Task of a Translator" (1923), trans. Harry Zohn, in Marcus Bulock and Michael W. Jennings, ed., *Walter Benjamin: Selected Writings*, Cambridge, Mass.: The Belknap Press of Harvard University Press, 1996, vol. 1 (1913-1926), pp.256-257.

不得不产生转化。因此，本章强调的是译者或"接受文化"的能动性或主动性（agency）；选择、诠释及传播外来文本时，这种能动性扮演了关键的角色。

三位摩登青年与爱情的科学

上海新感觉派作家使用科学词汇或概念来描述男欢女爱时，多半断章取义，以戏谑的口吻在行文中对这些词汇或概念大肆嘲讽。本章以鸥外鸥于1934年发表在《妇人画报》上的"掌篇小说"《研究触角的三个人》为例，做进一步说明。鸥外鸥原名李宗大，1925年从香港移居至广东，1930年代又回港工作。[①]后来，受到日本作家森鸥外的影响，以鸥外鸥的笔名在文坛崭露头角，成为当时香港新文学的第一代写手。文章除发表于香港的文学期刊，亦见于上海的文学期刊，例如《现代》及《妇人画报》。1914年，日军入侵，香港沦陷，他旋即赴桂林避难，直到1988年才又回港。据说他深受日本大正时期诗人堀口大学的影响[②]。堀口是大正时期文学杂志《明星》及《假面》文人圈的一员，以保罗·莫朗日译第一人而闻名。有关于此，本书第二章已详谈。

《妇人画报》是1930年代上海新感觉派的发声园地，鸥外鸥的作品经常在上面出现。他的风格多变，语法结构独特，经常随意借用日文汉字，行文中充满浪荡子对女性的说教口吻。他的独特文风吸引了上海文坛的注目。在《研究触角的三个人》中，他以昆虫的行为科学来诠释人类的求爱行为。小说刚开始嘲笑的似乎是人的行为举止。仔细阅读后，读者难免自问：作者在故事中

---

① 叶辉：《书写浮城：香港文学评论集》，香港青文书屋，2001，页349。
② 同前注，页360—361。

为何如此强调昆虫行为? 或问: 究竟故事的重点是昆虫行为, 还是把昆虫行为与人类行为相模拟的人士?

必须知道故事的发展, 才能妥善回答上述问题。根据小说的叙事者, 故事中的三个主角 A、B 和 C 都是"大学生徒"(意指大学生)。这个词汇是从日文汉字直接借用而来。但是发音为 seito 的"生徒", 在日文汉字中指中学生, 而发音为 gakusei 的"学生"才是大学生。可是在中文里, "学生"可以指称小学生、中学生甚至是大学生。不知道作者混合使用"大学生徒"一词是无心之过, 还是刻意的揶揄, 以之嘲弄故事中三个自许前卫的大情圣, 过度热衷科学及性爱, 却不幸在两方面都只得到皮毛知识。他们是新感觉派作品中典型的摩登青年, 热衷追求任何时髦的事物。科学知识乃进步的象征, 他们当然更是趋之若鹜。

叙事者告诉我们, 三位摩登青年正在进行一项独立研究, 探讨触觉在两性关系中的重要性。故事的开头即显示, 科学是小说嘲弄的对象。故事以"同性相斥、异性相吸"的老生常谈起首, 有如科学定理中的前提。接着, 为了描述两性之间的致命吸引力, 叙事者举出一个类科学的比喻, 以资说明。他说道:"异性相接近, 则经过了磁石山的钢甲汽船也会不顾全船人性命的委托, 而被吸进去海底变为永远的潜艇"。以磁石山、钢甲汽船及潜艇的意象来描写人的爱欲, 似乎南辕北辙, 却不由让人对西方科技肃然起敬。黄浦滩头巨大的远洋船只日进日出, 是上海的日常景观。上海新感觉派的作家喜欢在作品中使用汽船的意象, 也就不足为奇了。

接下来, 叙事者以昆虫行为作为例子, 进一步描述两性间的吸引力:

雄的龙虱的两爪是生有吸盘的，吸抱住了雌的龙虱的身
体数日不放。

被雌的螳螂抓抱住了吞食的雄螳螂虽顷刻即有生命之危
亦不挣脱。

触觉所生之快感之于两性，是如此如此。[①]

以雌螳螂来比喻祸水红颜，似乎是 1930 年代上海司空见惯
的说法。郭建英 1934 年 1 月在《时代漫画》发表了一幅漫画，题
为《黑、红、忍残性与女性》。（图 4-1）画中正在吞食雄螳螂的
雌螳螂，与画面中间几近全裸的摩登女郎相对应。左边复制的影
像，是出身美国的黑人综艺舞星约瑟芬·贝克（Josephine Baker,
1906—1975），以暴露的香蕉裙舞台装扮，闻名于 1920 年代的巴
黎[②]，第二章已论及。画面右边是一名印第安女性。这几位女性
——黑人、黄种人、红种人——都和雌螳螂有关联，原因是在性
爱完事后，她们对男人的残酷。[③]回到鸥外的故事，其中一切有
关龙虱或是螳螂的交配行为皆为真实现象，任何自然科学的教科
书上皆可读到类似的描述。问题在于：我们如何得知昆虫行为中
有无"触觉所生之快感"？无疑，这不过是将人类自身的心理投
射在昆虫行为当中，正是法布尔《昆虫记》论述时明显的倾向。

[①]　鸥外鸥：《研究触角的三个人》,《妇人画报》第 21 期（1934 年 9 月），
页 5—6。

[②]　Cf. Bennetta Jules-Rosetta, *Josephine Baker in Art and Life: The Icon and the Image,* Urbana: University of Illinois Press, 2007.

[③]　郭建英：《黑、红、忍残性与女性》,《时代漫画》, 第 1 期（1934 年
1 月 20 日）；收入沈建中编《时代漫画 1934—1937》, 上海社会科学院出版社，
2004，上册，页 10。

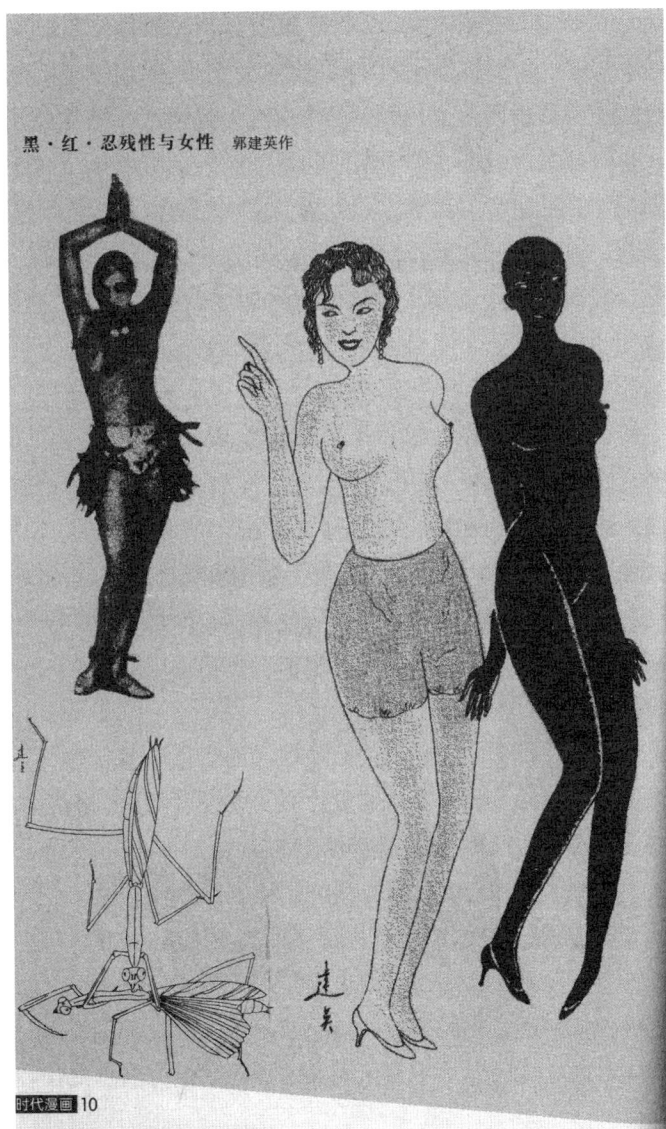

图 4-1 黑、红、忍残性与女性

　　众所皆知，演化论输入中日两国后，自然科学史（natural history）便广为流行。[①]自然科学史作为一门科学研究领域在中国的发展史，虽值得追究，但不是本文探讨的重点。笔者感兴趣的是，这门自西方引进的科学如何刺激一般大众的想象，一方面制约他们对自己生命的理解，一方面又使他们对自身所处的世界产生全新的诠释——此处我们看见它影响及新感觉派一类都会人的两性情爱观。这篇掌篇小说的叙事者即援引自然科学史的例子，来说明故事中的三名摩登青年，如何透过触觉把昆虫与人类行为联结起来。

　　接着，从人类性爱时相互交缠的躯体，三名摩登青年推论：人类身上也有"吸盘"，但只不过是"形而上"的（意指想象的）吸盘。此外，他们还认为人模拟昆虫高招，吸盘不只存在"两爪"上，而是遍布全身，其中当然以位于双手及嘴巴的吸盘吸力最强。以昆虫行为做证据，这三名摩登青年相信，两性之间的吸引力主要来自触觉，并认为触觉具有独立研究价值，应当成立为一门科学领域。

　　叙事者在行文之间，处处凸显他（还有三位摩登青年）对科学术语如数家珍。当论及口腔吸力时，他说道："Freud学派所称为Oral erotic的口。"作者直接使用Freud及Oral erotic两个英文词汇，展现了上海新感觉派典型的混语书写风格。他又强调这三名摩登青年进行多种"实验"，试图证明人体具有"形而上吸盘"的理论，包括测量脉搏的女护士如何不肯放掉病患的手，以及拥吻的爱侣如何不肯松脱彼此的嘴巴及双手。叙事者还说，三位摩登青年对触觉的理解，"是怀有解剖学概念的"。此处"解剖"（か

---

① 参考上野益三『日本博物学史』平凡社、1973年。

いぼう）一词，是从日语汉字借用的。

最后，在一次对抗天花的运动中，三名摩登青年终于有机会实践他们的理论。大学当局为了对抗天花，命令学生接受预防针注射，但是规定男学生只能找男医生注射，女学生则找女医师，因为恐怕男女之间的接触，会导致危险关系。A、B、C三名摩登青年却要学校指派的男医师"滚蛋"，决意自行在附近找寻女医师。在大街小巷寻寻觅觅后，他们发现一个名称甚美的诊所：糜非时特。不过芳名甚美的女医师出现后，却令三名摩登青年大吃一惊，不知所措。女医师脸上竟布满了天花痘疮！注射完毕后，三名摩登青年离开诊所，彼此询问："如何？"结果三人之中，无一人在注射过程中感受到预期的异性间接触的快感。于是，他们的结论是，触觉之快感必须有视觉快感的辅助，始能成立：

> 视觉倘不生快感，触觉之快感是不会萌芽枝发的。因此而人类的身上的吸盘亦减去其吸力。
>
> 触觉之于两性，是不能有完全独立存在之价值的了，虽然触觉在两性上为较各性的感官更为敏感的一感官，但它不能不与视觉结下攻守同盟之盟约[1]。

于是在"科学实验"之后，三名摩登青年推翻了先前的假设，结论是一个新的科学理论：触觉的价值必须与视觉结合才能成立。

---

[1]　Cf. Bennetta Jules-Rosetta, *Josephine Baker in Art and Life: The Icon and the Image,* Urbana: University of Illinois Press, 2007.

《昆虫记》与大杉荣

掌篇小说《研究触角的三个人》除了博人一笑，有更深层的意涵。故事告诉我们：文本与思潮在欧亚之间旅行传播的过程中，哪些价值遭到遗弃——或应该说，被创造转化了。故事也告诉我们：由于文本及概念的旅行传播，不同文化、素不相识的个体被联系起来。虽然小说中并未提及确切的人名及书名，以昆虫模拟人类的戏仿笔法、讽刺科学实验的口吻，在在都影射当时广为流行的昆虫学风潮。自鲁迅于 1920 年代大力推广法布尔的《昆虫记》之后，昆虫学便蔚为风气。然而，不通法文的鲁迅，阅读的是无政府主义者大杉荣、椎名其二与其他四名译者合译的日文版《昆虫记》。[①]

由于本章主要讨论的是，在文化翻译中译者能动性所扮演的关键角色，因此必须检视大杉荣及椎名其二作为无政府主义者的人生及思想，进一步设法了解无政府主义与科学或昆虫学的关系，并且要问：素不相识的两位无政府主义者，为何会不约而同地选择翻译《昆虫记》？在选择翻译同一文本时，两人无政府主义者的身份，是否扮演了决定性的角色？

大杉荣是日本大正时代著名的无政府主义者。1923 年东京大地震后，日本政府趁动乱，大肆逮捕取缔无政府主义者、工运运动者及中、韩移民时，他和妻子伊藤野枝以及七岁大的侄子，同时为日本政府所谋害。大杉荣的故事，反映出当时世界各地无政府主义者的跨国、跨文化特色。他与中国的无政府主义者刘师

---

① 其他四位译者，分别是鹫尾猛（第 5、6 册），木下半治（第 7、8 册），小牧近江（第 1 册），及土井逸雄（第 10 册）。

培（1884—1919）及张继（1882—1947）熟识，两人于 1907 以及 1908 年在东京参加无政府主义运动，并向大杉荣学习世界语。大杉荣主张"东亚无政府主义者大联盟"，是当时中国众多无政府主义者心目中的导师。[1] 他曾二度前往上海。第一次是在 1920 年，当时他偷偷出境，赴上海参加远东社会主义者大会。他于十月抵达上海，待了一个月后，又秘密返回日本。1922 年 11 月 20 日，他接到一封法国无政府主义者给他的邀请函，请他前往参加将于次年 12 月 25 日至 1 月 2 日，于柏林举行的国际无政府主义者大会。于是 1922 年 12 月，他再度秘密离开日本前往上海，并于次年二月转赴巴黎。他在巴黎郊区圣·丹尼（St. Denis）地区参加劳工节（May Day）示威活动，公开演说后被捕，于 6 月间遣返日本。第二次上海行，在他 1923 年出版的自传《日本脱出记》里有详细纪录，书中还反复提及第一次上海行，作为比较。[2] 他两次逃脱时，为了躲避日本警方跟踪，过程曲折离奇，并涉及多国无政府主义者的协助，包括法、德、俄、中、韩及日本。其中情节刺激、险象环生，精彩程度不下间谍电影。

　　大杉荣被虐杀的消息传至中国后，立即引起所有无政府主义者注意。著名的无政府主义者及小说家巴金，1924 年在无政府主

　　① 　柳絮：《主张组织大东亚无政府主义者大联盟》，《民钟》16 期（1926 年 12 月 15 日），页 2—3。关于大杉荣生平请见《自叙传》（1921—1922）。关于他被拘禁的情形，请见《狱中记》（1919）。英文翻译的传记请见 Byron Marshall, *The Autobiography of Osugi Sakae,* Berkeley: University of California Press, 1992.

　　② 　大杉荣『日本脱出记』（1923）、收入大沢正道编『大杉荣集』筑摩书房、1974 年、页 297—327。

义期刊《春雷》上，发表了多篇悼念这位伟大烈士的文章。[①] 在
《伟大的殉道者——呈同志大杉荣君之灵》一诗中，巴金在诗末
引用美国无政府主义者阿道夫·费歇尔（Adolph Fischer，1858—
1887）受难前最后的咏叹句——"为安那其欢呼！这是人生最快
乐的时候。"[②] 费歇尔于1886年5月4日参与芝加哥干草市场暴动，
被捕后判决死刑。1925年5月，上海无政府主义刊物《自由人》
上，有一篇文章提到大杉荣在两次上海行中，都催促中国无政府
主义者加强与国际无政府主义组织的联系。

　　无政府主义者重视教育，并相信科学是推翻封建体制旧势力
的最佳利器。俄国无政府主义者克鲁泡特金（Peter Kropotkin）在
1912年出版的《无政府主义与现代科学》（*Anarchism and Modern
Science*）当中，极力宣传科学的价值；世界各地的无政府主义者
因此都重视科学。如果我们以无政府主义对科学的提倡为前提，
要问的是：在多如汗牛充栋的西方自然科学著作中，为何两位
无政府主义者大杉荣及椎名其二，会无独有偶地，均对法布尔的
《昆虫记》情有独钟？

　　本文一开始所提出的问题之一，便是文化翻译的过程中，为
何在某一个特定历史时刻，某类译者会选择某一个特定的文本？
在讨论文化人类学家阿萨德（Talal Asad）的文化翻译理论时，刘

---

　　① 请见巴金：《伟大的殉道者——呈同志大杉荣君之灵》，《春雷》第3期
（1924年5月1日）；《大杉荣著作年谱》，《春雷》第3期（1924年5月1日）；
《大杉荣年谱》，《民钟》第1卷第9期（1924年8月1日）。收录于《巴金全集》，
人民文学出版社，2000，第18卷，页63—76。

　　② 请见巴金：《伟大的殉道者——呈同志大杉荣君之灵》，《巴金全集》，第
18卷，页64。作者在脚注中提供费歇尔的死前遗言："Hurrah for Anarchy! This is
the happiest moment of my life."

禾如此描述个人自由抉择(individual free choice)与体制实践(institutional practices)之间的关系:

> 阿萨德对文化翻译的评论,对本书这一类的比较研究及跨文化研究而言,意义深长。他提醒我们,将某种文化翻译为另一种语言时,[译者]个人的自由抉择或语言能力所扮演的角色,微乎其微。假如福柯的教诲有任何用处,毫无疑问的,我们应该正视体制实践的形式与知识/权力的关系,因为这类形式和关系准许某类知识的追求途径,禁止了其他。①

众所周知,福柯有关知识/权力关系的理论影响深远,但刘禾对福柯的解释,却似乎过度强调了体制实践对个人选择的全方位抑制;我们也许应该进一步反思,把问题复杂化。刘禾所说的,应该是早期的福柯,也就是《事物之秩序》(*Les mots et les chose*, 1966)以前的福柯。要复杂化这个问题,有必要了解晚期福柯有关体制实践与权力关系的理念,以及他所谓的"全方位抑制状态"(un état de domination)。对晚期福柯而言,权力论述攸关的,并非简单分明的抑制/顺从问题,而是涉及人际、家庭、教学以及政治实体中的整体权力关系网络(un faisceau de relations

---

① 见 Lydia Liu, *Translingual Practice: Literature, National Culture, and Translated Modernity—China, 1900-1937,* Stanford, Calif.: Stanford University Press, 1995, p.3. 刘禾评论的是阿萨德的文章, 见 Talal Asad, "The Concept of Cultural Translation in British Social Anthropology," in Clifford and Marcus, eds., *Writing Culture: the Poetics and Politics of Ethnography,* Berkeley: University of California Press, 1986, pp.141-164.

de pourvoir）；这个权力网络是流动的，参与网络的人均可运用各种策略来调整彼此的关系。只有当权力关系失去流动性、固定僵化时，才会产生全方位抑制的状态。[①] 对福柯而言，知识／权力关系的特质是流动性，这种流动性使个人有空间来进行他所谓的"自由实践"（les pratiques de liberté）。个人就是靠自由实践而不断地挑战权力关系的界限，从而展开新的权力关系的可能。可以说，对他而言，权力关系是受自由实践来调整的，这种自由实践使得抑制／顺从的关系成为一种持续的折冲制衡，或是不断协调的游戏。

笔者主张，在文化翻译中，译者的能动性或个人的自由抉择，虽必然受制于"体制实践的形式及知识／权力的关系"，在选择

---

① 在 1984 年的访问稿《作为自由实践的自我伦理》（L'étique du souci de soi comme pratique de la liberté）中，福柯坦承从《事物之秩序》以来，他有关主体性与真理的观念产生了重大的转变。过去他的立场是"抑制实践"（les pratiques coercitives; coercive practices），如心理治疗及监狱。他在法兰西学院的演讲逐渐发展出"自我实践"（les pratiques de soi; practices of self）以及"自由实践"（les pratiques de liberté）的看法。他如此区分"自由"及"自由实践"的概念："自由展开权力关系的新空间，但是权力关系必须由自由实践来制约。"他认为权力关系是流动的，只有在心理治疗及监狱制度的情况下，权力的流动才会完全被阻碍。（当然，我们可以辩驳说，即使在心理治疗及监狱制度中，权力关系也并非全然僵化。）对福柯而言，权力流动的概念牵涉到人的主体如何进入"真理游戏"（les jeux de vérité; game of truth），而自由实践、真理游戏与伦理是息息相关的。他认为自由是伦理的本体条件，而伦理是自由经过深思熟虑后所采取的形式（Freedom is the ontological condition of ethics, while ethics is the form freedom takes when informed by reflection）。参考 Michel Foucault, *Dits et écrits, 1976-1988,* Paris: Gallimard, 2001, vol. 2, pp.1527-1548。英文翻译参考 "The Ethics of the Concern for Self as a Practice of Freedom," trans. Robert Hurley et al, in Paul Rabinow, ed., *Ethics: Subjectivity and Truth,* London: Allen Lane, 1997, pp.146-165。上述笔者略微修改了 Rabinow 的英文版翻译。

特定文本，甚至诠释时，译者的能动性及个人抉择仍然有其决定性的作用。而且，个人的抉择，表面上是受限于体制，个人也可能自以为是遵从体制，却可能有意想不到的结果——也就是说，个人自以为遵从体制的抉择，却很可能颠覆了体制的精神。大杉荣及椎名其二在选择翻译《昆虫记》时，当然是自以为遵从了无政府主义推广科学教育的呼吁，但同时是否违背了无政府主义体制的精神？本文结论时将设法说明。究竟选择哪一个科学文本，是个人选择与历史机缘互动的结果，详述如下。

大多无政府主义者均倚赖语言长才来学习无政府主义的精神；大杉荣正是个语言天才。他从十七岁起便在夜校研读法文。后来因为积极投入无政府主义运动，一生多次出入监狱。据其1919年出版的自传《狱中记》，他每次入狱后，便努力学习一种语言。他在狱中学会了世界语、意大利语、俄语和西班牙语。他还在狱中读了克鲁泡特金及巴枯宁（Michael Bakunin, 1814—1876）的主要著作。[1] 日文版《昆虫记》的前言里，大杉荣透露自己在1919年12月到1920年3月于中野的丰多摩监狱服刑期间，阅读了法布尔的《昆虫记》。[2] 他是个勤奋的译者，除了像克鲁泡特金的《互助论》（Mutual Aid）以及《一个革命家的回忆》（Memoirs of a Revolutionist）等无政府主义理论书籍之外，也翻译了不少科学经典著作。1914年他翻译了达尔文的《物种原始论》；1922年他翻译了法布尔十册《昆虫记》中的第一册。日译版于1922年至1931年由丛文阁陆续出版，也是十册。翻译达尔文及

---

① 大杉栄『獄中記』（1919）、大沢正道編『大杉栄全集』第13卷、现代思潮社、1965年、頁190、202。

② 大杉栄「訳者の序」（1922）、フアーブル『フアーブル昆虫記』明石书店、2005年、頁8。

法布耳，似乎合乎克鲁泡特金的主张，因为由克氏的《互助论》可知，克氏本人也是博物学者；《互助论》就是以昆虫及动物行为来模拟人类行为的研究。对大杉荣而言，达尔文及法布尔，显然都是伟大的自然科学家。他在日文版《昆虫记》的自序中提到："达尔文曾大力推崇法布尔，称他为'无与伦比的观察家'（That incomparable observer），虽仅此区区一句，却重如千金。"[①] 但是，他却完全没有意识到，达尔文固然称许法布尔，两人却对科学与宗教有截然不同的看法；法布尔对宗教精神的推崇，不是达尔文能认可的，更违背了克鲁泡特金视宗教为寇仇的立场，下文将详谈。

根据大杉荣翻译的丛文版第一册《译者序》，他会带《昆虫记》入监服刑，一方面是他一直想阅读法布尔的作品，一方面完全是运气。从《译者序》所描述的故事，我们可以一窥个人能动性如何与历史机缘（contingency）难解难分。多年来他一直想读《昆虫记》，但是由于有一段时间未入狱，所以始终没有空闲来阅读。一九一九年他在市谷的看守所等待判决时，回想起曾在神田的三才社——一家专卖法布尔作品的旧书店——看见法布尔的几本书。于是他从狱中写信给三才社，想买来看，但不巧已全数卖出。保释出来后，进入丰多摩监狱服刑的前一天，他到丸善的旧书店区闲逛，想买一些游记方面的书来打发无聊的三个月刑期。即使是选择游记，他的目标也是无政府主义者或博物学家的作品。他找到克鲁泡特金友人，也是无政府主义者雷克路斯（Elisée Réclus）的《新万国地理》（*La nouvelle géographie universelle*）第七卷、达尔文的《一位博物学者的世界周游记》（*What Mr.*

---

① 同前注，页13。

Darwin Saw in His Voyage Around the World In the ship "Beagle")、
华 里 斯 (Alfred Russel Wallace)的《岛屿生物、动植物的世界分
布》(*Island Life: Or, the Phenomena and Causes of Insular Faunas
and Floras, Including a Revision and Attempted Solution of the
Problem of Geological Climates*)。此时，他无意间看见法布尔的
《昆虫记》，得来全不费工夫。[①] 他如获至宝，便立刻买下，只带
着这二十册的版本（1920 年第二十三版），前往丰多摩监狱服刑。
如果不是大杉荣正好于服刑前在丸善找到整套《昆虫记》，恐怕
日本丛文合的翻译本还要等几年，甚至不可能出现——他毕竟隔
了四年就被谋杀了。

　　大杉荣翻译时决定使用什么版本，也颇费思量，最能显示译
者个人选择发挥的作用。这方面他的抉择原因及过程，也有详细
的记载。他原想用马托斯 (Alexander Teiseira de Mattos)的英译
本；此译本把法布尔的十册版本打散了重新编排，将同种类的昆
虫放在同一册中，从 1912 到 1922 年已经出了十二册。他认为这
样的编排，有助于读者的阅读。但是后来看到法文版新出的"插
图确定版"(édition definitive illustrée)，其中插图的精美使他爱
不释手，便决定翻译这个版本，并想把所有的插图都收入到译
本中。[②]

　　1922 年大杉荣为丛文阁译本第一册做序时，此法文插图确
定版才只出到第四册。他所翻译的"插图确定版"第一册，相当
于马托斯的《黄蜂》(*The Hunting Wasps*，1915)第一册整本 [③]，加

---

①　同前注，页 5—14。

②　同前注。

③　黄蜂的种类包括 le Cerceris buprestide, le Cerceris tubercule, le sphex à
ailes jaunes 及 le sphex languedocien。

上《壁蜂》(*The Mason-Bees*, 1916) 及《甲虫》(*The Sacred Beetle and Others; le Scarabée sacrée*, 1918) 的各一部分。

椎名其二继承大杉荣的未竟之业，接手翻译《昆虫记》第二到第四册，当然也是无政府主义者的使命感使然。椎名曾于1923 年至 1927 年之间在早稻田大学任教，年轻时便对无政府主义情有独钟。他是秋田人，高中毕业后便进入早稻田就读。1908年休学，负笈美国，曾在密苏里大学 (University of Missouri) 研读新闻，1914 年又进入安默斯特学院 (Amherst College) 研习农业。来年他在圣路易附近的一块农地尝试耕种，但却歉收。1916 年，为了了解罗曼·罗兰 (Romain Roland) 故乡—— 法国—— 的农业问题，他迁居巴黎，由英国诗人朋友艾德华·卡彭特 (Edward Carpenter) 介绍，到比利牛斯山附近格鲁皮女士 (Madame Gruppi) 的农地里工作。在那里，他遇见了未来的妻子玛莉·哈娃莠 (Marie Ravaillot)，生下儿子加斯东 (Gaston)。他曾于 1922年至 1927 年间携带妻小返回日本家乡，务农失败后迁居东京，进入早稻田大学甫由吉江乔松 (1880—1940) 创立的法文系任教，但妻子无法适应日本生活，他只好追随她回法国。1957 年他又独自回到日本，在早稻田大学附近以教法文维生，1962 年回到巴黎后病逝。

椎名其二在精神上积极宣扬无政府主义。在早稻田大学任教期间，他在家中与吉江以及石川三四郎 (1876—1956) 共同创办免费讲座，教授农民文学、法国文学以及哲学。东京大地震后，日本政府全力缉捕无政府主义者及劳工运动者时，椎名及石川都被警方短暂拘留。[①] 椎名从 1924 年起开始翻译《昆虫记》的第二

---

① 蜷川讓『パリに死す』藤原書店、1996 年。

册。为了专心翻译，他想辞去教职，吉江没有答应，但减低了他的教学负担，于是他三年内陆续完成二到四册的翻译。第二次世界大战期间，他替巴黎的维奇政府工作，但却对犹太人的处境深感同情。他呼应当时"自由法国"（La France Libre）电台的呼吁，私下帮助了不少法国犹太人逃离纳粹的魔掌。战后，他在1945年以战犯罪名被拘禁于德朗西（Drancy）集中营，后来透过保罗·朗之万（Paul Langevin，1872—1946）——当时物理及化学工业学校（l'École de Physique et de Chimie Industrielles）的校长——出面营救，证明他在战争期间营救了许多人，才被释放。不过他的健康却因为集中营恶劣的生活环境而大大受损。①

　　除了《昆虫记》，1925年椎名也翻译了乔治·维克特·勒格罗（Georges Victor Legros）1913年替法布尔所做的传记。法文书名是《法布尔的人生：一个自然主义者；一个信徒所作之传》（*La Vie de J.-H. Fabre, naturaliste, par un by a disciple*）②，不过椎名其二的日译本书名是《科学的诗人：法布尔的生涯》（『科学の詩人：フアブルの生涯』）③，日译本书名显然参考了法文原版及1913年伯内德·迈阿尔（Bernard Miall）的英译本《法布尔，科学的诗》（*Fabre, Poet of Science*）。④法文版的第一章"自然的直觉"（Intuition de la nature）中，勒格罗说，法布尔可以在大自然中随处发现"诗意"，还宣称"法布尔是个天生的诗人，具有

---

①　同前注。

②　Dr. G.–V. Legros, La Vie de J.–H. Fabre, naturaliste, par un disciple (*Life of J.-H. Fabre, Naturalist, by a Disciple*; Paris: Librairie Ch. Delabrave, 1913).

③　椎名其二『科学の詩人：フアブルの生涯』叢文閣、1925 年。

④　Dr. G.-V. Legros, *Fabre, Poet of Science,* trans. Bernard Miall, New York: The Century Co., 1913.。

直觉和天命的诗人"（il est né surtout poète ; il l'est d'instinct et de vocation）。[①] 因此英译本书名是"科学的诗人"。

对于追随俄国无政府主义领导人克鲁泡特金的日本无政府主义者而言，达尔文及法布尔都是一样伟大的科学家；大杉荣两人的作品都翻译了。但对克鲁泡特金而言，由于法布尔的宇宙论倾向，就严格定义上来说，法布尔不是个"科学家"。本章的结论部分将讨论这个问题。

鲁迅与《昆虫记》

日本人对《昆虫记》的迷恋，极不寻常。除了丛文阁的版本之外，从 1930 年起，另外两套完整的译本也陆续上市。一套是由山田吉彦以及林达夫翻译，共二十册的岩波文库版（1930—1952），另一套是由岩田丰雄（1893—1969）翻译，1931 年出版共十册的アルス版。二战以后，岩波文库版分别在 1958 及 1993 年两度修订为现代日文版。2005 年 11 月，由奥本大三郎翻译，共二十册的集英社版开始发行。其他节译版、少年科学版等，更不可胜数。然而，直至目前为止，尚未出现一套完整的英文译本，完整的中文译本直到 2001 年才出现。[②] 由此看来，日本人确实对《昆虫记》极为着迷。法布尔对昆虫行为的解释，到底对日本人有何特殊的吸引力？日本的自然科学史传统可能扮演关键性的角色，但是笔者在此不拟讨论。[③] 笔者想将焦点集中于鲁迅，探讨

---

① 　Dr. G.–V. Legros, La Vie de J.-H. Fabre, *naturaliste, par un disciple,* pp.2-3.

② 　[法] 法布尔：《昆虫记》（全 10 册），梁守锵等译，花城出版社，2001。

③ 　有关日本博物学史及日本人对自然的独特看法，参考上野益三：《日本博物学史》; Pamela J. Asquith and Arne Kalland, eds., *Japanese Images of Nature: Cultural Perspectives*, Richmond, Surrey: Nordic Institute of Asian Studies, 1997.

他为何也那么喜爱《昆虫记》。鲁迅花了整整七年将丛文阁版的《昆虫记》一一收集到手。七年并不短，到底是哪些因素让鲁迅对法布尔作品的兴趣持续不坠？

鲁迅收集整套《昆虫记》的过程，就是个令人惊叹的故事。他买到的版本，是1924年丛文阁版的第六版。根据他的日记，他在北京及上海的书店都买曾买到大杉荣的译本。他于1924年11月8日、12月16日，在北京东亚书店买到在日本甫上市的丛文阁版两册。1926六年，国民党展开清党前一年，鲁迅从北京迁至厦门，次年初移往广州，后于十月抵达上海。《昆虫记》的其余各册，鲁迅是从上海的内山书店陆续购得，购买日期是1927年的10月31日、1930年的2月15日、5月2日、12月23日，以及1931年的1月17日、2月3日、9月5日、9月29日、11月4日及11月19日[①]。他晚年甚至请人从英国购买英译《昆虫记》，并计划与其弟周建人一同进行翻译。[②]但是鲁迅1936年死于肺结核，这个计划并未付诸实行。

内山书店（1917—1945）是当时中日知识分子交流的桥梁，值得我们注意。检视书店的历史，可一窥日本如何作为当时西方思潮进入中国的中介；此过程中西方传教士及中国左右翼分子的活动，扮演了重要的角色。1913年，内山书店的主人内山完造

① 鲁迅:《鲁迅日记》，人民文学出版社，1959，上册页507、510、642、653，及下册页765、774、792、815、817、837、839、845。

② 周建人:《鲁迅与自然科学》，收入刘再复等:《鲁迅和自然科学》，澳门尔雅社，1978，页3:"在他生前最后的几年，战斗那么紧张，身体又不好，还念念不忘要和我一起翻译法国科学家法布尔的科学普及著作《昆虫记》。他本来有日文版的《昆虫记》，又托人到国外去买英文版的，给我翻译用。可惜，还没有动手译，鲁迅就与世长辞了。"

（1885—1959）在日本传教士的推荐下来到中国。他先在大阪药商
参天堂（自 1890 年起营运）的上海分店里当推销员。[①] 这个药商
以"大学眼药"闻名，此药在 1899 年上市，治疗明治时期肆虐
日本的各种眼疾。[②] 内山在 1916 年返日并与井上美喜子完婚。这
对新婚夫妇来年一同前往上海，在日本的租界区经营内山书店。
1920 年起，在上海基督教青年协会的赞助下，内山书店举行了
一系列讲座，邀请日本大学教授来演讲。1923 年内山书店创办
《万华镜》期刊。书店里经常举行"漫谈会"，慢慢地书店便成了
中日知识分子聚会的文艺沙龙。鲁迅于 1927 年迁居上海，不久
与内山完造成为好友。他们的友谊一直持续到 1936 年鲁迅去世
为止。[③]

　　1930 年代国民党极力打压共产党，内山书店成了左翼文人的
避难所。鲁迅及他的家人就曾多次在书店里避难，1930 年的三月
他还在书店里藏匿了一个月之久。周作人一家在 1932 年 3 月被
日本海军逮捕，在内山完造多方奔走交涉下，才获得释放。由于
内山经常替中国友人奔走交涉，日本军方开始对他起疑。1932 年
4 月，他不得不为了自身安全，暂时返回日本。1945 年 1 月，内
山的妻子逝世于上海；同年 10 月 23 日，内山书店因日本战败而
为国民政府充公。不过内山留了下来，还在 1947 年 2 月开了一
家二手书店，向陆续返日的日本人购买日文书籍，再行卖出。该
年年底他与其他日本人一同被遣送回日。不过，内山对中国的热

---

　　① 　上海鲁迅纪念馆编《中日友好的先驱：鲁迅与内山完造图集》，人民美
术出版社，2000 [1995] 第二版。
　　② 　请见网站：http://www.santen.co.jp/company/jp/history/chapter1.jsp，检索
日期：2004 年 12 月 29 日。
　　③ 　上海鲁迅纪念馆编《中日友好的先驱：鲁迅与内山完造图集》。

爱并不因此而中断。1950 年代，他又造访中国三次。第三次内山受邀参加中华人民共和国建国十周年庆时，于 1959 年 9 月 20 日因中风病逝北京。按照内山的遗嘱，他安葬于上海国际公墓，妻子美喜子以及鲁迅均在此长眠。①

鲁迅在内山书店购买的书籍种类多元，其中包括厨川白村及芥川龙之介的全集、平凡社出版的十二册《世界美术全集》及日译的马克思主义著作。他的藏书超过四千种、一万四千册，目前藏于北京鲁迅博物馆。嗜书的鲁迅对《昆虫记》有特殊体会，我们可以从他的文章中窥知一二。

1925 年发表的《春末闲谈》中，鲁迅介绍法布尔的《昆虫记》。他似乎不清楚日译本《昆虫记》的译者是知名的无政府主义者，反而是利用《昆虫记》，借机批判中国人不事科学的国民性，同时伸张无产阶级理念。国民性的讨论与无产阶级思想，都是当时中国如铺天盖地一般的话语，知识分子及一般民众均耳熟能详。如果说作为一个传播者，鲁迅对《昆虫记》的诠释，受制于当时的文化建制，亦不为过。但如果比较周作人对《昆虫记》的看法，我们还是可以看得出来，传播者个人的特质及所服膺的信念，仍然在他的诠释中扮演了重要的角色。

在《春末闲谈》中，《昆虫记》被化约成科学的象征，成为批判中国人国民性的利器。文章的开头，鲁迅比较家乡老人及法布尔对于细腰蜂的描述。鲁迅说家乡的老人相信"那细腰蜂就是书上所说的果蠃，纯雌无雄，必须捉螟蛉去做继子的。她将小青虫封在巢里，自己在外面日日夜夜敲打着，祝道'像我像我'，经过若干日，——我记不清了，大约七七四十九日罢，——那青

---

①　同前注。

虫也就成了细腰蜂了。"①这样的说法源头,是《诗经》的句子"螟蛉有子,果蠃负之",后来的《搜神记》中有较详尽的描述。

接着,鲁迅又说,事实上古人已经指出,细腰蜂会交配产卵,而青虫是被抓到蜂巢里,等蜂卵孵化后作为幼虫的食物。即使如此,中国人宁愿相信充满传说色彩,比事实有趣的"慈母教女"版本。他接着将这个版本与法布尔的科学描述进行对比,借机对中国人的国民性进行他一贯的嘲讽:

> 但究竟是夷人可恶,偏要讲什么科学。科学虽然给我们许多惊奇,但也搅坏了我们许多好梦。自从法国的昆虫学大家发勃耳(Fabre)仔细观察之后,给幼蜂做食料的事可就证实了。而且,这细腰蜂不但是普通的凶手,还是一种很残忍的凶手,又是一个学识技术都极高明的解剖学家。她知道青虫的神经构造和作用,用了神奇的毒针,向那运动神经球上只一螫,牠便麻痹为不死不活状态,这才在牠身上生下蜂卵,封入巢中。青虫因为不死不活,所以不动,但也因为不活不死,所以不烂,直到她的子女孵化出来的时候,这食料还和被捕当日一样的新鲜。②

利用对比这两个版本的机会,鲁迅又有机会进行他向来乐此不疲的中国国民性评论:安于乡村生活之乐及传统自然观的中国人,冥顽不灵,自外于科学,殊不知外国科学研究之进步,已远

---

① 鲁迅(冥昭):《春末闲谈》,《莽原》第 1 期(1925 年 4 月 24 日),页 4—5。

② 同前注。

非其可想象。

除此之外，向来同情左翼运动的鲁迅，借用细腰蜂麻痹猎物的技巧，来攻击统治阶级的统驭技术。他在文中提起他和一位俄国绅士的对话，话题是科学家是否可能发明一种药物，好让政府有效控制人民:

> 三年前，我遇见神经过敏的俄国的 E 君，有一天他忽然发愁道，不知道将来的科学家，是否不至于发明一种奇妙的药品，将这注射在谁的身上，则这人即甘心永远去做服役和战争的机器了? 那时我也就皱眉叹息，装作一齐发愁的模样，以示"所见略同"之至意，殊不知我国的圣君，贤臣，圣贤，圣贤之徒，却早已有过这一种黄金世界的理想了。不是"唯辟作福，唯辟作威，唯辟玉食"么? 不是"君子劳心，小人劳力"么? 不是"治于人者食(去声)人，治人者食于人"么? 可惜理论虽已卓然，而终于没有发明十全的好方法。要服从作威就须不活，要贡献玉食就须不死;要被治就须不活，要供养治人者又须不死。人类升为万物之灵，自然是可贺的，但没有了细腰蜂的毒针，却很使圣君，贤臣，圣贤，圣贤之徒，以至现在的阔人，学者，教育家觉得棘手。将来未可知，若已往，则治人者虽然尽力施行过各种麻痹术，也还不能十分奏效[①]。

鲁迅此处所指的 E 君，是著名的俄国盲诗人及世界语专家爱罗先珂(Vasilii Eroshenko, 1890—1952), 1914 至 1916 年间及

---

① 同前注。

1919 至 1921 年间，在东京相马黑光经营的文艺沙龙中村屋中居住。[1] 由于他与社会主义分子及大杉荣等无政府主义者来往频繁，被日本政府驱逐出境。[2]1921 年至 1923 年间，他先后旅居上海及北京，由蔡元培聘任在北京大学教授世界语。他居住北京期间，就是借住在鲁迅的弟弟周作人家中，住了四个月。[3] 周氏两兄弟都曾写文章介绍他，把他描写为嫉恶如仇的无产阶级斗士。爱罗先珂用日文出版过儿童故事及三本诗集[4]。鲁迅翻译了他的几篇故事，例如《春夜的梦》（1921）[5]、《小鸡的悲剧》（1922），后者是爱罗先珂在北京唯一的创作。爱罗先珂于 1922 年离开中国后，十二月鲁迅写了一篇文章《鸭的喜剧》，如此描写爱罗先珂："他

---

[1]　爱罗先珂在日本期间与面包坊中村屋的关联，见相澤源七『相馬黑光と中村屋サロン』仙台宝文堂、1982 年、頁 89—90；爱罗先珂在日本的活动，见藤井省三『エロシェンゴの都市物語 1920 年代東京、上海、北京』みすず書房、1989 年、頁 4—49。

[2]　初次抵达日本后不久，爱罗先珂遇到一位记者及社会激进分子，名叫神近市子（1888—1980）。后来神近市子于 1916 年因为嫉妒另一个女人，而刺伤她的爱人大杉荣，也因此被监禁两年。透过神近，爱罗先珂住进相马黑光（1875—1955）与其夫爱藏经营的面包店兼文艺沙龙中村屋，一共住了四年。作为文人、艺术家及国际流亡者的避风港，中村屋庇护了许多著名的激进分子，例如韩国独立斗士 Lim Gyuwan 及印度独立运动领袖博斯（Rash Bihari Bose, 1897—1945）等。博斯于 1918 年与相马的大女儿俊子结婚。伟大的印度诗人泰戈尔也曾于 1922 年造访中村屋。参见相澤源七『相馬黑光と中村屋サロン』仙台宝文堂、1982 年、頁 76—122；中島岳志『中村屋のボースインド独立運動と近代日本のアシア主義』白水社、2005 年、頁 105—158。

[3]　周作人：《怀爱罗先珂君》，《晨报副镌》（1922 年 11 月 7 日），页 4。

[4]　三本诗集为『夜明け前の歌』『最後の溜息』及『人類の為めに』。参见相澤源七『相馬黑光と中村屋サロン』、頁 89。

[5]　鲁迅译：《春夜的梦》，《晨报副镌》（1921 年 10 月 22 日），页 1—2。

是向来主张自食其力的，说女人可以畜牧，男人就应该种田。"①。
《春末闲谈》中神经质的 E 君，因忧虑统治阶级意图麻痹百姓来
实行极端控制，的确符合爱罗先珂经常参加劳工节运动的社会激
进分子形象。

在提到"俄国的 E 君"之后，鲁迅继续批判一个"特殊的知
识阶级"，也就是那些留洋回国的知识分子。在他心目中，这些
知识分子也是食于人者。他结论道，中国或是任何其他政府可以
剥夺人民集会和言论自由，但是无法禁止他们思考。鲁迅接着说，
如果统治者砍掉了人民的头脑，让他们当服务及战争的机器，"只
要一看头之有无，便知道主奴，官民，上下，贵贱的区别。并且
也不至于再闹什么革命，共和，会议等等的乱子了，单是电报，
就要省下许多许多来"。②

由《春末闲谈》看来，从法布尔的《昆虫记》，到对中国国
民性的分析，最后到对统治阶级的批判，鲁迅对科学的兴趣似乎
是别有所指，而非在于科学本身。但另一方面，我们应该记得，
鲁迅除了 1904 至 1906 年在仙台学医期间修过植物学，一直对自
然科学抱持浓厚的兴趣。他从幼年就对植物学感兴趣，1909 至
1912 年在杭州与绍兴教书时，常带学生上山采集植物标本。他
的弟弟周建人，就是因为他的鼓励提携，日后成为著名的植物学
家。③ 然而，对科学的信仰，并不见得能让文本的传播者完全掌
握原作的"弦外之音"，这种不必言传或无法言传的意义，深植
于文化的内部，往往在传递到另一语言及文化的过程中流失。

---

① 　鲁迅：《鸭的喜剧》，《妇女杂志》第 8 卷第 12 号（1922 年 12 月），页
83—84。

② 　鲁迅：《春末闲谈》，页 4—5。

③ 　周建人：《回忆大哥鲁迅》，上海教育出版社，2001，页 23—35。

法布尔与达尔文：宇宙观迥异的两位科学家

　　鲁迅引用的细腰蜂例子，出自《昆虫记》第一册第五章，在原文中法布尔以科学学名 Cerceris 以及 Hyménoptère（一种猎食膜翅目昆虫，法文俗称 guêpe）来指称细腰蜂。作为传播者，鲁迅的阐释，是否充分掌握了原文弦外的意义？这是本节想探讨的。原文中这一章的名称为《科学杀手》（"Un savant tueur"），在大杉荣的日文译本里，章名是《高段杀手》（「殺しの名人」）[1]。这一章记述了细腰蜂如何以一种高超的科学技术，让青虫（即俗称的甲虫，学名鞘翅目昆虫，Coléoptère）因麻痹而屈从，技术之高明，远胜于实验室里的解剖专家。

　　根据法布尔的描述，细腰蜂的主要工作，是将一定数量的甲虫藏匿于地底下的巢穴，然后把卵产在甲虫堆上，等卵孵化成虫，这些幼虫就以甲虫为食物。[2] 要达成这个目标，细腰蜂主要任务有三：（1）由于幼虫只吃活昆虫的内脏，如何将甲虫麻痹三个星期甚至到两个月，而不至于死亡？（2）甲虫的神经系统结构如何，更主要的是，应该在哪个神经节注入麻痹毒药，才能发挥立即又长期的效应？（3）甲虫种类众多，哪一类才是细腰蜂毒药最能轻易伤害的？法布尔认为这是一种超越人类能力的技艺：

　　　　面对类似的食物保存问题，最有学识的人都将无能为力。

---

　　① フアーブル『昆虫記』叢文閣、大杉栄訳、1924 年、頁 97—113。

　　② Jean Henri Fabre, *Souvenirs entomologiques: études sur l'instinct et les mœurs des insectes*, Paris: Robert Laffont, 1989, tome I, pp.165-173. 此版本将法布尔原书十册编成两册。由于本章中论及《昆虫记》的人均引用原来的十册，为了阅读及讨论的清楚，笔者采用原先十册的册数。

即使是最有智慧的昆虫学家,都必须承认他束手无策。细腰蜂的食物保存技艺挑战了他们的理性能力。

(Devant pareil problème alimentaire, l'homme du monde, possédât-il la plus large instruction, resterait impuissant; l'entomologiste pratique lui-même s'avouerait inhabile. Le garde-manger du Cerceris défierait leur raison.) ①

法布尔书中的主要论点之一,就是透过人虫对比,显现昆虫的天赋比人类最高超的科技知识更优越。为了证明他的论点,法布尔在书中想象了一个研究团队,由 Marie Jean Pierre Florens(1794—1864)、Francois Magendie(1783—1855)以及 Claude Bernard(1813—1878)三位十九世纪法国知名解剖学家及生理学家组成,共同设法解决这个谜。他们首先想到的答案,是使用食物防腐剂。不过这个假设不切实际,毕竟防腐剂无法保存活体。然后,这个研究团队想到,麻痹的技术应是关键所在。要知道如何麻痹昆虫而不令其致死,其关键在于:昆虫的神经系统如何组成?最重要的是,毒液必须注入昆虫神经节内,这神经节位于何处?无疑地,大家一定以高等生物为例,推论它们的神经节应是位于脑部,或是由脑部延伸下来的脊椎。不过这组学养丰厚的研究团队告诉我们,这是错误的想法。法布尔提醒我们说:"和动物恰恰相反,昆虫以腹部行走地面。这也就是说,它的脊椎不在背上,而是位于腹部,沿着胸腹部生长。"②

神经节的位置确认以后,接着有另一个问题要解决:解剖专

---

① *Ibid.*, pp.166-167.

② *Ibid.*, p.167.

家在实验室中面对的，是受到完全控制的状况；他们可以毫无障碍地使用锋利的手术刀，轻而易举地在病人身上动作。然而，细腰蜂的刺可不同，精细易损，而甲虫的胸腹部却覆盖有基丁质的外骨骼，十分坚硬。虽然甲虫的关节处，脆弱可袭，对关节的攻击却只能产生局部麻痹，不是要害所在。准确攻击神经节所在，是造成全身立即麻痹的关键步骤。法布尔详尽地向我们解说"发育完成的昆虫"（les insectes à l'état parfait）神经节中心的构造，并以此阐明，整个猎捕过程虽看似简单，实则繁复。他更进一步赞叹，细腰蜂精准而灵活的动作，竟只需"本能"（instinct）即可完成。原来，所有成虫的神经节中心都由三个神经节组成，通往神经中心的通道中，有两处是细腰蜂的针可以穿刺的。一处位于颈部及负载第一对腿的前胸之间的关节；另一处位于前胸与胸部之间的关节，也就是第一和第二对腿之间。对第一处的攻击没有成效，因为它距神经节中心距离太远；第二处才是细腰蜂攻击的目标。细腰蜂竟然知道这个秘密，法布尔对此深感讶异，惊叹："这虫子因何智慧，竟有如此灵感？"

问题不仅止于将蜂刺刺向何处，更困难的是该选何种甲虫。所有甲虫的神经节或多或少皆丛聚一处，有些相邻而生，有些紧密相嵌。神经节愈是丛聚的甲虫，其活力愈旺，也愈容易被袭。这些种类的甲虫是细腰蜂的最佳猎物。只消一针穿入，这些甲虫即刻全身瘫痪。但是到底哪些是确切的种类呢？科学知识渊博如生理学家克劳德·伯纳德（Claude Bernard），能正确告诉我们是哪些甲虫吗？答案是否定的。除非靠档案室里的数据做参考，他无法精确判定哪些甲虫的神经节是紧密丛聚的。而且，即使有图书馆可用，他也无法立即寻获所需数据。

法布尔在埃米尔·布朗卡尔（Emile Blancard，1816—1900）

刊登在《自然科学学报》(*Annales des sciences naturelles*)上的一篇文章中找到了答案。[①] 根据这篇论文,称作 Scarabéien 的甲虫(即金龟子)体型太大,细腰蜂不易攻击,也不易将之搬运回洞穴储存。另一种称为 Histérien 的金龟子,长年居住脏污之中,生性有洁癖的细腰蜂绝不会找它。而 Scolytien 体型过小。在所有甲虫的种类中,只有吉丁(Bupreste)及象虫(Charançon)两种,符合总共八个种类的细腰蜂的需求。这个发现让法布尔啧啧称奇。两种外观迥然不同 的甲虫,竟然在神经节中心结构上近似,这相似性可是光凭外表无 法得知的呢! 他说道:

> 由于其内部结构之相同——也就是运动神经节集中的特色——使这两种外观上毫无相似之处的甲虫被猎捕,成为细腰蜂巢穴里囤积的美食。[②]

细腰蜂到底如何能在瞬间辨识出甲虫种类,选择出正确的猎捕对象? 如果是科学家,可能要花上数年的观察和研究,才能知道。法布尔认为细腰蜂的神奇本领是“一种超越的智慧”(un savoir transcendant),而且又说“细腰蜂本能潜意识的灵感中,有超越科学的来源”([L]'Hyménoptère a, dans les inspirations

---

① *Ibid.*, p.169. 在脚注 1 法布尔提供文章出处如下: Annales des sciences naturelles(自然科学年鉴),3e série, tome V,指的是期刊的合集(Paris: Chez Béchet, 1824-1895)。此期刊于 1824 年至 2000 年在巴黎发行,由 Victor Audouin (1797—1841),Jean-Baptiste Dumas(1800—1884),以及 Adolphe Brongniart (1801—1876)三人共同创办。

② *Ibid.*, p.170.

inconscientes de son instinct, les ressources d'une sublime science)。①
他进一步以实验证明这个假设。他以金属针头将氨水（ammonia）
滴入甲虫的神经中枢。氨水对于神经节丛聚的和神经节分散的两
种甲虫，有着截然不同的效应。神经节丛聚的甲虫在滴入氨水后，
效果立现，马上全身无法动弹。麻痹的效果可以持续三周至两个
月，而甲虫还是活着，内脏的新鲜度与活生生的虫并无二致。至
于神经节分散的甲虫，注射后会引起剧烈痉挛，然后甲虫极力挣
扎后慢慢趋于平静。不过数小时或数天以后，它们又会苏醒过来，
恢复先前的精力，活动起来。法布尔结论道，细腰蜂选择甲虫的
本能，和最高明的生理学家以及解剖学家所能传授的知识，不相
上下。这一章如此总结："如果硬要将之解释为幸运的巧合，必然
徒劳无功。这种完美的和谐，绝不能单以机运（le hazard）解释。"②

　　笔者以大篇幅详细分析法布尔的这一章，是想说明，即使以
观察严谨知名的法布尔，对细腰蜂的诠释却局限于他的预设立场：
任何如此完美和谐的事物，必然是由一至高无上的设计者——上
帝——设计的。这个预设与自十八世纪起就流行的"自然神学"
（natural theology）若合符节。过去的学者认为，十九世纪的生物
学史主要是创造论与演化论之间的斗争，最后演化论胜利。虽然
著名的历史学家彼得·鲍勒（Peter J. Bowler）已指出这是过于简
化的说法，但是这一说法有助于我们看清法布尔与达尔文之间的
差异。他如此解释自然神学理论的意涵：

　　　　过去学者对达尔文发现的描述，往往暗示，1895 年《物

---

①　*Ibid.*,
②　*Ibid.*, p.173.

种原始论》出版之前的几十年，其他生物学家很少注意"演化"概念。他们假定，当时的生物学者几乎每个人都接受某种直截了当的上帝创造论。而且大部分生物学家都极力主张，每个物种都能适应栖境的现象，正证明了有个睿智又有大爱的造物者存在。1802 年，培里（William Paley）出版的《自然神学》被视为此种"设计论"（argument from design）的经典诠释。"设计论"主张：每个物种都是由睿智的造物者设计的，就如同钟表匠所设计制作的钟表一般。①

　　法布尔即是隶属于"自然神学"或"设计论"传统的科学家。他认为动物的直觉是造物主睿智的灵显（illumination），绝对优于理性——理性是人脑创造的。对他而言，低等动物看似由理性引导的生存本能，其实是神灵的显现。1879 年出版的《昆虫记》第一册中，他揶揄达尔文的祖父伊拉斯谟·达尔文（Erasmus Darwin, 1731—1802）之流的学者，以理性诠释动物行为。例如在第一册第九章"高级理论"（Les hautes théories）中，法布尔提及拉科代尔（Lacordaire）的《昆虫学入门》（*Introduction à l'entomologie*），文中提到伊拉斯谟达尔文曾见到一只飞蝗泥蜂（sphex）将一只苍蝇的头、腹及翅膀咬下后，试图将它搬运回巢。伊拉斯谟·达尔文结论道，这飞蝗泥蜂是为了不让飞行受阻，才将猎物分尸搬运，只有理性可以解释这只蜂的所作所为。法布尔评论道："伊拉斯谟·达尔文描述了他之所见，不过他把戏中主角搞错了，把戏剧本身及其意义都搞错了。他大错特错，让我来证

---

① 　Peter J. Bowler, *Charles Darwin: the Man and His Influence*, Cambridge, Mass.: Basil Blackwell, Inc., 1990, pp.17-18.

明它。"（Darwin a vu ce qu'il nous dit, seulement il s'est mépris sur le héros du drame, sur le drame lui-même et sa signification. Il s'est profondément mépris, et je le prouve）①

　　首先，法布尔批评这位"老英国科学家"（le vieux savant anglais）对昆虫的命名不够严谨。既然所有的飞蝗泥蜂都只吃螳螂（法文是 mante religiouse，学名 Orthoptère），为何独独这只英国的飞蝗泥蜂会捕食一只体积相仿的苍蝇？伊拉斯谟·达尔文所看到的，绝不是飞蝗泥蜂。到底他看见的是什么？② 法布尔还说，"苍蝇"（法文 mouche）一词不够精准，它可以指称数千种不同的昆虫。法布尔猜测主角应该是胡蜂（wasp，法文为 guêpe）。接着他巨细靡遗地描述他观察各种胡蜂捕杀及肢解猎物的过程，其中包括群胡蜂（commune wasp）及 frelon wasp 两种，笔者在此不拟复述。他结论道，伊拉斯谟·达尔文描述的，应是一只群胡蜂攻击一只大苍蝇（Elistalis tenax）的情形。

　　至此，法布尔已经揭开谜底，找出了这出"戏剧的主角"。接下来要解决的问题是这出"戏剧"的"意义"：为何群胡蜂要先行肢解大苍蝇，再把它运回巢里？法布尔的答案简明易懂：因为被丢弃的部分对于将孵化的幼虫而言，毫无营养价值；大苍蝇身上只有前胸可供喂食。这只群胡蜂如此聪明之举，果真如伊拉斯谟·达尔文所说，是出自理性？对法布尔而言，答案当然是否

---

① Jean Henri Fabre, *Souvenirs entomologiques*, tome I, p.199.

② *Ibid.*, p.405. 在第二册第十章，法布尔在脚注中提起达尔文写信给他，说明达尔文祖父的著作 Zoonomia 中，所指的其实正是胡蜂 wasp（法文为 guêpe）。法布尔深感抱歉，因为他读的是 Lacordaire 的译本，把英文的"wasp"翻成法文的"sphex"，让他误以为像伊拉斯谟·达尔文这么有名的昆虫学家，也会把胡蜂误认为飞蝗泥蜂。

定的。他坚持："我丝毫看不出这里有什么理性的征兆，不过是出于本能的行为而已，这么基本的概念，根本不值得大费周章地讨论。"（Loin d'y voir le moindre indice de raisonnement, je n'y trouve qu'un acte d'instinct, si élémentaire qu'il ne vaut vraiment pas la peine de s'y arrêter）①

可见法布尔与伊拉斯谟·达尔文对相同的自然现象，有完全不同的诠释。法布尔所服膺的自然神学的立场是，单凭科学无法企及"真理"；"真理"是穿透表象的神启。自然神学盛行于十八至十九世纪中叶，相信只要观察自然、透过个人诠释，就能证实上帝的存在。这种信仰也是十九世纪中叶新兴的宗教理念神智学（theosophy）所服膺的。

自然神学流行于十八世纪至十九世纪中叶，基本信仰是：上帝的存在，可以由观察自然现象、透过个人诠释而证明，不必透过神学定义。十九世纪中叶这些概念传递给神智学。神智学创始于纽约，后来分布到印度、锡兰、伦敦、巴黎等地。创办人布拉瓦茨基女士（Madame H. P.Blavatsky，1831—1891），经常在著作中反驳达尔文、赫胥黎（Thomas Huxley，1825—1895）及丁铎尔（John Tyndall，1820?—1993）等科学家。她1877年的著作《揭开伊西斯的面纱》（*Isis Unveiled*）中说道：

> 理性是人脑的一个功能，只能从前提导出推论，完全仰赖其他感官提供的证据。因此，理性绝不是神灵的特质。神灵自然而知，因此仰赖讨论与论证的理性，贞对神灵是无用的……

---

① *Ibid.*, p.203.

理性是人脑的衍生物；理性的发展，以本能为代价——
本能像灵光闪现，唤起我们对神灵全知全能的记忆……

理性是科学家笨拙的武器，直觉是先知永不犯错的指
引。①

布拉瓦茨基女士与托尔斯泰（Count Leo Tolstoy, 1828—1910）
一样，是俄国贵族之后。托尔斯泰批判伏尔泰的理性观（La
raison），服膺鲁索的真心观（Le Coeur）。②托尔斯泰相信，只有人
的内在精神——即良心（conscience）——能"作为人和上帝的桥
梁"。③他反对教会作为媒介，更不主张教会是解释上帝知识的唯
一权威。他不认为基督教是唯一掌握真理的宗教，也包容其他宗
教如佛教、伊斯兰教及儒教的真理。他不相信国家是合法的建制，
甚至指出"人的法律是荒谬的……我绝不替任何地方的国家体制
服务……就善恶而言，所有政府都一样。最高的理想是无政府。"④
他反对黑格尔的历史进步观，认为"没有任何思想比进步观更妨
碍思想自由。"⑤

布拉瓦茨基夫人的神智学理论，受到托尔斯泰深刻的影响，
她曾在《神智学是宗教吗?》一文中，替托尔斯泰的立场辩护，
认为他反对圣经、教会，是掌握了神的真精神，而这种精神是普

---

① H.P.Blavatsky, *Isis Unveiled: A Master-Key to the Mysteries of Ancient and Modern Science and Theology*, New York: J. W. Bouton, 1877, 2nd edition, pp.305, 433.

② David Matual, *Tolstoy's Translation of the Gospels: A Critical Study*, Queenston, Ontario: The Edwin Mellen Press, 1992, p.23.

③ *Ibid.*, p.12.

④ *Ibid.*, pp.1-23.

⑤ *Ibid.*, p.13.

世各种宗教的精神。她认为真正的基督教,是真理的灵光,也是人的生命和灵光:

> 托尔斯泰不相信圣经、教会或是基督的神性;然而,在实行所谓受难山所教导的戒律方面,没有任何基督徒能超越他。这些戒律就是神智学的戒律;并非因为它们乃基督所授,而是因为它们是普世伦理,是佛陀、孔子、众神及所有其他圣哲,在受难山戒律写作之前就已经教导我们的……
>
> 现代物质主义者(modern Materialist)坚持两者[宗教和科学]之间无法跨越的鸿沟,并指出"宗教与科学的冲突"结果,是后者凯旋、前者败亡。现代神智学者(modern Theologist)则拒绝认为两者之间有任何鸿沟……神智学主张融合此二天敌,它的前提是:真正原始的基督精神是真理的灵光(the light of truth),亦即"人的生命与光辉"(the life and the light of men)。[①]

一方面,布拉瓦茨基夫人及托尔斯泰都怀疑教会的体制,相信人的内在灵光及普世人性(universal brotherhood);另一方面,他们都拥抱宗教的原始性(primitivism),批判科学所代表的物质主义。法布尔对教会的态度,虽然并没有直接的记录,但我们知道他及家人曾被教会逐出亚维农地方,主因是他免费教育年轻女子,侵犯了教会垄断女子教育的传统(下文将详述)。我们也知道他经常批判同时代的科学家及科学理论。对法布尔而言,源自神灵的直觉,当然远优于科学的理性,而且不是科学家所能置一

---

① H.P.Blavatsky, "Is Theosophy a Religion?", *Lucifer* (Nov. 1888), pp.177-187.

词的。他经常讽刺代表"进步"（progress）的"高级理论"（hautes théories），在面对直觉时束手无策。演化论即法布尔所嘲讽的"高级理论"之一。

他常在《昆虫记》里批判演化及物种变化（transmutation）的观念。第二册第九章名为《红蚂蚁》（"Les fourmis rousses"），探讨为何飞行千里的鸽子能够返回鸽巢；飞越重洋到非洲过冬的燕子，因何记得回巢之路？法布尔挑战了当时"演化论者"（les évolutionnistes）流行的说法。他反诘：无论这些动物与昆虫所拥有的特殊能力，是出自特殊视力、气象状态或磁场，为何独独人类缺乏这能力？毕竟，这种本领"是一个完美的武器，绝对有利于生存竞争"（C'était une belle arme et de grande utilité pour le struggle for life）。假如上天也赋予人类这样的独特本领，不是可以让我们大大进步吗？根据达尔文或是他祖父一类的演化论者所说，所有的动物，包括人类，都源自一个特殊的细胞，经过无数世代，逐渐演化而来，优胜劣败，适者生存。果真如此，为何这个绝妙本领，位于"动物位阶"（la série zoologique）最高点的人类一点影子都没有，低等生物却能拥有？他说：

> 要是［这个绝佳特质］无法世代传递，不就是亲代遗传机制出了错吗？我想请演化论者帮我解答这个小小疑问，更想知道原生质与细胞核（le protoplasme et le nucléus）会有什么话说。
>
> （Si la transmission ne s'est pas faite, ne serait-ce pas faute d'une parenté suffisante? Je soumets le petit problème aux évolutionnistes, et suis très désireux de savoir ce qu'en disent

le protoplasme et le nucléus.)。①

第二册第六章名为《蜾蠃》("Les odynères"),法布尔在赞美过昆虫的本能后,一面立场鲜明地攻击演化论,一面肯定宇宙创造者的"无上智慧"(Intelligence):

> 世界的命运是倚赖组成细胞的蛋白原子演化而来呢,还是由"无上智慧"(Intelligence) 所掌控? 我看得越多,观察得越多,越觉得万象之谜背后闪耀着"无上智能"之灵光。(Le monde est-il soumis aux fatalités d'évolution du premier atome albumineux qui se coagula en cellule ; ou bien est-il régi par une Intelligence ? Plus je vois, plus j'observe, et plus cette Intelligence rayonne derrière le mystère des choses.)②

法布尔这部关于昆虫本能及行为的著作,无疑是针对演化论做出回应。演化论否定造物主的存在,对当时许多与他一样的博学人士而言,是异端。相对的,达尔文则反对宗教迷信。他的《物种原始论》采取捍卫科学的立场,不断提醒读者切莫"遁入奇迹的领域,而背离科学"(to enter into the realms of miracle, and to leave those of Science)。③在第八章《本能》中,达尔文探

---

① Fabre, *Souvenirs entomologiques*, tome I, p.392.

② *Ibid.*, p.371.

③ Charles Darwin, *The Origin of Species by Means of Natural Selection, or the Preservation of Favored Races in the Struggle for Life,* New York: The Modern Library, 1998, p.316. 此书原发行于 1859 年。此书的前五版均以《物种原始论》(*On the Origin of Species*) 为书名开头,然而 1872 年的第六版,删除了"论"(On) 这个字。

讨了本能、习性及天择。达尔文相信，在昆虫与动物无目的性的本能行为中，"如同皮埃尔·于贝（Pierre Huber）所说，某种程度的判断力及理性经常在起作用，即使是自然位阶中的低等动物亦然。"[1] 达尔文相信本能经遗传而来，并强调用进废退，长期不使用，就会退化；也可能是由通过选择过程（天择）的习性而形成，只要参考人类培育家畜的经验（人择）就明白。他主张，由于在自然界每个生物形质都有变异，"可想而知，天择也许青睐其中的有利变异，最后使它成为族群的特征"（natural selection might have secured and fixed any advantageous variation）。[2] 他的结论是，动物本能可以解释为天择的产物：

> 最后，这或许不是逻辑推论的结果，但在我的想象中，各种动物本能，例如外来杜鹃的卵孵化后，会排挤养父母的亲生幼雏，蚂蚁窝中的工蚁、姬蜂幼虫生活在活的毛虫体内，并不是神刻意赋予或是创造的本能，而是所有有机生物进展法则 [天择] 的不足道的后果罢了——也就是繁殖、变异、强者存而弱者亡。[3]

相对地，法布尔相信昆虫的行为持续不变而且公式化，不会变化也没有变异。一旦将它们置于不同的环境中，昆虫借以生存的无瑕本能，可能会让它们陷入死亡的境地。法布尔自觉客观，

[1] *Ibid.*, p.318.

[2] *Ibid.*, p.330.

[3] *Ibid.*, p.360.

殊不知他的结论其实源自自己预设的立场①。

　　法布尔与达尔文不仅科学观迥异，社会背景也大相径庭。达尔文出身士绅阶级，父、祖都是医师，法布尔则出生于普罗旺斯的农家（Saint-Léons-du-Lévezou 村），家境贫寒，完全靠自学成功。1833 年，他的父母搬到 Rodez，以开咖啡店维生。法布尔获得师范学校的奖学金，后来自学微积分及解析几何通过大学入学文凭（baccalauréat）考试，又获得科学、数学及物理的高等文凭（licence ès sciences）②。1855 年在亚维农中学（Lycée d'Avignon）任教时，他在巴黎通过科学博士（doctorat ès sciences）论文考试③。靠着中学教师薪水及家教的收入，他抚养五名子女（后来一共八名），一直捉襟见肘。1865 年，他以解剖学、生理学及昆虫行为研究的成绩，获颁拿破仑三世肖像黄金勋章，他的名声已经得到肯定。但是这种殊荣并不能改善他的物质生活。对他的财务状况真正有帮助的，是他写教科书，例如《农业化学基础课程》（Leçons élémentaires de chimie agricole, 1862），以及科普读物，例如《天与地》（La terre et le ciel, 1865）。1866 年，他获得科学学院（Académie des Sciences）颁发的索尔奖章（Prix Thore），得到三千法郎奖金，几乎是他全年薪水的两倍，暂时改善了他的

------

① 王道还:《一九一五年十月十一日〈昆虫记〉作者法布尔逝世》,《科学发展》, 第 358 期（2002 年 10 月）, 页 72—74。

② Yves Delange, *Jean Henri Fabre, l'homme qui aimait les insectes* (*Jean Henri Fabre, the Man Who Loved Insects*; Paris: Actes Sud, 1999), pp.24-27. 在法布尔的年代，baccalauréat 是中等教育修毕后获得的文凭，获得此文凭才能进入大学。但是相当于学院（college）及中学（lycée）毕业生年纪的年轻人当中，只有百分之一的人获颁此文凭，因此比起今天的 baccalauréat 更难得。在法布尔的年代，法国只有三种文凭: baccalauréat, licence（大学第三年）及 doctorat（大学第八年）。

③ *Ibid.*, pp.28-32.

财务窘境。①1866 年到 1873 年，他兼任雷奇恩博物馆（Musée Requien）馆长。1879 年，他以《昆虫记》的版税，买下位于 Sérignan du Comtat 的"荒石园"（l'Harmas），次年搬入，直至殁世为止。②

法布尔是在法国中部乡间长大的。他的传记作者达朗吉（Yves Delange）称他为"乡下人、农民及学者"（ce provincial, paysan et erudite），并指出他一生穿着像普罗旺斯农民，并保持当地方言（Languedoc）口音。有个故事显示他与巴黎人的思考方式与行止格格不入。1865 年 6 月，南欧及地中海地区受蚕瘟肆虐，巴黎高等师范学院的行政官兼科学部主任巴斯德（Louis Pasteur，1822—1895）受命寻求解决之道。他从巴黎南下，依建议拜访地方上大名鼎鼎的昆虫学者法布尔。这次会面，让法布尔震惊不已。首先，巴斯德的任务虽然是扑灭蚕瘟，却对蚕茧、蚕蛹，以及昆虫变态一无所知。其次，以解决酿酒发酵问题扬名立万的巴斯德，提出的请求让法布尔大为尴尬——"请让我看看你的酒窖吧"（Montrez-moi votre cave），因为他的"酒窖"，只不过是一把破烂

---

① *Ibid.*, p.51. 根据 Delange 书中的叙述，法布尔于一八六六年获颁 Le Prix Gegner，但是在书末的文凭、头衔及得奖名单中（页 340—341），他该年所得的是 Le Prix Thore。根据 Delange 为 Souvenirs entomologiques 所写的序，很清楚的，法布尔在 1866 年获颁的是 Le Prix Thore，同时获得三千法郎。他 1853 年起，在 Avignon 中学的年薪是一千六百法郎。他在 Collège d'Ajaccio 的年薪是一千八百法郎，但是 1850 年起减半。他在 Carpentras 任教时，年薪不到九百法郎。得到 Souvenirs entomologiques 的版税后，他用七千二百法郎买了荒石园，并把三千法郎的借款还给 Stuart Mill，这是他被逐出 Avignon 的住家后所欠的债。Cf. Yves Delange, "Préface," *Souvenirs entomologiques,* pp.10-24.

② *Ibid.*, pp.164-199.

椅子上摆着的十二公升左右的酒罐子而已。^① 可想而知，经过这次会面后，两位科学家不可能有进一步的交往。

另一个故事也充分显现法布尔的谦逊单纯。1867 年，公共教育部长迪吕伊（Victor Duruy，1811—1894）来访，主要是由于法布尔在红色染料（garancine）研究上的贡献。这种染料是由一种叫作 garance 的植物萃取而来，是（Vaucluse）及普罗旺斯农业及工业的重要收入来源。当部长垂询他是否需要补助，以改善研究设备，他只要求和部长"握一握手""（une poignée de main）。^②1868 年，度瑞部长颁发尊荣军团骑士勋章（chevalier de la légion d'honneur）给他。颁发典礼后，他被领到杜乐丽宫（Tuileries）去谒见皇帝拿破仑三世。但对他而言，围绕着皇帝的科学家们，虽享有殊荣却唯唯诺诺，像是"昆虫世界"（le monde des insects），在皇帝居室服务的士绅仆役（chambellans），穿着短裤及银色环扣的鞋子，有如众多甲虫（des scarabées）。^③ 这种对上流社会的嘲讽，事实上在《昆虫记》处处可见，许多伟大的生理学家及解剖学家备受揶揄。

当年任何人想在科学界出人头地，最重要的一步就是前往巴黎，参与科学社群的活动。但是法布尔终其一生，始终与巴黎科学界保持谨慎的距离，安于普罗旺斯的田园世界。与他密切交往的，都是出身相同或气味相投的朋友，例如诗人及散文家卢马尼尔（Joseph Roumanille，1818—1891），他是普罗旺斯语言文学复兴运动的领导者。另一位他珍惜的朋友，是英国哲学家及经济学

---

① *Ibid.*, pp.47-49.

② *Ibid.*, pp.43, 54.

③ *Ibid.*, p.57.

家弥尔（John Stuart Mill，1806—1873），他经常在国会中为农民、工人和妇女的权益而发声。①法布尔除了同情农民及工人，也十分关心妇女教育。

1871 年，法布尔一家人被逐出亚维农的家，因为他晚上为年轻女子开设的免费科学课程，侵犯了教会的权力——到那时为止，教会一直独享妇女的教育权。整个事件与一八六七年度瑞部长的教育系统改革有关。两年后度瑞因阻力太大下台，成人及公众教育的政策就中断了。②

法布尔对当代巴黎体制内科学家的嘲讽，与他坚持普罗旺斯田园传统的立场，息息相关。达尔文身为伦敦体制内科学家，又是皇家学会的成员，当然是法布尔不信任的"上流社会"代表。同时，法布尔对演化论的反对，根深蒂固。他完全否定达尔文演化论，称之为"无聊野蛮的达尔文理论"（l'inanité des brutales theories darwiniennes）。③值得注意的是，即使法布尔毫不留情地批评达尔文祖孙之流的演化论者，达尔文却对这位法国大师恭敬有加，赞赏他对昆虫的敏锐观察力。在《物种原始论》第四版第四章中，他称许"无与伦比的观察家法布尔先生"。④他们两人通信过一阵子。1880 年 1 月 3 日，法布尔寄一本前一年出版的《昆虫记》第一册给达尔文，希望这位年长他十四岁的英国著名演化

---

①　*Ibid.*, pp.61-63.

②　*Ibid.*, pp.58-61.

③　*Ibid.*, p.43.

④　Charles Darwin, *The Origin of Species by Means of Natural Selection, or the Preservation of Favored Races in the Struggle for Life,* p.118.《物种原始论》的前三版中，达尔文引用法布尔，却未称他是"无与伦比的观察家法布尔先生"。参见 Morse Peckham, ed., *The Origin of Species by Charles Darwin: A Variorum Text,* Philadelphia: University of Pennsylvania Press, 1959, p.174。

论者能惠予意见。达尔文先回信致谢（日期为 1 月 6 日）；读完后，又在 1 月 31 日回信法布尔，说明其祖父所说的分尸苍蝇之昆虫，实为胡蜂而非飞蝗蜂。法布尔马上进行补救，在《昆虫记》第二册第十章作注道歉，并说明：他的失误是因为读了一个法文译本，把英文的胡蜂（wasp，法文作 la guêpe）翻译成法文的飞蝗蜂（sphex）。2 月 18 日，法布尔写了一封信给达尔文，信中叙述了法国农夫的一项奇特习俗：法国农夫会把猫置于袋中旋转，再带到其他地方抛弃，以免它找到回家的路。在一封写于 1880 年 2 月 20 日的信中，达尔文表达了他对法布尔"旋转实验"的兴趣。1881 年 1 月 21 日，达尔文写信给法布尔，提到法布尔所做动物方向感的实验，并建议他尝试磁力的实验。法布尔先前曾寄给达尔文一篇讨论 Haclitus（一种蜜蜂的学名）的文章，达尔文表达了谢意。[①] 达尔文于 1882 年过世，他们之间的书信往返便停止了。

　　法布尔与达尔文对相同的科学数据（data）有截然不同的诠释，说法布尔是反科学的，亦不为过。这两位科学家之间的"对话"，揭露了十八世纪以来欧洲科学与宗教之间的基本论争。但是，对既翻译法布尔、又翻译达尔文的日本无政府主义者，或是将两人皆视为伟大科学家的中国文人而言，可能从来就没有意识到两者间的差异和对立。反科学的法布尔，在鲁迅的诠释下，竟成了西方科学的象征。

---

①　Francis Darwin and A. C. Seward, ed., *More Letters of Charles Darwin: A Record of His Work in a Series of Hitherto Unpublished Letters*, New York: Johnson Reprint Corporation, 1972, vol. 1, pp.385-386. 根据 New York: D. Appleton and Company, 1903 年版重印。亦请参见 Frederick Burkhardt and Sydney Smith, ed., *A Calendar of the Correspondence of Charles Darwin, 1821-1882*, with Supplement, Cambridge University Press, 1994 [1985], pp.522, 524, 526, 546.

一个旅行的文本

本章的主题是一个文本旅行的故事。1920 年代初期，上个世纪末诞生于法国南部乡间的《昆虫记》漂洋过海，旅行到了日本的大都会，正值日本大正时期，无政府主义者受到大规模迫害时。到了二十世纪二十年代末三十年代初，内乱中的中国因为日本入侵，形势愈加严峻，这个文本又旅行到了中国上海。在国际政治纷扰、国内动荡不安的年代里，《昆虫记》跨越国家及语言的边界，链接了素不相识的人们的心灵。更重要的，它的旅行过程反映出当时欧洲思想与观念传入中国，经常透过日本作为中介的事实。这个议题，目前学界尚未充分探讨。

这个文本不仅跨越了国家疆界，还跨越了学科藩篱。从法国的自然科学，到日本的社会科学（无政府主义），最后到了中国成为文学资产。此一文本之所以能跨越学科，是因为十九世纪末、二十世纪初，欧、美、亚三洲都弥漫着科学进步史观。不过，当一个观念或是思想，从某个文化跨越到另一个文化，从一个历史时期过渡到另一个历史时期之后，总不免发生质变，产生新义。萨义德（Edward Said）在《旅行理论》（"Traveling Theory"）一文中即说道：

> 思想及观念从一个文化传播到另一个文化，是常态。但是有些例子特别有趣。例如所谓的东方超越思想，在十九世纪初输入欧洲，或是在十九世纪晚期，欧洲某些社会理论透过翻译传进东方的传统社会。这种流动并非毫无阻碍，必然涉及与起始点（point of origin）不同的再现与建制化过程。

思想与观念的移植、转化、传播、流通等过程，因而复杂起来。①

"科学进步史观"的"起始点"(point of origin)很难确认。不过，如果参考克鲁泡特金的《现代科学与无政府主义》(*Modern Science and Anarchism*)一书，我们会发现，对他而言，这个观念明显起源于十九世纪中叶，那时自然科学及社会科学同时进入革命年代。他相信单以科学的推论法，就能够进行宗教学、道德哲学及思想史的充分研究。至于康德式的"形而上学概念"(metaphysical concepts)，例如"不朽灵魂"(immortal soul)或"无上律令"(imperative and categorical laws)等受无上存在(superior being)概念启发的观念；或是黑格尔的"纯粹辩证法"(purely dialectic method)，都已经无法掌握"机械事实"(mechanical facts)。在克鲁泡特金的心目中，十八世纪的思想家例如百科全书学者是达尔文的先驱，他们"致力于以自然科学家(naturalists)的方式诠释宇宙及其一切现象"。根据他的说法，即使在十九世纪上半叶，科学曾由于"反动派(即'捍卫传统的人')占上风"，而遭遇到短暂的挫败，它终究在"1848年那个革命之年"后，繁荣发展。②

反对所有政治、社会及宗教体制的克鲁泡特金，坚信科学与宗教无法共存。他在书里的第三章中说道：

---

① Moustafa Bayoumi and Andrew Rubin, eds., "Traveling Theory," in *The Edward Said Reader,* New York: Vintage Books, 2002, p.196.

② P.Kropotkin, *Modern Science and Anarchism,* London: Freedom Press, 1912, pp.1-17.

在科学中……我们已能阅读大自然之书，包括无机世界、生物与人类的演化，不必诉诸造物主、神秘的生命力，或是不朽的灵魂，亦不必援引黑格尔的辩证法，或者以任何形而上学符号来掩饰我们的无知。这些符号，不论何种，往往有作者隐身其后。从物理学到生命事实，现象愈来愈复杂，但都是机械现象；机械观足以解释大自然，以及地球上所有有理性、有群性的生命。①

克鲁泡特金的《现代科学与无政府主义》一书写于1912年，当时他流寓伦敦。书中将无政府主义视为现代科学的一支，因为他认为无政府主义用科学的归纳／演绎法研究人类社会，与"进步史观"合拍。他认为现代科学发展的巅峰就是达尔文的演化论。他的动物"互助论"与达尔文的"生存竞争"（struggle for life）似乎彼此格格不入。不过克鲁泡特金可不这么认为，因为他相信达尔文在《物种原始论》问世十二年后，改变了想法。1902年，克鲁泡特金出版《互助：演化的要素》，在引言中阐明了这个论点。他承认在西伯利亚东部及满洲北部，大部分动物都必须为了生存而对抗"气候严峻的大自然"（an inclement Nature），但他却并未发现"同物种成员间有剧烈的生存竞争"——大部分达尔文主义者都认为同物种成员间的竞争是演化的要因（虽然这个观点达尔文本人并非总是赞同）。"② 克鲁泡特金认为，达尔文在《物种原始论》问世十二年之后发表的《人类原始论》：

---

① *Ibid.*, p.16.

② P.Kropotkin, *Mutual Aid: A Factor of Evolution,* London: William Heinemann, 1902, p.iiv.

……已经采取了一个定义较宽且譬喻式的观点，来诠释"生存竞争"观念，不再坚持他第一本书里，为了以"天择"解释新物种的起源，所说的那种个体与个体间的艰苦斗争。在他的第二本伟大著作《人类原始论》里，达尔文写道，实情正相反，彼此同情的个体数量最多的物种，存活机会就最大，生产的后裔数量愈多。然而，史宾塞仍然坚信原来的"生存竞争"观念。①

克鲁泡特金确信达尔文在《人类原始论》中的立场与他一致。事实上，克鲁泡特金修正了生存竞争理论，他说道："在动物之间，互助不仅是生存竞争最有效的武器，可以对抗大自然的残酷力量以及敌对物种，也是促进进步演化的主要工具。"②他赞美达尔文是"当代最有名的自然学者"，"整个生命科学都受到他的研究影响"。他认为，达尔文最重要的贡献就是为天择、生存竞争理论奠定"科学基础"，"以自然因解释生物适应现象，而不用借助一个指引力量的干预"（without the intervention of a guiding power）。③

克鲁泡特金本身是科学家，对地质学、地理学、化学、经济学都有贡献。他欣赏达尔文的研究，特别是他坚持以自然因解释自然现象的科学立场，"而不用借助一个指引力量的干预"。像法布尔这样的昆虫学者，将生物本能归因于"神启"（divine illumination），当然不是他心目中的真正科学家。他论及十九世纪

---

① P.Kropotkin, *Modern Science and Anarchism,* p.31.

② *Ibid.*, p.32.

③ *Ibid.*, p.99.

的科学发展时，对法布尔只字未提，可见其态度。

追随克鲁泡特金的日本无政府主义者大杉荣及椎名其二，都是没有受过科学训练的社会运动者及作家。他们认同克鲁泡特金对科学及教育的信仰，却无法理解达尔文与法布尔之间的异同。但是笔者认为他们对法布尔的兴趣，不只是科学真理的追求。法布尔来自普罗旺斯鲁的作家立场，以及他经常强调出身务农，对椎名其二及其无政府主义伙伴吉江乔松而言，难免心有戚戚焉。当时他们正找寻主流外的思想，来弥补大正时期动荡岁月的心灵空虚。吉江于 1920 至 1923 年间，写了几篇文章讨论南欧及由鲁马尼耶及米斯特拉尔（Federick Mistral）领导的菲立布里基运动（Félibrige Movement），企图复兴普罗旺斯语言及文学。[①]1920 年代末，吉江也为文鼓吹日本的农民文学。[②]

无政府主义者对演化论的推介，当然不落人后。大杉荣于1913 年写了一系列文章讨论演化论的发展，包括《创造的进化：博格森论》。他提起拉马克（Lamarck）的适应理论（adaptation theory），艾默（Theodor Eimer，1843—1898）的定向演化论（orthogenesis），魏斯曼（August Wiesmann，1834—1914）的生殖质理论（germ plasma theory）等。文末他引用汤姆森（Sir Charles Wyville Thomson，1830—1882），比较达尔文与资本主义："比较

---

　　①　这些文章原发表于《新潮》，后收入单行本吉江乔松『仏蘭西文芸印象記』新潮社、1923 年。也收入『吉江乔松全集』第 3 卷、白水社、1941 年、頁255—501。

　　②　吉江乔松「農民文学」、『南欧の空』早稲田大学出版社、1929 年、頁45。本书所收的每一篇作品均由第一页开始。

达尔文的理论与资本主义心态，两者的相似，令人惊异。"① 只要记得 1883 年恩格斯在马克思葬礼上的著名演说，这其实不足为奇："正如同达尔文发现了生命世界的演化论，马克思发现了人类历史的演化论。"（Just as Darwin discovered the law of evolution in organic nature, so Marx discovered the law of evolution in human history）② 事实上马克思自己 1862 年写信给恩格尔时，也曾如此承认："达尔文真了不起，在动植物中发现了英国社会的现象：劳力分工、商业竞争、开发新市场、'地理大发现'、马尔萨斯的'生存竞争'……达尔文的动物世界是布尔乔亚社会的隐喻。"③ 博格森的创造进化论是批判达尔文演化论的，大杉荣会偏爱他，情有可原。除了博格森以外，他也视托尔斯泰为精神导师。在另一篇文章中，他称呼托尔斯泰为"为精神奋斗的战士"（霊魂のための戦士），把他与农民、宗教异端及俄国的多哈伯尔（Dōhaboru ドウハボル；精神战士）运动联结起来，说明了他对精神引领的

---

①　大杉栄「創造的進化——アンリ・ヘルクソン論」（1913）、『大杉栄全集』第 1 卷、大杉栄全集刊行会、1925—1926 年、頁 187—196。

②　Philip S. Foner, ed. *When Karl Marx Died,* New York: International Publishers, 1973, p.39. Cf. also Margaret A. Fay, "Did Marx Offer to Dedicate Capital to Darwin?: A Reassessment of the Evidence," Journal of the History of Ideas, 39.1, January to March 1978: 133-146. 传闻马克思曾把自己的书献给达尔文，这完全是误解。误解的发生，来自伊赛亚·柏林（Isaiah Berlin）写的马克思传记，其中马克思女婿想把自己的书献给达尔文，所以写信给他征求他的同意；这封信被误认为是马克思写的。有关此一误解的经过，请参考 Janet Brown, *Darwin's Origin of Species: A Biography,* New York: Atlantic Monthly Press, 2006, p.101.

③　See *The Letters of Karl Marx*, trans. Saul K. Padover, New Jersey: Prentice-Hall, Inc., 1979, p.157.

渴望，以及他对底层阶级的未来寄予厚望。[①]

让我们再看看也提倡法布尔的鲁迅。虽然学过医学，他在阅读大杉荣翻译的法布尔作品时，似乎主要是用《昆虫记》来批判中国人的国民性及统治阶级腐败的问题，却不了解，法布尔事实上是反科学的。鲁迅一心提倡通俗科学写作，他在1925年写道："至少还该有一种通俗的科学杂志，要浅显而且有趣的。可惜中国现在的科学家不大做文章，有做的，也过于高深，于是就很枯燥。现在要 Brehm 的讲动物生活，Fabre 的讲昆虫故事似的有趣，并且插许多图画的。"[②] 难怪他会特别欣赏法布尔的作品。

相对的，鲁迅的弟弟周作人则对法布尔的写作风格特别倾倒，认为他"融合了科学和诗意"。1923年，周作人提到《昆虫记》第一册中题为《荒地》（"L'Harmas"）的一章[③]。其中提到有人批评法布尔文章通俗易懂，思想浅薄，没有科学价值。法布尔反驳说，他的书不只为对本能感兴趣的学者或专家而写，也为青少年而写，目的是让他们爱上自然科学史。因此，他虽然坚守真理，却放弃学院派的科学书写（scientific prose）。他批评学术文章晦涩难读，往往跟北美印第安人的方言一样难懂。[④] 周作人说："我们

---

① 大杉栄「霊魂のための戦士」（1921）、『大杉栄全集』第1卷、大杉栄全集刊行会、1925—1926年、頁738—776。

② 鲁迅：《通讯》，收入《鲁迅全集》，人民文学出版社，1989，卷3，页25。

③ "L'Harmas"为普罗旺斯——法国东南部——一种罗曼语中的词汇。法布尔在他的书中如此说道："活动的地方是未经开垦的平原，遍布小石子，在乡下，人们称它为一个"harmas"。"1879年，法布尔于 Sérignan du Comtat 买的房舍及庭园，即为此名。次年他迁居于此，直至逝世为止。参见 Yves Delange, l'homme qui aimait les insectes, p.165。

④ Fabre, Souvenirs entomologiques, tome I, pp.319-325.

固然不能菲薄纯学术的文体,但读了他的诗与科学两相调和的文章,自然不得不更表敬爱之意了。"[①] 周作人承认自己看过几册英文版及第一册日文版的《昆虫记》,最为书中以虫喻人的部分所感动,他说:

> 我们看了小说戏剧中所描写的同类的运命,受到深切的铭感,现在见了昆虫界的这些悲喜剧,仿佛是听说远亲——的确是很远的远亲——的消息,正是一样迫切的动心,令人想起种种事情来。[②]

周作人的说法是当时中国文人面对科学书籍的典型反应。与其兄鲁迅相同,他受到的启发是人文关怀,而非科学知识本身。由此看来,鸥外鸥"掌篇小说"揶揄提倡科学实验的三位摩登青年,以昆虫行为来比拟人类的情爱行为,似乎并不算特别脱线。

要是我们回顾达尔文《物种原始论》在中国的命运,一切就更清楚了。严复(1853—1921)在1898年将赫胥黎的 Evolution and Ethics 翻译成《天演论》。全书以天演警告国人非变法不可,否则中国就会在列强的生存竞争中败亡。当时中国外患连连,外交又不断受挫,严复《天演论》一出,说是举国震惊,一点也不为过。为了翻译"struggle for existence, natural selection, and survival of the fittest"等语,他创造了新语汇"物竞天择,适者生存",成为几代人朗朗上口的警语,一语道破中国在国际政治上

---

① 周作人:《二,法布尔〈昆虫记〉》,《晨报副镌》(1923年1月26日),页3。

② 同前注。

危如累卵的处境。相对的，马君武（1881—1940）翻译的达尔文《物种原始论》，于 1919 年出版，影响却远不及《天演论》。既然中国的达尔文主义者已经道尽了达尔文的理论，达尔文本人究竟说了什么，看来反而没那么重要了。

然而我们也不应忘记，如同在日本，1920 年代柏格森在中国也被视为精神导师。由此看来，晚清以来科学万能的论调似乎并非那么单纯。这就必须探讨科学与玄学论战的问题。[①] 当年无数知识分子曾投入相关争论，各自支持达尔文的演化论（代表西方科学）或柏格森的生命哲学（与儒释道结合，代表东方智慧）。但这必须另待专书讨论。

鲁迅会如何看待浪荡子美学

假如鲁迅知道他是《研究触角的三个人》中所嘲弄的对象，百分之百会为文回击鸥外鸥这类浪荡子，居然油腔滑调、嬉皮笑脸地，硬生生将他沦为笑柄。不难想象，他会写出如何辛辣刻薄的反驳文章。

鲁迅是个人像白描家，擅于描摹当代人物典型。他曾针对"白相"（上海方言，意为"玩耍"）写过几篇文章，嘲讽那些生活颓废，只知娱乐，不事生产的游戏子弟。本书第一章讨论过，1933 年海派论争时，新感觉派作家被大肆攻击的事件。就在这一年，他以笔名"旅隼"发表了一篇名为《吃白相饭》的文章：

①　此论战因 1923 年 2 月 14 日张君劢在北京清华大学的演说《人生观》而展开。地质学家丁文江在《努力周报》上写了一系列的批判文章，引爆争论。论战文章，参考适君等编《科学与人生观》，人民文学出版社，1923；1997 年重印，页 41—60，181—210，256—262。

要将上海的所谓"白相",改作普通话,只好是"玩耍";至于"吃白相饭",那恐怕还是用文言译作"不务正业,游荡为生",对于外乡人可以比较的明白些。①

文中对新感觉派那类吃喝玩耍人物的冷嘲热讽,跃然纸上。本书第一章也提过,刘呐鸥一度在日记中自我批判:"这几礼拜,都是白相,[一]点工夫也不用。"然而,无论鲁迅如何鄙视一般人或文人的浪荡子行径,他自身也在从事新感觉派的混语书写风格:他的白话文中,混杂着上海方言及古典中文。在另一篇也是写于1933年的文章中,他批判日本作家的"恶癖"(あくへき)时,不但使用古典中文,还使用日文汉字词汇来表达。在充分透露对浪荡子行径的嘲讽态度的同时,文章中混语书写的流畅,比起新感觉派书写的混语风格,毫不逊色:

现代的日本文人,除了抽烟喝咖啡之外,各人都犯着各样的怪奇恶癖。前田河广一郎爱酒若命,醉后呶呜不休;谷崎润一郎爱闻女人的体臭 [たいしゅ] 和尝女人的痰涕;……细田源吉喜作猥谈 [わいたん],朝食后熟睡二小时……

日本现代文人所犯的恶癖,正和中国旧时文人辜鸿铭喜闻女人金莲 [古典中文] 同样的可厌,我要求现代中国有为的青年,不但是文人,都要保持着健全的精神 [けんぜんてきせいしん],切勿借了"文人无行" [古典中文] 的幌子,

① 鲁迅(旅隼):《吃白相饭》(1933),收入《鲁迅全集》,卷5,页208—209。

再犯着和日本文人同样可诟病的恶癖。①

　　鲁迅这两篇 1933 年的文章，或许只是无心之作。然而，从另一个角度看，本文虽针对日本浪荡子的"恶癖"，告诫中国的青年作家勿起而效之，也可以是针对上海新感觉派的批判。

　　无论他们的人生态度是否与新感觉派作家南辕北辙，假如仔细观察鲁迅及一般当代作家的混语风格，他们作品中充斥的外文词汇及古典用语，令人惊讶。混语书写绝非新感觉派的专利。即使鲁迅对文人的浪荡子行径深不以为然，他自身也如同新感觉派作家一般，从事跨文化实践。也许应该这样说：跨文化实践是浪荡子美学的必要条件，但两者并不等同。必须身为浪荡子，才能从事浪荡子美学。

　　下一章将继续探讨浪荡子美学的概念，重心放在摩登青年的形象上。摩登青年一派浪荡子行径，但在知识学养上差之何止千里。浪荡子以文艺巅峰成就为职志；相对的，摩登青年身为浪荡子的同性低等他我，只能在跨文化场域上如鹦鹉学舌般传递信息，毫无创造性转化的能耐。

---

① 鲁迅（若谷）:《恶癖》(1933)，收入《鲁迅全集》，卷 5，页 81。

第五章

一个旅行的现代病：
"心的疾病"与摩登青年

翻译与跨文化现代性

本章分析穆时英 1933 年的短篇小说《被当作消遣品的男子》，文中使用了大量的科学术语。医学或心理学词汇，如"女性嫌恶症""解剖""神经衰弱症""消化不良"等，充斥全篇。如同典型的新感觉派小说一般，这些转借自日文翻译西方科学词汇的术语，用来嘲讽一位花心的摩登女郎以折磨众多追求者为能事。本章将指出：这些来自现代日本科学术语的转借字，不仅改变了中国现代文学的词汇，也使言谈、报纸、教科书等日常生活语言产生蜕变。这些词语制约了我们对自己身体、心灵及外在事物的理解。我们日常使用的转借字，无论是科学或非科学用语，都已经大量地根植在我们的意识或下意识中，以至于我们几乎无法察觉这些术语到底是不是"中文"。刘禾在《跨语境实践》(*Translingual Practice*)一书中指出：附于她书后的转借字列表是无法穷尽的。[①]事实上，即使一本转借字词典尝试全面性地收录所有词汇，也不可能完全列出我们每天所使用的转借字。转借字已经改变了我们

---

① 关于转借字研究，我们都受惠于马西尼 1993 年的著作。该书指出十九世纪下半叶新教传教士们对词汇创新的贡献，及日本对现代汉语形成的影响，对刘禾的新语汇及转借字讨论，以及她书后的附录，有关键性的影响。参考 Federico Masini, *The Formation of Modern Chinese Lexicon and Its Evolution toward a National Language: The Period from 1840 to 1898*, Berkeley, CA.: Project on Linguistic Analysis, University of California, 1993；Lydia Liu, *Translingual Practice: Literature, National Culture, and Translated Modernity—China, 1900-1937*, Stanford, CA.: Stanford University Press, 1995, pp.260-261。有关来自日本的转借字，新近研究见 Juliette Yueh-tsen Chung, "Eugenics and the Coinage of Scientific Terminology in Meiji Japan and China," in Joshua A. Fogel, ed., *Late Qing China and Meiji Japan: Political & Cultural Aspects*, Norwalk, CT: EastBridge, 2004, pp.165-207.

对感觉的描述，以及对自我、人际关系及世界观的认知。

本章将追溯心理学在日本与中国成为一门学科的引介过程，并且以几个关键词汇的翻译为例，指出我们如何透过这些词汇的翻译，来学习为我们的感觉及精神疾病命名。晚清以降，"东亚病夫"一词盛行于中国。[①] 到了二十世纪二三十年代，许多作家开始告诉我们，中国人现在患了"心的疾病"，深受其苦。这是我们所面临的一种现代病，是伴随现代性、男女关系丕变、内战连连、列强侵略而来的疾病。

本章最后将说明：不只是科学词汇，连我们向彼此示爱的语言，也是现代的发明。异性恋或同性恋的爱欲，是十九世纪以来任何心理学书籍不可或缺的题材。日本学者柳父章在追溯"爱"（love）这个字的西方源头及日文翻译时，宣称：汉字"爱"来自古典中文，但"恋"却是源自"大和言叶"（日本本土语言）。我不同意这种说法。我要指出的是，文字的跨界借用是语言的常态。由于我们对日常语言已经太熟悉了，以至于到底那一个字是本土的还是非本土的，其间界限实难以划分。一个词汇，就像一个观念、一本书，一旦跨越了语言或是国族的界限，就各自展开新生命。与其追溯词汇的"根源"，不如探究它的演变经过，还有它进入异文化后如何生根、如何使异文化蜕变的过程。这才是更有意义的问题。

文化翻译的过程中，是否如同刘禾所说：译者只是被动反应；由于受到体制实践（institutional practices）巨大无比的掌控，以致

---

① 关于"东亚病夫"论述的分析及有关此主题的视觉影像讨论，见 Larissa N. Heinrich, *The Afterlife of Images: Translating the Pathological Body between China and the West,* Durham and London: Duke University Press, 2008。

于完全被剥夺了个人选择的自由（individual free choice）？[①] 还是应该说：他们是有意识的行动者，在翻译行为上发挥他们的能动性？本书第四章已经就此有关知识／权力的理论问题进行探讨。引用福柯的"自我实践"（practice of self）及"自由实践"（practice of freedom）概念，笔者显示在选择及诠释文本时，译者的能动性所扮演的关键角色。本章将进一步指出，译者总是处于各权力体制交汇的网络中；没有任何体制权力是单独存在的，同时必然有其他互相竞逐的势力较劲。译者于翻译当下，诉诸各式各样可能的资源——或是各种不同的体制实践——以做出最恰当的翻译选择：或从古文、佛教或古典医学典籍、他国语言甚至是本土庶民表达中寻求灵感。这是一种协商，而且经常是折冲的过程；在此过程中，译者不时挑战语言规范的界限，寻找可能的突破点，正如井上哲次郎的词汇"取舍折衷"所指出。突破界限的结果，往往创造出一套新的表达模式。

刘禾所谓"翻译的现代性"（translated modernity），事实上是由于翻译行为中个人的能动性，再加上越界过程中所释放的创造性能量而生；一旦有意识地挑战传统界限，界限两边的元素终将被转化。这即是创造性转化及跨文化现代性的概念。在创造性转化的复杂过程中，个人能动性不断在各权力体制间测试制衡的极限，扮演了关键角色。假如个人能动性不存在，如何可能创新？历史上如何可能有革命或改革？

有关翻译的现代性，欧洲语言学家马西尼（Federico Masini）

---

① Lydia Liu, *Translingual Practice: Literature, National Culture, and Translated Modernity— China, 1900-1937*, p.3.

及刘禾给了我们许多启发，[①] 然而两者都没有告诉我们，转借字如何从一个文化传播到另一个文化。本章目的是以"神经衰弱"——亦即我所谓的"心的疾病"——这个词汇的中日文翻译作为案例，探讨这个现代病如何在十九世纪末、二十世纪初从西方旅行到东方，再从日本渡海到中国的过程。这种旅行的过程，说明了国家及语言界限无法阻止思想观念的全球流动；在此过程中，文化翻译者的能动性挑战体制、创造表达方式，同时引介新的思考模式。他们是跨文化现代性的推手；跨文化的场域是他们施展创造性转化的空间。

"治愈了我的女性嫌恶症，你又送了我神经衰弱症。"

当心理学术语成为文学作品揶揄的目标时，心理学这个领域已然转化为一种普及的科学知识。首先让我们看看穆时英的小说如何运用这类新的科学术语，同时他对科学——代表"现代"的巅峰成就——的反讽态度，如何模糊了文学与非文学的界限。

故事叙事者是一名男大学生，被一位花心的女大学生弄得神魂颠倒。他无时无刻怀疑她会"出轨"，因此寝食难安。女孩以英文名字"Alexy"称呼他。我们的叙事者俨然是一位典型的摩登青年，他看画报、抽外国香烟、上舞厅跳舞、热爱派对及"Afternoon Tea"（小说中使用的英文）、喜欢爵士乐及"Saxophone"，甚至引用路易斯·吉尔摩（Louise Gilmore）的英诗，哼唱"Rio Rita"—— 这是弗洛伦兹·齐格飞（Florenz Ziegfeld）

---

① 　参见 Federico Masini, The *Formation of Modern Chinese Lexicon and Its Evolution toward a National Language: The Period from 1840 to 1898.*

1927 年出品的同名音乐剧主题曲。①

　　在这位摩登青年的心目中，我们的摩登女郎可堪比拟美国影星克拉拉·鲍（Clara Bow）。两人的跨文化偏好，可说是旗鼓相当。在他的凝视下，女郎有着"蛇的身子、猫的脑袋"，是"温柔和危险的混合物"。她喜欢穿裙摆飘逸的红绸长旗袍。她常穿的红缎高跟鞋，衬得"这脚一上眼就知道是一双跳舞的脚"。② 她有个日本名字"蓉子"，喜欢雀巢巧克力，Sunkist，上海啤酒，还有她称为"Forget-me-not"（勿忘我）的野花。③ 对于叙事者来说，女孩的脸部特征就像好莱坞影星的综合体：维尔玛·班基（Vilma Banky，1903—1991）的眼睛、南希·卡罗尔（Nancy Carrol，1904—1965）的微笑及 瑙玛·希拉（Norma Shearer，1902—1983）的鼻子。她用英文唱"Kiss Me Again"、哼着"Minuet in G"。她想要"一个可爱的恋人，一个丑丈夫和不讨厌的消遣品"，好让她的生活不会太"寂寞"。④ 叙事者评论："真是在刺激和速度上生存着的姑娘哪，蓉子！Jazz，机械，速度，都市文化，美国味，时代美。"⑤ 总而言之，故事中的男女主角积极拥抱大都会中所有能和"现代"挂钩的一切。他们是新感觉派笔下典型的角色。

　　男女主角的关系，展现摩登女郎如何折磨臣服在她裙下的摩登青年。她口口声声只爱叙事者一人，但是要求他让她接受其他

---

　　①　穆时英：《被当作消遣品的男子》(1933)，收入乐齐主编《中国新感觉派圣手：穆时英小说全集》，中国文联出版公司，1996 年），页 151—176。

　　②　同前注，页 151。

　　③　同前注，页 153。

　　④　同前注，页 171。

　　⑤　同前注，页 159。

男人的追求——对她而言，他们都只是"消遣品"而已。我们的花心女郎说："一个人可以只爱一个人，但可以有很多消遣品。"叙事者每每屈服，觉得他"享受着被狮子爱着的一只绵羊的幸福"。[①] 但每次他一转身，她就投向其他男人的怀抱。针对她约会的对象，她总是编出一套谎言：这些对象，不是硕士就是博士，每个都是她的父亲或哥哥为她挑的。当他揭穿她的谎言，她就拒绝见他，到最后总是他为自己的"错误举止"向她道歉。战争和猎捕的意象，小说中比比皆是，用来形容他们之间的关系，如：摩登青年描述他们的关系是"比欧洲大战还剧烈的战争"。[②] 在这场爱情的战役里，他注定失败——他是恋爱上的"低能儿"。[③]

在整场失败的战役中，叙事者进行自我分析时，用了许多的心理学及医学词汇，如同典型的新感觉派小说一般。刚开始，当摩登女郎用约会来引诱他时，他警告自己远离女性的背叛，因为这方面他已然相当有经验了。每当他觉得快要抵挡不住诱惑了，就躺在床上开始自我"解剖"。[④] 他会诉诸"女性嫌恶症"，把她看成会吞噬猎人的"危险动物"，就像吞下一片巧克力糖般："天哪，我又担心着。已经在她嘴里了，被当作朱古力糖似的含着！我连忙让女性嫌恶病的病菌，在血脉里加速度地生殖着。"[⑤] 也就是说，他非常努力地去恨她，以免被她吞噬掉。两个恋人之间的对话，再三发挥病菌及生病的隐喻，如：

[①] 同前注，页169。
[②] 同前注，页170。
[③] 同前注，页152。
[④] 同前注，页152。
[⑤] 同前注，页153。

女性嫌恶症患者啊，你是！

从吉士牌的烟雾中，我看见她那骄傲的鼻子，嘲笑我的眼。失望的嘴。

告诉我，你的病菌是哪里来的？

一位会说谎的姑娘送给我的礼物。[意指：他恨女人，因为他曾被一位女孩背叛过]

那么你就在杂志上散布着你的病菌不是？ [意指：他写有关女性嫌恶症的小说刊登在杂志上] 真是讨厌的人啊！

我的病菌是姑娘们 [由于吃太多巧克力或太多男人而引起的] 消化不良症的一味单方。

你真是不会叫姑娘们讨厌的人呢！①

当她说不能见他，他开始到她可能出没的所有场所去找她，宿舍、校门口、城里的舞厅、她阿姨家（她给了错误的地址）等。他甚至和她的一个追求者大打出手。可怜的情人说，他逐渐患了"神经衰弱"，也就是笔者所说的"心的疾病"。给女孩的信中，他写道："治愈了我的女性嫌恶症，你又送了我神经衰弱症"。②叙事者在小说中至少三次提到这个病症。③

小说中的摩登青年及摩登女郎，充分展现了跨文化的特质，透露了混语书写的精髓，挑战所谓国家概念的稳定性及一致性；"国家"的界限其实不断被外国文化持续渗透。小说一方面揭露国家概念的暧昧性，一方面也凸显了二十世纪初中国白话文形

---

① 同前注，页153—154。
② 同前注，页160。
③ 同前注，页161；页163；页165。

成时，所呈现的流动多变常态；事实上，任何活生生的语言在任
何时期都应该是如此。一种语言如果自我封闭或拒绝改变，必
然会灭亡。混杂挑战了语言的固定僵化，正是让它保持活力的关
键。新感觉派的语言实验，在小说中昭然若揭。日文汉字的转借
字充斥全篇：小说中"解剖"（かいぼう）、"女性嫌恶症"（じょ
せいけんおしょう）、"低能儿"（ていのうじ）、"病菌"（びょう
きん）、"消化不良症"（しょうかふりょうしょう）、"神经衰弱"
（しんけいすいじゃく）等词汇，都转借自日文汉字。这些心理
学及医学词汇反映了现代科学的发展。小说中摩登男女谈笑间轻
松吐露、俯拾皆是的专业词汇，在在显示出新科学术语如何进入
日常生活，如何蜕变为一般受过教育的中产阶级所使用的词汇。

　　如同以上所见，除了叙事中所穿插的外国文句及词语之
外，音译的外国词汇翻译也贯穿全文："朱古力糖"（粤语）是
"chocolate"；"啤酒"译自"beer"；等等。根据意义翻译、组合
而成的中文新词语也比比皆是，如"雀巢牌"意指"Nescafé"。
还有新词汇是加上后缀"品"而创造出来的，后缀前面的名词代
表某种功能，例如："消遣品"意指玩物；"刺激品"意指兴奋物。
"品"在日文中念成"ひん"意指"成品""产品"或"质量"，
类似古典中文的用法。以"品"字和其他字组合成的词汇，已经
是当代汉语的惯例，如"消费品""精品""绝品"等。从当年沿
用到今天的，还有其他二个后缀："性"（せい），意指品质或本
质；"物"（ぶつ），用来界定具有某种特质的人或物。如小说中的
"男性"（だんせい）、"女性"（じょせい）。至于后缀"物"，例
如"混合物"（こんごうぶつ），意指综合体，被叙事者用来形容
摩登女郎，说她是"温柔和危险的混合物"。动物（どうぶつ）一
词，亦被叙事者用来形容她是"一个危险的动物"。在今天的法

里，后缀是"物"的词汇不胜枚举，如"生物"（せいぶつ），意指有生命的个体；"无生物"（むせいぶつ），没有生命的个体。大部分使用这类后缀的词汇都牵涉到生物学、心理学及商业用语，亦与科学知识及现代资本主义流通有关。无疑地，现代知识需要新语言来传达意义。

新感觉派小说家正在寻求一种崭新的文学语言及叙述模式；穆时英对自己在此文学转型过程中所扮演的角色，具有高度自觉。小说中有一段，除了为摩登女郎的心智发展开出读本处方，也显露出穆时英认为哪一种文学已经"过气"，哪一类才是他所信奉的新文学形式。叙事者"努力在恋爱下面，建筑着友谊的基础"，问蓉子道：

> 你读过《茶花女》吗？
> 这应该是我们的祖母读的。
> 那么你喜欢写实主义的东西吗？譬如说佐拉的《娜娜》，朵斯退益夫斯基的《罪与罚》……
> 在本国呢？
> 我喜欢刘呐鸥的新的艺术（げいじゅつ），郭建英的漫画（まんが），和你那种粗暴（そぼう）的文字，犷野（こうや）的气息……[1]

这段对话表面上是摩登男女之间不经意的对话，事实上显现的是作者的文学批评及自我反射。穆时英是自觉性极高的作家，他把自己与新感觉派同侪及日本新感觉派合流，同时也清楚认识

---

[1] 同前注，页159。

到保罗·莫朗是中日新感觉派共同的渊源。这段对话等于在宣告,十九世纪欧洲写实主义大师如大仲马、佐拉、陀思妥耶夫斯基对年轻人来说已然过时,而新感觉派的小说风格正是企图与这个宏大的写实传统划清界限。穆时英蓄意将新感觉派小说家与爱尔兰著名的科幻小说及童书作家刘易士相比拟,可说在宣示:新感觉派写作目标是要缩小精英及大众文学的鸿沟——文学没有理由不是男女大学生所了解和喜爱的读物。如本书第一章指出,当代作家鲁迅及沈从文于1933、1934年间,也就是《被当作消遣品的男子》一文发表时,曾经为文批评穆时英等新感觉派小说家迎合大学女生品位及商业主义。[①]透过摩登女郎对新感觉派的高度评价:"刘呐鸥的新的艺术,郭建英的漫画,和你那种粗暴的文字,犷野的气息",穆时英的立场毋庸置疑:新感觉派正实验一种崭新的写作风格,与当时普遍的写实风格大异其趣;新感觉派尝试传达的现代感觉,具有"犷野气息"或"原始主义"。此外,摩登女郎所拒绝阅读的文本当中,《茶花女》不只是一本过气小说,还是过时的翻译。《茶花女》是林纾的第一本译作,不只以文言文翻译,而且把外国作品同化了;相对的,新感觉派则试图在作品中创造一种全新的语言,强调的是异化及混杂的特色。

一方面,这篇小说反映了大都会中男女大学生的心态及语言习惯,中外文混杂的混语书写实践,对他们来说毫不费力,充分展现

---

① 1933年10月至1934年京派海派论争持续热化之前,周作人写过一篇名为《上海气》的文章,嘲讽上海文化"只是买办、流氓和妓女文化"。见 Zhang Yingjin, "The Haipai Controversy," in *The City in Modern Chinese Literature and Film: Configurations of Space, Time, and Gender*, Stanford: Stanford University Press, 1996, pp.21-27;彭小妍:《海上说情欲:从张资平到刘纳鸥》,台北"中研院",2001,页95—103。

故事角色有如跨文化场域，其中异质文化的信息自由进入又流出。

另一方面，由于胡适于 1917 年主张白话文学摒弃古文的陈腐套语及典故，到了 1930 年代，我们看见取而代之的是现代科学知识词汇的戏谑运用，使得蜕变中的白话文显得生硬可笑。最重要的是，穆时英小说中随意运用科学术语的故事人物，反映出心理学等开始在中国建制为学科之时，医学知识如何型塑每个人对自己心灵及身体的了解。下一节将指出，中国心理学的建制与日本心理学的发展息息相关。

日本及中国的心理学建制

影响日本心理学发展最重要的人物是西周（1829—1897）。他于 1867 年抵达荷兰，是江户幕府派遣到欧洲学习哲学及心理学的第一位日本留学生。从他的上课笔记可明显看出，与同时代的日本知识分子一样，他必须仰赖他耳濡目染的儒家思想概念，来理解西方的学术：自然世界对他而言就是"气"，人的内在心智就是"理"，因此科学变成"气科"，人文学变成"理科"。他根据宋明理学的训练，在上课笔记中用"性理学"一词来翻译"psychology"。西周课堂笔记的手迹，处处可见儒家典籍的引用，例如"天命之谓性，率性之谓道，修道之谓教"（中庸）；"小人不知天命而不畏"（论语）；"道性善必称尧舜"（孟子）；等等。①（图 5–1）如果我们可以说儒学教育是江户日本体制实践的一部分，这些中国古籍的引用，显现出一个儒家学者有意识地努力在传统典籍中寻找一些概念，来对照他当时在西方课堂中所学。

---

① 佐藤達哉『日本における心理学の受容と展開』京都北大路書房、2002 年、頁 30。

明显地,西周不满意"性理学"一词,他稍后于 1875 至 1876 年间翻译约瑟·海文(Joseph Haven,1816—1874)的 *Mental Philosophy: Including the Intellect, Sensibilities and Will*(1857)一书时,借由结合"心"及"理"两个字,创造了新词"心理学"来翻译主标题。① 显而易见,就西周而言,要谈论新知识,创造新词是必要的。这个新词的创造,自从西周在荷兰留学期间起,花了他八九年的深思熟虑才得以成形。此新词不久即成为明治日本时期以及后来中国翻译"psychology"的标准用语。

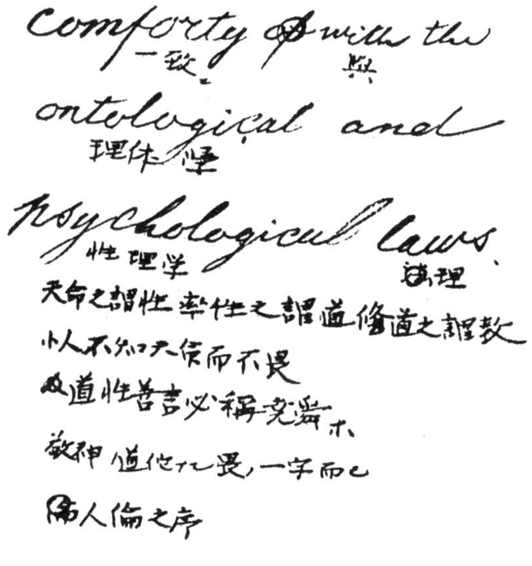

图 5-1 西周的手迹

明治维新之后,心理学成为教师训练的必修课程。东京师范学校(现为筑波大学)在 1879 年课程改制,增加心理学课

---

① 同前注,页 31—35。

程，并使用西周翻译海文（Joseph Haven）的书作为教科书。曾就读于麻州桥水（Bridgewater）师范学校（现为 Bridgewater State College）的伊泽修二，以及曾在奥思维戈（Oswego）师范学校（现为纽约州苏尼的奥思维戈学院 Sunny Oswego）求学的高岭秀夫，是当时课程改革的策划者。东京帝国大学也在 1873 年开设心理学课程。先后就读于波士顿大学及霍普金斯大学的元良勇次郎，1890 年在东大成为日本第一位专业的心理学教授。[①] 日本方面不再赘言，以下要将焦点转向中国心理学作为学科之演变。

　　约瑟海文的 *Mental Philosophy* 也是译介到中国的第一本有关心理学的书，出版于 1889 年，但似乎与西周的翻译没有关联。[②]译者颜永京（1838—1898）是圣功会的牧师，并在上海担任圣约翰大学（1905—1952）校长八年。他十四岁被带往美国，并于 1861 年在俄亥俄州的肯阳学院（Kenyon College）获得学士学位[③]。他把海文的书名译成《心灵书》，是用古文翻译的，而且只出版了第一卷，包含导论及论智慧（intellect）的部分。[④] 此书似乎对往后的心理学翻译及研究没有什么影响。接下来将回顾，在中国现代教育体制形成时期，日本所扮演的关键角色。引介现代知识的日本新词在二十世纪初大量流行于中国，主因是众多日本教席透过在中国师范学校协助课程设计，使日本新词得以系统性地进

---

① 同前注，页 34。

② Cf. Zhang Jingyuan, *Psychoanalysis in China: Literary Transformations, 1919-1949*, Ithaca: Cornell East Asian Program, 1992, pp.37-38.

③ Scott Sunquist, ed., *A Dictionary of Asian Christianity*, Grand Rapids, Mich.: William B. Eerdmans Publishing, 2001, p.916.

④ [美] 约瑟·海文（Joseph Haven）著:《心灵书》，颜永京译，上海益智书会，1889。

入教学体系；相对的，自十六世纪末起欧洲传教士所创造出来的大多数新词，却逐渐黯然失色。[①] 传教士的新词因何不敌日本新词？这是关键原因。

在中国首先把心理学纳入课程的，是创立于 1902 年的京师大学堂师范馆，也就是今日北京师范大学的前身。北京大学创立于 1898 年，随后于 1903 年创立北京大学医学院。1895 年甲午战败后，中国的现代教育体制及师范学校的课程，都以日本为模范。课程的教科书及讲义，大都译自日本学校的教材。[②] 心理学（或其他学科）在中国建制为学科时，日本所扮演的角色十分关键，但到目前为止心理学以外的学界对此着墨不多。[③]

日本于 1898 年建立东亚同文会后，日华学术交流变得活跃。当京师大学堂师范馆创立时，日本新儒家学者及东大助理教授服部宇之吉，应邀至中国协助创设教师训练课程。他曾于 1899 年

---

① 冯天瑜指出这个事实，但未说明原因。见《新语探源——中西日文化互动与近代汉字术语生成》，中华书局，2004，页 117—277；510—511。

② 根据阿部洋所述，日华学术交流的高峰期在 1905 至 1907 年间。当时驻在中国的日籍教师约五六百人，大多在师范学校任教。见阿部洋『中国の近代教育と明治日本』龍溪書舍、1990 年、頁 151—152；高觉敷编《中国心理学史》，人民教育出版社，200，页 378—390。Elisabeth Kaske, "Cultural Identity, Education, and Language Politics in China and Japan, 1870-1920," in David Hoyt, Karen Oslund, ed., *The Study of Language and the Politics of Community in Global Context*, Lanham: Lexington Books, 2006, pp.215-256.

③ 见 Zhang Jingyuan, *Psychoanalysis in China: Literary Transformations, 1919-1949*。此书指出受美式教育的心理学家，1930 年代回国后成为中国心理学的主要推手（p.25），但并未讨论之前的情况。亦请见刘纪蕙的文章《压抑与复返：精神分析论述与台湾现代主义的关联》，《现代中文文学学报》第 4 卷第 2 期（2001年），页 31—61。刘纪蕙在此文中讨论了 1920—1930 年间的中国心理学家，如于 1933 年翻译弗洛伊德的高觉敷及在 1926 年撰写《变态心理学》的朱光潜，大都是受欧美教育。高觉敷则于 1923 年毕业于香港大学。

留学中国一年，之后转赴德国深造三年。1902 到 1909 他停留北京的期间，开设了教育、心理学及逻辑课程。① 他的心理学课程讲义至今仍保留在北大与南京大学的图书馆里。根据《中国心理学史》，1900 至 1918 年间所使用的教科书或课堂讲义，其中现存的三十本中有二十本是翻译或改编自日本翻译西方原典的教科书，或抄写自日籍老师的授课笔记。② 由于教学上的优势，日本有关新知识的新词在中国旋踵间势不可挡，实非意外。

　　1910 到 1920 间，越来越多中国学生不至日本而赴欧美留学，中国心理学走向因此也转向欧美。北大校长蔡元培曾在莱比锡大学研读心理学、历史及文化，于 1926 年创立了心理系。但是第一任指派的系主任陈大齐依然是留日，在东京帝国大学取得学位。清华大学亦在 1926 年创设教育心理学系，目标是研究人类如何在教育体系中学习，于 1930 年改名为心理系。③ 由于弗洛伊德学说的影响，在中国，变态心理学也成为大多数心理系课程一部分。④

---

① 阿部洋『中国の近代教育と明治日本』，页 155—156；Paula Harrell, "Guiding Hand: Hattori Unokichi in Beijing," online posting，网址：http://www.chinajapan.org/ articles/11.1/11.1harrell13-20.pdf，检索日期：2008 年 12 月 28 日。

② 高觉敷:《中国心理学史》，页 385；王桂编《中日教育关系史》，山东教育出版社，1993，页 280—682。关于中国心理学发展史，请参见高觉敷著作。关于晚清时期日本对中国教育系统的影响史料，请参考王桂的编著。

③ 高觉敷:《中国心理学史》，页 393。

④ 《佛洛特新心理学之一班》，《东方杂志》第 17 卷第 22 期（1920 年 11 月 25 日），页 85—86；朱光潜:《福鲁德的隐意识说与心理分析》，《东方杂志》第 18 卷第 14 期（1921 年 7 月 25 日），页 41—51。根据张京媛书后的附录，以上二书为早期被介绍至中国的精神分析导论。最早的中文心理学译著，可能是王国维:《心理学概论》，商务印书馆，1907，译自 Mary E. Lowndes, trans., *Outlines of Psychology*, London: Macmillan and Co. 1891；译自德文版，原作者为丹麦学者 Harold Höffding（1889）。

欲一窥心理学这个新学科在当时受到的关注，我们可以透过潘光旦的作品来了解。他于 1924 年进入哥伦比亚大学就读，后来成为著名的优生学家及心理学家[①]。1922 年他选修著名报人兼学者梁启超在清华大学开设的"中国历史的方法论"，写了《冯小青考》作为期末报告[②]，以弗洛伊德的精神分析理论来分析一位明代妇女的"变态心理"。梁启超高度赞赏潘光旦的天分。文章修改后，于 1924 年发表于《妇女杂志》。[③]

冯小青（1595—1612）十六岁嫁人为妾，两年后死于肺结核。当代及稍后的评论普遍认为她是心碎而死，因为据说正妇嫉妒心极强，有半年之久禁止她见丈夫。但潘光旦从她的诗作及死前给密友的书信中，发现她使用大量镜子及水的意象；她死前，也请画师多次为自己作画像，力求完美。潘光旦认为，这在在显示她备受"影恋"（原文加上 Narcissism）之折磨。[④]"影恋"是潘自创的新词。

他指出冯小青是"精神拗戾"（原文加上英文 psychoneurosis）的病患。他也点出冯小青具有自恋人格的特质：自我崇拜、自

① 见费孝通：《重刊潘光旦译注霭理士〈性心理学〉书后》，收于霭理士：《性心理学》，潘光旦译，北京三联书店，1987，页549—558。

② 潘光旦：《叙言》，《小青之分析》（1927），收于《潘光旦文集》，北京大学出版社，1993，卷1，页3。

③ 潘光旦：《冯小青考》，《妇女杂志》，第 10 卷第 11 期（1924 年 11 月），页 1706—1717。此文修改补写后，1927 年由新月社出版为书。收于《潘光旦文集》中的 1929 版为 1927 年的修改版。

④ 在《妇女杂志》上所发表的《冯小青考》，将"自恋"的英文错拼成"Narcism"。有关潘光旦文章内容的细节描述，请见 Haiyan Lee, *Revolution of the Heart: A Genealogy of Love in China, 1900-1950*, Stanford, Calif.: Stanford University Press, 2007, pp.190-199. 作者认为相对于传统文人对儒家"情"之诠释，潘光旦对冯小青的精神分析诠释，是典范的转移。

我中心及自我关注。词汇如"影恋"（narcissism）、"精神拗戾"（psychoneurosis）、"变态心理"（abnormal psychology）、"潜意识"（subconscious，译自日文的"潜在意识"）、"性心理之变态"（sexual inversion）、"忧郁症"（hypochondria）及"精血衰弱"（neurasthenia）等，皆是弗洛伊德于 1914 年发表的《论自恋》一文中的用语。潘文章中事实上也直接引用弗洛伊德理论，显示出佛氏是他研究冯小青案例的主要灵感来源。

值得注意的是在这篇文章中，潘光旦用"精血衰弱"一词来翻译"neurasthenia"，而不是"神经衰弱"。"精血"是传统医学用来解释人体性命所在的词汇，所谓"精血不荣。骨髓枯竭"①。本章稍后将指出，一直到 1920 年代中期，以"神经衰弱"来翻译"neurasthenia"才普遍流行，即使这个新词在 1910 年已被引介到中国医学文本中。到 1939 至 1941 年间，潘光旦翻译蔼理士（Havelock Ellis）的《性心理学》（*Psychology of Sex: A Manual for Students*）时，就用了"神经衰弱"一词来翻译"neurasthenia"②。自 1920 年代末起，神经衰弱一词在中国已普为人知，以至于潘光旦不得不采用此翻译，而舍弃了他之前所自创的新词。详见下文。另一位对中国早期心理学发展相当重要的人是英国心理学家蔼理士（Havelock Ellis，1859—1939），在弗洛伊德之前即提出性倒错（sexual inversion）、自体情欲（auto-eroticism）及自恋概念。他的作品在日本及中国知识分子之间广为流传。F. A. Davis 出版

①　[明] 朱橚等编《普济方》，人民卫生出版社，1982，卷 221，页 3416。

②　潘光旦译注：《性心理学》，页 473；原文参见 Havelock Ellis, *Psychology of Sex: A Manual for Students*, William Heinemann Medical Books Ltd., London, 1933, p.302。Psychology of Sex: A Manual for Students 为七卷《性心理学》的节缩版单行本。

社从 1905 到 1928 年间陆续出版共计七册的《性心理学》，收录了他二十余年的著作①。1913 年初，周作人写道："蔼理斯（Havelock Ellis）是我所最佩服的一个思想家。"② 他在 1925 年翻译了蔼理斯 *Impressions and Comments*（《印象与批评？；1914—1924》）一书中的几段文字③，在 1944 年书写与蔼理斯相关的文章，赞赏他的观点"既不保守也不急进"，亦即符合"中庸"之道。④ 除了这几篇简介，周作人并未深入涉猎蔼理斯的理论。运用这些理论建立雏形性学观的人，是性学博士张竞生。1926 年他发表以案例史写成的《性史》一书，是根据蔼理斯的《性倒错》体例。我在其他文章已讨论过此议题，此处不赘⑤。要简单说明的是，潘光旦在 1939 至 1941 年间所翻译的《性心理学》，是译自 1933 年所出版的 Psychology of Sex: A Manual for Students，这是七卷《性心理学》的缩节版单行本⑥。

日本在 1921 到 1924 年间，鹫尾浩译出七种蔼理斯的著作，

---

① Havelock Ellis, *Studies in the Psychology of Sex*, Philadelphia: F. A. Davis Co., 1905-1928。潘光旦宣称他在 1920 年时已在清华大学图书馆看到前六册，并于 1928 年看到第七册。见潘光旦：《译序》，《性心理学》，页 1—7。整套书由 Random House 于 1936—1942 年间出成二册，共分成七部分。

② 周作人：《蔼理斯的话》，《雨天的书》，河北教育出版社，2002，页 88—91。

③ 周作人：《蔼理斯随感录抄》，《永日集》，河北教育出版社，2002，页 57—64。

④ 周作人：《知堂回想录》，河北教育出版社，2002，页 770—773。

⑤ Cf. Peng Hsiao-yen, "Sex Histories: Pornography or Sexology? Zhang Jingsheng's Sexual Revolution," in Peng-hsiang Chen and Whitney Crothers Dilley, eds., *Critical Studies: Feminism/Femininity in Chinese Literature*, Amsterdam: Editions Rodopi B.V., 2002, pp.159-177.

⑥ 潘光旦：《译序》，《性心理学》，页 1—7。

其中之一是《人类的性择》(『人間の性的選択』; *Sexual Selection in Man*, 1905)[①]。以下将以鹫尾所翻译的几个重要概念，来综观西方科学术语的日文翻译如何改变现代日语及汉语的词汇。其中的关键概念之一是"神经衰弱"，也就是"心的疾病"。

如何为五官感受及神经衰弱命名

科学词汇的翻译提供了专门的术语，让我们得以用来谈论我们的身体、心智、心灵或感觉。本章仅提出二个例子。蔼理士的《人类的性择》中，主要论点之一是"touch, smell, hearing, and vision"在人类的性择中所扮演的关键角色。[②] 在鹫尾的翻译中，这些词汇被译成"触觉、嗅觉、听觉、视觉"[③]。用"觉"这个名词后缀来翻译五官感受，事实上是井上哲次郎（1855—1903）首创。他曾于 1884 到 1890 年留学德国，后来成为东京帝国大学教授。1882 年他把 Alexander Bain（1818—1903）的 Mental Science 翻译为《心理新说》时，就使用了"觉"作为后缀来创造这些新词。[④] 早先西周在他的译作《心理学》中创造了新词"五官"，并

---

① 鹫尾浩訳『性の心理人間の性的選択』第 1 卷、冬夏社、1921 年、頁，卷 1。弗洛伊德的 A General Introduction to Psychoanalysis 于 1926 年由安田德太郎译成日文，可能是弗洛伊德的书第一次出版为日文。见フロイト『精神分析入門』アルス、安田德太郎訳、1928 年。较晚的版本，请见角川书店于 1953 年出版的版本。

② Havelock Ellis, *Sexual Selection in Man, in Studies in the Psychology of Sex*, New York: Random House, 1936-1942, vol. 1, pp.1-212.

③ 鹫尾浩訳『性の心理人間の性的選択』、頁 2。

④ 井上哲次郎訳『心理新説』青木輔清、1882 年、卷 1、页 3—19。原著亚历历大·培因（Alexander Bain），书名为 *Mental Science: A Compendium of Psychology, and the History of Philosophy, Designed as a Text-Book for High-Schools and Colleges*, New York: American Book Company, 1868）。原书中有关五官感受的说法，在第一卷的第二部分。

使用"触觉"来翻译"touch"一词，但是他使用"聞くこと"来翻译"hearing"，以"見ること"来翻译"sight"。"こと"加在动词原形后面，是日文把动词变成名词的一种词汇衍生法[①]。"触觉"一词是西周创造出来的，但是说明其他四种感官功能的术语，要归功于井上的翻译。

稍后在1898年编给师范学生使用的《心理撮要》一书中，中岛力造（1858—1918）使用"感"当作后缀造出新词"触感、嗅感、听感、味感、视感"来形容五官感受。[②]但由历史可知，井上所创"觉"后缀的新词在日本及中国普遍被接受，而中岛所创的"感"后缀新词却被遗忘。有趣的是，中岛将"mental life"译成"心的生活"而非"脑的生活"，但在西方，mental life 指的是大脑的活动。中岛的译法很明显是根据西周对心理学的诠释[③]。我们知道一九一四年大濑甚太郎编辑另一本《心理撮要》给师范学校学生作为教科书时，就选择了用井上翻译的"觉"字作为后缀。[④]

井上哲次郎的《心理新说》以汉文所写的序中，展现了他对儒学及西方哲学的理解，并对东西方传统都做了简单的介绍。在将东西方并列时，井上盛赞培因（Bain）、约翰·密弥尔（John

---

① 在西周的翻译中，有关五官感受、"五官""触感"等词汇，出于第二卷第一部分第三章。见朴炳植『心理学』文部省、西周訳、1875—1876年、卷2，页45。有关西周译《心理学》之讨论，请见佐藤達哉『日本における心理学の受容と展開』北大路書房、2002年、页37。

② 中岛力造编『心理撮要』普及舍、1898年、页40—44。此书乃根据 George Trumbull Ladd 于1898年所著 *Outlines of Descriptive Psychology: A Text-Book of Mental Science for Colleges and Normal Schools*。中岛在耶鲁大学就学时，曾受教于 Ladd。

③ 中岛力造编『心理撮要』、页16。

④ 大濑甚太郎『心理撮要』成美堂、1914年、页23。

Mill）及斯宾赛（Spencer）为实验心理学的佼佼者，代表西方科学及哲学的巅峰成就。他同时也惋惜自明朝王阳明以降中国哲学的停滞不前："支那亦不乏哲学。而继起无其人。故遂不大兴。"[①]培因的原著中事实上包含心理学、生理学及哲学，但井上企图把心理学作为西方科学的根基来传播，因此删去与心理学无直接相关的部分。他节译的另一个原因是：

其（培因）论涉纯正哲学处。间有不确当者。且其书浩瀚。不便童蒙。故就其切要处。取舍折衷。作为此书。[②]

井上深刻体认到自己在翻译行为中所发挥的能动性，坦承他自己的主观介入。由于语言的不对等性，某种程度的"取舍折衷"是所有译者必须仰赖的，无论译者是否有心"忠于"原著。

井上使用"触觉、嗅觉、听觉、味觉、视觉"来翻译五官感受，明显受到佛家语的影响。由于井上于1902年著有《释迦牟尼传》[③]，可想见他娴熟佛教教义及词汇，也可理解他的五官词汇的翻译是佛教经典影响的结果。在中国佛教或医书文本中，"觉"字出现在触、味、听等字后时，"觉"字是作为动词使用。举例来说，在医书《东垣医集》中的《草豆蔻丸》写道："发作时腹中有块状物肿聚，即蛔虫结聚成团，可以触觉。"[④]或是明代冯梦龙

---

① 井上哲次郎訳『心理新説』，卷1、頁 iii。

② 同前注。

③ 井上哲次郎『釈迦牟尼伝』文明堂、1902 年。此书共有三种版本，另外两种版本分别出版于 1911 年及 1926 年。

④ （金）李东垣：《东垣试效方》，收入丁光迪、文魁编校《东垣医集》，人民卫生出版社，1993，卷2，页422。

《警世通言》第二十五卷的文本中。"试将舌舐，味觉甘美，但恨其少。"[①] 在此二例中，"觉"皆意指"感受到"。现代汉语借用日文汉字的表达，将五官感受变成了名词。如果我们参考陈大齐于1918年出版的《心理学大纲》，他已经使用"触觉、嗅觉、听觉、视觉"等词汇。[②] 陈大齐于1912年在东京帝国大取得学位，这些词汇出现在他著作中并不令人意外。[③] 潘光旦所译之《性心理学》，名为《性的生物学》的第二章中，也使用这些日文借词。[④] 透过日文对西方科学文献的翻译，中文才得以为五官感受命名。

另外一个可供参考的例子是鹫尾浩对"neurasthenia"一词的翻译，出现在蔼理士的《人类的性择》中第三章谈到嗅觉的部分。[⑤] 鹫尾用"神经衰弱"来翻译这个词，[⑥] 事实上三浦谨之助在一八九四年出版的《神经病诊断表》已使用过。[⑦] 三浦讨论他所举出的病症时，也提供德文术语。他将下列疾病诊断为"官

---

① （清）冯梦龙编撰：《警世通言》，台北里仁书局，1991，下册，卷25，页393。

② 陈大齐：《心理学大纲》，北京大学编译会，1921，第六版，页80—107。

③ 高觉敷编《中国心理学史》，页388。

④ 潘光旦译《性心理学》，页41—94。

⑤ 见 Havelock Ellis, *Studies in the Psychology of Sex*, vol. 1, part 3, p.viii: "The Sense of Smell in Neurasthenic and Allied States."

⑥ 鷲尾浩訳『性的心理：人間の性の選択』，頁6。Hugh Shapiro 指出杉田玄白在其1774年的译作《解体新书》中创造"神经"一词来翻译"nerves"。请见 Hugh Shapiro, "Neurasthenia and the Assimilation of Nerves into China"，发表于"医疗史"研讨会（台北"中研院"），2000年6月16—18日。

⑦ 三浦謹之助『神経病診断表』三浦謹之助、1894年。此书似乎由作者自行出版。Hugh Shapiro 提及下列书籍也使用"神经衰弱"一词。田村化三郎『神経衰弱根治法』健友社、1911年。此书基本上是医疗手册，条列神经衰弱各种治疗法，如水疗、电疗、催眠疗法、注射等。作者为执业医生。

能的疾患"（此词没有提供德语词汇，意指受到性欲望刺激所引发之疾病）："ヒポコンデリー"（Hypochondrie），"神经衰弱"（Neurasthenie），"ヒステリー"（Hysterie）。"官能的"是"functional"的翻译，是心理学被译介到日本来时所创造出来的新词。在三浦的书中，"hysteria"有时被音译成汉字"歇斯的里"。作者自陈："神经衰弱是忧郁症的原因。除此之外，神经衰弱多多少少混合了忧郁症的病症，往往与性器官使用过度有关，精神容易被过度刺激的状况，类似歇斯的里症状。"①即使作者没有指出数据源，从他主要概念所使用的德国名词可以看出作者受德国医学理论训练的背景。此书的德文标题为"Diagnostiche [Diagnostische] Tabellen für Nervenkrankheiten"。

"神经衰弱"这个词约于1910年代出现在中国。笔者在台北国家图书馆全国图书书目信息网里所能找到最早有关神经衰弱的书籍，是1910年上海医学书局所出版，由丁福保、华文祺所编的《神经衰弱三大研究》。②此书现已不存，但从图书数据中用来

---

① 三浦謹之助『神経病診断表』，页62—63。

② 丁福保、华文祺：《神经衰弱三大研究》，上海医学书局，1910。中国第一家精神病院于1898年由美国长老教会传教士克尔（John Kerr）（或1897年，参见 Keinman 的著作，页6；参见下文）建立。参考 Veronica Pearson, *Mental Health Care in China: State Policies, Professional Services and Family Responsibilities*, London: Gaskell, 1995, pp.8-29。伍兹（A. H. Woods）于1919年成为北京联合医科大学神经科学与精神医学系的首位主任。他从1922年起，同时教授这两门学科，是中国第一位教授相关学科的教授。参见 Arthur Kleinman, *Social Origins of Distress and Disease: Depression, Neurasthenia and Pain in Modern China*, New Haven: Yale University Press, 1986, pp.6-7。根据他的研究，"神经衰弱"一词最早出现于1923年《中国医学期刊》（China Medical Journal）有关"当前医学文献"（Current Medical Literature）部分的一篇摘要中，其中引用了比利时医学期刊上道威（F. Dauwe）对神经衰弱的讨论。他所能找到的最早关于神经衰弱的中文文献，是宋明堂（Song Mingtang）在《同济医学季刊》上发表的论文，题为《神经衰弱》。参考 Kleinman, *Social Origins of Distress and Disease*, pp.25-28。由本书以下的讨论，可知神经衰弱一词，实际上更早出现。

描述此书性质的词语，如"官能症"及"神经衰弱"看来，我们可以推断，此书是根据日文资料编著而成。

　　笔者看到最早谈论神经衰弱的医疗手册，是1917年卢寿篯以文言文所写成的《神经衰弱疗养法》。此书的基础是1915年日本人井上正贺所著之《神经衰弱病营养疗法》[①]。卢氏在此书序言中，将神经衰弱归因于"世界文明"与"生存竞争"。欧美人过于纵欲、中国特有的礼教束缚（性压抑）及胃肠疾病，都被列为导致神经衰弱的主因。[②] 卢氏质疑过度理论化的倾向以及医学物理疗法，认为如井上所建议之营养及睡眠疗法是最好的处方。井上营养疗法之基础就是摄取足够的米饭与全谷类，这是日本的传统饮食，也是卢氏认为有效的自我疗法之一。[③] 这似乎是一种"东方"的神经衰弱治疗法，明显地在驳斥美国神经学家乔治·比尔德（George Beard，1839—1883）的"神经疾患饮食"（the diet of the nervous）理论。详见下文。卢氏的遣词用字显露出他对中国古典医学词汇的高度依赖，例如井上书名中的"营养疗法"，他翻译成"疗养法"。"疗养"是传统中医用来谈论调和养生的概念，而"营养"是日人用来翻译"nutrition"的词汇。但在正文中，卢氏就使用了日文汉字术语，如"营养""完全营养""日光浴""温泉浴"等。如"温泉"之类的词汇，当然是出自古典中文。

　　相较之下，王羲和于1919年出版的译作《神经衰弱自疗法》，以白话文写成。此书是根据比尔德理论编译而成。[④] 一般

---

① 卢寿篯：《神经衰弱疗养法》，中华书局，1917；井上正贺『神経衰弱栄養療養法』大学館、1915年。

② 卢寿篯：《总说》，《神经衰弱疗养法》，页1—2。

③ 卢寿篯：《序》，《神经衰弱疗养法》，页1—2；页15—32。

④ 王羲和：《神经衰弱自疗法》，商务出版社，1919，页3。

认为比尔德在 1869 年发表的著名论文 "Neurasthenia, or Nervous Exhaustion" 中，创造了这个疾病。但是也有人，包括弗洛伊德在内，认为这个新词汇描述的是英国早有的旧疾，自十七世纪中叶起就已经受到注意。① 比氏 1871 年的《医学与手术电疗法》(*The Medical and Surgical Use of Electricity*) 译成德文后，在欧洲蔚为风潮。② 在 1881 年的《美国人的焦虑》(*American Nervousness*) 一书中，比尔德指出神经衰是美国人特有的疾病，因现代文明如工业及都市化、极端气候（极热、极冷或极干）或过度耽溺于饮食及性欲而引发。③ 比氏死后出版于 1884 年的《性神经衰弱》(*Sexual Neurasthenia*) 一书里，比尔德列出了神经衰弱的种种病症，包括脑神经衰弱、脊髓性神经衰弱、消化性神经衰弱、性神经衰弱、创伤性神经衰弱、歇斯底里性神经衰弱及 "半身神经衰弱"（影响半边身体，通常是左边）④。他把脑、胃及生殖系统称为

---

① 参见 Marijke Gijswijt-Hofstra and Roy Porter, eds., *Cultures of Neurasthenia from Beard to the First World War*, Amsterdam and New York: Editions Rodopi B. V., 2001, pp.1-76. 此书为神经衰弱文化的比较研究，针对不同国家，包括英国、美国、德国、荷兰及法国，也论及中国及日本。比尔德 "Neurasthenia, or Nervous Exhaustion" 这篇文章发表于 Boston Medical and Surgical Journal , No. 3 (1869): 217-221. (Marijke Gijswijt-Hofstra and Porter, p.71)。有关弗洛伊德对比尔德的看法，参见 Philip Wiener, "G. M. Beard and Freud on 'American Nervousness,'" Journal of the History of Ideas, Vol. 17, No. 2 (April 1956): 269-274。

② Cf. Philip Wiener, "G. M. Beard and Freud on 'American Nervousness,'" p.270.

③ Marijke Gijswijt-Hofstra and Roy Porter, eds., *Cultures of Neurasthenia from Beard to the First World War*, p.54.

④ 比尔德说："神经衰弱有时影响身体半边，通常是左半身，右半身较少。这种现象我称为半身神经衰弱。" 见 George Beard, *Sexual Neurasthenia: Its Hygiene, Causes, Symptoms and Treatment, with a Chapter on Diet for the Nervous*, ed. with a preface by A. D. Rockwell, New York: Arno Press & the New York Times, 1972, p.55.

"三位一体"(trinity),当一个部位受到损伤,其他二者全受影响。他建议混合性疗法,包括电疗、水疗、注射等,但认为完全不用药物的食物疗法,要远优于完全使用药物而不靠食物的疗法[①]。行文至此,我不禁恍然大悟:穆时英小说《被当作消遣品的男子》中,男主角为何总是玩弄消化不良(起因于吃太多巧克力或男人)与神经衰弱之间的关系。

比尔德花了许多工夫阐释演化论,但其实都是他个人对演化论的诠释,例如他认为"人类身体功能在演化进程中发展最慢的是生育及创作的功能——也就是传种的能力及抽象思维(包括记忆)的能力……因此,当神经系统受到疾病攻击而衰弱时,这些最晚演化的功能……就会受损"[②]。在第八章《神经疾患饮食》中,比尔德又再次诉诸他自己的演化观念:"演化论就是宇宙的生成自成一系列,从简单到复杂。"[③]根据他的演化观,他认为对人类来说最好的食物就是在演化位阶上最接近人的食物,换句话说,就是肉类、蛋、牛奶及鱼。他反对食用水果、蔬菜、谷类(小麦例外)、脂肪(奶油例外)。如果体质特别纤弱,奶油,甚至面包都不推荐食用。这种观念与我们今天认可的健康食品大相径庭。就此而论,先前提及的井上正贺《神经衰弱营养疗法》一书,可说是蓄意挑战比尔德的理论。

尽管比尔德的神经衰弱理论看起来多么幼稚,神经衰弱这种病理心理学的观念的确因他而发扬光大,跨越大西洋也传播到东方。他的文化及社会病因学,与弗洛伊德的心理治疗学说

---

① 同前注,页73。
② 同前注,页66。
③ 同前注,页269。

大异其趣；后者强调的是焦虑型神经症（neurosis）与性压抑的关联。根据菲利普·韦讷（Philip Weiner）的说法，1895 年弗洛伊德《理应从神经衰弱中区分"焦虑型神经症"为一特定症候群》（*Über die Berechtigung, von der Neurasthenie einen bestimmten Symptomenkomplex als 'Angstneurose' abzutrennen*）[①]一文中，相当重视比尔德。在此文中，即使弗洛伊德不同意所谓神经衰弱是美国人特有的疾病，却赞许比尔德是第一位观察到这种特殊症状的美国医师，并认为他发现这种症状与现代生活的关联，是一大贡献。神经衰弱作为一种精神疾患，在现代从欧洲传到美国，在美国被视为现代病，接着回到欧洲，使欧洲人重新关注这个疾病；然后来到日本与中国，连带传统医药观念加入治疗。在传播过程中，这个疾病的治疗历经创造性转化，这是跨文化现代性不可避免的历程。大约 1920 年代中期，神经衰弱一词逐渐出现于中国现代文学。如同本章稍早所指出，穆时英小说《被当作消遣品的男子》中，吃尽摩登女郎苦头的摩登青年反复诉说他患了"神经衰弱症"时，态度轻佻戏谑，一派新感觉派作家对现代主义及科学主义的惯常嘲讽。穆时英对科学词汇的这种戏谑态度，事实上显现出他另有所指：他嘲讽的对象不仅是小说里的摩登男女，更是某些当代作家，不但正经八百地使用心理学词汇，还把它们转化为创作的母题。换句话说，轻易相信科学主义、在作品中使用这些心理疾患概念的作家，是他批判嘲弄的对象。

　　1920 年代，创造社作家如张资平及郁达夫的文本中，"神经衰弱""忧郁症"及"歇斯底里"等词汇充斥，所描写的男女主角为精神失调所苦，往往耽溺于性放纵或性压抑，处于神经崩溃

---

① Philip Wiener, "G. M. Beard and Freud on 'American Nervousness'," p.271.

边缘。在偏爱情色心理描写上,创造社作家可说是新感觉派如刘呐鸥、穆时英及施蛰存等的前驱。这两派作家对这些医学词汇特别熟悉,并不让人意外,因为张资平、郁达夫、刘呐鸥等都曾在年少时负笈日本求学。

创造社作家的作品强烈暗示神经衰弱与纵情性欲的关联,根据中国通俗观念,纵情性欲会导致肺结核。[①] 举例来说,在张资平 1926 年的小说《苔莉》中,男主角如此描述与他私通的堂兄媳妇苔莉:"她患了血斯得利病,我也患了神经衰弱症和初期的痨病了。我们都为爱欲牺牲了健康。"[②] 郁达夫 1921 年的《沉沦》中,"忧郁症"一词反复出现。首度在第二章出现时,加上了英文"hypochondria"作为解释[③],仿佛是如果没有英文加持,就不足以描述男主角的心理状况。

"忧郁"在日文汉字发音是"ゆうつ",如果追索字源,在古典中文里面,通常当成动词使用。例如《新刊大宋宣和遗事》及《清史稿》,可见"忧郁成病"或"忧郁遂久病"之说。[④] 在中国古典医书中,"忧郁"一词比比皆是,总是作为动词,通常与肺

---

① 见 Hugh Shapiro 有关西方神经学中对 "the explicit link between damage to the brain and seminal exhaustion" 的讨论。类似观点也记载于中国医药文献中。

② 张资平:《冲积期化石·飞絮·苔莉》,人民文学出版社,1988,页 426、429。此书收录三部小说。《冲积期化石》是依照泰东书局 1922 年的第一版翻印;《飞絮》是翻印自 1926 年现代书局第一版;《苔莉》则是根据创造社 1926 年的第三版和现代书局 1931 年的第九版重印。

③ 见郁达夫:《沉沦》,收入《郁达夫文集》,香港三联书店,1982,卷 1,页 21。

④ 《新刊大宋宣和遗事》,收入杨家骆主编《宋元平话四种》,台北世界书局,1962,页 137;(清)赵尔巽等撰:《清史稿》,中华书局,1986,卷 472,页 12822。

疾有关，如"忧郁伤肺"。[①] "忧郁"与后缀"症"合成一字作为
疾病的名字，则是日文的创造。

　　当年的作家及批评家苏雪林 1934 年如此讨论郁达夫作品：

　　　　自我主义（Egotism）感伤主义（Sentimentalism）和颓废
　　色彩，也是构成郁式作品的原素。……"感伤主义"也和
　　"自我主义"一样是近代思潮的特征。是"世纪病"所给予
　　现代文人的一种歇私的里（Hysteria）的病态。……《沉沦》
　　主人公到日本后患忧郁病……《沉沦》里主人公为了不能過
　　　　制情欲，自加戕贼，至于元气消沉神经衰弱，结果投海
　　自杀……。[②]（笔者有所删节）

　　对现代作家如创造社及新感觉派而言，要描述现代人的感觉、
情感、精神状态及心的疾病，不得不使用翻译的词汇。因此之故，
当年的评论家也必须使用精神分析词汇来讨论他们的作品。[③] 此

---

　　① （清）陈梦雷纂辑：《古今图书集成医部全录》，人民卫生出版社，
2000，卷 124，页 799。

　　② 苏雪林：《郁达夫论》，收入陈子善、王自立编《郁达夫研究资料》，香
港三联书店，1986，页 66—77。原文刊载于《文艺月刊》第 6 期第 3 卷（1934
年 9 月 1 日）。

　　③ 石静远的书中有一章讨论中国现代作家与精神分析的关联。她认为：
"中国作家与精神分析的关系是创造性多于分析，因为他们试图将理论架构纳入
带有自传色彩的文学创作中。"见 Jing Tsu, *Failure, Nationalism, and Literature:
The Making of Modern Chinese Identity, 1895-1937*, Stanford, CA: Stanford University
Press, 2005, pp.167-194。

外,这些作家的公众形象与神经衰弱的病症密不可分。^①刘呐鸥
1927年二三月的日记中,描写自己在上海日本人所开的品川医院
住院,治疗神经衰弱症:

> 头痛一半,脸上又发了二三的肿物,真的是神经衰弱再
> 来了。(二月七日)
> 头和脸肿得更利害。左眼细得难看地可怜。说是极度的
> 神经衰弱来的偏头痛。(二月十一日)
> 私は人間嫌い自殺するかもしれない [我厌恶人,也许
> 会自杀]。(三月十六日)^②

这岂不是在诉说,他正因"心的疾病"而饱受折磨? 1927
年7月间,他到日本旅游。芥川龙之介24日自杀身亡的消息,使
他大受刺激,满脑子都是自杀及疯狂,25日在日记上写道:

> 睡眠不足,神经跳得尖刺刺的时候,又受了一大刺戟。
> 芥川龙之 [介] 不是自杀了么。……他是个被神经魔缚去的

---

① Hugh Shapiro 认为夏目漱石、芥川龙之介、谷崎润一郎是日本人中典
型神经衰弱的例子。他指出:"比起其他国家,当代中国患神经衰弱症的病人涵
盖阶层更广。在西方及日本,这种疾病有着明显的性别及职业影响层面——年轻
女性、用脑男性及 '中上阶级的病人'。然而中国的神经衰弱病患并未显示这种
典型的阶级关联。但我怀疑中国是例外。"见 Hugh Shapiro, "Neurasthenia and the
Assimilation of Nerves into China." 关于弗洛伊德对中国现代作家如鲁迅、郭沫若、
郁达夫、张资平等之影响,见孙乃修:《弗洛伊德与中国现代作家》,台北业强出
版社,1995。

② 刘呐鸥:《刘呐鸥全集·日记集》上册,彭小妍、黄英哲编译,台南文
化局,2001,页110—118。

不幸者。……神经的尾尖是通着狂奔的大道。宇野浩二不是也发狂了么。（笔者有所删节）

刘呐鸥、穆时英、张资平及郁达夫的世代，必须透过译介的知识，来尝试了解自己及他人的身心。换个角度看，他们的上一世代作家不也如此？今天我们更不例外。如果我们认为 1920 及 1930 年间仅有创造社及新感觉派作家因心的疾病而受苦，那么就低估了这个现代病的普遍性。现代城市中新派男女的交际关系前所未有，故乡买办婚姻传统的束缚仍难摆脱；科举考试的废除，知识分子突然必须在茫茫人海中讨生活；内战、帝国主义侵略带来的大规模流离失所，等等，使得二十世纪初的中国成为精神疾病的温床。即使如鲁迅、沈从文，虽不齿创造社及新感觉派的颓废文风，对之批判不遗余力，却也无法自外于神经衰弱症的影响。

鲁迅早在 1912 年 8 月 12 日的日记中，就已记载日本医生对他的慢性病之诊断："数日前患咳，疑是气管病，上午就池田医院 [北京的日人医院] 诊之，云无妨，惟神经衰弱所当理耳。"[①] 他的作品也透露出精神失调症的魔咒如影随形。1918 年的《狂人日记》描述男主角因分裂的价值观而引发了心的疾病。1927 年的诗文集《野草》，评论家称之为"鲁迅灵魂的窗口"，其中疯狂的叙事声音难免让人将叙事者等同于作者。鲁迅一生不断受到无名病痛及疾病的折磨，他的自杀冲动最近才由一本中国大陆的研究透露出来。[②]

---

① 鲁迅:《鲁迅日记》，人民文学出版社，1959，页 14。

② 吴海勇:《枭声或曰花开花落两由之：鲁迅的生命哲学与决绝态度》，花城出版社，2006。

沈从文 1929 年自传性浓厚的系列作品《一个天才的通讯》，描写一个知识分子濒临崩溃边缘：叙事者是一名作家，正写信给编辑，恳求他尽快支付稿费，并抱怨长期的慢性病使他写作时心力交瘁。偏头痛、精神低落、不明疼痛、失眠、流鼻血、肺结核等病痛折磨他，死刑、种族屠杀、战争及饥荒带来的死亡阴影缠扰他。他想自杀也想杀人，落得憔悴苍白，不成人形。[1] 这篇文章写于内战开始后，沈从文被迫逃离北京避难到上海之时。故事处处告诉我们，叙事者／作者正苦于神经衰弱症。心的疾病与知识分子实有难解之缘，高度多愁善感的作家更容易深陷其中，无法自拔。

沈从文说道：

> 除了住南京、住上海租界，不是全都成天可以看杀人么？ 我说战争吧，这也是周诞。大家从新的战争中过了日子多年，说这个只是无聊。我说饥荒，报纸上头号字载得是陕西甘肃每日饿死人两千，可是同一张新闻上特号字登载百龄机效果，背页则"开会行礼如仪"，天下太平。[2]

这段话中的"百龄机"，是当年一种补药的名字，专用来治疗贫血及神经衰弱。攸关"心的疾病"的各种医学术语，如神经衰弱及忧郁症，到 1930 年代已经常见于日常用语中。报纸及杂志上，治疗这类失调症的医药及维他命广告充斥，五花八门。只

---

① 沈从文：《一个天才的通信》，《沈从文全集》，北岳文艺出版社，2002，卷 4，页 325—372。此作品首度出版于《红黑》，第 6—7 期（1929 年 6 月 10 日与 7 月 10 日）。

② 同前注，页 349。

看 1930 年的《上海申报》，这类补药的广告就超过十种。8 月 12 日"百龄机"的广告，以机器的隐喻描述人的身体。有如机器需要机油，身体也需要能量：机器蒙尘积垢时，需要加油润滑；忧郁攻心时，就需要百龄机。（图 5-2）

图 5-2 百龄机

5 月 13 日的报纸，可见一则"兜安氏补神药片"的广告，英文名称是"Doan's Nerve Tonic Tablets"。为了推销这种神经补药，中文药名使用传统中医概念的"补神"二字。（图 5-3）广告中，除了代表长寿的仙鹤、松树及挂在树梢上的兜安氏补神药的药盒之外，广告词还强调此药为万灵丹："此药专治男妇神经衰弱、精力不足、神经痛、健忘、失眠、胃呆、病后体虚等症。服有奇效。而于文人学士因思虑过度，每到中年神经衰弱者，此药尤为

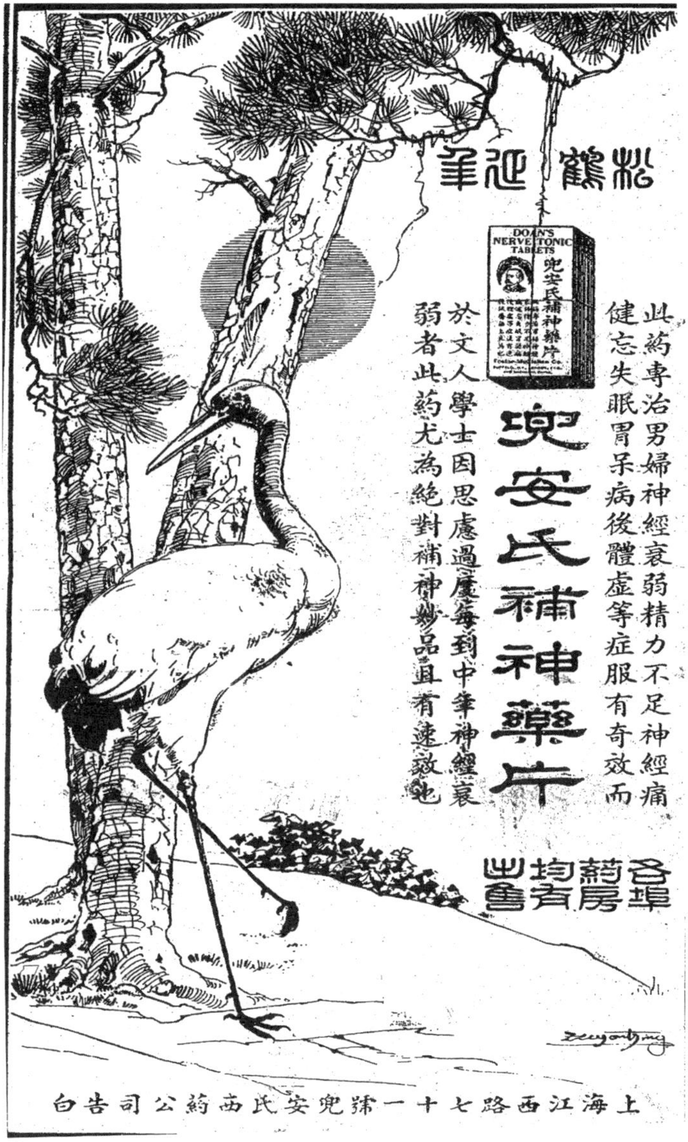

图 5-3 兜安氏补神药片(Doan's Nerve Tonic Tablets)

绝对补神妙品，且有速效也。"①广告下方印着药品公司的英文名字"Doan's Medical Company of Western Medicine"（兜安氏西药公司）。此公司在维多利亚时期就已存在，在英国及悉尼贩卖如"Doan's Backache Kidney Pills"（兜安氏腰痛补肾丸）之类药品。1900 年 12 月 13 日，悉尼出版的 The Bulletin 刊物中，也可看到他们的药品广告。②（图 5-4）

　　11 月 8 日的《上海申报》有一则"补尔多寿"的广告。这也是一种补血灵药，上面注明英文"new iron tonic"，还有德文"Blutose"的字样。广告词也声明此药无病不治，还卖弄一个神秘兮兮的德国医生名字："本品为德国休米脱伯儿博士发明之补血强精灵药。芳香美味……专治各种血亏体弱、神经衰弱、精力不足、精神不振、腰酸脚软、肺结核咳嗽……"③（图 5-5）如此标榜德国人的发明，或许是想靠欧洲风的名字增强权威性，但此药品事实上是日本藤泽药品公司所售。藤泽友吉于 1894 年于大阪创立藤泽商店，后于 1930 至 1943 年间改名为藤泽友吉商店。之后业务逐渐扩展至瑞典、伦敦、美国、法国及德国。④昭和时代一张Blutose 的彩色海报中，一名微笑女子手持一瓶药水，旁边的广告词写着"正しき補血強壮増進"（正牌补血健身剂）。右边印着片

---

①　《兜安氏补神药片》，《申报》（1930 年 5 月 13 日），第 14 版。
②　"Doan's Backache Kidney Pills"（兜安氏腰痛补肾丸，1900），The Bulletin（12 月 13 日）。网址：http://www.historypages.net/Pdoans.html#Top，检索日期：2008 年 5 月 28 日。
③　《补尔多寿》，《申报》（1930 年 11 月 8 日），第 7 版。
④　藤沢友吉有价證券報告書、2004 年、4 月 1 日。网址：http://www.astellas.com/jp/ir/library/pdf/f_securities2005_jp.pdf，检索日期：2008 年 5 月 25 日。

图 5-4　Doan's Backache Kidney Pills（兜安氏腰痛补肾丸）

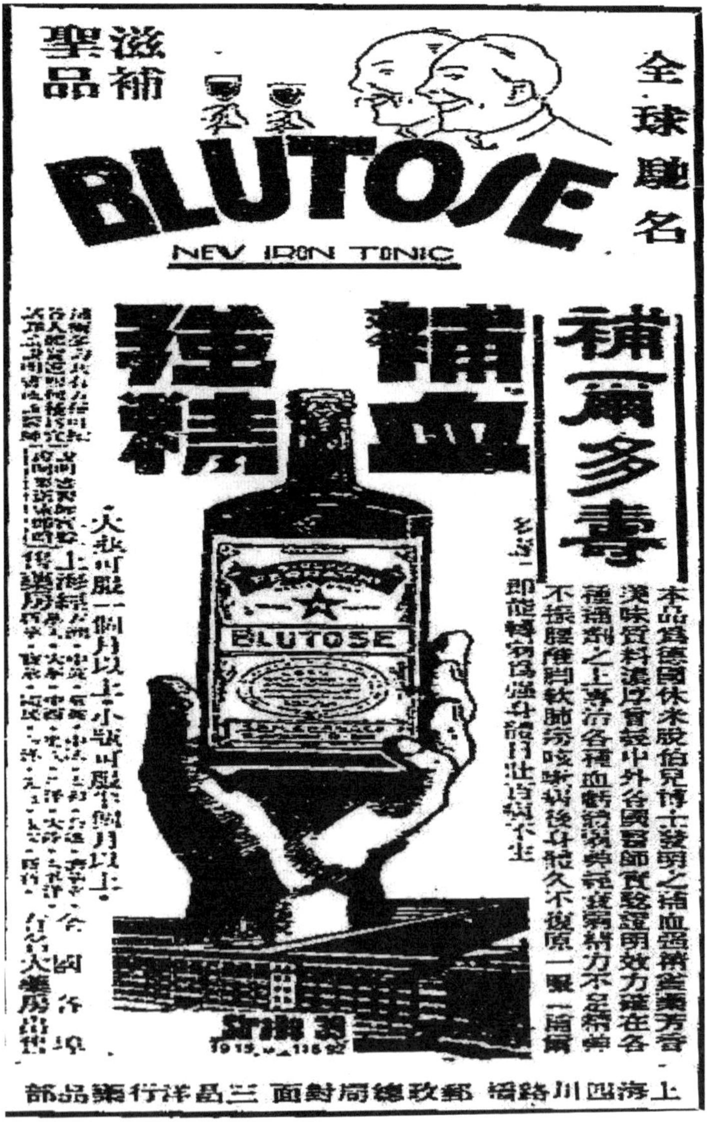

图 5-5　补尔多寿（Blutose）

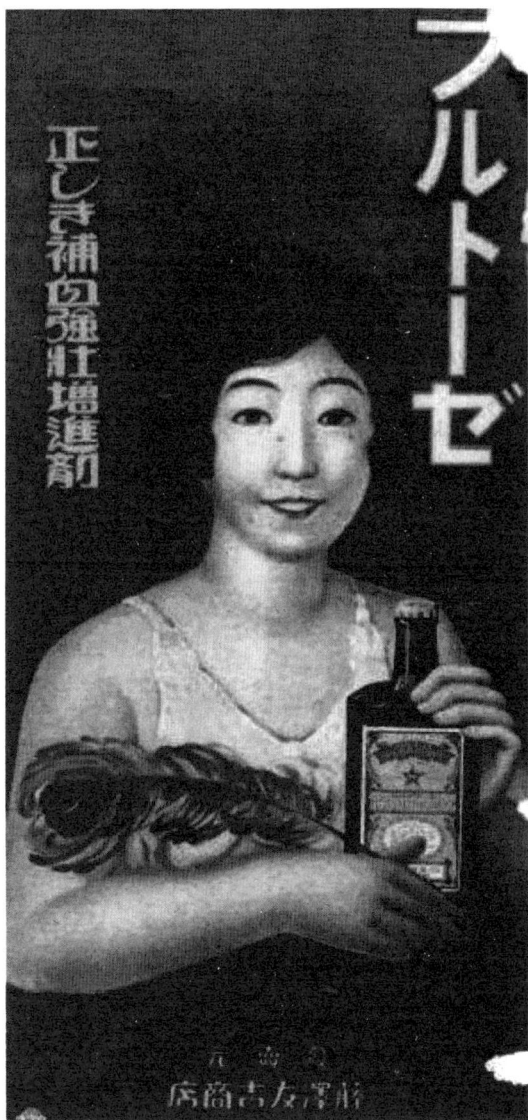

图 5-6 ブルトーゼ（Blutose 补尔多寿）

假名ブルトーゼの字样；广告下方印着藤泽友吉商店的名字。①
（图5-6）比较上述两种补尔多寿的广告，可见这类治疗神经衰弱
的补药在1930年代已成为中国及日本的家常用药。这个现代病
的知识透过翻译文本及学科建制，从西方传播到日本再到中国后，
诊断中国知识分子如鲁迅及刘呐鸥患了"心的疾病"的，是跟随
日本的帝国主义进驻中国的日本医师。甚而有之，日本人与西方
人又透过药品广告，谆谆告诫中国人：只要购买他们所出产的药
品，神经衰弱这种心的疾病，即可药到病除。因此，这个现代病
的旅行，不仅得力于透过翻译传播的科学知识，更透过随西方及
日本帝国主义扩张而来的学科体制及商业活动。

如何诉说"我爱你"

　　　　　"蓉子，你是爱我的吧？"

　　　　　"是的。"

　　　　这张"嘴"是不会说谎的，我就吻着这不说谎的嘴。

　　　　　"蓉子，那些消遣品怎么啦？"

　　　　　"消遣品还不是消遣品罢哩。"

　　　　　"在消遣品前面，你不也是说着爱他的话的吗？"

　　　　……

　　　　也许她也在把我当消遣品呢，我低着脑袋。

----

　　① 「ブルトーゼ」（"补尔多寿"，1930—1943），网址：http://www.east-
asian-history.net/textbooks/Slideshows/medicine/medicine_show.pdf，检索日期：
2008年5月25日。

"其实爱不爱是不用说的，只要知道对方的心就够。我
是爱你的，你相信吗？⋯⋯"①

穆时英的小说《被当作消遣品的男子》中，饱受摩登女郎挫
折的摩登青年觉得自己患了神经衰弱症。患得患失的他，被摩登
女郎的花心善变弄得失魂落魄，不禁接二连三地追问她：你到底
爱不爱我？你会不再爱我吗？你会爱上别人吗？当然，"心的疾
病"主因之一，就是爱情的难以捉摸。我们可怜的摩登青年，毋
庸置疑是个善妒的情人。然而，我们此处面对的，并非传统中国
的多情书生，而是现代中国出现的新型恋人。此外，花心的摩登
女郎口口声声挂在嘴上的"我爱你"，更非传统中文的表达方式。
五四文学以来的爱情观，突然变成一个炙手可热的议题。李海燕
2007 年出版的《心的革命》(*Revolution of the Heart*) 一书，企图
建立中国的爱情"系谱学"，从儒家思想的"情"追溯到五四的
"自由恋爱"，铺陈二十世纪上半叶中国爱情观的变化转折。相对
的，本章结论将从不同的角度检视这个议题："我爱你"这个词
汇如何因传教士的圣经翻译而进入中国，以及日本如何在翻译西
方文本时吸纳"爱"这个字眼，继而影响五四文学里有关爱情的
论述。

翻译的词汇不仅转变我们对自己及人际关系的感受，也改变
了现代中国人与日本人互相表达情感的方式。没有翻译，日本人
和中国人甚至不知如何表达"我爱你"。新教传教士翻译的圣经，
我们受益良多。圣经里，"爱"字作为动词使用的例子，不胜枚
举，可用来表达神爱世人，反之亦然；还有父母亲子之爱，男女

---

① 穆时英:《被当作消遣品的男子》，页 158。

情爱，朋友之爱。在《出埃及记》中，上帝对他的子民耳提面命：
"我爷华其神、是嫉妒其神。"（I, the LORD thy God, am a jealous
God），严禁世人崇拜偶像，并要求对他绝对专一的爱。[1] 在《约翰
福音》中，爱字经常出现，以下段落显示上帝如何再三要求他的
子民说出爱的誓言。出版于 1813 年的《神天圣书》是第一本刊
行的中文圣经，以文言文翻译：

> 第十四章十五节 尔等若爱我则守我戒。
> 第十四章二十八节 尔若爱我则欢喜。
> 第十五章九节 如父爱我，我如是爱尔，且居于我爱也。[2]

　　最明显的例子是第二十一章第十五到十七节，耶稣三度追问
乔纳的儿子："尔爱我乎？"西门被迫三度许诺对耶稣的爱，最后
觉得烦闷，回答道："主汝无所不知，汝知我是爱尔也。"上帝如
此反复要求所爱之人对自己许诺爱情和忠贞，醋劲之大，可堪比
拟世间或任何文学作品中最善妒之情人。

　　如果注意到张资平、郁达夫、穆时英等同时代作家的作品中
明显的基督教主题，就不至于低估基督教对五四文学中爱情论

---

[1]　见《出埃及记》第 20 章，第 4—6 节："不可为自己雕刻偶像，也不可
作什么形象仿佛上天、下地，和地底下、水中的百物。不可跪拜那些像，也不可
事奉他，因为我耶和华——你的神是忌邪的神。恨我的，我必追讨他的罪，自父
及子，直到三四代；爱我、守我诫命的，我必向他们发慈爱，直到千代。"

[2]　马礼逊（Robert Morrison）等著：《神天圣书》（1813），收入 *China
and Protestant Missions: A Collection of their Earliest Missionary Works in Chinese*,
Leiden: IDC, 1983.

述的影响。基督教对现代日本文学的影响也昭然若揭。[①] 虽然天主教教会中的确有圣经的中文翻译在私下流传，但一直要到十九世纪才有中文圣经发行出版，开其先河的是新教传教士。来自苏格兰长老教会的牧师马礼逊（Robert Morrison，1772—1834），是中国第一位新教传教士，在广州传教。他居住中国二十七年，首先与传教士们担负起全本中文圣经的翻译工作。《神天圣书》于1823 年在马来的马六甲出版发行。[②] 英国公理会传教士麦都思（Walter Henry Medhurst，1796—1857）来华十六年，与其他传教士一起修订当时流通的中文版圣经。新约于1852 年在上海出版；旧约也随即在1856 年于上海发行。[③] 马礼逊及麦都思所编纂的字典，有助于本章的研究。

马礼逊的《华英字典》（A Dictionary of the Chinese Language，1815—1823）用"爱"（粤语发音为"gae"）字来翻译"love"。[④]

① 关于基督教对五四文学的影响，见许正林：《中国现代文学与基督教》，上海大学出版社，2003。基督教对日本现代文学之影响，见肖霞：《日本近代浪漫主义文学与基督教》，山东大学出版社，2007。

② Alexander Wylie, *Memorials of Protestant Missionaries to the Chinese: Giving a List of Their Publications, and Obituary Notices of the Deceased*, Shanghae: American Presbyterian Mission Press, 1867, 台北成文出版社 1967 年重刊，页 5。

③ *Ibid.*, p.35. 麦都思与米怜（William Milne，1785—1822）及其他传教士共同编修马礼逊所翻译的圣经。其他合作的传教士有慕维廉（William Muirhead），艾约瑟（Joseph Edkins）及米怜的儿子美魏茶（William Charles Milne）。见 Alexander Wylie, *Memorials of Protestant Missionaries to the Chinese.* 关于基督教传教士在中国及出版于中国的新教文献，见 *Records of the General Conference of the Protestant Missionaries of China, Held at Shanghai, May 10-24*, 1877, Shanghai: Presbyterian Mission Press, 1878，台北成文出版社 1973 年重刊，页 203—227。

④ R. Morrison, *Dictionary of the Chinese Language*, Macao, China: The East India Company's Press, 1819-1823, Part III, vol. 6 (1822), p.262.

此字典总共三部分，分成六卷，收在第二、三部分的中文条目都标有粤语发音。马礼逊等传教士常驻在广州或澳门（中国只允许传教士在此二城市活动）传教，必须依赖粤语，字典是为学习粤语而编，这是合理的。[①] 如果参考《明治用语辞典》（『明治のことば辞典』，1986），我们看到"爱"字列为第一个条目，是来自中文的转借字，从明治时期起，日本用这个字来翻译"love"及"to love"。[②] 根据此字典所载，末松谦澄（1855—1922）于1889年（明治二十二年）在翻译英国通俗作家夏洛特·玛丽·布雷姆（Charlotte Mary Brame，笔名为 Bertha M. Clay，1836—1884）的《山谷的姬百合》（『谷間の姫百合』，原标题为 Dora Thorne，1877）时，就用"爱"这个字来翻译"love"。他在脚注中解释使用此字之源由：

> 对我来说，"love"在我们的语言中并没有相对应的字，所以在翻译这个字时，我用"爱""慕""恋""思""好"等字。原则上我并未依照任何成规，只是顺着语气文势来选择适合的字来翻译。"To Like"这个字没有"to love"那么强烈。因为很难找到合适的字来突显其中程度上的轻重差异，以至于这两个字的翻译常常混淆不清。所以我别无他法，只好提出"爱"这个字。[③]

---

① 在中国的圣经译本，除了普通话译本，还有各种方言译本，如宁波话、福州话、上海话、客家话、厦门话、金华话等。

② 物鄉正明『明治のことば辞典』東京堂出版社、1998[1986]年、第3版、頁2—3。

③ 同前注，頁3。

此处我们看见译者在跨越语言文化界限时，对自己所扮演的角色高度自觉，并且反复权衡各种可能对译的字眼，就为了恰当地翻译一个字。这就是能动性（agency）所在：为了要选择最正确的字汇（如果可能"正确"的话）来翻译所要传达的知识或感受，译者必须竭尽他的语言能力，来找出一个他觉得最适合的字。在此例中，中国古文中的"爱"是末松谦澄认为最接近英文的"love"。

据我所知，在麦都思的《英华字典》（*English and Chinese Dictionary*, 1847—1878）中，"to love tenderly"的项下，"to love"首度被译成"恋爱"（广东话念成 lwân gnaé）。在"to love"这个条目下，粤语相对应的词语有"gnaé"（普通话发音为"爱"），"haóu"，（普通话为"好"），意为"偏好"），"pung"（"宠溺"，普通话"捧在掌心"的"捧"字可勉强对应），"teīh teīh"（疼惜），等等。[①] 当中村正直（1832—1891）于 1870 年将塞缪尔·斯迈尔斯（Samuel Smiles）的《西国立志编》（*Self-Help*，1859）译介到日本时，"love"首度翻译为"恋爱"（れんあい）。中村把这个词汇当动词使用，但后来变成名词。[②] 根据柳父章的研究，中村很可能从麦都思的字典中学到这个词汇，当时在日本这部字典是广为人知的。[③]《女学杂志》的编辑岩本善治 1890 年在一本翻译小说的书评中指出："恋"（こい）一字来自日本庶民的粗俗用语，

---

① W. H. Medhurst, Sen., *English and Chinese Dictionary,* Shanghai: the Mission Press, 1847-1848, volume II, p.808.

② *Ibid.*, p.602. 关于中村正直在明治日本倡导基督教的故事，见 A. Hamish Ion, "Edward Warren Clark and Early Meiji Japan: A Case Study of Cultural Contact," in *Modern Asian Studies* 11.4 (1977): 557-572 。

③ 柳父章『愛』三省堂、2001 年、頁 52。

但"恋爱"（れんあい）两字合用时，就变纯净了：

　　　　译者［以"恋爱"一词］纯净且正确地传达了"love"的
　　感觉，同时，充满不洁暗示的日本俗字［恋］在这种巧妙的
　　运用中，也变得纯净了。①

　　北村透谷（1868—1894）于 1892 年在《女学杂志》中发表一篇题名为《厌世诗家与女性》（「厭世作家と女性」）的文章，开头就写道："恋爱是人生的秘钥——有恋爱就有来生，没有恋爱的人生毫无色彩。"如众所周知，这篇著名的文章昭示着日本浪漫时期的来临。② 柳父章的《爱》一书追溯"爱"的字源及演变：希腊哲学家阐释的"eros"（男女之爱）及"agape"（神对人之爱）；基督教拉丁文经典所翻译的"caritas"及"cupiditas"；十二世纪南法吟游诗人所歌咏的"amour"（男女之爱升华为神圣之爱）混合了"eros"及"agape"的意义；到宗教改革后德文"liebe"及英文"love"的翻译；一直到译介为中国及日本的"爱"。提到其语意在历史上数度变迁，他说道："其实是翻译用语的问题。"（問題は翻訳語だ）③ 我们探讨中国"爱"的概念演变时，如果忽略了邻近的日本同时期的发展，眼界将大受限制。五四时期盛行的"恋爱 + 革命"小说，在大正时期的日本早已是一种重要的文类，当时无政府主义者如大杉荣，正提倡"自由恋爱"作为抵抗封建主义的意识型态。笔者在第四章中提过，中国无政府主义者如刘师培及

---

① 同前注，页 53。
② 同前注，页 54。
③ 同前注，页 41。

张继于1907至1908年在东京求学并参与无政府运动期间，曾追随大杉荣学习世界语。讨论"恋爱+革命"及中国"情"的传统的对照关系，意义不大；关键是"情"自晚明以降历经数百年的传统论述，在近现代几近一夕蜕变的原因何在？如果李海燕探讨这个概念时，能够探讨它如何从西方漂洋过海到晚清及五四中国，并能把日本——我们的文化分身——纳入考虑范围，她的《心的革命》一书将更令人信服，也更具启发性。① 如果她让"爱"的系谱学跨越中国及日本的国家及语言界限，她的书可能令人耳目一新。

据柳父章所言，奈良末期的诗歌集《万叶集》（625—750）中，"爱"转借自中国古文，而恋（こい）则是日本本土语言——"大和言叶"。他指出，"爱"一字只出现在阐述佛教教诲的题词中，但从未出现在以本土日语所写的歌谣中。与"爱"相对应的日文字则是"おもほゆ"及"しぬばゆ"。② 但柳父章指出"恋爱"中的"恋"是本土日语，这种说法令人怀疑。

笔者同意，"恋"以平假名书写成"こい"时是大和言叶。但是"恋爱"两字连用时，发音是中文的音读而非日文的训读，因此可以判定是中国的"恋"与"爱"两字的并用。此二字在古典中文中均大量使用。③ 举例来说，班固（32—92）《汉书》中

---

① Haiyan Lee, *Revolution of the Heart: A Genealogy of Love in China, 1900-1950,* Stanford, CA.: Stanford University Press, 2007.

② 柳父章『愛』，页69。

③ 長戶宏『大和言葉を忘れに日本人』明石書店、2002年、頁159—204。作者企图厘清在汉字传入日本之前，日本本土语言的历史。有韩国学者主张日本本土语言与古代韩语有关联，参考朴炳植『大和言葉の起源と古代朝鮮語』成甲書店、1986年。有关荻生徂徕批判以训读法学习中文的缺点，参考子安宣邦『漢字論不可避の他者』岩波書店、2003年、頁71—100。

的《张骞传》，"恋"与"爱"就频频出现，如"蛮夷爱之""单于爱养之""蛮夷恋故地"。[①]"恋"及"爱"最初都是书面语而非口语。近十个世纪后的宋词中，"恋"一字已近乎口语。如黄庭坚（1045—1105）词曰："怨你又恋你。恨你惜你。毕竟教人怎生是？"[②]但"恋你"这个用法并未传世。

如同今天的我们，生于古代中国或是明治日本之前的人，当然知道如何去爱。宋代女词人魏夫人（1040—1103）写过一阕词，其中的女性叙事者，因所爱之人暌违日久，哀怨之情溢于言表。结尾的一段，就古典诗词标准而言，相当露骨："我恨你，我忆你，你争知？"[③]她心心念念想说的是"我爱你"，但却苦于说不出口。

十一世纪魏夫人说不出口的关键话语，到十九世纪初因传教士的中文圣经翻译而变为可能。当时中国人面临创造新白话文的危机，透过文化翻译，学习到如何表达内心的欲望，就如同学习为心的疾病命名一样；这是一种"学来"的现代病和感受。穆时英故事中摩登男女的言谈，任意夹杂东西方词汇，医学名词信手拈来，处处显示他们所表现的情感，充其量是现代版的"为赋新词强说愁"；更重要的是，展现了现代化进程中科学知识的通俗化。透过小说，我们看见新感觉派作家巧妙地将语言实验、文学批评及科学知识评论熔为一炉，充分展现跨文化现代性的精髓。他们的作品不但彰显、并嘲讽了混语书写混杂了当下东古、西方及人文、科学话语的特色，谐拟的语气显现出他们在追求西方现

---

① （汉）班固撰，（唐）颜师古注，杨家骆主编《张骞及李广利列传》，《新校本汉书》，台北鼎文书局，1986，卷61，页2689及2692。

② （宋）黄庭坚：《归田乐引》，收入唐圭璋编：《全宋词》，台北明伦出版社，1970，卷1，页407。

③ （宋）魏夫人：《系裙腰》，收入唐圭璋编《全宋词》，卷1，页269—270。

代性的过程中，反复检视西方及自我的模拟和差异。在东西方接触的当下，他们透过"取舍折衷"，自觉地进行创造性的转化，不但创新了文学语言、日常语言，也形塑了我们的自我认知及对彼此、对世界的认知。

本章所标举的"一个旅行的疾病"，展现科学术语与情感表达模式的越界旅行过程，目的是尝试定义：何谓跨文化现代性？晚近的跨文化研究，常以表演性（performativity）作为隐喻，例如黛安娜·泰勒（Diana Taylor）的著作 The Archive and the Repertoire。泰勒描述一出剧本中的女性角色 Intermediary，是墨西哥的西班牙人及美洲印第安人的混种后裔。剧中她的身体及心灵形成文化记忆铭刻的场域，各式各样的声音、语言、论述在此场域中汇流又流出。[①] 根据泰勒的分析，在此文化汇流的过程中，剧中角色有如空虚的容器一般，五花八门的讯息可以自由流进又流出。穆时英的摩登男女也是这类缺乏自主意识的故事角色，他们的身心就是文化汇流的场域，随着铭刻了文化记忆、不断前行之潮流载浮载沉。

这种隐喻固然迷人，但本书所着重的是在此跨文化场域中展开积极作为的演员，他们在文化中介或文化夹缝中找到创造性转化的空间。在此空间中，意义、意图及言语不断流动变化，是从事文化翻译者——翻译家、艺术家、思想家、作家及知识分子等—— 所致力的场域。换句话说，文化翻译者与其比拟为一个故事中的角色，不如比拟成在跨文化场域中从事表演的演员。因此，我所谓的跨文化现代性，所凸显的是演员的心态，而非剧中

---

① Diana Taylor, *The Archive and the Repertoire: Performing Cultural Memory in the Americas*, Durham, NC and London: Duke University Press, 2003, pp.79-86.

角色。跨文化场域就是现代性发生的空间，而这些演员是现代性的推手。他们不仅是泰勒描述的"信息网络中的受话者／传话者"，而是进一步在此网络中找到"创新的能动性"（an agency of initiation），如同霍米·巴巴在 *Location of Culture* 一书中讨论少数族裔挑战主流文化时所指出 ①，这也是朱迪斯·巴特勒在讨论女同志的情欲再现时，所提到的"表演的能动性"（a performative agency）②。对于巴巴来说，能动性的开创，总是发生在弱势挑战主流的不对等立场中。③ 人的活动处处受体制所限，毋庸置疑。无意识的芸芸众生，只能在各种声音论述中浑浑噩噩、随波逐流；相对的，能超越体制限制的人则鹤立于群。现代中国及日本接收西方知识的强势输入时，文化翻译者发挥个人能动性，介入各体制实践之间，施展折冲平衡工夫，不断地挑战外来体制及传统体制实践的界限。他们是福柯笔下的现代性推手，总是身处疆界、挑战界限，担负起"当下的发扬光大"（heroization of the present）之任务。他们是创造趋势的前行者。

---

① Homi Bhabha, *The Location of Culture*, London and New York: Routledge, 1994, p.235.

② Cf. Judith Butler, "Preface (1999)" in *Gender Trouble*, London and New York: Routledge, 2006, p.xxv: "In this text as elsewhere I have tried to understand what political agency might be, given that it cannot be isolated from the dynamics of power from which it is wrought. The iterability of performativity is a theory of agency, one that cannot disavow power as the condition of its own possibility."（在本书及其他研究中，我一直尝试去了解，究竟政治能动性可能是什么？前提是它无法从型塑它的权力动态中抽离出来。我所谓的表演的可重复性，就是一种能动性的理论，它无法否认：权力是它的可能性的条件。）

③ Homi Bhabha, *The Location of Culture*, p.231: "For what is at issue in the discourse of minorities is the creation of agency through incommensurable (not simply multiple) positions."（弱视族群论述中的重要议题是：透过不对等的［非仅是多元的］立场时，能动性的创造。）

结论

相互依存

结论：相互依存

本书提出跨文化现代性的概念，目的有二：一是凸显文学接受非文学成分的强大包容力；二是强调创造性转化在跨文化场域中的实践。笔者以混语书写的概念来分析中国现代白话文的跨文化混杂特质，事实上此概念亦可适用于上世纪前半叶的现代日文。随手翻阅西胁顺三郎的诗作及理论文章，其中任意夹杂的大量外文（包含拉丁文、法文及英文）人名、语汇及词句，令人惊异。只看他 1929 年评论集《超现实主义诗论》的《序》，便可一窥现代日文（及现代中文）的混语实践滥觞，充分显示欧洲文明如何被视为进步的表率：

> 特别要提的是，本书仅纪录我以波德莱尔（Ch. Baudelaire）为中心的思考。⋯⋯ 波德莱尔（Baudelaire）的超自然主义（Surnaturalisme）影响及二十世纪的超写实主义（Surréalisme）。
>
> （殊に Ch. Baudelaire を中心として感じたことを単に記述したものである。⋯⋯ Baudelaire の Surnaturalisme に関連して、二十世紀の Surréalisme に及んだ。)[1]

此处强调"仅纪录"，原因是书中所收录的作品并非由任何理论或系统主导，只不过是他关于波德莱尔的随想笔记罢了。又如他的诗集 *Ambarvalia*，书名直接用拉丁文，指的是罗马举行于

---

[1] 西脇順三郎「序」(1929)、『超現実主義詩論』、『定本西脇順三郎全集』第 5 卷、筑摩書房、1994 年、頁 7。

五月末、礼赞女神刻瑞斯（Ceres）的丰收仪式。诗集的第一部分称为"LEMONDE ANCIEN"（古代世界，原文为法文）；第二部分称为"LEMONDE MODERNE"（现代世界）。[1]一如他同时代的前卫作家作品，外国文字往往直接插入他的作品中，并未翻译成片假名；许多冗长的外文段落也都照原文引用，完全没有翻译出来。

　　二十世纪上半叶的日本普遍对外来事物殷殷向往，热衷于语文实验；这绝非新感觉派所独有的现象。评论家萨斯（Miriam Sas）及斯奈德（Steven Snyder）等人已指出，由于欧洲影响所及，激发了永井荷风及当时的超现实主义作家创造出新的文学语言及书写模式。萨斯认为，日本的超现实主义是日法前卫主义的邂逅，使得"相距千里的现实与文化"有可能进行"创造性的交融"。他认为法国及日本的超现实主义艺术家都在"探索运用新的语言模式，解构并挑战诗的意义的固有概念"[2]。我们也可在永井荷风的作品中找到浪荡子美学的概念，虽然他并未使用这个词汇。斯奈德指出，"永井荷风是个漫游者，也就是因现代主义始祖波德莱尔的《巴黎的忧郁》而永垂不朽的都市潜行者（the urban "prowler"）"[3]。

　　斯奈德不仅指出永井荷风是个波德莱尔式的漫游者，他更引用赛登施蒂克（Edward Seidensticker）翻译的永井荷风1919年的文章《花火》，其中永井成了一名不折不扣的"老派浪荡子"（the

---

[1]　西脇順三郎 Ambarvalia（1933）、『定本西脇順三郎全集』第 1 卷。

[2]　Miryam Sas, *Fault Lines: Cultural Memory and Japanese Surrealism*, Stanford, Calif.: Stanford University Press, 1999, pp.1-6.

[3]　Steven Snyder, *Fictions of Desire: Narrative Form in the Novels of Nagai Kafū*, Hawai'i: University of Hawai'i Press, 2000, p.1.

old-style dandy）：

> I concluded that I could do no better than drag myself down to the level of the Tokugawa writer of frivolous and amatory fiction. Arming myself with the tobacco pouch that was the mark of the old-style dandy, I set out to collect Ukiyoe prints, and I began to learn the samisen……①
>
> （我的结论是自己不过是德川时期那些鸳鸯蝴蝶派的小道作家。我腰系老派浪荡子的烟草袋，进行搜集各种浮世绘海报，开始学习三味线……）

赛登施蒂克的译文其实是一种诠释性的翻译。在荷风的原文中，"老派浪荡子"一词根本不存在。文章仅写道："从此我腰系烟草袋，进行搜集浮世绘的海报，并学习三味线。"（その頃からわたしは煙草入をさげ浮世絵を集め三味線をひきはじめた）②然而，即使浪荡子一词并未出现，荷风的文章的确传递了浪荡子美学的概念。赛登施蒂克的翻译及史耐德的分析都暗示：浪荡子／艺术家高度自觉身处于历史的分水岭，一心一意从事自我创造。醉心于西洋文学典范，执迷于自身艺术境界的完美，荷风从江户、德川传统中寻求与过去文化的联结，进而寻求创新文学语言及叙

---

① *Ibid.*, pp.2-3; Edward Seidensticker, *Kafū the Scribbler: The Life and Writings of Nagai Kafū, 1879-1959*, Stanford, Calif.: Stanford University Press, 1965, p.46. 此段引文的日文原文第一句话，事实上是："我一向以为我的艺术品位只不过是江户作家那种水平而已。"

② 永井荷風「花火」（1919）、『荷風全集』第 14 卷、岩波書店、1993 年、頁 256。

事模式的可能性。浪荡子悠闲的生活模式在此也昭然若揭：烟草袋、浮世绘海报的收集、三味线的学习，以及对风尘女子的迷恋。在他自我形塑的浪荡子美学中，融合了传统与外来文化：外来的烟草与传统的艺术形式及乐器结合在一起。看似悠闲的生活模式背后，是浪荡子对艺术追求的高度自觉及孜孜不倦的自我创新。这种挑战界限、尝试越界的现象，永井荷风绝非唯一。即使所谓"浪荡子美学"一词并未存在，当时的作家确实已经实践其精神。

　　同样的，中国的浪荡子美学及混语书写也不仅限于上海新感觉派作家。早在 1901 年梁启超所写的《烟士披里纯》一文，就有混语书写的绝佳例子。中文篇名是英文 inspiration（灵感）的直接音译。文章只有一页多长，引用了中西历史中诸多例子来阐释灵感的概念。引用的西洋人名从语音直译，包括摩西（Moses）、汉密尔顿（Alexander Hamilton）、马丁路得（Martin Luther）、卢梭（Rousseau）、华盛顿（Washington）、拿破仑（Napoleon）、克伦威尔（Cromwell）、若安（Jean of Arc）等。从中国经典中引用的人名也为数不少，包括孟子、赵瓯北（1727—1814），还有诸葛亮、关公、张飞、赵云、刘备、曹操及孙权等三国人物。中西文学名著也不虞匮乏，例如鲁索的《忏悔录》及司马迁的《史记》。全文以古典中文书写，插入音译的外国人名及外文原文。英文字 inspiration 在行文中放在括号内总共出现过两次，而英文整句"WOMAN IS WEAK, BUT MOTHER IS STRONG"更在括号中置于中文译句之后。[①] 梁的混语书写，综合了文言文、传统白话文、外文人名及词语的音译，以及外文原文，对当时及后代文人有重

①　梁启超：《烟士披里纯》，收入《饮冰室合集·专集 1·自由书》，中华书局，1989 [1936，卷 6，页 70—73。

大影响。面临新时代的分水岭，混语书写自由拼凑不同语言成分的书写模式，符合当时必须快速传递新观念、新语汇的与日俱增需求。梁后来流亡到横滨，是对抗腐败满清政府的改革派人士，创立了《新民丛报》（1902—1907）。当时他的特殊书写风格被尊崇为新民体，可以视为中国新白话文的先驱。

再以翻译波德莱尔诗作《腐尸》（*Une Chargone*）①而知名的新月社领袖徐志摩（1897—1931）为例。身为富商后代，徐具备浪荡子的一切物质条件。据说他年轻时一表人才，五官精致皮肤纤细。他衣着讲究，总是身着丝质长袍，外加镶有宝石或玉质纽扣的短褂。连他的鞋子也十分特殊。在棉袜与黑缎鞋之间，他的两足以方巾包裹，形成扇状。众所皆知，他一生佩戴金边眼镜。②为了开创完美的自我，他也是一个积极的旅行家，云游世界各地，寻访名师学习。他师从梁启超，后来在哥伦比亚大学及剑桥大学学习社会学及政治科学。据说在二十四岁之前，对他而言，相对论及鲁索的社会契约论比诗要有趣得多了。1921 年他在伦敦首度坠入情网，爱上林徽音而开始写诗。不幸的是，林早已在梁启超和林父的安排下，与梁的儿子订了婚。

徐自己也并非单身。他年方二十的妻子，是五年前因父母安排而结合的，他也曾十分喜爱她。为了避免丑闻，林徽音由父亲带回中国。徐却在美丽善良的妻子第二胎待产之时，狠心与她离婚。他固执地毁弃了自己的婚姻，却又得不到所爱。如同一个典

---

① Haun Saussey, "Death and Translation," *Representations* 94.1 (Spring 2006): 112-130.

② 章君谷：《徐志摩传》，台北励志出版社，1970，页 5—6。梁实秋：《谈徐志摩》，台北远东图书公司，1958，页 5。章氏对徐的描写，乃根据梁实秋的著作。

型的浪荡子，与女人复杂的关系似乎是他的宿命。1922年他返回中国之时，已经造访过英国、柏林、巴黎、新加坡、中国香港和日本。在每个地方他都邂逅了无数摩登女郎，并一一描绘她们令人惊艳之处，例如说英年早逝的新西兰出身的英国女作家凯瑟琳·曼斯菲尔德（Katherine Mansfield）。[1] 为了译介她的作品到中国，他开始从事翻译。他的第二任妻子陆小曼是个典型的摩登女郎，能通英、法语，两人的关系后来变成一场灾难。陆小曼的第一任丈夫亦是梁启超的学生，陆离婚后嫁给徐志摩。婚后，徐志摩容忍陆的婚外情，纵容她与情夫终日卧床吸食鸦片，自己更是奔走于上海北京之间，在大学兼课，赚取钟点费来支应陆的奢华生活。后来他接受了胡适的邀请，至北京大学担任全职教职，却又被召回上海。徐最后在回程北京的途中，坠机而死。

有中国拜伦之称的徐志摩与他生命中的三个女人，已经启发了无数的故事写作及改编，包括2006年大受欢迎的电视连续剧。他对一个无辜女性的残忍（他甚至怂恿她堕胎）、对不能企及的女人的渴求、对鸦片瘾者的痴迷，在在激发了不同的诠释观点——事实上诗人对朋友及学生特别慷慨仁厚，这是众所皆知的。就本书的观点而言，徐的故事正反映了浪荡子一心在摩登女郎身上追寻理想自我，至死不悔。第一任妻子是美德的典范，但是在智性上却远不如他，绝非摩登女郎。我们知道他曾经试图教育她：在徐赴美留学前，他曾经安排自己的师塾老师教授她文言文。[2] 反之，林徽音代表了他理想自我的投射。她也写诗，两人对新诗

---

[1]　徐志摩：《曼殊斐儿》，《徐志摩全集》，香港商务印书馆，1983，卷3，页1—25。

[2]　章君谷：《徐志摩传》，页39。

的押韵及音乐性所见略同，而且都相信新诗的情感力量，认为诗是一种革命性的文学媒介。1923 年梁启超写信劝他在男女关系上谨慎为之（意指他与林的关系），徐回应道："我将于茫茫人海中访我唯一灵魂之伴侣。"[①] 终其一生他渴求完美的另一半，寻寻觅觅，在摩登女郎陆小曼身上看到了潜力，希冀她成为自己的灵魂伴侣（他鼓励她写作），但终究因她而饱受折磨、为她而死。

　　徐志摩的文学是绝佳例子，展现了面对新时代的分水岭，浪荡子美学如何可能带来跨文化现代性。他的作品是混语书写的绝佳展现，是古典及现代诗、标准中文及方言的协调衔接。他以《诗经》的传统句式翻译济慈（Keats）、伊丽莎白·勃朗宁（Elizabeth Browning）及汤姆森（Maurice Thomson）等的诗作。[②]举例来说，他将勃朗宁的 "Inclusions" 一诗的首句 "Wilt thou have my hand, dear, to lie along in thine?" 译为"吁嗟我爱！　盍握予手？"吁嗟乃叹息的拟声词，在全诗中反复出现，有如乐曲的反复，是诗经典型的特色。对于中文读者而言，这种笔法悦耳动人。其诗作《一条金色的光痕：硖石土白》结合了当时新引进的西洋文学独白技巧，并以他家乡浙江硖石的方言书写。[③] 透过独白的形式，他成功地实践了五四时期以方言入诗的口号。他的散文也充分展现了混语书写的特色。外国人名、名词的音译、没有翻译的外文段落、外国概念的翻译等，都是徐的书写不可或缺的部分，也是

---

① 徐志摩:《片断》（1922），收入陆耀东编《徐志摩全集补编：日记·书信集》，香港商务印书馆，1993，卷 4，页 7。

② 徐志摩译: "Inclusions"（E. B. Browning 原著），收入陆耀东编《徐志摩全集补编：诗集》，卷 1，页 197—198。

③ 徐志摩:《一条金色的光痕：硖石土白》，《徐志摩全集》，卷 1，页 89—92。

晚清至五四一代文人的书写特色。

　　事实上混语书写是任何文学及语言形成过程的特质。所有活生生的语言及文学，不都具有这种包容性，时时刻刻接受新的成分，因而流变不居吗？一位日本友人曾告诉我，她从哈佛大学访问一年后回到东京，竟然完全看不懂她出国期间所出现的各种片假名词汇。中文亦复如是；假如不透过儿子的翻译，我也无法理解目前兴起的校园流行用语。

　　以上我重申浪荡子美学及混语书写的特质，探讨新感觉派作家以外，日本及中国现代作家这方面的实践。接下来，将进一步阐释跨文化现代性的另一个面向，作为结论：相互依存。本书重点之一，即在说明事物的环环相扣，在某地发生的事物，可能与遥远的彼方，甚至地球另一端所发生的事物产生联结。即使看似毫不相关的事物之间，也可能有因果关联，如同 2006 年 Alejandro González Iñárritu 的电影《巴别塔》(Babel) 所呈现。电影述说在沙漠里的一次枪击事件，如何串联起地球上看似不相关的个人：两个摩洛哥的年少兄弟、一对美国夫妇旅客、卖枪给摩洛哥猎人的日本人、他的目睹了母亲自杀惨剧的女儿千惠子、调查枪击事件的日本警探，还有这对美国夫妇的儿女的墨西哥保姆，为他们服务了十六年，却因严格的边界管控而遭遣返。这部电影发人深省，让我们不得不思考边界管控及相互依存之间的两难。开放边界的负面结果，我们都耳熟能详，包括恐怖主义、毒品贩卖以及对国内劳力市场的威胁等，但毫不留情的边界管控，终究导致至亲隔绝及仇外的悲剧。问题是，无论边界管控如何防卫严密，终究无法防止人员及物品的非法流窜。就文学而言，人物、文本及概念的跨国流动毕竟无法遏止，若我们将之"合法化"，又有什么损失可言？

　　为了进一步说明相互依存的概念，笔者想提出日本现代文学中的一个事件。如众所周知，日本现代诗其实并非自日本本土诞生，而是诞生于伪满洲国。1924 年安西冬卫（1898—1865）及北川冬（1900—1990）两位离散于伪满洲国的诗人，于大连创办了《亚》诗刊。安西冬卫因受雇于日本殖民政府经营的"南满铁道公司"，来到大连；北川冬彦则是随受雇于该公司的父亲，迁徙至此。他们两人共同倡议一种新的散文诗体，目的是革新自明治时期以来，因逐渐形式化而丧失活力的新诗。在英国受过教育的西胁顺三郎，于 1926 年在东京创立超现实主义派，对两人创新的才气赞誉有加。1928 年他邀请安西冬卫一起创办《诗与诗论》杂志，为日本殖民地及本土现代诗美学的合流交会，树立了划时代的指标。①

　　截至目前，日本现代主义之始与日本帝国主义扩张、伪满洲国建立之间的关联，已有若干评家开始注意，而伪满洲国研究将中国、日本、韩国、俄国及其他诸国带入视野，已成为一个迷人的研究领域。②对笔者而言，日本现代主义起源于伪满洲国的例子，至少显示两方面的重要性。

　　首先，所谓"日本的"或"中国的"从来就不是排外的。在文学研究中，"国家文学"的概念，恐怕远不如文学跨越国界、

---

　　①　参考王中忱:《越界与想象——20 世纪中国、日本文学比较研究论集》，中国社会科学出版社，2001，页 27—52。

　　②　除了王中忱的书，亦见 William Gardner, "Anzai Fuyue's Empire of Signs: Japanese Poetry in Manchuria," in Rebecca Copeland, ed. *Acts of Writing: Language and Identities in Japanese Literature*, West Lafayette, IN: AJLS, Purdue University, 2001, pp.187-200; "Colonialism and the Avant-Garde: Kitagawa Fuyuhiko's Manchurian Railroad," Stanford Humanities Review, Special Issue, Movements of the Avant-garde 7.1 (1999): 12-21.

联结不同国族的现象，更发人深省。当然，诸如中国文学、日本文学、英国文学等概念，依旧有其合法性；但我们应当注意，所谓国家文学向来就不是封闭的体系，而是流动的。国家文学的边界，如同国界，总是不断被外来文学、文化及哲学思想、概念等所渗透。伪满洲国的一份文学刊物，开启了日本的现代文学运动。发源于 1920 年代巴黎的新感觉文风，流传到东京和上海，使两国的本土文学传统产生蜕变。其他国家文学当然不乏类似的演变。

其次，日本现代主义发生于伪满洲国的现象，让我们意识到跨领域研究的必要：文学、政治、经济，以及殖民主义等议题，相互关联。没有国家文学能"纯粹"到完全杜绝外来影响，同理，也没有文学能排除非文学元素的渗透。为了理解文学现象，我们经常需要探讨性别关系、哲学概念、传教士活动、政治运作、意识形态及信仰、社会规范、经济发展，以及科学概念等。如果坚持只作"纯粹的"文学研究，我们便无法理解文学在接纳并进而转化非文学成分的过程中，其自我蜕变及自我开创的丰富复杂性。

本书特别关注人物、文类、文本、概念及思想在旅行流动的过程中，如何因看似毫不相关的因素而彼此产生唇齿相依的关联。跨文化现代性的特色是文学及语言创作的混杂性，同时也强调不同语言文化的联结路径。要使我们自己的文化及领域与异文化及其他领域产生联结，我们一方面必须培养多语言、多元文化的能力，一方面必须从事跨领域研究。

夏志清于 1961 年提出：五四文学的特色是"感时忧国"（obsession with China）；我们均已耳熟能详。[1] 事实上，中国现

---

[1]　C. T. Hsia, *A History of Modern Chinese Fiction*, New Haven: Yale University Press, 1971, 2 edn. Originally published in 1961.

代文学研究也有同样现象。在华语社群里，中文系的学者鲜少与日文系互动，反之亦然。这种相互隔绝的现象亦可见于美国、英国、法国或其他地方的东亚系或东方研究学系。学术研究中，东西方隔阂的状况似乎也很难超越，即使比较文学系一向积极鼓励东西方的比较研究。主因在于，非欧洲的研究无法吸引欧洲研究者的兴趣。比较文学系若要改善这个现象，只有跨越学系及语言的界限——并非否认界限的存在，而是认清限制何在。唯有认清限制何在，我们才可能能转化现状。学习我们自己区域中——甚至是我们区域外的一种外语——熟悉另一种文化，便是好的开始。

近来关于语言及文化的不可译性，已经引起相当多文学理论家的关注。即便语言不可译，我们依旧不断翻译；比较研究作为一个领域依然持续不坠。① 在这种难以放弃的僵局背后，动机不就是我们体会到与他者的相互依存、渴望与他者发生关联？笔者同意区域研究有其局限，东西，或欧洲与非欧洲之类的二元比较结构亦有其不足。难道我们还需重新提出世界文学的概念，企求"普世价值"或是"诗学的普世主义"作为基础，来进行比较研究？② 如此一来，恐怕又将落入老派的平行研究格局。反之，笔者倡议暂时抛弃已过于沉重的"比较"概念，以联结及"相互依

---

① Lydia Liu, *Translingual Practice: Literature, National Culture, and Translated Modernity China*, 1900-1937 , pp.1-42; Emily Aptor, *The Translation Zone: A New Comparative Literature*, Princeton: Princeton University Press, 2006. 刘禾强调"历史的联结，而非同质性"，Emily Apter 强调"普世价值"。

② Emily Aptor, "Je ne crois pas beaucoup à la littérature comparée: Universal Poetics and Postcolonial Comparativism," in Haun Saussy, ed. *Comparative Literature in an Age of Globalization*, Baltimore: The Johns Hopkins University Press, 2006, pp.54-62. Aptor 指出，即使 Alain Badiou 不相信比较文学研究，他仍然从事一种以"普世主义诗学"（poetic universalism）为基础的研究。

存"的概念取而代之：理解我们与其他语言文化及领域的相互依存，厘清彼此的唇齿相依，或可作为替代"比较"的途径。唯有厘清"我们"与"非我们"的息息相关，才可能在全球化下信息混杂的状态中，对我们自身的"真相"有进一步的理解。须知，所谓"我们的现实"，总是充满不确定性，永远包含诸多"非我们"的成分。

参考文献

中文书目

丁福保、华文祺:《神经衰弱三大研究》,上海医学书局,1910。

丁亚平编《1897—2001 百年中国电影理论文选》上、下册,北京文化艺术出版社,2002。

上海鲁迅纪念馆编《中日友好的先驱:鲁迅与内山完造图集》,人民美术出版社,2000。

上半鱼:《无灵魂的肉体》,收入沈建中编《时代漫画 1934—1937》下册,上海社会科学院出版社,2004,页 400。

王国维:《心理学概论》,商务印书馆,1907。

王羲和:《神经衰弱自疗法》,商务出版社,1919,页 3。

毛泽东:《学生之工作》(1919),收入《毛泽东早期文稿》,湖南出版社,1995。

巴金:《大杉荣年谱》(1924),收入《巴金全集》第 18 卷,人民文学出版社,2000。

巴金(芾甘):《伟大的殉道者——呈同志大杉荣君之灵》(1924),收入《巴金全集》第 18 卷,人民文学出版社,2000。

《文坛消息》,《新时代》第 1 卷第 1 期,1931 年 8 月,页 7。

内页广告,《良友》第 73 期,1933 年 1 月。

《中国女性美礼赞》，《妇人画报》第 17 期，1934 年 4 月，页 9—29。

王桂编《中日教育关系史》，山东教育出版社，1993。

王中忱：《越界与想象——20 世纪中国、日本文学比较研究论集》，中国社会科学出版社，2001。

王道还：《一九一五年十月十一日〈昆虫记〉作者法布尔逝世》，《科学发展》第 358 期，2002 年 10 月，页 72—74。

王富仁：《由法布尔〈昆虫记〉引发的一些思考》（上），《鲁迅研究月刊》，2002 年第 3 期，页 29—42。

王文彬：《戴望舒年表》，《新文学史料》第 106 期，2005 年 1 月，页 95—105。

史炎：《航线上的音乐》，《妇人画报》第 21 期，1934 年 9 月，页 7—8。

朱光潜：《福鲁德的隐意识说与心理分析》，《东方杂志》第 18 卷第 14 号，1921 年 7 月，页 41—51。

（明）朱橚等编《普济方》第 221 卷，人民卫生出版社，1982。

（清）西周生：《醒世姻缘》，联经出版社，1986。

《佛洛特——加龙省新心理学之一班》，《东方杂志》第 17 卷第 22 号，1920 年 11 月 25 日，页 85—86。

沈从文：《一个天才的通信》（1929），《沈从文全集》第 4 卷，北岳文艺出版社，2002。

沈从文（甲辰）：《郁达夫、张资平及其影响》，《新月》第 3 卷第 1 期，1930 年 3 月，页 1—8。

沈从文：《论穆时英》（1934），收入《沈从文文集》第 11 卷，香港三联书店，1985。

沈西苓：《一九三二年中国电影界的总结账与一九三二年的新

期望》,《现代电影》创刊号,1933 年 3 月,页 7—9。

（金）李东垣:《东垣试效方》,《东垣医集》第 2 卷,丁光迪、文魁编校,人民卫生出版社,1993。

吴汝钧:《京都学派哲学七讲》,台北文津出版社,1998。

李今:《穆时英年谱简编》,《中国现代文学研究丛刊》2005 年第 6 期,页 237—268。

吴海勇:《枭声或曰花开花落两由之:鲁迅的生命哲学与决绝态度》,花城出版社,2006。

肖霞:《日本近代浪漫主义文学与基督教》,山东大学出版社,2007。

周作人:《日本的新村》,《新青年》,第 6 卷第 3 期,1919 年 3 月,页 266—277。

周作人:《怀爱罗珗科君》,《晨报副镌》,1922 年 11 月 7 日,页 4。

周作人:《二,法布尔〈昆虫记〉》,《晨报副镌》,1923 年 1 月 26 日,页 3。

周作人:《蔼理斯的话》(1925),《雨天的书》,河北教育出版社,2002。

周作人:《蔼理斯随感录抄》(1925),《永日集》,河北教育出版社,2002。

周作人:《知堂回想录》,河北教育出版社,2002。

周建人:《鲁迅与自然科学》,收入刘再复等:《鲁迅和自然科学》,澳门尔雅社,1978。

周建人:《回忆大哥鲁迅》,上海教育出版社,2001。

法布尔:《昆虫记》,梁守锵等译,花城出版社,2001。

约瑟海文:《心灵书》,颜永京译,上海益智书会,1889。

郁达夫:《沉沦》(1921),收入《郁达夫文集》第 1 卷,香港三联书店,1982。

柳絮:《主张组织大东亚无政府主义者大联盟》,《民钟》第 16 期,1926 年 12 月,页 2—3。

胡适:《柏林之围》,《良友》第 64 期,1931 年 12 月,页 10。

胡考:《中国女性的稚拙美》,《妇人画报》第 17 期,1934 年 4 月,页 10。

施蛰存:《震旦二年》,收入陈子善编《施蛰存七十年文选》,上海文艺出版社,1996。

勃朗宁:"Inclusions"(1922),徐志摩译,收入陆耀东编《徐志摩全集补编诗集》第 1 卷,香港商务印书馆,1993。

徐志摩:《片断》(1922),收入陆耀东编《徐志摩全集补编日记·书信集》第 4 卷,香港商务印书馆,1993。

徐志摩:《曼殊斐儿》(1923),《徐志摩全集》第 3 卷,香港商务印书馆,1983。

徐志摩:《一条金色的光痕:硖石土白》(1925),《徐志摩全集》第 1 卷,香港商务印书馆,1993。

《留京卒业生送别会》,《台湾民报》第 99 号,1926 年 4 月 4 日,页 8。

唐纳:《清算软性电影论——软性论者的趣味主义》,《晨报》,1934 年 6 月 19—27 日,页 10、12。

马礼逊(Robert Morrison)等:《神天圣书》,China and Protestant Missions: A Collection of their Earliest Missionary Works in Chinese(Leiden: IDC, 1983),微片。

(唐)班固撰,颜师古注,杨家骆主编《张骞及李广利列传》,

收入《新校本汉书》卷 61，台北鼎文书局，1986。

孙乃修，《弗洛伊德与中国现代作家》，台北业强出版社，1995。

秦贤次:《张我军及其同时代的北京台湾留学生》，收入彭小妍编《漂泊与乡土——张我军逝世四十周年纪念论文集》，台北"文建会"，1996。

高觉敷编《中国心理学史》，人民教育出版社，2005。

陈大齐:《心理学大纲》，北京大学编译会，1921。

《兜安氏补神药片》，《申报》，1930 年 5 月 13 日，第 14 版。

郭建英:《编辑余谈》，《妇人画报》第 17 期，1934 年 4 月，页 32。

郭建英:《现代女性的模型》，《建英漫画集》，上海良友图书公司，1934 年。收入陈子善:《摩登上海:三十年代洋场百景》，广西师范大学出版社，2001。

郭建英:《一九三三年的感触:爱之方式》，收入陈子善编《摩登上海:三十年代洋场百景》，广西师范大学出版社，2001。

郭建英:《一九三三年的感触:机械之魅力》，收入陈子善编《摩登上海:三十年代洋场百景》，广西师范大学出版社，2001。

郭建英:《最时髦的男装吓死了公共厕所的姑娘》，收入陈子善编《摩登上海:三十年代洋场百景》，广西师范大学出版社，2001。

郭建英:《黑、红、忍残性与女性》，收入沈建中编《时代漫画 1934—1937》上册，上海社会科学院出版社，2004。

梁启超:《烟士披里纯》《饮冰室合集·专集 1·自由书》第 6 卷，中华书局，1989。

梁实秋:《谈徐志摩》，台北远东图书公司，1958 年。章君谷:

《徐志摩传》，台北励志出版社，1970。

张资平：《冲积期化石·飞絮·苔莉》，人民文学出版社，1988年。郭宏安译：《恶之花》，漓江出版社，1992。

张君劢、丁文江等著：《科学与人生观》，人民文学出版社，1997。

（清）陈梦雷纂辑：《古今图书集成医部全录》，人民卫生出版社，2000。

陈子善编《摩登上海：三十年代洋场百景》，广西师范大学出版社，2001。

郭诗咏：《持摄影机的人：试论刘呐鸥的纪录片》，《文学世纪》第 2 卷第 7 期，2002 年 7 月，页 26—32。

许正林：《中国现代文学与基督教》，上海大学出版社，2003。

张文元：《未来的上海风光的狂测》，收入沈建中编《时代漫画 1934—1937》下册，上海社会科学院出版社，2004。

黄朝琴：《汉文改革论》，《台湾》1923 年 1 月号，页 25—31；2 月号，页 21—27。

黄嘉谟：《现代电影与中国电影界——本刊的成立与今后的责任——预备给予读者的几点贡献》，《现代电影》创刊号，1933 年 3 月，页 1。

黄嘉谟：《硬性影片和软性影片》，《现代电影》第 6 期，1933 年 12 月，页 3。

黄天佐（随初）：《我所认识的刘呐鸥先生》，《华文大阪每日》第 5 卷第 9 期，1940 年 11 月，页 69。

（宋）黄庭坚：《归田乐引》，收入唐圭璋编《全宋词》第 1 卷，明伦出版社，1970。

费孝通：《重刊潘光旦译注霭理士《性心理学》书后》，收录于潘光旦译:《性心理学》，三联书店，1987。

（清）冯梦龙编撰:《警世通言》，下册，卷 25，台北：里仁书局，1991。

彭小妍:《性启蒙与自我的解放:"性博士"张竞生与五四的色欲小说》，收入《超越写实》，联经出版公司，1994。

彭小妍编《漂泊与乡土——张我军逝世四十周年纪念论文集》，台北"文建会"，1996。

彭小妍:《浪迹天涯:刘呐鸥一九二七年日记》，《中国文哲研究所集刊》第 12 期，1998 年 3 月，页 1—40，收入《海上说情欲:从张资平到刘呐鸥》，台北"中研院"，2001。

彭小妍:《海上说情欲:从张资平到刘呐鸥》，台北"中研院"，2001。

冯天瑜:《新语探源——中西日文化互动与近代汉字术语生成》，中华书局，2004。

黄文宏:《西田几多郎论"实在"与"经验"》，《台湾东亚文明研究学刊》，第 3 卷第 2 期，2006 年 12 月，页 61—90。

《补尔多寿》，《申报》，1930 年 11 月 8 日，第 7 版。

杨家骆主编《新刊大宋宣和遗事》，收入《宋元平话四种》，台北世界书局，1962。

董炳月:《国民作家的立场:中日现代文学关系研究》，北京三联书店，2006 年。

《福州路昨晚血案／穆时英遭枪杀》，《申报》，1940 年 6 月 29 日，页 9。

《福州路昨日血案／刘呐鸥被击死》，《申报》，1940 年 9 月 4 日，页 9。

（清）赵尔巽等撰，杨家骆主编《新校本清史稿列传》卷

259，台北鼎文书局，1981。

刘呐鸥译：《七楼的运动》，收入《色情文化》，上海第一线书店，1928 年，页 37— 53。

刘呐鸥：《保尔·穆杭论》，《无轨列车》第 4 期，1928 年 10 月，页 147—160。

刘呐鸥：《影片艺术论》（1932），收入康来新、许秦蓁编《刘呐鸥全集·电影集》，台南县文化局，2001 年，页 256—280。

刘呐鸥："Ecranesque"，《现代电影》第 2 期，1933 年 4 月，页 1。

刘呐鸥：《论取材》，《现代电影》第 4 期，1933 年 7 月，页 2—3。

刘呐鸥：《电影节奏简论》，《现代电影》第 6 期，1933 年 12 月，页 1—2。

刘呐鸥：《开麦拉机构——位置角度机能论》，《现代电影》第 7 期，1934 年 6 月，页 1—5。

刘呐鸥：《日记集》上、下册，彭小妍、黄英哲编译，收入康来新、许秦蓁编《刘呐鸥全集》，台南县文化局，2001。

鲁迅译：《春夜的梦》，《晨报副镌》，1921 年 10 月 22 日，页 1—2。

鲁迅：《鸭的喜剧》，《妇女杂志》第 8 卷第 12 号，1922 年 12 月，页 83—85。

鲁迅（冥昭）：《春末闲谈》，《莽原》第 1 期，1925 年 4 月 24 日，页 4—5。

鲁迅：《通讯》（1925），收入《鲁迅全集》第 3 卷，人民文学出版社，1989。

鲁迅（旅隼）：《吃白相饭》（1933），收入《鲁迅全集》第 5

卷，人民文学出版社，1989。

　　鲁迅（若谷）：《恶癖》（1933），收入《鲁迅全集》第 5 卷，人民文学出版社，1989。

　　鲁迅（栾廷石）：《京派与海派》，《申报》，1934 年 2 月 3 日，页 17。

　　鲁迅：《鲁迅日记》，人民文学出版社，1959。

　　潘光旦：《冯小青考》，《妇女杂志》第 10 卷第 11 期，1924 年 11 月，页 1706—1717。

　　潘光旦：《叙言》（1927），《小青分析》，收入于《潘光旦文集》第 1 卷，北京大学出版社，1993。

　　潘光旦：《译序》，收入霭理士著，潘光旦译注：《性心理学》，北京三联书店，1987。

　　楼适夷：《作品与作家：施蛰存的新感觉主义——读了《在巴黎大戏院》与《魔道》之后》，《文艺新闻》第 33 号，1931 年 10 月，页 4。

　　刘纪蕙：《压抑与复返：精神分析论述与台湾现代主义的关联》，《现代中文文学学报》第 4 卷第 2 期，2001。

　　蔡元培：《题良友摄影图》，《良友》第 69 期，1932 年 9 月。

　　卢寿籛：《神经衰弱疗养法》，上海中华书局，1917。

　　默然：《中国男人不懂恋爱艺术》，《妇人画报》第 16 期，1934 年 3 月。

　　默然：《外人目中之中国女性美》，《妇人画报》第 17 期，1934 年 4 月，页 10—12。穆时英：《手指》（1931），收入穆时英著，乐齐编《中国新感觉派圣手：穆时英小说全集》，中国文联出版公司，1996 年，页 30—33。

　　穆时英：《被当作消遣品的男子》（1933），收入穆时英著，乐齐编《中国新感觉派圣手：穆时英小说全集》，中国文联出版公司，1996。

穆时英：《Craven "A"》（1933），收入穆时英著，乐齐编《中国新感觉派圣手：穆时英小说全集》，中国文联出版公司，1996。

戴望舒（郎芳）译：《六日之夜》，收入《法兰西短篇杰作集》第 1 册，上海现代书店，1928 年，页 1—25；《六日竞走之夜》，收入《天女玉丽》，上海尚志书屋，1929 年，页 53—80；《六日竞赛之夜》，收入《香岛日报·综合》，1945 年 6 月 28—30 日及 7 月 2—12 日。

魏夫人：《系裙腰》，收入唐圭璋编《全宋词》第 1 卷，明伦出版社，1970。

苏雪林：《郁达夫论》（1934），收入陈子善、王自立编《郁达夫研究资料》，香港三联书店，1986。

严家炎：《中国现代小说流派史》，人民文学出版社，1989。

鸥外鸥：《中华儿女美之个别审判》，《妇人画报》第 17 期，1934 年 4 月。

鸥外鸥：《研究触角的三个人》，《妇人画报》第 21 期，1934 年 9 月。

霭理士：《性心理学》，潘光旦译注，三联书店，1987。

日文书目

三浦謹之助『神経病診断表』三浦謹之助、1894。

大杉栄「創造的進化——アンリ・ヘルクソン論」（1913）、『大杉栄全集』第 1 卷、大杉栄全集刊行会、1925—1926。

大杉栄『獄中記』（1919）、大沢正道編『大杉栄全集』第 13

巻、現代思潮社、1965。

　　大杉栄「靈魂のための戦士」（1921）、『大杉栄全集』第 1 巻、大杉栄全集刊行会、1925—1926。

　　大杉栄『自叙伝』（1921—1922）、大沢正道編『大杉栄全集』第 12 巻、現代思潮社、1964。

　　大杉栄「訳者の序」（1922）、フアーブル『フアーブル昆虫記』明石書店、大杉栄訳、2005。

　　大杉栄『日本脱出記』（1923）、收入大沢正道編『大杉栄集』筑摩書房、1974。

　　大宅壮一「百パーセント・モガ」、『大宅壮一全集』第 2 巻、蒼洋社、1980。

　　大瀬甚太郎『心理撮要』成美堂、1914。

　　千葉亀雄「新感覚派の誕生」（1924）、伊藤整等編『日本近代文学全集』第 67 巻、講談社、1968。

　　川端康成『感情装飾』金星堂、1926。

　　川端康成「掌篇小說の流行」（1926）、『川端康成全集』第 30 巻、新潮社、1982。

　　川端康成「掌篇小說に就て」（1927）、『川端康成全集』第 32 巻、新潮社、1982。

　　川端康成「私の生活希望」（1930）、『川端康成全集』第 33 巻、新潮社、1982。

　　川端康成「あとがき」收入『川端康成選集』第 1 巻、改造社、1938。

　　川端康成「あとがき」（1948）、『川端康成全集』第 11 巻、新潮社、1948。

　　川端康成『浅草紅団』收入『川端康成全集』第 33 巻、新潮社、1982。

　川端康成「雪国抄」、『サンデー毎日』1972 年 8 月 13 日。

　川端康成「日向」、『掌の小説』新潮社、2001。

　小田切秀雄「文学における戦争責任の追求」、臼井吉見、大久保典夫編『戦後文学論争』第 1 巻、番町書房、1972。

　上野益三『日本博物学史』平凡社、1973。

　子安宣邦『〈アジア〉はどう語られてきたが近代日本のタリズム』藤原書店、2003。

　子安宣邦『漢字論不可避の他者』岩波書店、2003。

　井上哲次郎『釈迦牟尼伝』文明堂、1902。

　井上正賀『神経衰弱栄療養法』大学館、1915。

　中島力造編『心理撮要』普及舎、1898。

　中島岳志『中村屋のボースインド独立運動と近代日本のアシア主義』白水社、2005。

　片岡鉄兵「若き読者に訴う」（1924）、伊藤聖等編『日本近代文学全集』第 67 巻、講談社、1968。

　田村化三郎『神経衰弱根治法』健友社、1911。

　田中比左良「モガ子とモボ郎」（1929）、『田中比左良画集』講談社、1978。

　永井荷風「花火」（1919）、『荷風全集』第 14 巻、岩波書店、1993。

　加藤秀俊等『明治・大正・昭和世相史』社会思想社、1967。

　フロイト『精神分析入門』、安田徳太郎訳、1928。

　西田幾多郎「絶対無の探究」、収于上山春平編『西田幾多郎』中央公論社、1970。

　西田幾多郎「認識論における純論理派の主張について」

（1911）、上山春平編『西田幾多郎』中央公論社、1970。

西田幾多郎「種々の世界」（1917）、上山春平編『西田幾多郎』中央公論社、1970。

西田幾多郎『自覚における直觀と反省』（1914—1917）、上山春平編『西田幾多郎』中央公論社、1970。

西脇順三郎「序」（1929）、『超現実主義詩論』収入『定本西脇順三郎全集』第 5 巻、筑摩書房、1994。

西脇順三郎 Ambarvalia（1933）、『定本西脇順三郎全集』第 1 巻、東京筑摩書房、1993。

西脇順三郎『旅人がへおず』（1947）、『定本西脇順三郎全集』第 1 巻、筑摩書房、1993。

吉江喬松『仏蘭西文芸印象記』新潮社、1923。

吉江喬松「農民文学」、『南欧の空』早稲田大学出版社、1929。

吉江喬松『仏蘭西文芸印象記』収入『吉江喬松全集』第 3 巻、白水社、1941。

吉村貞治「解説」、川端康成『掌の小說』新潮社、2001。

朴炳植『大和言葉の起源と古代朝鮮語』成甲書店、1986 年。

朴炳植著、西周訳『心理学』文部省、1875—1876。

亜历山大・培因著、井上哲次郎訳『心理新説』青木輔清、1882。

佐藤達哉『日本における心理学の受容と展開』京都北大路書房、2002。

阿部洋『中国の近代教育と明治日本』龍溪書舍、1990。

周建人『三笑』『小路実篤全集』第 14 巻、小学館、1988。

ファブール『昆虫記』叢文閣、大杉栄訳、1924。

長戸宏『大和言葉を忘れに日本人』明石書店、2002。

相澤源七『相馬黒光と中村屋サロン』仙台宝文堂、1982。

柳父章『愛』三省堂、2001。

堀口大学「北欧の夜」、『明星』1922年11月。

堀口大学「序」(1925)、『堀口大学全集』第2巻、小沢書店、1981。

渋沢孝輔『詩の根源た求あて―ボード、レール・ランボ―・萩原朔太郎その他』思潮社、1970。

椎名其二『科学の詩人フアブルの生涯』叢文閣、1925。

物郷正明、『明治のことば辞典』東京堂出版社、1998[1986]年第3版。

鈴木貞美編『モダン都市文学 II モダンガールの誘惑』平凡社、1989。

福澤論吉「脱亞論」、『時事新報』1885年3月16日。

福田光治編『欧米作家と日本近代文学』教育出版センター、1974。

嘉治隆一「新居格と岡上守道――独創的文化記者ゴスモポリタン記者」、朝日新聞社編『折り折りの人』第2巻、朝日新聞社、1967。

蜷川譲『パリに死す』藤原書店、1996。

藤井省三『エロシェンゴの都市物語 1920年代東京、上海、北京』みすず書房、1989。

鷲尾浩訳『性の心理人同の性的選択』第1巻、冬夏社、1921。

鶴見俊輔「転向の共同研究について」、思想の科学研究会編『転向』第1巻、平凡社、1967。

鶴見俊輔『戦時期日本の精神史 1931—1945 年』岩波書店、1991。

「ブルトーゼ」（1930—1943）、http//www. east-asian-history. net/textbooks/Slideshows/medicine/medicine_show.pdf、2008 年 5 月 25 日。

藤沢友吉有価證券報告書、2004 年 4 月 1 日。http//www. astellas.com/jp/ir/library/pdf/f_securities2005jp.pdf、2008 年 5 月 25 日。

「〈大学目藥〉の誕生参天制藥の歴史」、2006 年。网址 http// www. santen.co.jp/jp/company/history/chapterl. jsp、2011 年 9 月 13 日。

『東アジアにおける植民地的近代とモダンガール 2005 年度研究报告』御茶水女子大学。

英文书目

Aptor, Emily. *The Translation Zone: A New Comparative Literature.* Princeton: Princeton University Press, 2006.

Aptor, Emily. "Je ne crois pas beaucoup à la littérature comparée: Universal Poetics and Postcolonial Comparativism." In Haun Saussy, ed., *Comparative Literature in an Age of Globalization.* Baltimore: The Johns Hopkins University Press, 2006, pp.54-62.

Asad, Talal. "The Concept of Cultural Translation in British Social Anthropology." In James Clifford and George E. Marcus, eds., *Writing Culture: the Poetics and Politics of Ethnography.* Berkeley: University of California Press, 1986, pp.141-164.

Asquith, Pamela J. and Arne Kalland, eds. *Japanese Images of Nature: Cultural Perspectives.* Richmond, Surrey: Nordic Institute of Asian Studies, 1997.

Bain, Alexander. *Mental Science: A Compendium of Psychology, and the History of Philosophy, Designed as a Text-Book for High-Schools and Colleges.* New York: American Book Company, 1868.

Barsam, Richard M. (1973) *Nonfiction Film: A Critical History.* Bloomington and Indianapolis: Indiana University Press, 1992.

Baudelaire, Charles. (1861) *Les Fleurs du Mal.* In *Oeuvres completes,* 1990, vol. 1, pp.1-134.

Baudelaire, Charles (1863) *Le Peintre de la vie moderne* [The Painter of Modern Life]. In *Oeuvres completes,* 1990, vol. 2, pp.683-724.

Baudelaire, Charles *The Flowers of Evil.* Trans. William Aggeler. Fresno, CA: Academy Library Guild, 1954.

Baudelaire, Charles. *Oeuvres complètes* [Complete Works], ed. Claude Pichois. 2 volumes. Paris: Gallimard, 1990.

Beard, George. "Neurasthenia, or Nervous Exhaustion." *Boston Medical and Surgical Journal,* 3 (1869): 217-221.

Beard, George. *Sexual Neurasthenia: Its Hygiene, Causes, Symptoms and Treatment, with a Chapter on Diet for the Nervous.* New York: Arno Press & the New York Times, 1972. Edited with a preface by A. D. Rockwell.

Benjamin, Walter. (1923) "The Task of a Translator." Trans. Harry Zohn. In Marcus Bulock and Michael W. Jennings, eds., *Walter Benjamin: Selected Writings.* Cambridge, Mass.: The Belknap

Press of Harvard University Press, 1996, vol. 1 (1913-1926), pp.253-263.

Benjamin, Walter. (1938) "The Paris of the Second Empire in Baudelaire." In Michael W. Jennings, ed., *The Writer of Modern Life: Essays on Charles Baudelaire.* Cambridge, Mass.: Harvard University Press, 2006, pp.46-133.

Benjamin, Walter. "Das Paris des Second Empire bei Baudelaire." In Rolf Tiedemann and Hermann Schweppenhäuser eds., *Gesammelte Schriften* [Collected Works]. Frankfurt am Main: Suhrkamp, 1980, vol. 1, pp.511-604.

Benjamin, Walter. *Charles Baudelaire: A Lyric Poet in the Era of High Capitalism.* Trans. Harry Zohn. London: Biddles Lts., Guildford and King's Lynn, 1989.

Benjamin, Walter. *The Arcades Project.* Trans. Howard Eiland and Kevin McLaughlin. Cambridge, Mass.: Harvard University Press, 2003. 4th edition.

Bhabha, Homi. *The Location of Culture.* London and New York: Routledge, 1994.

Blavatsky, H. P. *Isis Unveiled: A Master-Key to the Mysteries of Ancient and Modern Science and Theology.* New York: J. W. Bouton, 1877. 2nd edition.

Blavatsky, H. P. "Is Theosophy a Religion?" *Lucifer* (November 1888): 177-187.

Bordwell, David. *The Cinema of Eisenstein.* Cambridge, Mass.: Harvard University Press, 1993.

Bowler, Peter J. *Charles Darwin: the Man and His Influence.*

Cambridge, Mass.: Basil Blackwell, Inc., 1990.

Brooks, Van Wyck. "Earnest Fenollosa and Japan." *Proceedings of the American Philosophical Society* 106.2 (30 April 1962): 106-110.

Brown, Janet. *Darwin's Origin of Species: A Biography.* New York: Atlantic Monthly Press, 2006.

Burke, Peter. *The Fabrication of Louis XIV.* New Haven and London: Yale University Press, 1992.

Burkhardt, Frederick and Sydney Smith, eds. (1985) *A Calendar of the Correspondence of Charles Darwin, 1821-1882, with Supplement.* Cambridge University Press, 1994.

Butler, Judith. "Imitation and Gender Insubordination." In Aiana Fuss, ed., *Inside/Out: Lesbian Theories, Gay Theories.* New York: Routledge, 1990, pp.13-31.

Butler, Judith. "Preface (1999)." In *Gender Trouble.* London and New York: Routledge, 2006, pp.vii-xxviii.

Charles-Roux, Edmonde. *Le temps Chanel.* Paris: Éditions de La Martinière, 2004.

China and Protestant Missions: A Collection of their Earliest Missionary Works in Chinese. Leiden: IDC, microfilm, 1983; Zug, Switzerland: Inter-Documentation Company, 1983- 1987.

Chou, Katherine Huiling. "Representing 'New Woman': Actresses & the *Xin Nuxing* Movement in Chinese Spoken Drama & Films, 1918-1949." Ph.D. dissertation, New York: New York University, 1996.

Chung, Juliette Yueh-tsen. "Eugenics and the Coinage of Scientific Terminology in Meiji Japan and China." In Joshua A. Fogel, ed., *Late Qing China and Meiji Japan: Political & Cultural Aspects.* Norwalk, CT: EastBridge, 2004, pp.165-207.

Cohn, Dorrit. *Transparent Minds: Narrative Modes for Presenting Consciousness in Fiction.* New Jersey: Princeton University Press, 1983.

Collas, Philippe. *Maurice Dekobra: gentleman entre deux mondes.* Paris: Séguier, 2002. Crémieux, Benjamin. *XXe Siècle.* Paris : Librairie Gallilmard, 1924. 9th edition.

Crompton, Louis. *Homosexuality & Civilization.* Cambridge, Mass.: Harvard University Press, 2003.

Darwin, Charles. (1859) *The Origin of Species by Means of Natural Selection, or the Preservation of Favored Races in the Struggle for Life.* New York: The Modern Library, 1998.

Darwin, Francis and A. C. Seward, eds. *More Letters of Charles Darwin: A Record of His Work in a Series of Hitherto Unpublished Letters.* New York: Johnson Reprint Corporation, 1972, vol.1.

Deane, Seamus. "Introduction." In *Nationalism, Colonialism and Literature.* Minneapolis: University of Minnesota Press, 1990, pp.3-19.

DeJean, Joan. *The Essence of Style: How the French Invented High Fashion, Fine Food, Chic Cafés, Style, Sophistication, and Glamour.* New York: Free Press, 2005.

Delange, Yves. "Préface." In Jean Henri Fabre, *Souvenirs entomologiques: études sur l'instinct et les mœurs des insects* [Memories of Insects: Study on the Instinct and Manners of Insects], ed. Yves Delange. Paris : Robert Laffont, vol. I, pp.10-24.

Delange, Yves. *Jean Henri Fabre, l'homme qui aimait les insectes* [Jean Henri Fabre, the Man Who Loved Insects]. Paris: Actes Sud, 1999.

Dikötter, Frank. *The Age of Openness: China Before Mao.* Hong Kong: Hong Kong University Press, 2008.

Duchêne, Roger. Être femme au temps de Louis XIV [Being Woman at the Time of Louis XIV]. Paris: Perrin, 2004.

Eagleton, Terry. "Nationalism: Irony and Commitment." In Seamus Deane, ed., *Nationalism, Colonialism and Literature.* Minneapolis: University of Minnesota Press, 1990, pp.23-42. Eaton, Richard. *The Best French Short Stories of ... and the Yearbook of the French Short Story.* Boston: Small, Maynard & Co., 1924-1927.

Ellis, Havelock. *Studies in the Psychology of Sex.* 7 volumes. Philadelphia: F. A. Davis Co., 1905-1928.

Ellis, Havelock. *Psychology of Sex: A Manual for Students.* London: William Heinemann Medical Books Ltd., 1933.

Ellis, Havelock. (1905) *Sexual Selection in Man.* In *Studies in the Psychology of Sex.* New York: Random House, 1936-1942, vol. 1, pp.1-212.

Epstein, Joseph. *Alexis de Tocqueville: Democracy's guide.* New York: HarperCollins/Atlas Books, 2006.

Fabre, Jean Henri. *Souvenirs entomologiques: études sur l'instinct et les mœurs des insects,* ed. Yves Delange. 2 volumes. Paris: Robert Laffont, 1989.

Fay, Margaret A. "Did Marx Offer to Dedicate *Capital* to Darwin?: A Reassessment of the Evidence." *Journal of the History of*

Ideas 39.1 (January to March 1978): 133-146.

Fenollosa, Ernest. *The Epoch of Chinese and Japanese Art.* London: William Heinemann, 1913. Foner, Philip S., ed. *When Karl Marx Died.* New York: International Publishers, 1973.

Foucault, Michel. (1983) "Leçon du 5 Janvier 1983." In Frédéric Gros, ed., *Le gouvernment de soi et des autres: Cours au Collège de France, 1982-1983* [The Government of Self and Others: Courses at Collège de France, 1982-1983]. Paris: Le Seuil, 2008, pp.3-39.

Foucault, Michel. (1983) "Qu'est-ce que les lumières?" In *Dits et écrits, 1976-1988* . Paris: Gallimard, 2001, vol. 2, pp.1381-1397.

Foucault, Michel. "What Is Enlightenment?" Trans. Catherine Porter. In Paul Rabinow, ed., *The Foucault Reader.* New York: Pantheon Books, 1984, pp.32-50.

Foucault, Michel. "Qu'est-ce que les Lumières ?" [L'Art du dire vrai]. *Magazine Littéraire* 207 (May 1984): 34-39. In *Dits et écrits, 1976-1988,* vol. 2, pp.1498-1507.

Foucault, Michel. (1984) "L'étique du souci de soi comme pratique de la liberté" [The Ethics of the Concern for the Self as a Practice of Freedom]. In *Dits et écrits, 1976-1988* (Paris: Gallimard, 2001), vol. 2, pp.1527-1548.

Foucault, Michel. "The Ethics of the Concern for Self as a Practice of Freedom." Trans. Robert Hurley et al. In Paul Rabinow, ed., *Ethics: Subjectivity and Truth.* London: Allen Lane, 1997, pp.146- 165.

Fruhauf, Heiner. "Urban Exoticism in Modern and Contemporary Chinese Literature." In Ellen Widmer and David Der-wei Wang, eds., *May Fourth to June Fourth: Fiction and Film in Twentieth-Century China.* Cambridge, Mass.: Harvard University Press, 1993, pp.133-164.

Fruhauf, Heiner. "Urban Exoticism and its Sino-Japanese Scenery, 1910-1923." *Asian and African Studies* 6.2 (1997): 126-169.

Gardner, William. "Colonialism and the Avant-Garde: Kitagawa Fuyuhiko's Manchurian Railroad." *Stanford Humanities Review,* Special Issue, *Movements of the Avant-garde,* 7.1 (1999): 12-21.

Gardner, William. "Anzai Fuyue's Empire of Signs: Japanese Poetry in Manchuria." In Rebecca Copeland, ed., *Acts of Writing: Language and Identities in Japanese Literature.* West Lafayette, IN: AJLS, Purdue University, 2001, pp.187-200.

Garelick, Rhonda K. *Rising Star: Dandyism, Gender, and Performance in the Fin de Siècle.* Princeton, N. J.: Princeton University Press, 1998.

Gidel, Henry. *Coco Chanel.* Paris: Flammarion, 2000.

Gijswijt-Hofstra, Marijke and Roy Porter, eds. *Cultures of Neurasthenia from Beard to the First World War.* Amsterdam and New York: Editions Rodopi B. V., 2001.

Goldstein, Joshua. *Drama Kings: Players and Publics in the Re-creation of Peiking Opera, 1870-1937.* Berkeley: University of California Press, 2007.

Gunn, Edward. *Rewriting Chinese: Style and Innovation in Twentieth-Century Chinese Prose.* Stanford, CA.: Stanford University Press, 1991.

Harrell, Paula. "Guiding Hand: Hattori Unokichi in

Beijing." Online Posting. http://www. chinajapan.org/
articles/11.1/11.1harrell13-20.pdf (accessed on 28 December 2008).

Heinrich, Larissa N. *The Afterlife of Images: Translating the Pathological Body between China and the West.* Durham and London: Duke University Press, 2008.

Hsia, C. T. *A History of Modern Chinese Fiction.* New Haven: Yale University Press, 1971.2nd edition. Originally published in 1961.

Icart, Louis. "Dessin de Icart" [Sketch by Icart]. *A coups de Baïonnete* [At the Thrust of the Spear] 4.40 (6 April 1916): 252.

Ion, A. Hamish. "Edward Warren Clark and Early Meiji Japan: A Case Study of Cultural Contact." *Modern Asian Studies* 11.4 (1977): 557-572.

Jing, Tsu. *Failure, Nationalism, and Literature: The Making of Modern Chinese Identity, 1895- 1937.* Stanford, CA: Stanford University Press, 2005.

Jules-Rosette, Bennetta. *Josephine Baker in Art and Life: The Icon and the Image.* Urbana and Chicago: University of Illinois Press, 2007.

Kaske, Elisabeth. "Cultural Identity, Education, and Language Politics in China and Japan, 1870-1920." In David Hoyt and Karen Oslund, eds., *The Study of Language and the Politics of Community in Global Context.* Lanham: Lexington Books, 2006, pp.215-256.

Kawabata, Yasunari. "A Sunny Place." In *Palm-of-the-Hand Stories.* Trans. Lane Dunlop and J. Martin Holman. San Francisco: North Point Press, 1988, pp.3-4.

Keene, Donald. *Dawn to the West: Japanese Literature of the*

Modern Era. New York: Henry Holt and Company, 1984.

Kim, Jina. "The Circulation of Urban Literary Modernity in Colonial Korea and Taiwan." Ph.D. dissertation, University of Washington, 2006.

Kleinman, Arthur. *Social Origins of Distress and Disease: Depression, Neurasthenia and Pain in Modern China.* New Haven: Yale University Press, 1986.

Koschmann, Victor. "Victimization and the Writerly Subject: Writers' War Responsibility in Early Postwar Japan." *Tamkang Review* 26.1-2: 61-75.

Kropotkin, P. *Mutual Aid: A Factor of Evolution.* London: William Heinemann, 1902.

Kropotkin, P. *Modern Science and Anarchism.* London: Freedom Press, 1912.

Lacroix, Paul, Alphonse Duchesne, and Ferdinand Seré. *Histoire des cordonniers et de artisans dont la profession se rattache à la cordonnerie.* Paris: Librairies Historique, Archéologique et Scientifique de Seré, 1852.

Ladd, George Trumbull. *Outlines of Descriptive Psychology: A Text-Book of Mental Science for Colleges and Normal Schools.* New York: Charles Scribner's Sons, 1898.

Lee, Haiyan. *Revolution of the Heart: A Genealogy of Love in China, 1900-1950.* Stanford, Calif.: Stanford University Press, 2007.

Lee, Leo. *Shanghai Modern.* Cambridge, Mass.: Harvard University Press, 1999.

Legros, G.-V. *La Vie de J.-H. Fabre, naturaliste, par un disciple*

[Life of J.-H. Fabre, Naturalist, by a Disciple]. Paris: Librairie Ch. Delabrave, 1913. Préface de J.-H. Fabre.

Legros, G.-V. *La Vie de J.–H. Fabre, Poet of Science.* Trans. Bernard Miall. New York: The Century Co., 1913. Lestage, Nicolas, ed. *Poésies nouvelles sur le sujet des bottes sans couture présentées au Roy par le sieur Nicolas Lestage, maître Cordonnier de Sa Majesté.* Bordeaux: Editeur Bordeaux, 1669.

Lippit, Seiji. *Topographies of Japanese Modernism.* New York: Columbia University Press, 2002.

Lippit, Seiji. "A Melancolic Nationalism: Yokomitsu Riichi and the Aesthetic of Cultural Mourning." In Dick Stegewerns, ed., *Nationalism and Internationalism in Imperial Japan.* London and New York: Routledge Curzon, 2003, pp.228-246.

Liu, Lydia. *Translingual Practice: Literature, National Culture, and Translated Modernity— China, 1900-1937.* Stanford, Calif.: Stanford University Press, 1995.

Liu, Lydia. *The Clash of Empires: The Invention of China in Modern World Making.* Cambridge, Mass.: Harvard University Press, 2004.

Lowndes, Mary E., trans. *Outlines of Psychology.* London: Macmillan and Co., 1891.

Lowy, Dina. *The Japanese "New Woman": Images of Gender and Modernity.* New Brunswisk, N. J.: Rutgers University Press, 2007.

Ma, Yiu-man. "Baudelaire in China." Ph. D. dissertation, National Taiwan University, 1997. Malraux, André. *La condition humaine.* Paris: Gallimard, 1933. 209th edition; trans. Kaakon M.

Chevalier. *Man's Fate*. New York: The Modern Library, 1961.

Marshall, Byron. *The Autobiography of Osugi Sakae*. Berkeley: University of California Press, 1992.

Marx, Karl. *The Letters of Karl Marx*. Trans. Saul K. Padover. New Jersey: Prentice-Hall, Inc., 1979.

Masini, Federico. *The Formation of Modern Chinese Lexicon and Its Evolution toward a National Language: The Period from 1840 to 1898*. Berkeley, CA: Project on Linguistic Analysis, University of California, 1993.

Matual, David. *Tolstoy's Translation of the Gospels: A Critical Study*. Queenston, Ontario: The Edwin Mellen Press, 1992.

Medhurst, W. H., Sen. *English and Chinese Dictionary*. Shanghai: The Mission Press, 1847- 1848, vol. 2.

Miller, Oscar W. *The Kantian Thing-in-Itself or the Creative Mind*. New York: Philosophical Library, 1956.

Morand, Paul. (1922) "La nuit des six-jours" [The Six-Day Night]. In *Paul Morand: Nouvelles complètes,* 1992, vol. 1, pp.137-149; trans. Vyvyan Berestord Holland. "The Six-Day Night." In *Open All Night*. New York: T. Seltzer, 1923, pp.118-129.

Morand, Paul. (1976) "Préface." In *L'allure de Chanel,* 1999, pp.7-12.

Morand, Paul. (1976) *L'allure de Chanel*. Paris: Hermann, 1999.

Morand, Paul. *Paul Morand: Nouvelles complètes* [Paul Morand: Complete Short Stories]. Paris: Éditions Gallimard, 1992.

Morand, Paul. *Paul Morand: au seul souci de voyager* [Paul Morand: For the Only Sake of Travel], ed. Michel Bulteau. Paris:

Louis Vuitton, 2001.

Morrison, Robert. (1819-1823) *Dictionary of the Chinese Language*. Macao: The East India Company's Press, 1822, vol. 6.

Needham, Maureen. "Louis XIV and the Académie Royale de Danse, 1661: A Commentary and Translation." *Dance Chronicle* 20.2 (1997): 173-190.

Okakura, Kakuz ō. *The Ideals of the East with Special Reference to the Art of Japan*. London: John Murray, 1904. 2nd edition.

Online Posting. Doan's Backache Kidney Pills (1900). In The Bulletin, 13 December. http:// www.historypages.net/Pdoans.html#Top (accessed on 28 May 2008).

Online Posting. "Marie Bell in *La garçonne* (1936)." http:// en.wikipedia.org/wiki/La Garçonne (1936 film) (accessed on 15 April 2010).

Pearson, Veronica. *Mental Health Care in China: State Policies, Professional Services and Family Responsibilities*. London: Gaskell, 1995.

Peckham, Morse, ed. *The Origin of Species by Charles Darwin: A Variorum Text*. Philadelphia: University of Pennsylvania Press, 1959.

Peng, Hsiao-yen. "The New Woman: May Fourth Women's Struggle for Self-Liberation." *Bulletin of Chinese Literature and Philosophy, Academia Sinica* 6 (March 1995): 259-337.

Peng, Hsiao-yen. *Desire in Shanghai: from Zhang Ziping to Liu Na'ou*. Taipei: Institute of Chinese Literature and Philosophy, Academia Sinica, 2001.

Peng, Hsiao-yen. "Sex Histories: Zhang Jingsheng's Sexual Revolution." In Peng-hsiang Chen and Whitney Crothers Dilley, eds., *Critical Studies: Feminism/Femininity in Chinese Literature.* Amsterdam: Editions Rodopi B.V., 2002, pp.159-177.

Peng, Hsiao-yen. "A Traveling Text: *Souvenirs entomologiques,* Japanese Anarchism, and Shanghai Neo-Sensationism." *NTU Studies in Language and Literature* 17 (June 2007): 1-42.

Perry, Elizabeth J. "Reclaiming the Chinese Revolution." *The Journal of Asian Studies* 67.4 (November 2008): 1147-1164.

Petric, Vlada. *Constructivism in Film: "The Man with the Movie Camera," A Cinematic Analysis.* Cambridge: Cambridge University Press, 1987.

Plato. *The Symposium.* Trans. Christopher Gill and Desmond Lee. New York: Penguin, 1999. Pratt, Mary Louise. *Imperial Eyes: Travel writing and Transculturation.* London and New York: Routledge, 2000. First published in 1992.

Prest, Julia. *Theatre Under Louis XIV: Cross-Casting and the Performance of Gender in Drama, Ballet and Opera.* New York: Palgrave MacMillan, 2006.

Proust, Marcel. "Preface." In *Fancy Goods.* In *Paul Morand: Complete Short Stories.* Paris: Gallimard, 1992, pp.3-12.

Rabut, Isabelle and Angel Pino. *Le fox-trot in Shanghai, et autres nouvelles chinoise* s [The Fox-Trot in Shanghai, and Other Chinese Stories]. Paris: Albin Michel, 1996.

Records of the General Conference of the Protestant Missionaries of China, Held at Shanghai, May 10-24, 1877. Shanghai: Presbyterian

Mission Press, 1878. Reprinted, Taipei: Cheng- wen Publishing Company, 1973.

Rhine, Stanley. *Bone Voyage: A Journey in Forensic Anthropology.* Albuquerque: University of Mexico Press, 1998.

Roberts, Mary Louise. *Civilization without Sexes: Reconstructing Gender in Postwar France, 1917-1927.* Chicago & London: The University of Chicago Press, 1994.

Ruse, Michael. *The Evolution-Creation Struggle.* Cambridge, Mass.: Harvard University Press, 2005.

Said, Edward. "Traveling Theory." In Moustafa Bayoumi and Andrew Rubin, eds., *The Edward Said Reader.* New York: Vintage Books, 2002, pp.195-217.

Sas, Miryam. *Fault Lines: Cultural Memory and Japanese Surrealism.* Stanford, Calif.: Stanford University Press, 1999.

Saussey, Haun. "Death and Translation." *Representations* 94.1 (Spring 2006): 112-130. Seidensticker, Edward. *Kafū the Scribbler: The Life and Writings of Nagai Kafū, 1879-1959.* Stanford, Calif.: Stanford University Press, 1965.

Shapiro, Hugh. "Neurasthenia and the Assimilation of Nerves into China." Presented at the "Symposium on the History of Disease," Institute of History and Philology, Academia Sinica, Taiwan, 16-18 June 2000.

Shih, Shu-mei. *The Lure of the Modern: Writing Modernism in Semicolonial China, 1917- 1937.* Berkeley: University of California Press, 2001.

Silverberg, Miriam. *Erotic Grotesque Nonsense: The Mass*

Culture of Japanese Modern Times. Berkeley: University of California Press, 2006.

Snyder, Steven. *Fictions of Desire: Narrative Form in the Novels of Nagai Kafū*. Hawai'i: University of Hawai'i Press, 2000.

Spitta, Silvia. *Between Two Waters: Narratives of Transculturation in Latin America*. Houston, TX: Rice University Press, 1995.

Stevens, Sarah E. "Figuring Modernity: The New Woman and the Modern Girl in Republican China." *NWSA Journal* 15.3 (Fall 2003): 82-103.

Sunquist, Scott, ed. *A Dictionary of Asian Christianity*. Grand Rapids, Mich.: William B. Eerdmans Publishing, 2001.

Taylor, Diana. *The Archive and the Repertoire: Performing Cultural Memory in the Americas*. Durham, NC and London: Duke University Press, 2003.

Tocqueville, Alexis de. *De la démocratie en Amerique*. 2 volumes. Paris: Librarie Philosophique, 1990. Annotated and revised edition.

Vilmorin, Louise de. *Mémoire de Coco, le promeneur* [Memoirs of Coco, the flâneur]. Paris: Gallimard, 1999.

Washburn, Dennis, trans. *Shanghai: A Novel*. Ann Arbor, Michigan: University of Michigan Press, 2001.

Weinbaum, Alys Eve, et al., eds. *The Modern Girl Around the World: Consumption, Modernity, and Globalization*. Durham: Duke University Press, 2008.

Wiener, Philip. "G. M. Beard and Freud on 'American

Nervousness.'" *Journal of the History of Ideas* 17.2 (April 1956): 269-274.

Wylie, Alexander. *Memorials of Protestant Missionaries to the Chinese: Giving a List of Their Publications, and Obituary Notices of the Deceased.* Shanghai: American Presbyterian Mission Press, 1867; Taipei: Cheng-wen Chubanshe, reprinted 1967.

Zhang, Jingyuan. *Psychoanalysis in China: Literary Transformations, 1919-1949.* Ithaca: Cornell East Asian Program, 1992.

Zhang, Yingjin. *The City in Modern Chinese Literature and Film: Configurations of Space, Time & Gender.* Stanford, Calif.: Stanford University Press, 1996.